어머니,
당신은 영원한 사랑입니다

펄 S 벅 지음
장문평 옮김

명문당

차 례

제 1 장

그날을 기다리며 / 5

제 2 장

미지의 세계를 향하여 / 85

제 3 장

절망의 끝에서 / 149

제 4 장

'영광의 노래' 를 드높여라 / 224

제 1 장
그날을 기다리며

그 부인의 추억을 말해 주는 사진은 많이 있으나 내가 가장 마음에 들어하는 사진은, 그녀가 양자강을 바라보는 어느 우중충한 도시의 중심부에 손수 다듬은 미국식 정원에 서 있는 것이다. 그 사진에서 그녀는 뜨거운 여름 햇볕 아래 여자로서 한창 때의 건강하고 균형 잡힌 몸매를 마음껏 과시하고 있다. 아무리 보아도 자유롭고 아름다운 자태이다. 크지도 작지도 않은 키에 발은 힘차게 대지(大地)를 딛고 서 있었다.

그녀는 원예용의 조그만 삽을 들고 정원의 흙을 파고 있었다. 그것을 쥐고 있는 손은 아름답고 튼튼하다. 평소 가꾸어 온 가녀린 흰 손이 아니라, 여러 가지 힘든 일을 해 왔음을 보여주는 갈색의 단단한 손이다. 그런데도 그 모양은 아름답고 미끈하며 손끝은 가냘프기조차 했다.

한여름을 연상케 하는 뜨거운 햇볕이 내리쬐는데도 그 부인은 조금도 개의치 않은 듯 뜨거운 태양 아래 얼굴을 들고서 시선은 정면을 향한 채 서 있었다. 검은 눈썹 밑 짧고도 진한 검은색 속눈썹 속에 자리잡은 금가루를 뿌린 듯한 황갈색 눈은, 두려움 없이 정면을 응시하고 있었다.

사람들은 아무도 그 여자를 예쁘다거나 혹은 예쁘지 않다는 식으로 말하지 않았다. 사람들은 그녀의 얼굴, 알맞게 높은 코와 미간의 넉넉한 여유, 쉴 새 없이 변화하는 풍부한 표정의 입, 얇지 않은 입술과 조그마하면서도 야무지게 생긴 맵시 있는 턱, 그리고 아름다운 목덜미와 어깨 등을 보고, 거기에서 발산하는 생동감에 마음을 빼앗기고 말았다.

따가운 햇살이 그녀의 머리 위에 쏟아지고 있다. 그 짙고 부드러운 머리카락은 얼굴 언저리에 묶여 있었다. 대체로 밝은 밤색을 띠었지만 관자놀이 부근은 밤색이 아니었다. 넓은 이마 위에는 두 개의 깃털과도 같은 은발이 보이고 머리 위에도 몇 가닥의 은발이 섞여 있었다.

중국의 허름한 도시 중심부에 자신이 손수 만들어 놓은 미국식 정원에 서 있는, 장소에 어울리지 않는 여인의 고혹적인 자태! 이국(異國)의 강렬한 태양은 그녀를 그녀 본래의 피부색보다도 더욱 짙은 갈색으로 그을리게 하였지만, 어느 누가 보아도 그녀는 영락없는 미국인이었다.

그녀 바로 옆에 한덤불의 대밭이 있고, 그 속에 중국인 정원지기 한 명이 푸른 무명옷에 띠를 아무렇게나 두르고 서 있었다. 그는 머리카락을 밀어 버린 머리에 대삿갓을 쓰고 태평스럽게 대나무에 기대고 있었다. 그러나 대밭도 정원지기도 이 부인을 이국의 빛깔로 물들일 수는 없었다. 그녀는 본래 그녀의 고유한 빛깔을 간직하고 있었다.

실제로 그녀는 화초에 줄 물통을 나를 때에만 정원지기의 도움을 필요로 했고, 대개는 자신이 손수 정원을 가꾸었다. 땅 주위를 둘러싼 붉은 벽돌 담을 따라 자라난 수레국화, 접시꽃 등 미국 꽃을 심은 것도 그녀였다. 그리고 나무 밑의 수풀을 깎아 내어 정성들여 잔디를 가꾸고, 베란다 밑에 향기 짙은 세비꽃 화단을 민든 것도 그녀였다. 또한 보기 흉한 선교사관(宣敎師館)의 외관을 버지니아산 담쟁이덩굴로 장식하려 애썼는데, 그 결과 두 벽이 초록 잎으로 뒤덮이게 되었다.

긴 베란다의 한쪽 끝에는 백장미꽃이 그 무게로 가지가 휠 정도로 늘어져 있다. 그곳에는 산비둘기의 둥지가 있었는데, 그녀는 그것을 어미새 못지않은 애정으로 지켜 주고 있었다. 만일 누가 그 곳에 가까이 다가가기라도 하면 그녀에게 호된 꾸지람을 듣게 되었다. 언젠가 우리는 그녀가 몹시 화를 내는 것—원래 이 부인이 화를 내는 일은 그다지 희귀한 일이 아니지만—을 본 일이 있다. 그것은 저 게으른 중국인 정원지기가 산비둘기의 둥지에서 알을 훔쳐 냈기 때문이었다. 그 여자는 매우 정확한 중국 말씨로 야단을 쳤다. 정원지기는 몹시 놀라서 어물어물 도망쳐 버렸다. 그런후 그녀는 동정어린 눈으로, 겁먹은 어미새를 바라보면서 방금 언성을 높였던 사람의 목소리라고는 도저히 믿을 수 없을 만큼 낮은 목소리로 달래는 것이다. 그러고는 장미 가지를 이리저리 구부려서 엉망이 된 둥지를 살그머니 들어올려 제자리에 올려놓고, 깨어진 알껍데기를 모아 흙 속에 파묻었다. 그후 제자리에 놓인 둥지 속에서 어미새가 또다시 알 네 개를 낳았을 때, 누구보다도 기뻐한 사람은 다름아닌 그녀였다.

"그래, 그래. 참 장하다. 참 용기 있는 새로구나!"

탄성을 지르는 순간 그 부인의 눈에선 빛을 발하고 있었다.

이국(異國)에서 자신이 만들어 놓은 미국식 정원에 서 있는 그녀의 모습이 결코 이 이야기의 시작은 아니다. 또한 그녀를 충분히 설명해 주고 있지도 못하다. 또 일생을 통해서 미국인다운 태도를 잃은 적이 없었던 이 부인이 어떤 이유로 중국 같은 곳에서 자신의 정원을 만들어 놓게 되었는가, 그 사정을 밝혀 주고 있지도 않다. 사실 그 여자를 설명한다는 것은 불가능할지도 모른다. 어쨌든 이야기는 이렇게 그 처음부터 시작하지 않으면 안 되었다.

이 부인의 조상은 대대로 튼튼하고 부유하며 독립심이 강한 네덜란드 계 혈통을 이어받고 있다. 할아버지는 네덜란드의 유트레히트에서 성공한 상인이었다. 그 무렵은 아직 수공업 시대였으므로, 할아버지는 백여 명 가량의 직공을 고용하고 있는 공장을 경영했으니 그만하면 부유층에 속했다. 그 공장에서는 수입된 재목으로 가구를 만들고 있었다. 당시에 유행한 자단(紫檀) 책상이나 상감 세공(象嵌細工) 탁자나 마호가니 제품은 거의 다 이 공장에서 제작된 것이었다.

이 네덜란드 사람 마인히어 스타르팅은 정교한 세공을 좋아하여 미세한 부분까지 완벽한 제품을 만드는 것을 신조로 삼고 있었다. 또 그는 매우 알뜰한 사람이어서 늘상 근검 절약하여 마침내는 많은 재산을 모았다는 소문까지 나게 되었다. 그는 유트레히트시(市)를 대표할 만한 넓고 좋은 집에 살고 있었다. 그 집은 풍부한 가구와 집기류가 있었는데, 어느 것이나 튼튼하고 아름다운 것이었다. 지금으로서는 상상도 못할 만큼 손질을 잘 하여 빛을 내고 있었다. 그는 천성적으로 시인의 기질을 타고났다. 저택 뒤에 네모꼴의 자그마한 정원을 마련해 놓고는 소규모로 튤립과 구근류(球根類)를 심어 놓고, 해질녘에는 여기서 길다란 파이프와 포도주잔을 들면서 휴식을 취했다.

마인히어 스타르팅은 안식일을 '주님의 날'이라 하여 엄격히 지켰으므로, 일요일이면 반드시 아내와 아들—사내아이 중 집에 혼자 남아 있는 막내아들—을 데리고 교회에 갔다. 다른 일은 생각조차 할 수 없었던 듯하다. 사실 교회의 신도 3백 명 가운데 이 마인히어 스타르팅만큼 교회를 소중하게 여기는 사람은 없었다. 그만큼 그의 교회에 대한 헌금 액수는 많았다.

그는 목소리가 굵직했는데, 교회에서 좋아하는 찬송가를 부를 때면 종종 그의 짧고도 굵은 목에서 나오는 탁 틔는 목소리로 합창을 이끌어 가곤 했다. 가냘픈 소년인 그의 아들도 언제나 아버지 곁에 서서 노래를 불렀다. 그는 아버지보다도 키가 작고 몸집 또한 훨씬 더 왜소했는데, 복장에는 세심한 주의를 기울이고 있었다.

한편 아버지의 반대편에는 몸집이 큰 어머니가 조용하고도 온화한 표정을 지으며, 낮은 목소리로 찬송가를 부르고 있었다. 그러나 그녀의 마음은 자기 집의 먼지 하나 앉아 있지 않은 부엌을 헤매며, 스토브 위에 올려놓은 도기(陶器) 오븐 속에서 익어 가고 있을 일요일의 호화스런 저녁 식사에 잔뜩 쏠리고 있었다.

일요일 아침의 이 교회에는 확실히 '종교'가 있었다. 키 크고 말라빠져서 채찍처럼 엄한 느낌을 주는 목사는 두 눈을 불태우며 폭넓은 목청을 돋우어 가면서 정성 들여 설교했다. 그것을 듣기 위해 빠짐없이 예배 때마다 모이는 3백 명의 신도들은, 목사가 때로 불가항력의 도전적인 빛을 뿜어내는 모습을 지켜보곤 했다. 그러한 맑고 열정적인, 똑바로 쏘아보는 듯한 눈에는 깊은 사색, 마음의 평정(平靜), 구도(求道)에의 열의, 비판적인 정신이 깃들여 있었다. 신도들은 목사의 눈을 통해 진실로 그가 신(神)과 함께 설교 준비를 했는지 안 했는지를 즉시 알아차릴 수 있었다. 그들은 마음의 양식, 즉 영성(靈性)을 얻기 위한 힘있고도 영양가 풍부한 양식을 그에게서 기대하고 있었다. 목사 또한 아낌없이 신도들에게 이러한 양식을 베풀어 주었던 것이다.

이윽고 역사적으로 보아서는 아주 짧은 기간이지만, 네덜란드에 종교의 자유가 속박받는 시대가 도래했다. 이 관용이 없는 종교적 탄압은 이들 신도들에게까지 가해졌다.

그들에게서 예배의 자유를 박탈하겠다는 칙령이 내려진 바로 다음날, 3백 명의 신도들은 교회에 모였다. 이번에는 목사의 설교를 듣기 위해 모인 것이 아니라 앞으로의 대책을 협의하기 위한 것이었다. 조용하게 시작된 이야기가 매듭질 단계에 이르자 적어도 한 가지 사항만은 분명해졌다. 즉, 이들은 자기들의 신앙의 자유에 대한 어떤 간섭도 굴복할 수 없다는 것을 서로 확인하게 되

었던 것이다. 장중한 태도로 먼저 일어선 것은 마인히어 스타르팅
이었다.

그는 짧고도 굵은 목을 뒤로 젖히고 두꺼운 눈꺼풀에 덮인 검
은 눈을 빛내면서 사람들을 둘러보고는, 마치 소집 나팔이라도 불
어대듯 큰 소리로 말하기 시작했다.

"나와 나의 가족은 주님의 종이오. 만일 내 나라에서 주님께 봉
사할 수가 없다면 우리는 이 나라를 떠날 수밖에 없소!"

그는 여기서 말을 끊고, 주위 사람들을 둘러보았다. 사람들은 만
약 이 나라를 떠나게 된다면, 같은 신도들 가운데서 번창하는 사
업을 경영하고 있는 마인히어 스타르팅만큼, 큰 손해를 볼 사람은
달리 없다는 것을 모두 잘 알고 있었다.

그는 잠시 후에 큰 소리로 부르짖었다.

"자, 갑시다. 같이 가실 분은 나오시오."

화살같이 빠르게 백발의 목사가 일어섰다. 뒤이어 무엇인가 깨
달은 듯한 표정으로 미소지으며 24명의 청년들이 입술을 꼭 다물
고 눈을 번쩍이면서 벌떡 일어섰다. 나이 많은 사람들이 천천히
따라 일어섰다. 젊은이들과 달리 이들 연장자들도 잃는 것이 많았
다. 안정된 직업, 순조로운 사업, 집…… 등.

끝으로 여자들이 일어섰다. 젊은 아가씨들의 눈은 위세 좋게 일
어서는 청년들의 모습을 좇으면서 일부러 사이를 두고 수줍은 듯
이 여기저기서 한 사람씩 일어섰다. 어머니들은 어린애를 꼭 껴안
고 불안과 공포와 주저하는 표정을 지으며 가장 늦게 일어섰다.

이렇게 해서 마침내 3백 명의 신도들이 모두 일어섰다. 그들이
모두 일어서고 있는 모습을 차분히 지켜보던 그의 눈에선 승리와

기쁨의 눈물이 볼을 타고 흘러내렸다.

목사가 기도를 올리려고 양팔을 올렸을 때 신도들은 그 표정의 엄숙함에 압도되어 일제히 무릎을 꿇었다. 그리고 천국에도 들릴 법한 그 힘있고도 존엄함이 깃든 기도가 교회당을 충만시켰다. 그들은 신과 신앙의 자유를 위해서 모든 것을 버리고 조국을 떠나려 하고 있는 것이다.

이 일을 시작으로 우리의 어머니인 이 미국 부인은 태어났던 것이다.

그날의 격정(激情)은 곧 식었으나 그 결의는 조금도 움직이지 않았다. 네덜란드 사람다운 견실한 경제 관념을 갖고 있던 마인히어는 그의 공장을 비싼 값으로 팔고 그밖의 소유물도 모조리 현금으로 바꾸었다.

마인히어는 그의 아내에게 될 수 있으면 쓰라린 기분을 안겨 주지 않으려고 애썼다. 그의 아내는 집안을 치우며 울고 있었다. 하지만 신앙에 철저한 남편의 마음을 어지럽힐 생각은 조금도 없었고, 남편이 훨씬 더 신(神)의 뜻을 잘 알고 있을 것이라고 굳게 믿었기에 얼굴을 애써 남편에게서 돌리며 눈물을 보이지 않았다. 그녀는 요리, 빨래, 집안 청소, 식모들의 감독 등으로 언제나 바빠서 하느님을 섬기는 시간이 거의 없었으므로 하느님의 뜻을 깨우치는 일에 관해선 남편에게 일임하였다. 성서(聖書)를 몇 절 읽어 보려 해도 읽는 데 시간이 너무 걸렸으므로 아침 저녁의 성서 낭독은 남편에게 부탁하였다. 그나마도 아침에는 하느님의 은혜 깊은 말씀에 귀를 기울이려고 해도 마음은 자꾸만 케이크나 소시지 따위로 빼앗기기 마련이었다. 밤은 밤대로 정말 부끄럽게도 아무리 애써 보지만, 기도하는 도중 깜빡 잠이 들어 남편이 흔들어 깨워야 겨우 몸을 일으키고는 했다. 그러다 보니 이러한 일은 저절로 그 여자를 겸허한 사람으로 만들었다. 그러나 마인히어는 결코 그의 아내를 나무라는 일 없이 그 굵은 목소리로 은근하게 다음과 같이 말하는 정도이므로, 더욱 겸허해지지 않을 수 없었다.

"헤르더, 당신 몹시 피곤한 모양이군."

그러면 그녀는 언제나 자기의 부주의를 부끄럽게 여기며 대답했다.

"요한, 미안해요. 저는 진심으로 하느님의 말씀을 듣고 싶은데 어째서 들을 수가 없는 것일까요?"

이런 이유 때문에 남편인 마인히어가 명령하면 그대로 따르는 것이 당연한 일이었다. 그러나 마인히어는 결코 그의 아내에게 강요하는 태도를 취하지 않았다. 그녀가 특히 애착을 가지고 있는 물건의 휴대를 기꺼이 허락했고 새털 이부자리라든가 청색이나 백색의 접시류, 은그릇류, 그밖에도 아내가 필요로 하는 가구류 등을 여러 개의 큰 상자에 챙겼다.

위로 두 아들은 이미 결혼해서 살림을 나가 있었으나, 그들도 부모와 같은 교회에 다니고 있었으므로 제각기 집을 정리하지 않으면 안 되었다. 그래서 마인히어 스타르팅의 집에는 나이가 아직 어린데도 불구하고 매우 고지식한 막내아들 하마나스 혼자 남아 있었던 것이다. 하마나스는 그의 어머니가 여러 아이를 잃은 뒤

오랜 세월이 지나서 뒤늦게 낳은 아들인데다가 별로 건강하지도 못했으므로 그의 형들처럼 상업에 종사하는 길을 걷게 할 수 없었다. 게다가 하마나스가 컸을 때쯤에는 사업이 번창하여 살림에 여유가 생겼고, 하마나스 자신도 기품이 있고 미(美)를 몹시 사랑했으므로 부모는 무엇이든 그가 좋아하는 일을 배우도록 배려해 주었다.

이 소년은 본래 보석의 색채와 감촉을 지나치게 좋아했으므로 보석 세공의 기술을 배웠고, 뒤이어 시계라는 우아하고 미적인 기계의 민감하고도 미묘한 정확성에 매력을 느끼게 되어, 그 제작과 수리 기술까지 배웠다.

한마디로 말해서 하마나스는 강건하고 절약가인 부모에 비해 놀라우리만큼 특이한 아들이었다. 교회에서 가족이 나란히 앉아 예배를 볼 때에도 하마나스만은 어쩐지 어울리지 않았다. 몸집이 작으며 화사하고 몽상가인 동시에 강한 자존심과 독립심을 지닌 까닭에 집안 사람들은 되도록 이 소년의 비위를 건드리지 않으려고 주의하였다. 뿐만 아니라 다방면에 걸쳐서 지식을 습득한 하마나스는 집안의 누구보다도 교양이 풍부했다. 여러 나라 말을 할 수 있었을 뿐 아니라 작시(作詩), 작곡(作曲)에도 능했고, 연필이나 펜의 사용법이 뛰어나 그림을 그리는 솜씨도 놀라울 정도였다. 게다가 노래하는 목소리 또한 아름다웠고, 음악적인 감각도 뛰어나 정확한 음(音)을 구별하는 능력을 지니고 있었다.

이러한 재능을 인정받고 있던 그는 또 어릴 때부터 교회에서 음차(音叉 : 강철로 만든 U자형의 도구. 소리를 내고 그 진동을 측정하는 데 쓰임—역주)를 들고 찬송가의 첫머리를 조정하는 역을 맡고 있었다.

섬세하며 정열적이고 미(美)를 몹시 사랑한 자존심 강한 이 소년의 기질은 이 미국 부인을 태어나게 했다. 즉, 이 소년이 바로 미국 부인의 아버지가 되는 사람이었던 것이다.

가끔 이 젊은 막내아들 히미니스는 그의 아버지 마인히어 스타르팅을 대신해서 이곳저곳을 여행하게 되었는데, 이런 일은 원래 그가 즐겨하던 바였다. 집을 떠나 있을 땐 다소 멋을 부리기도 하였다. 암스테르담에서는 화려한 조끼라든가 실크 머플러를 하고 순백의 셔츠를 즐겨 입었다. 또 그는 향수라든가 복장의 스타일에도 세심한 주의를 기울였다.

하지만 하마나스라는 인물은 신용할 만한 좋은 사람이었다. 설령 충실한 하인이 따르지 않는다 할지라도 그의 외모에 걸맞는 결백성과 강한 자존심이, 보통 청년들이 쉽사리 떨어지기 쉬운 많은 천박한 죄악으로부터 그를 지켜 주었다.

마인히어가 조국을 떠나기 위한 준비 단계에서 사업을 정리하기 시작할 무렵 아직도 독촉해야 할 돈이 여기저기 남아 있었다. 그것은 마인히어 자신이 여러모로 엄밀하게 검사를 하고 대개의 경우는 그 자신의 손으로 마지막 손질을 했던 가구의 완성품을, 많은 도시의 소매상들이 앞다투어 가져갔기 때문이었다.

그래서 마인히어는 하마나스를 다시 파견하기에 앞서 이렇게 말했다.

"하마나스, 한 번 더 암스테르담에 다녀오너라. 이번에는 상점 주인과 직접 담판하여 장부상의 매듭을 짓도록 해라. 주인을 만나거든 내가 자유를 찾아서 이 나라를 떠난다는 것, 그리고 이것이 마지막인 동시에 다른 하나의 출발점이기도 하다는 것을 전해라."

마인히어가 하마나스를 심부름 보낸 상점의 주인은 위그노(16~17세기 프랑스의 신교도—역주) 계통의 프랑스 사람인데, 자기 부친의 재산을 물려받은 사람이었다. 하마나스는 전에도 몇 번인가 이 상점에 심부름을 간 일이 있었으므로, 그 상점 주인의 딸과도 만난 일이 있었다. 그는 여기에 올 때마다 그 몸집이 조그마하고 눈동자가 검은 소녀에게 대단한 매력을 느꼈다. 그 소녀는 하마나스가 알고 있던 다른 어떤 네덜란드 소녀보다도 청초하고 정숙하였다. 하마나스도 키가 작은 편이었지만, 그 아가씨는 그보다 훨씬 작아 하마나스의 어깨 높이에 올 정도였다.

하마나스가 그렇게 매료되었음에도 불구하고, 이 나라의 습관이 너무도 엄격했기 때문에 두 사람만이 따로 이야기를 나누어 본 일은 아직까지 한 번도 없었다. 그러나 최근에 세 번쯤은 서로 눈이 마주쳐 하나로 융합된 듯한 느낌을 받았으므로 하마나스는 언젠가는 둘이서 차분히 이야기를 할 필요가 있다고 생각하고 있었다.

그런데 그 아가씨를 만날 수 있는 기회도 이번으로 마지막이다. 하마나스가 자기 아버지의 말을 전달하고 있는 동안, 그 아가씨는 정숙한 자세로 말없이 고개를 숙인 채 수를 놓고 있었다. 그러던 중 하마나스가 외국으로 떠난다는 말을 듣는 순간 그녀는 다소 가쁜 숨결을 내쉬면서 얼굴을 들었다. 이때 하마나스는 그녀가 자기 가슴을 손으로 억누르는 것을 보았다.

 그 순간 하마나스의 가슴 속에—이것이 연정이라고는 거의 의식하지 못했지만—열띤 흥분이 가득 차서 숨이 콱 막힐 지경이 되었으므로, 마침내 그는 이 조그만 프랑스 아가씨를 차지하지 않으면 안 되겠다고 생각하였다. 그래서 하마나스는 말을 더듬거리고 얼굴을 붉히며, 자존심이나 공포심과 애처롭게 다투면서 그녀의 부친에게, 따님한테 구혼하는 것을 허락해 주십사고 부탁했다.

 부친은 즉시 딸을 비깥으로 내보내더니, 검은 눈썹을 치켜올리고는 크게 두 눈을 깜박거리면서, 어깨를 움츠리고 양손을 흔들며 매우 놀란 빛을 보였다. 그러나 하마나스의 아버지가 재산가인 것을 알고 있는 그는 분명한 대답도 않고, 훗날 또 상의하자는 식의 말을 하며 그 자리를 피하는 것이었다.

 “그러나 저는 곧 먼 외국으로 떠날 몸입니다.”

 별안간 대담해진 하마나스는 침착하게 말하였다.

 “지금 당장이 아니면 기회는 없습니다.”

 ‘아아, 그렇다면 문제는 되지 않는다 ’고 치켜뜬 눈썹과 깜박거리는 눈꺼풀이 분명히 그렇게 말하고 있었다. 하마나스는 후딱 발길을 돌리고 싶었으나 고요한 가슴과 자존심을 간직한 얼굴 밑에서 심장이 거칠게 뛰고 있었다.

 거리에 나섰을 때에는, 제아무리 하마나스였지만 거의 소리 내어 울고 싶어졌다. 쏟아지는 눈물에 눈이 흐려져 호텔로 돌아가는 자갈길에서 몇 번이나 비틀거렸다. 볼일이 끝났으니 오늘밤의 출발 예정을 미룰 수도 없다. 이런 생각을 하고 있을 때 뒤에서 쫓아오는 사람의 바쁜 발자국 소리가 들렸다. 설마하고 생각하면서 돌아다보았더니 조그만 레이스 숄로 머리를 싸맨 바로 그 아가씨가 뒤에 바짝 다가서 있었다.

아가씨는 하마나스의 팔에 매달리더니 간격을 두지 않고 말을 건넸다.

"멀리 가시나요, 저어 미국으로? 그렇게 먼 곳에 아아, 참으로 멀군요!"

그녀는 갑자기 눈을 내리깔았다. 금가루를 뿌린 듯한 다갈색의 정직한 눈을.

하마나스는 어찌할 바를 모르고 그 아가씨를 쳐다보았다. 여느 때라면 천천히 여러 달이 걸렸을 예의바른 구혼의 마음이 말하자면 이 순간에 응축되었다. 그리고 하마나스의 네덜란드 사람다운 단도직입적인 태도가 큰 도움이 되었다. 그는 솔직히 이렇게 말했다.

"나하고 결혼해 주시겠습니까?"

아가씨는 주저하지 않고 얼굴을 쳐들더니 분명히 대답했다.

"네, 말씀하신 대로."

그래서 두 사람은 서둘러서 계획을 세웠다. 집에는 늙은 아버지와 가정부밖에 없었다. 어머니는 이미 세상을 떠난 지 오래였다. 그러니 달아나는 일쯤은 간단했다. 30분 뒤에 만나서 함께 마차로 달아나면 그만인 것이다. 물론 그녀의 마음에는 일찌감치 굳은 결심이 서 있었다. 갑자기 결심한 것은 결코 아니며, 만약 청혼이 있으면 승낙하려고 전부터 마음먹고 있던 차였다.

하마나스는 한적하고 길게 구부러진 거리에서 열띤 애정과 두려움에 휩싸인 채 어찌할 바를 모르며 기다리고 있었다. 아가씨는 귀여운 보닛을 쓰고 외투를 입은 모습으로 약속 시간보다 훨씬 빨리 하마나스에게 달려왔다. 하마나스는 그의 하인이 기다리고 있는 호텔로 그 여자를 데리고 갔다. 눈치 없는 하인이 놀라서 호들갑을 떨고 있는 것을 두 사람이 겨우 달래 납득시키고, 이튿날 아침에는 마인히어 스타르팅 부부 앞에 나타났다. 두 젊은이들은 밤 사이의 긴 여행에 지쳐 낯이 헬쑥해져 있었으나, 결의는 확고하여 조금도 동요되지 않았다.

이러한 정열과 애정에 기울인 힘이 예의 미국 부인을 낳는 한 요소가 되었다. 이 두 젊은이가 바로 그 여자의 부모가 되었기 때문이다.

교회 신도들은 계획대로 재빨리 유트레이트를 출발하지는 못하였다. 3백 명이나 되는 많은 사람들이 각각 생활의 기초를 버리고 떠난다는 것은 결코 쉬운 일이 아니었다. 게다가 국가의 정책이 변경될 것으로 기대를 거는 사람도 있었다.

그러나 정책에는 아무 변동도 없었고, 마침내 1년 동안에 이주 준비가 모두 갖추어졌다. 이 1년의 기간은 하마나스로 하여금 암스테르담에서 데려온 몸집 작은 프랑스 아가씨와 결혼하여 코넬리어스라는 이름의 사내아이를 낳을 수 있는 시간을 주었다. 그래서 미국으로 출발할 때에는 스타르팅가(家)의 3대에 걸친 가족들이 한꺼번에 배에 몸을 싣게 된 것이다.

그리하여 3백 명의 신도들은 그들의 목사를 앞세우고 대서양을

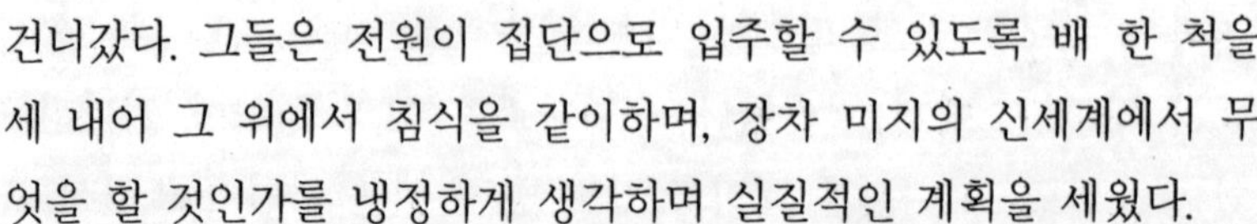

건너갔다. 그들은 전원이 집단으로 입주할 수 있도록 배 한 척을 세 내어 그 위에서 침식을 같이하며, 장차 미지의 신세계에서 무엇을 할 것인가를 냉정하게 생각하며 실질적인 계획을 세웠다.

대서양을 건너는 데에는 20일 가까이 걸렸다. 그동안 일행 가운데서는 여덟 명이 유행성 감기에 걸려 죽었다. 그 유해는 수장(水葬)되었다. 목사는 동료 신도들에 의해 유해가 모두 바다에 던져지는 동안, 사나운 바닷바람에 얼마 안 되는 숱의 흰 머리털을 나부끼며 기도를 올렸다. 그러나 하마나스와 그의 아내에게는 이 20일 동안이야말로 사랑과 기쁨에 찬 한때였다. 물론 프랑스 태생인 늙은 아버지로부터, 딸을 용서하기는 하나 두 번 다시 그의 집 문지방을 넘지는 못할 거라는 전달이 있었긴 했지만.

"어쨌든 이제 나는 다시 집으로 돌아갈 일이 없게 된 걸요, 뭐."

새색시는 부친의 말을 전해 듣자 이렇게 밝은 목소리로 신바람이 나서 말하였다.

"게다가 나는 아버지를 좋아한 적이 한 번도 없었어요. 인정 없는 노인네였거든요. 아아, 하마나스!"

하마나스는 그의 아내가 프랑스 사람 특유의, 자음을 생략한 부드러운 발음으로밖에 그의 이름을 부르지 못하는 데에 더욱 매력을 느꼈다. 하마나스는 자기들이 어디로 가고 있는지 전연 알 수가 없었다. 다른 모든 일과 마찬가지로 행선지에 대해서도 아버지에게 일임하고 있을 뿐이었다. 그러나 항해 도중 그의 곁에는 사랑하는 아내가 있고, 두 사람 사이에는 어린 아들이 있었다.

이주자들은 미국 해안에 상륙했을 때부터 고난을 겪게 되었다. 그들은 쉽게 감상에 빠지는 사람들이 아니었으므로, 일찍이 그들을 자유의 길로 내몬 충동에 관해 생각하기보다는 앞으로 어떻게 살아야 할 것인가 하는 실질적인 문제에 대해서 더 많이 생각하였다. 그것은 현명한 일이었다. 왜냐하면 탐욕스럽고도 교묘한 뉴욕의 주민은 근면하고 김소한 것으로 소문난 네덜란드 상인과 기술자들이 배를 빌려 타고 몰려온 것을 알자, 무슨 좋은 먹이가 걸려든 것처럼 잔뜩 그들의 호주머니를 털 기회를 노리고 있었기 때문이었다. 그리고 이들 풍족해 보이는 네덜란드 사람들은 아주 하찮은 서비스에도 그것이 생활에 필요한 것이라면 터무니없이 비싼 금화를 지불하고서라도 구입해야 했다.

그러나 이주자들은 이같은 일에도 묵묵히 참고 견디다가, 곧 서류만을 보고 사놓은 땅을 찾아 펜실베이니아로 향했다. 그런데 실제로 도착해 보니, 그 땅은 아무짝에도 쓸모 없는 소택지(沼澤地)였으므로, 여기서 농사를 지을 가망은 전혀 없어 보였다. 원래는 주택과 상점과 교회까지 한 군데 세우고, 같이 모여 살자는 것이 이주자 전원의 희망이었으나, 상태가 이렇게 되고 보니 실망이 컸고 비교적 익숙했던 도회 생활로 되돌아가는 사람도 생겨났다.

마인히어 스타르팅은 그런 사람과는 달리, 마치 예전에 교회에서 그러하였던 것처럼 질척한 소택지에 서서는 그와 목사를 따르려는 사람들에게 호소하기를, 아직 남아 있는 금화로 훨씬 더 남쪽의 땅을 사서 함께 살아 보지 않겠느냐고 제의하였다. 3백 명이 못 되는 사람 중 1백 명 정도가 마인히어의 제의에 따르겠다는 의사를 표명하면서 묵묵히 일어섰다. 얼마 후 그들은 버지니아의 땅을 사들이고, 고향 생각에 애달픈 마음을 뒤로 한 채 침울한 기색을 띠고 남쪽으로 향했다.

그러나 이번에 산 땅은 토질이 좋고 산으로 둘러싸인, 평온하고 비옥한 고원이었다. 하지만 풍요한 네덜란드 도시에서 바쁘지만 안락한 생활에 젖어 있던 사람들에게는—조그마하기는 해도 잘 손질이 된 나라에 태어나 농경이나 전원 생활에 대해서는 아무것도 모르던 도시 출신의 남녀들에게 있어서는—그 땅이 얼마나 낯설고 가혹한 땅으로 보였을 것인가! 사방에는 험난한 산들로 빙 둘러싸여 있고, 지금부터 터를 잡고 살아야 할 곳에는 울창한 살림으로 뒤덮여 있었다. 근처에는 조그마한 영국 사람들의 개척 마을이 있었는데, 인디언 부족이 그 근방을 다니는가 하면 네덜란드 사람들의 땅을 가로질러 대열을 지어 다니기도 하였다. 다행히도 이 지역의 인디언들은 노골적으로 적의를 나타내지는 않았으나, 아무래도 겉보기에는 야만적이고 무시무시했다.

그러나 이들 네덜란드 사람들은 불굴의 투지를 발휘하기 시작했다. 머리를 짜내어 계획을 세우고, 물물교환을 통해 자귀, 도끼, 칼 따위를 손에 넣었다. 그리고 영국 사람들이 가르쳐 준 대로 나무를 베어 쓰러뜨렸다.

각 가족마다 자력으로 엉성하게나마 통나무집을 만든 뒤 모두가 힘을 합쳐서 좀더 큰 통나무집을 세워 교회로 삼았다. 이 교회의 좌석은 나무 껍질이 그대로 남은 통나무였고, 설교단(說敎壇)은 큰 그루터기에 불과했으나 여기서 맞이한 최초의 일요일에 이들 네덜란드 사람들은 비로소 그들의 것이 될 이국의 하늘 아래 모여 하느님을—그 신앙을 위해서 너무나 많은 것을 고국에 버리고 오게 된 그 하느님을—예배하였다.

그러나 많은 동지들이 최초의 2년 동안에 또 탈락되었다. 나이 많은 사람들이라든가 도시 출신의 비교적 섬약한 사람들은 힘든 일이나 결핍한 생활을 견뎌낼 수 없었기 때문이었다. 그리고 그날 신을 찬미하기 위해서 일어섰던 사람들은 마침내 5, 60명 가량밖에 남지 않게 되었나. 이들 대부분은 신을 찬미하면서도 흘러내리는 눈물을 억제하지 못했다. 그러나 그들의 목사는 아직도 그곳에 남아 있었다. 이미 살아 있는 시체나 다름없어 보기에도 불쌍하리만큼 늙었으나, 불굴의 투지는 여전히 넘치고 있었다. 하지만 그 목사도 이듬해 이 세상을 떠나고 말았다.

최초의 몇 년 동안에 치르지 않으면 안 되었던 온갖 고난들! 무엇보다도 먹고 살기 위해서는 살림을 개간하여 농작물을 재배해야 했다. 처음에는 나무들을 큰 도끼로 찍어내어 쓰러뜨리고 쇠사슬로 묶은 통나무를 사람과 말이 힘을 합쳐서 끌어내야 했는데, 일단 그루터기는 그대로 남겨두기로 하고, 보다 서둘러 씨를 뿌리고 수확을 거두어야 했다. 겨울 동안엔 그루터기 주위를 깊이 파고 그루터기에 밧줄을 매어 놓은 다음, 사람과 말이 가쁘게 숨을 몰아쉬며, 때로는 비명을 지르면서 그루터기를 뿌리째 뽑아냈다. 이 그루터기들을 한쪽에 늘어놓으니까 저절로 하나의 울타리가 이루어졌다. 하지만 말이 쉽지 모두 뼈와 살을 깎아내는 듯한 중노동이었다.

얼마 안 가서 사람들은 누가 보더라도 도회지 출신이라고는 생각할 수 없는 몰골이 되었다. 그러나 하마나스만은 예외여서, 그의 수척한 몸은 비록 체력을 필요로 하는 곳에서는 별로 큰 도움이 되지 못했지만, 그는 여전히 결벽성과 다소 고상한 취미를 간직하고 있었다. 이런 개척지에서까지 꾸준히 그는 자기의 기술을 발휘했으므로, 때로는 제법 먼 곳에서도 사람들은 고장난 벽시계나 회중시계 따위를 들고 찾아오곤 했다.

하마나스는 처자와 함께 그의 부모가 사는 통나무집에 잇닿은 이웃 통나무집에 살고 있었다. 파리 태생으로 몸집은 작아도 용감한 프랑스 아가씨는 이제 한 사람의 당당한 개척자로 변모해 있었다. 온갖 고난을 겪었음에도 불구하고 여전히 명랑하며 동작이 민첩하고, 일을 앞두고는 실제적이고 또 정열적인 이 여성은 언제나 집안일을 척척 해치워 오두막 안은 정결했고 어린애들을 잘 보살폈다. 그녀는 코넬리어스를 낳은 다음 해부터 해마다 아이를 하나씩 낳아서 모두 2남 3녀를 두게 되었는데, 그 이후가 되어서야 수년간 아이를 갖지 않았다.

키가 작은 이 아내는 자기 남편 하마나스에 대한 존경심을 한시도 잊지 않았다. 자기의 남편이야말로 훌륭한 인물이라고 생각하고 있었다. 하지만 그 여자 자신은 이 생활을 기꺼이 받아들일 수가 있었다.

누군가는 요리를 하고 바느질을 하며 아이들의 시중을 들어 주지 않으면 안 되었다. 어딜 가나 여성은 이러한 일들에 매여 살고

있으므로 자기인들 여기서 이런 일들을 못할 리가 없다고 생각했
다.

그녀는 부지런히 채소밭을 갈았다. 10마일이나 되는 먼 길을 걸
어 개척자 부락에 가서, 어미 닭 한 마리와 달걀 여섯 개를 사가
지고 돌아와서 양계를 시작하였다. 그녀는 못은 있어도 집오리를
키울 수 없음을 한탄했다. 남편은 매일 아침 8시 전에는 일어나지
않았지만, 언제나 남편이 아침 식사를 들기 전에 컵에 가득히 초
콜릿을 가져다 주었다. 자기도 모르는 사이에 남편이 커피와 케이
크 등의 아침 식사를 들 때쯤이면 그녀는 이미 가족을 위해 한나
절의 일을 다 마친 상태이곤 했다.

그녀는 남편을 존경하고 있었고 남편의 신사적인 매너라든가,
풋풋한 표정, 면도의 흔적이 역력한 뺨이라든가, 티 하나 없는 하
얀 셔츠와 칼라 등을 자랑스럽게 쳐다보았다. 하마나스 같은 사내
는 미국의 어떤 개척 부락에도 찾아볼 수가 없었다.

작은 키의 이 프랑스 부인은 비교적 둔한 편인 네덜란드 부인
들에 비해 매우 빨리 이 개척지 생활에 익숙해졌고, 황무지 상태
의 이 토지를 매우 아담한 프랑스식 정원으로 꾸밀 줄도 알았다.
그녀는 사방에서 꺾꽂이에 쓸 작은 나뭇가지를 모아 왔다. 누구의
집을 방문하더라도 반드시 무슨 풀뿌리이건 얻어오고 마는 성미
인 그녀는 언제나처럼 그것을 소중하게 머릿수건에 싸들고 돌아
왔다. 집안 식구들은 그녀가 키운 채소라든가 병아리라든가 달걀
을 얼마든지 먹을 수 있었으며, 또 그녀가 근처의 영국인과 잘 타
협해서 바느질 품삯 대신 받아온 송아지 한 마리 덕택에, 네덜란
드 이주자들 사이에서는 가장 먼저 우유를 마실 수도 있었다. 그

녀는 대단히 실제적이고 참으로 명랑했다. 남들이 보기에는, 황무지를 개척하는 일이나 이곳에서 겪는 노동이 그 여자에게는 조금도 고통스러워 보이지 않았다.

그런 어느날 그녀는 고구마밭에서 돌아와 통나무집 입구에 멈추어 서더니, 둥근 통나무 속을 파내어 만든 조그마한 간이침대에서 잠자고 있는 그녀의 어린애를 바라보게 되었다. 아이는 쌔근쌔근 잠이 들어 있었으나, 놀랍게도 방울뱀 한 마리가 그 아기 위에 태연히 드러누워 있더니 천천히 똬리를 틀면서 길다란 몸뚱이를 뻗치고 있는 것이 아닌가!

그녀는 현기증이 나서 입구 위쪽에 가로걸린 가로목에 의지하였다. 이때 그녀의 머리에 떠오른 생각은 소리를 낸다거나 몸을 움직여서는 안 된다는 것이었다. 그러나 만일 아기가 눈을 뜨거나 몸을 움직이면 어쩌나 하고 그녀는 살며시 문턱에 주저앉아 공포에 떨면서 눈을 모으고 열심히 기도하였다.

그녀가 이렇게 꼼짝 않고 앉아 있는 동안 뱀은 천천히 몸을 길게 풀어헤치고 있었다. 해는 이미 중천에 떠올라 가족들이 모두 식사하러 올 시간이 가까워 왔다.

그녀는 계속해서 기도를 올렸다. 이윽고 뱀은 별 행동 없이 움직이기 시작하여 아기 위를 기어나오더니 침대 가장자리를 미끄러지며 곧바로 흙바닥을 지나서 엮어 있는 통나무 틈새로 향했다.

이때 비로소 몸집은 작으나 용감한 이 어머니의 머릿속에는 맹렬한 분노가 치밀어올랐다. 마침 손에 들고 있던 괭이를 단단히 움켜쥔 그녀는 황급히 달아나는 뱀을 쫓아가서, 째지는 듯한 고함과 함께 무턱대고 괭이를 내리찍었다.

하마나스가 식사하러 돌아왔을 때에 그녀는 기진맥진하여 복판에 엎드려 토막토막 끊어진 뱀 옆에서 울고 있었고, 아기는 잠에서 깨어나 무사태평으로 놀고 있었다. 하마나스가 아내의 우는 얼굴을 본 것은 이때가 처음이었다.

다음에 태어난 아기는 케어리였다. 이 아이는 정신적인 성숙함이나 명랑한 성격, 풍부한 상식, 용기 등등 부친의 가장 뛰어난 면과 체구가 작은 프랑스 여성의 적응성, 정열, 기질 등을 고루 물려받고 있었다.

이제 네덜란드 이민의 생활도 미국 국민의 생활 속에 잘 융합되고 있었다. 이주자들 스스로도 그렇게 되려고 노력하였다. 그러나 마인히어 스타르팅 자신도 때로는 그랬던 것처럼 나이 많은 사람들 가운데는 고향의 안락하고 안정된 생활을 그리워하는 사람들이 적지 않았다. 이곳에 이주한 지 얼마 안 되어 목사가 죽었다는 사실은 마인히어에게도 심각한 타격이었고, 그는 그 목사의 후임으로 취임하려는 어떠한 사람에게서도 마음으로부터의 만족감을 얻을 수 없었다.

어려운 역경 속에서도 정말로 견디기 어려웠던 일은 그들이 고국을 버린 지 반 년도 채 안 되어 네덜란드 정부가 별안간 정책을 바꾸어 시민에게 신앙의 자유를 허용했다는 소식이 전해진 때였다. 조금만 더 참고 견뎠더라면 이런 고난은 적어도 겪지 않았을 것이다. 이런 쓰라린 노동에 종사할 필요도 없고 이같은 희생자를 내지 않아도 되었던 것이다.

개중에는 마인히어가 너무 성급하게 굴었다고 비난을 퍼붓는 사람도 있었다. 마인히어는 자기의 행동이 당연한 것인가 아닌가 하는 판단을 내리지 못한 채, 호소하는 듯한 눈으로 그들을 바라보며 풀이 죽어 간신히 짜내는 목소리로 말했다.

"어쨌든 그것은 하느님과 자유를 위해서 한 일이오."

그때 그의 선량한 아내가 나섰다. 이때까지 교회에 모인 사람들 앞에서 한 번도 말해 본 적이 없는 그녀였지만, 이때만은 자기 남편을 나무라는 사람들 앞에 서서 평소와 다름없는 차분한 말투로 이렇게 말했다.

"그 당시에 이런 결과가 되리란 것을 어찌 예상할 수 있었겠습니까. 하느님은 지금도 알고 계실 것입니다. 우리가 신앙의 길을 따라온 것을. 하느님께서는 지금 우리의 참된 가치를 알고 계십니다. 우리들은 성실하게 신앙을 증명한 것입니다. 도대체 여러분 중에서 과연 누가 우리 남편만큼 큰 희생의 대가를 치른 분이 있었습니까. 방이 열두 개나 되고 방마다 도제(陶製) 스토브가 갖춰져 있던 그 훌륭한 저택에서 살던 나만큼 많은 것을 버리고 온 이가 있습니까?"

그녀의 말은 매우 정당했다. 어느 누구도 다음 말을 잇지 못했다. 이윽고 마인히어가 침묵을 깨고 단호히 말했다.

"이제는 돌아갈래야 돌아갈 수 없소. 가능한 것은 전진하는 길뿐이오. 우리는 있는 힘껏 이 새로운 나라에서 생활 터전을 닦지 않으면 안 되오. 아이들에게 이 나라 말을 배우게 하고, 우리들 자신도 가능하면 그것을 익히도록 합시다. 이 나라의 법률을 지키고 이 나라 시민이 되어야 하는 것이오. 그리고 이제는 이보다 오랜 역사를 지닌 나라의 국민이었다는 사실을 잊읍시다."

그들은 이날부터 그 새로운 목표를 달성하기 위하여 노력하기 시작했다.

* * *

　마인히어의 꿈은 네덜란드에서 자신이 살던 집과 같은 것을 죽기 전에 다시 한 번 가져보는 것이었다. 이 꿈만 이루어진다면 지난 날의 기억을 좀더 쉽게 잊을 수 있으리라고 그는 생각했다. 나이 많은 아내가 진심으로 집디운 집에서 다시 살아보고 싶어하는 것을 바라보며, 거친 통나무집에서는 결코 평온할 수 없음을 깨닫게 됨에 따라 그 꿈은 한결 강렬해졌다.

　그의 일가가 소유하고 있는 토지는 비옥한데다가 마인히어의 장성한 아들들이 잘 경작했으므로, 처음 몇 년 동안은 식량을 충분히 확보할 수 있었을 뿐만 아니라 연말에는 금전상의 여유도 생기게 되었다. 목재는 풍부하였고, 게다가 영국 사람들의 마을에 조그마한 제재소란 것도 있었으므로 마인히어는 오랜 소망이었던 주택을 세우기로 결심했다.

　그는 심혈을 기울여 자신이 직접 설계하고 건축 작업에 전념했다. 아들들도 시간이 나는 대로 이 작업에 적극 참여했다. 마인히어는 버거우리만큼 고달픈 삶을 살아왔으면서도 모든 것을 잘 참아온 그의 선량한 아내가 이 새 집의 건축을 진심으로 기뻐하는 모습을 보며 만족스러워했다.

　이 집은 개척지의 한쪽 구석에 세워졌다. 목조 건물이지만 방은 열두 개나 되고, 마루는 매끈한 널빤지이며, 벽은 회칠을 한 위에 종이로 잘 도배까지 하였으므로 당당한 도회풍의 저택이 되었다.

목재는 뒷산에서 베어 온 것이고, 그들 손으로 해결할 수 없는 것은 적당한 사람과 품앗이를 하여 때웠다. 그러나 공사를 다 끝내기까지는 2년 이상의 오랜 시일이 걸렸다. 그러니까 아직 채 공사가 끝나지 못한 상태에서 두 번째 겨울을 맞게 된 것이다. 첩첩산들로 에워싸인 고원의 매서우리만큼 추운 겨울이었다. 마인히어는 바깥에 서서 공사의 진행을 감독하다가 찬바람을 너무 쐰 나머지 병에 걸렸다는 사실도 미처 모른 채 중태에 빠져 이 세상을 떠났다. 같은 해 겨울, 새 집에 대해 이제 아무런 미련도 느끼지 못하게 된 그의 아내마저 슬며시 자취를 감추듯 남편 뒤를 따랐다.

이 늙은 부부는 요람에서 잠들어 있는 손녀 케어리의 얼굴을 지켜보며 새로운 나라에서 훨씬 더 새로운 다른 나라로 사라져 갔다. 그러므로 케어리 자신은 그러한 사실에 대해 아무것도 기억하지 못한다. 그러나 그 할아버지 할머니의 강한 영향력은 그녀의 머릿속에, 그리고 육체 전체에 고스란히 흐르고 있었다.

1858년 겨울, 실의의 물결이 개척지 전체를 뒤덮었다. 농작물의 수확이 형편없었던 것이다. 그래서 네덜란드 사람 중 몇 사람은 농사를 단념하고 도시로 나가 장사를 하기로 결심했다. 마인히어의 장성한 두 아들도 그 무리에 끼어, 가족을 데리고 개척지를 떠났다. 남은 것은 하마나스와 그의 처자, 그리고 미완성 상태의 저택뿐이었다.

그러나 네덜란드에서 태어난 하마나스의 큰아들은 벌써 15세가 되었고, 그 나이에 비하면 판단력과 책임감도 강한 편이었으므로, 하마나스는 이 아들의 도움을 받아 또한 가능하면 이웃 사람들의 힘도 빌려서 새 집을 완성시키고, 그 집으로 이사를 했다. 이때 케어리는 두 살이었다. 그러나 그녀는 벌써 이 새로운 집과 커다란 네모꼴의 텅 빈 방들을 인생에 있어서 최초의 기억으로 간직하게 되었다.

바꾸어 말하면 할아버지 마인히어의 가슴 속에서 싹트고, 어린 오빠의 값진 노동의 대가로 완성된 이 광대하고 품격 있는 아름다운 집 역시 이 미국 부인을 만드는 데 한몫을 했던 것이다.

이 무렵부터 케어리는 기억을 더듬어서 자기 성장을 얘기할 수 있게 된다. 그녀는 중국에 건너간 뒤로부터 오랜 세월 동안 그 추억에 대해 나에게 얘기해 주었다. 그렇다고 오랜 시간에 걸쳐 얘기해 준 적은 한 번도 없었다. 그런 한가한 얘기로 몇 시간이고 허비할 틈 같은 것은 전혀 없을 만큼 바쁜 그녀였다.

그러나 내가 케어리와 같이 살았던 30년 세월을 되돌아보고, 이것저것 들은 이야기를 머릿속에 종합해 보다 보면, 리틀 레벨즈('조그만 평원'이라는 뜻―역주)라는 산줄기에 둘러싸인 비옥한 식민지 마을이 한 소도시로 발전해 가는 초창기에 그 마을에서 소녀 시절을 보냈을 그녀의 발랄한 모습이 눈앞에 선하게 떠오른다.

케어리는 종종 일요일 저녁이면 어느 때보다도 많은 시간을 할

애하여 이야기해 주었다. 일요일은 웬지 고향에 대한 추억을 되살리게 하는 무엇인가가 있었던 모양이다. 이날은 일어날 때의 표정부터가 여느 때와 달랐다. 목적이나 계획에 떼밀리는 평상시와 달리 한층 평화로운 표정을 띠고 있었다. 양 옆으로 퍼진 낮은 이마는 윤기가 흘렀으며, 평소에는 온화하다기보다는 오히려 날카롭기까지 한, 그녀의 밝은 두 눈도 이날만은 고요함을 가득 담고 있었다.

일요일이면 햇볕이 잘 드는 선교사관 식당에서 아침 식사를 하는 것도 한결 즐거웠다. 눈부시게 하얀 테이블보 위에는 갓 피어난 꽃이 항아리에 꽂혀 있고, 뜨거운 커피와 남부 특유의 따끈한 빵과 과일잼, 베이컨, 달걀 등이 어우러지며 눈앞에 떠오른다. 누런 피부의 중국인 심부름꾼이 시중을 드느라고 주위를 맴돌지만 케어리는 그에게 사소한 지시만을 내리고, 바쁘게 푸른 컵이나 접시를 손수 늘어놓는다. 때로는 자기가 직접 꾸며 놓은 정원을 정겹게 바라보았다. 꽃이 만발하게 피어 있든, 겨울 하늘 아래 을씨년스럽게 모습을 드러내고 있든 상관 없이 그녀는 언제나 변함없는 애정이 깃든 눈빛으로 그곳을 응시하며 이렇게 말했다.

"아름다운 뜰이야!"

또 식사중에 이런 말을 할 때도 있었다.

"고요한 일요일 아침이 올 때마다 고향 옛집을 생각지 않을 수 없구나. 정말이지 여기에서 교회 종소리만이라도 들을 수 있다면…… 당시엔 일요일 아침이 되면 언제나 우리 할아버지께선 성경을 옆에 끼고 교회로 터벅터벅 걸어가셨지. 여든이 되셨어도 여전히 화살처럼 꼿꼿한 자세이셨단 말이야."

　교회의 종, 고요한 마을의 집집에 울려퍼지는 맑고 소박한 저 종소리가 들리지 않는 것을 케어리는 언제나 불만스럽게 생각하고 있었다. 선교사관 아래쪽에 있는 골짜기의 대숲 너머에서는 때로는 낮에, 그리고 대개는 밤이 되면서부터 둔중하고 서글픈 사원의 종소리가 오로지 비통하게 울려올 뿐이었다. 케어리는 이를 무척 싫어했다. 그것은 그녀 주위에서 전개되는 동양인 생활의 모든 음영과 신비, 암흑을 전해 주는 것같이 들렸기 때문이다. 그리고 그녀는 신비라든가 암흑 같은 것을 싫어했다. 언젠가 케어리가 살고 있는 도시에 조그만 교회가 세워지자, 그녀는 서둘러 고향 마을 사람들에게 편지를 써서 교회의 종—미국제의 조그마하고 소리가 맑은 교회용 종—을 기부해 달라고 간청했다.

　밝고 시원스런 가락으로 중국 거리에 울려 퍼지는 그 쾌활한 종소리보다 더 훌륭하게 미국식 인사를 전해 주는 방법은 없었다. 나는 자주 풍채 좋은 노신사가 머리 위에서 보란 듯이 명랑하게 울리는 종소리에 깜짝 놀라 걸음을 멈추고는, 그 소리의 정체를 알아보려는 듯 고개를 쳐들고서 시선을 모으고 있는 모습을 목격한 일이 있다. 시내 전체를 뒤져도 이 종만큼 경쾌하고 맑디맑은 소리를 내는 종은 없었다.

　케어리는 일요일 아침 그 종소리를 들을 때마다 언제나 미소지으며 이렇게 외쳤다.

　"정말 굉장하지 않아. 그리운 고향의 그 종소리여!"

　그러나 케어리가 가장 여유 있게 우리에게 이야기를 들려 주는 때는 일요일 저녁이었다. 이날 케어리는 교회에 두 번 갔다. 한 번은 아침에 중국 사람들의 예배에 참석하는 것이고, 두 번째는 오후에 고국에서 멀리 떠나와 있는 백인 남녀가 찾아와서는 추억 속에 남아 있는 하느님을 찬송하자는, 참으로 처량한 예배에 나가는 일이었다.

두 번 다 케어리가 오르간으로 연주했는데, 보잘것없는 유아용 오르간으로도 음악적 기적을 낳고는 했다. 찬송가를 부를 때에는 반드시 케어리가 선두에 섰다. 아름답고 성량이 풍부한 소프라노 소리에 천장의 대들보까지 흔들릴 것만 같았다. 이 밝고 미묘한 목소리는 그녀가 훗날 병들어서 야윌 대로 야위어 뼈와 가죽만 남아 있을 때조차 변함없이 크고 맑았다.

또한 일요일 저녁에는 자신의 오르간을 연주하면서 노래했다. 그 오르간은 형제 자매 가운데서 케어리가 가장 사랑하고 있던 코넬리어스가 보내 준 선물이었다. 어쨌든 하마나스는 평생 허약했기에 자녀들이 아버지로서 의지하기보다는 오히려 자식들이 봉양해 주어야 하는 사람이었으므로, 이 코넬리어스가 아버지 노릇을 대신하고 있었다. 그런데 나는 이 책의 첫머리에서 케어리에 대해 예의 미국식 정원에 서 있는 모습이 가장 잘 기억이 난다고 말하지 않았던가. 그러나 선교사관의 조그만 네모꼴 거실—창에는 흰 커튼이나 싱싱한 꽃꽂이와 등나무 의자 따위로 아름답게 미국식으로 꾸며 놓은 방—에서 일요일 저녁에 오르간을 연주하며 노래하던 그녀의 모습 또한 기억할 수 있을 것 같다.

검은 기와 지붕의 중국 가옥들 틈에 끼여 있는 이 미국식 집에서 행상인들의 고함소리라든가 어린애들의 울음소리, 사람이 들끓는 거리의 왁자한 소리나 아우성에 에워싸인 채로 그녀가 노래한, 옛 그대로의 많은 찬송가는 바다와 산을 넘어 저 멀리 있는 나라로 우리를 데려갔다.

주님이여 당신 곁에 가까이 가리다
해는 져서 사방은 어두워
내 영혼을 사랑하는 예수여

그밖에도 많은 찬송가를 노래했지만, 어떤 경우에든 반드시 승리의 뜻이 담긴 노래를 많이 골라 불렀다.

실제로 그녀가 지닌 음성 가락도 본래 슬프기보다는 기쁜 것이다. 승리를 노래하는 데 더 적합했으며, 우리는 그녀가 〈영원하신 주님은 인도하시네〉라든가 〈오라, 마음이 결백한 자여〉 등의 노래를 부르는 것을 더 좋아했다. 그녀 또한 그러한 노래들을 자기의 애창가로 삼고 있었다.

이제 곧 생애의 마지막 순간에 이르러 죽음의 침대에 누워 있을 때에도 그녀는 베개 위에서 머리를 옆으로 돌리며, 바싹 여윈 얼굴에서 검은 불굴의 눈동자를 빛내면서 이렇게 힘주어 말하고 있었다.

"나를 장사 지낼 때에는 슬픈 찬송가는 부르지 말고, 영광의 노래를 불러 줘야 해."

우리 주위에는 어둡고 소란한 생활이 밀어닥치고 있었음에도 케어리의 고운 목소리에는 언제나 승리의 가락이 담겨져 있었다. 그러한 그녀라 해도 전혀 노래를 부르지 못할 때도 있는 것이 사실이지만, 그럴 때에는 부쩍 집안이 침울하게 느껴졌다. 하지만 그런 경우는 극히 일시적이어서 이내 또 노래를 부르게 된다. 간소하고 쾌적한 방에서 다시 그녀의 노래가 울려 퍼지면, 우리는 리틀 레벨즈의 마을로 동행되어 그녀의 눈을 통해 초기 미국 생활의 소박하고 고상한 면을 엿볼 수 있었다.

노래가 끝나면 케어리는 마음의 평정을 되찾게 되고 병적인 향수에서 해방되어 차분해지는 것이었다. 우리가 그 노래의 매력에 깊이 취해 있는 동안 겨울이면 난로 옆에서, 여름이면 정원을 마주보고 있는 긴 베란다에서 우리와 나란히 앉아 생각나는 대로 띄엄띄엄 옛이야기를 들려 주었다. 그것을 들으면서 우리는 케어리의 유년 시절, 소녀 시절 그리고 신부(新婦) 시절 때의 모습을 눈앞에 그려 보곤 했다.

케어리는 우리에게 크고 아름다운 집을 보여주었다. 그 집 지붕 밑에 그녀의 인생 최초의 추억이 깃들여 있었던 것이다.

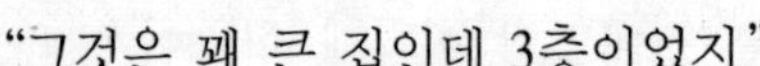

"그것은 꽤 큰 집인데 3층이었지."

그녀는 손짓으로 그 정경을 눈에 선하도록 그려 보이며 말했다. 지하에는 깊고 차가운 술 창고가 있었는데, 여러 개의 얕은 그릇에 우유가 담겨져 저장되어 있었다. 그곳은 또 버터를 만드는 작업장 구실도 했다. 선반 위에는 네덜란드 치즈나 베리주(酒), 포도주가 담긴 술통들이 놓여 있었다. 블루베리, 라즈베리, 엘더베리 등 각종 딸기는 여름에 따서 저장되었다.

케어리는 때때로 이쯤에서 얘기를 중단했다가 추억 속에 잠기면서 이렇게 말했다.

"해마다 여름이 되면 모두들 숲 속으로 가서 그런 딸기를 따서 모았었지. 그래, 새빨간 라즈베리에는 마치 은구슬 같은 이슬이 맺혀 있었단다. 과실주를 마실 때는 나는 늘 라즈베리주를 마셨어. 이 술을 마신 뒤에도 어쩐지 그 은구슬 같은 이슬이 느껴지고 다른 술보다 한결 더 달콤하게 생각되었지. 그때 나는 종아리를 내놓고 다녀서 툭하면 가시에 찔리기 일쑤였단다!"

케어리는 이야기를 마치고 미소를 지으며 어둠 속을 바라보았다. 이렇게 한동안 침묵하고 있는 사이 우리에게는 얼굴이 볕에 타지 않도록 보닛을 쓰고 딸기 따는 데 열중하고 있는 갈색 다리의 소녀 모습이 떠올랐다.

"보닛이란 아무 소용도 없었으니까……."

케어리는 언제나 이처럼 말했다.

"아무튼 태어나면서부터 내 피부는 호두처럼 갈색이었지―그것은 매우 부끄러웠지만. 그러던 차에 그리터가 태어났는데, 이 아이는 나보다 더 피부색이 검었지 뭐야. 이제 모두들 날 놀리는 대신 그리터를 놀리기 시작한 셈이지. 그래도 그리터는 참 귀여운 아이였어. 그리터는 망아지의 눈처럼 크고 검은 눈을 가졌지."

훨씬 뒤에야 나는 내 눈으로 직접 그 집을 보게 되었지만 참으로 듣던 그대로의 집이었다. 밖에는 울타리로 에워싸인 큰 정원이 있고, 그 안으로 들어가려는 사람은 누구든지 앉아 있던 마차에서 내려 울타리에 달린 문의 빗장을 들어올려야만 했다. 왼쪽에는 오래 묵은 큰 단풍나무가 서 있고 그 밑에 발판이 있었다. 케어리는 자주 이곳으로 말을 끌고 와서는 그 발판을 딛고 말 위에 올라탔는데, 그것은 소녀 시절을 지나서 땅에 끌릴 정도의 긴 승마용 스커트를 입게 된 이후부터의 얘기이고, 그 이전의 소녀 시절에는 목장으로 달려가서 달리는 말갈기를 움켜쥐고는 물결치듯 검은 머리를 휘날리며 말등에 올라탔다는 것이다.

"그 무렵의 자유스런 생활은 참으로 즐겁기만 했지."

케어리는 이따금 이렇게 말했다.

"나는 처녀 시절에 달음박질을 하거나 말을 타고 저 낮은 언덕과 골짜기를 내달리던 기억이 있기에, 중국 처녀들을 볼 때마다 가엾기만 해. 말은커녕 길가에는 꾸물꾸물하는 진흙투성이의 물소들뿐이니 말이야."

언제나 감정을 솔직하게 나타내는 케어리의 눈은 우수에 젖어들며, 담장 너머의 어수선하게 몰려 있는 중국 가옥의 지붕들을 바라보았다.

케어리가 어린 시절을 보낸 하얀 집 주위에는 공간이 훤하게 틔어 있었다. 입구 둘레에는 화단이 있었는데, 여기서부터 양쪽으로 포도 넝쿨이 뒤덮인 사각 모양의 현관까지는 돌로 포장된 작은 길이 나 있고, 초록나무 그늘에는 나무 의자가 몇 개 놓여 있었다. 정면에 보이는 커다란 흰색 문은 겨울에만 닫혀 있을 뿐, 다른 계절에는 언제나 활짝 열려 있었다. 이 문에는 놋쇠 손잡이가 달려 있었으며, 그 위로 부채꼴의 유리창이 있었다. 내가 갔을 때에도 이 문은 열려 있었는데, 곧장 안으로 들어가 보았더니 안쪽으로 넓고 긴 복도가 끝나는 곳에 잔디와 나무 담장이 있었고, 그 앞에는 화단, 그 반대편에는 사과밭 등이 보였다.

방들은 그 복도 양쪽에 있었다. 지금 굳이 이런 얘기를 하는 것은 이런 방들의 위치를 우리는 일찍이 육안으로 보기 전에 알고 있었고, 그것이 또 우리에게 있어서는 미국을 대표하는 물건들이기 때문이다. 여기에 들어서면 좌측에는 서늘하고 어두운 객실이 있고, 그곳에는 말의 털을 넣은 소파라든가 의자, 책상, 그리고 자단목재로 만들어진 아름다운 탁자 등이 중앙에 놓여 있었다. 피아노도 있고, 그 위에는 바이올린 몇 개와 플루트가 하나 얹혀 있었다. 벽에는 하마나스의 손으로 제작된 매우 아름다운 에칭, 펜그림 몇 점, 게다가 풍경화도 한두 점이 걸려 있었다. 굵게 세모 홈을 판 백목(白木)의 맨틀피스 위에는 마인히어 스타드빙을 그린 어두운 색조의 유화 한 폭이 걸려 있었다. 꽃무늬가 있는 융단이 방 전체에 깔려 있고, 긴 프랑스식의 창문이 뜰 쪽으로 열려 있었다.

오른쪽에는 하마나스가 오랫동안 그의 아내와 함께 사용했던 방이 있었다. 그러나 내가 보았을 당시에는 장남 코넬리어스가 이 방을 물려받아 그의 아내와 함께 살고 있었다. 노신사 하마나스는 놀라우리만큼 은빛으로 빛나는 백발에 정정하고 야무졌으며, 여전히 작달막한 키를 유지하며 복도 안쪽에 붙어 있는 옆방에 살고 있었다. 문이 열린 채로 있는 그 방 안에는 하마나스가 수리중에 있는 헤아릴 수 없는 많은 벽시계와 볼품 없는 구식 회중 시계의 재깍재깍 돌아가는 소리가 들렸다. 가족들은 대개 7시에 아침 식사를 했으나, 하마나스만은 아침 8시 정각이 되어서야 그의 방에서 나왔다.

이와 같이 하마나스가 나오는 것을 내가 처음으로 보았을 때 이 노인은 이미 87세였으나, 복장은 매우 단정하고 허리는 꼿꼿하였으며, 숱이 많고 부드러운 은발은 마치 케어리 것과 흡사하게 양 옆으로 길게 퍼진 낮은 이마 위로 빗겨 올려져 있었다. 하마나스는 다소 군대식으로 예의바른 아침 인사를 하며, 복도의 막다른 곳에 위치한 식당으로 들어갔다. 식당의 한쪽 모서리에는 채소밭이 보이고, 길다란 창틀을 따라 사과밭이 보였다. 서늘하고 허름한 기다란 방인데, 두세 가지 아름다운 가구가 놓여 있었으며, 멋진 조각을 한 타원형 탁자도 놓여 있었다.

일찍이 케어리가 상해(上海)의 골동품상에서 타원형의 탁자를 발견했을 때, 왜 그다지 기뻐했는지 그 이유를 이제야 겨우 알 것 같았다. 비계살투성이의 중국인 가구점 주인은 일전에 어느 경매장에서 영국인 선장으로부터 이 탁자를 사들였다고 설명했다. 그 선장은 티크재(材)를 일부러 인도에서 영국 본토에까지 보내며 영국인 목수를 시켜 탁자를 만들게 하였는데, 그것을 자기 배에 싣고 상해에 있는 자기 집까지 운반해 오긴 했으나, 얼마 안 가서 아내가 죽게 된 관계로 가재 도구를 다 처분할 수밖에 없었다고 한다. 결국 그 탁자는 이처럼 그 헌 가구 상점에 굴러 들어오게 된 것이었다. 조그맣고 지저분한 상점이었는데, 낡은 등나무 의자라든가 너덜너덜해진 유아용 의자, 혹은 대나무 세공품 등의 잡동사니들이 쌓여 있는 가운데 유독 우아하고 기품을 풍기는 그 탁자를 보자, 케어리는 2, 3달러 정도를 주고 사들여 놓고는 닦고 또 닦으며 퍽이나 애정을 쏟았다. 그 뒤 어디로 이사를 하건 케어리는 그 탁자를 동반했다. 때로는 2층의 조그만 방에서 살게 되었는데, 계단이 몹시 좁고 구부러져 있어서 테이블을 들여놓을 수 없자 밧줄에 매달아 비좁은 중국 거리의 공중에 떠 있는 것을 겨우 창문 안으로 들여놓을 수 있었다. 그 밑에서는 손수레꾼, 인력거꾼, 걸음을 멈춘 통행인들이 넋을 잃고 누렇게 뜬 얼굴로 쳐다보고 있었다.

케어리는 만년까지 언제나 타원형 탁자 옆에 자리를 잡고 있었다. 그리고 나는 케어리가 태어난 커다란 집의 식당을 보고 비로소 그 이유를 알게 되었다. 케어리는 그런 분위기로 우리를 그녀의 조국에 조금씩 다가가게 했던 것이다. 그 커다란 집에서 넓은 계단 난간이 붙어 있는 마호가니 목재로 된 계단을 올라가면 네모꼴의 커다란 침실이 여섯 개 있는데, 우측 바깥에 있는 것이 케어리의 침실이었다. 이 방에서는 리틀 레벨즈의 탁 트인 초록 우거진 숲 너머로 먼 산들이 보이고, 바로 창 밑에는 화단이 있으며, 그 앞에는 앞서 말한 오래된 단풍나무가 서 있었다. 실내로 시선을 옮기면 한쪽 벽에는 다락식의 넓은 옷장이 있고, 창 밑에 달라붙게 만들어진 걸상은 케어리의 보닛을 보관하는 모자함의 역할도 겸하고 있었다. 방안 한가운데는 꽃무늬 장식의 모슬린 커튼으로 가려져 있는, 폭넓고 흰 빛깔의 시원스런 침대가 놓여 있었다. 담홍색 장미꽃잎과 연녹색의 풀잎이 조화를 이룬 벽지가 붙어 있는 벽면에는 세 폭의 그림이 걸려 있었다.

그중 하나는 하마나스가 프랑스에서 샀다는 낡은 성모상인데, 황금색의 액자 속에서 매우 빛바래 보였다. 또 한 폭은 케어리 모친의 은판 사진, 나머지 한 폭은 해질녘 나지막한 언덕 사이로 구부러져 있는 산길에서 양떼를 몰고 돌아다니는 모습을 그린 판화였다.

케어리는 언제나 양치기를 매우 좋아했다. 선교사관에 있는 그녀 방에도 잡지에서 오려낸 그림을 자기 손으로 직접 만든 틀 속에 끼워 넣은 액자가 걸려 있었으며, 어린 나이에 죽은 아이들의 묘지 위에 '그는 어린 양을 품에 안고 간다'는 목자의 말을 새겨 놓은 액자도 걸려 있었다. 그러니까 케어리의 이 방은 멀리 떨어진 이국 땅에서 우리에게 영향을 주었던 여러 특징적인 요소들을 잘 설명해 주고 있었다.

케어리가 소녀 시절을 보낸 이 방바닥에는 산뜻한 담황색의 돗자리가 깔려 있었고, 그 위를 장미 모양의 융단이 덮고 있었다. 높은 창문 아래에는 의자가 놓여 있었으며, 걸고리에 매어 놓은 장미빛 커튼도 달려 있었다.

의자는 두 개인데, 하나는 색칠을 한 흔들의자이고, 또 하나는 바닥을 갈대로 엮은 사다리꼴 모양의 딱딱한 의자였다.

그밖에는 자단 목재로 만들어진 자그마한 화장대와 옷장이 있고, 화장대 위에는 엷은 금빛 테두리로 조각된 타원형 거울이 있었다. 언제나 방안 어딘가에는 꽃꽂이 화병, 그리고 읽고 있던 책, 바느질감 등이 놓여 있었다. 그 방에는 뭐라고 말할 수 없는 향기와 소박함과 청순함이 깃들여 있었다. 이런 하찮은 것까지 내가 말하는 데에는 다름아닌 이 방에서 케어리가 생활하고 잠자며 많은 꿈들을 꾼 곳이기 때문이다. 2층에서 조금만 올라가면 커다란 다락방인데, 지붕 사이로 난 몇 개의 창문을 통해 녹색으로 푸른 싱그럽고 평지로 이어진 목장을 바라다볼 수 있다. 지붕 밑에는 네덜란드에서 가져온 작고 튼튼한, 등이 둥근 여행용 트렁크가 놓여 있었다. 《고디 북》이라든가 《피어슨즈 매거진》 등의 잡지가 산처럼 쌓여 있고, 난로 앞 깔개에는 마치 수선 바느질을 기다리고 있기라도 한 듯 헌옷과 누더기천을 담은 상자가 몇 개 놓여 있었다. 천장에는 바싹 마른 풀뿌리가 매달려 있었는데, 이것은 일찍이 프랑스 태생의 몸집이 작은 할머니가 그래도 비교적 몸이 건강했을 무렵에는 음식 조미료로 사용하였거나, 약용(藥用) 차를 만들기 위하여 모아두었던 것임을 말해 주고 있다.

이 다락방은 그다지 덥지는 않았다. 지면에서 많이 떨어진 높은 곳일 뿐 아니라 고원이라고 불러도 좋을 만큼 대계곡의 차가운 공기가 한여름에도 이곳을 감싸고 있기 때문이다. 밤이 되면 언제나 무거운 은빛 안개가 피어오르고 이 분지(盆地) 일대를 거의 대낮까지 계속 머물고 있다가, 해질녘에는 다시 산의 차가운 기운이 이곳을 휘감았다.

나는 그 공기의 단내음이나 경이로우리만큼의 상쾌한 기분에 접했을 때, 케어리가 꽤 오랫동안 저 불쾌한 여름의 무더위에다 후덥지근하고 고약한 냄새까지 풍기는 이국 생활을 용케도 참고 견뎌 냈다는 사실에 놀랐다. 이렇게 맑고 깨끗한 햇볕을 받으며, 이렇게 맑은 은빛의 미국 안개 속에서 자라난 그 여자가 사람의 입김과 땀에 젖은 체취에 가득 찬 화남(華南)의 무덥고 개운치 않은 8월의 한낮에 때로 졸도한 일조차 있었던 것은 결코 무리가 아니었다.

그러나 어린 시절의 케어리는 이렇게 더러움에 물들지 않은 고원에서 빠르게 움직이는 안개와 상쾌한 바람, 햇볕 속에서 기운차고 부드럽게 자라났던 것이다. 이 넓은 평원에서는 얼마든지 뛰어다닐 수가 있었다. 축사(畜舍)에는 움푹 팬 눈을 지닌 새끼 딸린 암소 몇 마리가 울고 있었다. 말을 타고 돌아다닌 뒤에는 수고의 대가로 말에게 사탕이나 사과를 먹여 주었다. 수확이 끝나면 그루터기만 남아 있는 밭으로 닭이나 칠면조를 데리고 나가서 여기저기 뛰노는 메뚜기들을 잡아먹도록 해주었다.

이 가정에는 활기가 넘쳐 흘렀다. 많은 아이들, 언제나 바쁘면서도 명랑하게 말씀하시는 몸집 작은 어머니, 단정하고 깔끔한 아버지, 진지하고 친절한 오빠—그 모두가 바쁘지만, 또한 행복했다. 저녁 한때를 가정 음악회로 보낸 적도 있었다. 한 사람이 바이올린을 켜면 한 사람은 플루트를 불고, 다른 한쪽에서는 피아노를 치면서 모두 함께 노래를 부르기도 했다.

언젠가 나는 케어리에게 이렇게 물었다.

"어릴 때의 추억 가운데 가장 분명하게 기억하고 있는 것이 무엇이지요?"

케어리의 눈은 추억을 더듬을 때마다 눈이 반짝반짝 빛나기도 하고, 차분해지기도 하면서 다소 날카로운 빛마저 띠고 있었다.

"내 나이 세 살 때의 일인데, 몸집이 작은 어머니가 설거지하시는 모습을 보고는 문득 거들어 드리고 싶다는 생각을 했지. 그래서 푸른 무늬가 새겨진 접시를 탁자에서 집어들었단다. 우리 할아버지가 네덜란드에서 가져오셨다는 접시였지. 나는 그걸 찬장에 갖다둘 생각으로 정신을 바싹 차리고 천천히 들고 갔지만, 워낙 그것이 큰 접시였기 때문에 발 밑이 어디 보여야지 말이야. 마룻바닥의 널빤지 한 장이 삐죽 솟아난 곳이 있었는데, 마침 맨발이었던 나는 발 끝이 거기에 걸리자마자 그만 넘어지고 말았지. 뚱뚱하고 무거운 아이의 몸에 깔렸으니 그 푸른 접시는 산산조각이 날 수밖에. 대번에 아빠한테 회초리로 맞고는 몹시 운 일이 생각나는군. 아파서 운 건 아니야. 그저 어머니를 도와 드리려고 했던 것인데 이렇게 되고 나니 좀 억울했던 것이지. 나이 오십이 되었지만 지금도 억울한 건 마찬가진걸."

케어리는 이렇게 얘기하며 부엌 탁자 위에서 스펀지처럼 부드러운 빵을 만들고자 밀가루를 반죽하고 있었다. 이 중국집 부엌에서 그녀는 언제나 자기 손으로 밀가루를 반죽하여 커다란 다갈색의 달콤한 식빵이나, 조그맣고 딱딱한 깻물 맛이 나는 미국 남부식의 롤빵을 만들었다.

창문이 열려 있었으므로 밑의 거리에서는 어떤 행렬의 소란한 심벌즈(饒 : 구리쇠로 만든 피리 모양의 쇠붙이 악기인데, 서양의 심벌즈처럼 양손에 하나씩 들고 맞부딪쳐서 소리를 냄. 동판이라고도 부름) 소리가 울려퍼지고, 그 소리 사이사이를 누비듯 흐느끼는 듯한 피리 소리가 가냘프게 들려왔다. 무심히 창 밖을 내다보니 무슨 우상의 행렬인 것 같은데, 사람도 별로 많지 않고 우상이란 것도 종이 조각을 오려 붙인 조그만 목각 인형들로서 가마 위에 아담하게 목을 빼고 있는 모습이 대수롭지 않아 보였다. 그 앞으로 누더기옷을 걸친 승려 한 사람이 심벌즈를 울리며 걷고 있고, 가마 뒤에는 또 다른 승려 두 명이 뒤따랐는데, 그중 한 사람은 구슬프게 피리를 불었고, 또 한 사람은 물고기 머리 모양을 한 목제(木製) 북을 들고 있다가 이따금 생각난 듯이 나무채로 한 번씩 둥둥 두들겼다. 행인은 많았지만 일부러 그 행렬을 지켜보는 사람은 별로 없고, 겨우 어린 사내아이들만이 무슨 희한한 일이라도 벌어지기를 바라듯 끈질기게 따라다녔다.

케어리는 빵을 반죽하고 있었으나, 마음은 1만 마일 떨어진 저쪽에 있었다. 이윽고 그녀는 이렇게 말했다.

"그래, 그 집에서의 생활은 참 즐거웠어. 가장 오래된 옛일을 되돌아보아도—저 미치광이 같은 피리 소리에 이끌려 생각해 냈는지—온 집안이 이를테면 음악으로 가득 차 있었단다. 어른들은 모두 악기를 연주하고 우리 아이들은 노래를 불렀지. 코넬리어스는 훌륭한 노래 선생이었어. 몇 년 뒤 나는 신학교에서 가장 우수한 음악 선생의 지도를 받게 되었지만, 별로 새로운 것을 배우지는 못했지. 왜냐하면 코넬리어스는 흐르는 듯한 목소리로 창법을 여유 있게 가르쳐 주었거든. 우리는 자주 메시아를 노래했는데, 지금도 잊혀지지 않는군."

이렇게 말하더니 그녀는 빵 반죽하던 손을 치켜올리며 자연스럽게 일어서서 〈할렐루야 코러스〉를 노래했다. 목이 부풀어오르며 떨리고 있었다. 중국인 요리사는 손에 들고 있던 냄비를 급히 내려놓고, 케어리의 얼굴을 뚫어지게 바라보더니 다시 냄비를 집어들고 일을 계속했다. 그는 어찌된 영문인지 알 수 없었으나, 이미 이 마님이 갑자기 목청을 돋우어 노래하는 데에는 익숙해져 있었다. 심벌즈의 쟁쟁 울리던 쉿소리는 이제 거리의 소음 속으로 사라져 버렸다.

그녀를 바라보고 있는 사이 우리에게는, 미국에서 그 최초의 통나무집 교회 뒤에 세웠던 흰 벽의 목조 건물 2층에 자리한 교회당 합창대에서 노래를 부르던 어린 날의 케어리의 모습이 선하게 떠오를 것만 같았다. 몇 년이 지나서 우리가 그 교회를 찾아갔을 때에는 몇 그루의 사과나무가 열려져 있는 창틀에 바싹 다가서듯 심어져 있었으며, 그 꽃향기가 교회를 감싸고 있었다. 그 무렵 성가대에는 코넬리어스의 어린 딸 하나가 대원으로 끼어서 역시 이처럼 노래했지만, 그 음성은 지금 중국 도시에 살고 있는 이 부인의 목소리만큼 크지도, 감동적이지도 않았다.

갑자기 케어리는 노래를 그쳤으나, 부엌 안의 공기는 아직도 그녀의 음성이 남긴 여운이 진동하는 듯했다.

그 여자는 다시 빵 굽는 일로 돌아갔다. 잠시 후, 말을 멈추다가 그녀는 다시 말문을 열었다.

"정말이지…… 남북전쟁이 시작되기 전에는 행복한 나날들이었지만 전쟁중에는 참혹했지."

참으로 그것은 참혹한 때였다. 처음 전쟁이 벌어졌을 때 스타르팅가(家)는 버지니아 안에서도 북부를 지지하는 웨스트 버지니아에 포함된 지역에 살고 있었다.

이때는 하마나스도 이미 청년기를 지나서 마흔의 나이였다. 여전히 수척했으나, 거북하리만큼 곧은 자세에 약간 주름 잡힌 이마 위로 쓸어올린 머리는 새하얀 백발이었다. 체구가 작은 프랑스 출신의 아내도 그녀의 체력으로는 감당하기 어려울 정도의 무리한 생활을 해 온 탓에 바짝 여위었고, 끝내는 그녀를 죽음으로 몰아넣은 결핵에 이미 걸려 있는 상태였다.

코넬리어스는 20세였으나 나이보다 숙성해 보였으며, 검은 눈동자와 검은 머리카락을 지닌 인내성 강한 청년이었다. 매사를 매우 원만하고 현명하게 처리해 나갔다. 원래는 독서와 음악을 무엇보다 좋아했으나, 농사일에 종사하면서 가정의 무거운 짐을 부친보다 자신의 양 어깨에 짊어지고 가다 보니, 이를 하나의 숙명처럼 받아들이고 있었다.

하마나스의 인품에는 묘하게 마술적인 데가 있었으므로 가정의 번잡한 일에 전혀 관여하지 않았고, 또한 결벽성마저 즐기는 덕택에 아예 일찍부터 큰 아이들에게 무거운 짐을 떠맡기고 있었다. 그럼에도 불구하고 가족들은 모두 그를 존경하였으며, 오히려 가족이 뜻을 모아 도회 신사로서의 기질을 타고난 그의 본바탕이 상실되지 않도록 배려해 주었다.

코넬리어스가 날이 채 새기도 전에 몸에 맞지 않는 작업복을 입으려고 애쓰고 있을 때, 소위 아버지란 사람은 앞으로 3시간이 지나서야 그것도 모두 아침 식사를 마친 뒤에야 겨우 눈을 뜨고, 그것도 모잘라 옷을 갈아 입기 전에 초콜릿까지 침실로 갖다 바쳐야 먹는다니, 과연 자식된 도리로서 그런 아버지를 어떻게 받아들이고 있었을까. 나는 한번 케어리에게 이렇게 물어보았다. 케어리는 이점에 대해 다음과 같이 얘기했다.

"그때 우리 아버지는 당시의 우리 생활에 뭔가를 만족시켜 주셨던 분이야. 우리는 모두 세련된 것, 아름다운 것을 사랑하고 있었는데, 전쟁 뒤에는 좋은 것이라곤 아무것도 남아 있지 않게 되었지. 그렇지만 우리는 아무도 아버지에 대해 이러쿵저러쿵 투덜대는 사람은 한 사람도 없었어. 아버지는 몸이 약하기 때문에 힘든 일은 하지 못한다고 어머니로부터 늘상 들어왔으므로 그것이 당연하다고 생각했지. 아버지의 일이란 꿀벌의 시중과 포도나무와 장미 가지를 잘라 주는 일 정도였으나 꿀벌을 다루는 솜씨가 훌륭하셨으므로 우리는 늘 맛있는 벌꿀을 먹을 수 있었단다. 벌에게 쏘인 적은 생애 단 한 번도 없으셨다니까. 매사에 세심하시고, 그만큼 손재주가 있고 민첩한 사람은 세상에 참 드물지. 그리고 아름다운 것이라면 아무리 작은 것이라도 놓치지 않는 분이셨어. 헛간 옆으로 백포도 넝쿨이 무성했는데, 이슬에 젖은 푸른 잎 사이로 크고 흰 포도송이─지금도 그것을 기억하고 있지. 아버지는 포도송이를 따기 전에 꼭 우리를 불러 구경시키셨는데, 그 일이 늘 눈앞에 선하구나. 그야말로 흰 마노(瑪瑙:보석의 일종─역주)처럼 아름답다고 말씀하시면서. 그렇지, 우리가 아버지를 사랑한 이유는 아버지 덕분에 우리가 아름다운 것을 볼 줄 알게 되었기 때문이야.

물론 집안에서 진짜 기둥 노릇을 한 것은 코넬리어스였어. 언제나 어머니와 가정의 여러 문제나 돈을 절약해서 쓰는 방법 같은 것을 의논하곤 했지. 나의 경우만 해도 아주 어릴 적부터 필요한 것이 있을 땐 언제나 그 오빠에게 떼를 썼거든. 이런 형편인데다 당시 우리 모두 나이가 어렸으니 당연히 오빠의 결혼은 늦어질 수밖에 없었지. 처녀들한테 눈도 돌리지 않았거든. 결국 전쟁이 끝난 뒤에도 여러 해가 지나 우리 모두가 자랐을 때에야 오빠는 겨우 결혼을 할 수 있었어. 그래도 역시 아버지는 우리에게 있어서는 뭔가 상징적인 존재였지. 다른 이웃 사람들과는 다르셨어. 언제나 아버지에게는 책이 있고, 음악이 있고, 그림이 있었으며, 보석을 세공하는 일도 있으셨던 거야. 이런 차이점이 아버지를 상징하고 있었지. 지금도 뚜렷이 생각나는데, 아버지는 검정색 상의에 와이셔츠나 칼라를 매일 바꿔대셨는데, 그렇게 하는 사람은 주위에 하나도 없었으므로 우리는 이점을 퍽 자랑스러워했단다. 그런데 그 하얀 칼라에 깃들여 있는 냉혹한 면을 알아차리게 된 것은 훨씬 뒤의 일이었어. 누군가가 — 어머니가 건강하실 시기에는 어머니가, 그 뒤에는 언니들이 — 통조림이나 버터 제조로 무척 바쁜 때에도 매일 빠짐없이 그 칼라나 와이셔츠를 빨아서 다리지 않으면 안 되었던 거야.”

이런 상태이다 보니 남북전쟁이 일어났을 때에는 코넬리어스가 전쟁에 나가게 되면 어쩌나 하는 문제가 심각한 불안감으로 작용했다. 오빠 코넬리어스는 지원하지 않기로 결심했지만, 하마나스는 전부터 그의 가족들에게 노예제도를 증오해야 한다고 주장해왔던 터라 근처의 비교적 부유한 사람들이 많은 노예를 거느리고 있었음에도 일손이 모자랄 때조차 결코 노예를 사들이는 법은 없었다. 혈관 속을 타고 흐르는 자유를 지키려는 집념을 지닌 인간을 돈으로 사서 강제로 굴종시켜선 안 된다고 주장하고 있었다. 하마나스는 흑인에게 일을 시킬 경우에도 정확하게 현금으로 보수를 지불하고, 그중 단 한 사람이라도 노예로 소유하려 하지는 않았다. 자식들도 모두 자유를 존중하는 부친의 열정을 그대로 물려받고 있었으므로, 전쟁이 시작되긴 했으나 소중한 코넬리어스를 내보내면서까지 남부를 위해 싸워야 한다는 의무감 따위는 전혀 가질 수가 없었다. 그럼에도 남부에 대한 충성심은 강렬했기에 북부를 편들어서 버지니아와 싸워야 한다는 생각 또한 아예 갖고 있지 않았다. 그러므로 그들은 가장 평화로운 시대에도 택하기 어렵게 마련인 중립을 택할 수밖에 없었으므로, 하마나스와 코넬리어스는 과감히 중립을 선언하고 나섰다. 물론 과열된 전쟁 상태에서 그들의 중립 선언이란 것이 어떠한 평판을 높이는 수단이 될 수도 없었지만, 적어도 하마나스는 세상의 평판 따위에는 조금도 개의치 않았다. 실제로 하마나스는 강렬한 저항을 받으면 받을수록 더욱 굳세게 버티는 성질이었으므로, 들은 바에 의하면 그 무렵 그가 교회에 갈 때에는 전보다 한결 더 위엄 있게 가슴을 활짝 펴고 당당히 걸어갔으며, 찬송가를 부를 때에도 일부러 멋대로 과장된 태도를 취했다고 한다. 사람들 중에는 특히 노예를 소유한 사람들 사이에서는 심상찮은 비난의 소리도 들렸지만, 하마나스는 늘상 청렴한 사람으로 알려진 인물이었으며 두려움을 모르는 옹고집쟁이로 알려져 있었으므로, 밎대놓고 그를 공격하는 사람은 하나도 없었다.

그러나 젊은 코넬리어스의 경우에는 문제가 달랐다. 남군과 북군 양쪽에서 출정을 권유해 왔는데, 그는 어머니와 어린 아우, 누이들이 모두 자기 한 사람에게 의지해서 겨우 생계를 유지하고 있었으므로, 자신이 군대에 나가게 되면 가족 모두가 길바닥에서 헤매게 될 것이라며 그러한 청을 거절했다. 마을 사람들은 그에게 별별 비난과 조소를 다 퍼부었지만, 그는 못 들은 체하면서 이를 잘 참고 견뎠으며 전과 다름없이 농사일에만 전념했다.

그런데 시간이 경과함에 따라 남군측은 병력이 매우 부족해지고, 코넬리어스는 마침내 강제 징병을 피할 수단을 생각해 내야만 했다. 가족들도 처음에는 설마 그가 붙잡혀 강제로 군대에 끌려가게 되리라고는 상상도 하지 못했었다. 그런데 그 설마란 것이 사실이 되고 말았다.

어느날 코넬리어스가 점심 때 들에서 집으로 돌아오자, 목소리는 부드러우나 눈이 매서운 회색 군복의 남군 병사 몇몇이 대기하고 있다가 코넬리어스의 뒤를 따라 집안으로 들어왔다. 그중 한 사람이 이렇게 말했다.

"결국 당신도 나가서 싸우지 않으면 안 돼. 싫어도 할 수 없어. 남군은 사람이 모자란단 말이야, 알겠나?"

"그렇다면 나를 강제로 끌고 가는 수밖에 없지."

코넬리어스는 군인들을 둘러보며 대답했다.

"좋다, 정 그렇다면 그렇게 하지."

지휘관은 이렇게 말하면서 부하 쪽을 돌아보았다.

"이 사내를 묶어서 말에 태워!"

군인 세 명이 나서서 코넬리어스의 양손을 묶고 바깥으로 데려가더니, 거기에 준비되어 있던 말에 태웠다. 몸집이 작은 프랑스 태생의 모친은 채소밭에서 콩을 따고 있다가 아이들의 비명 소리에 놀라서 뛰어와 보니 안은 난장판이었다. 한눈에 사정을 알아차린 그녀는 아들 곁으로 달려가더니 그의 다리에 매달렸다.

"놓아 주세요. 이 아이 혼자서 식구들을 먹여 살리고 있으니."

어머니는 숨을 헐떡이며 외쳤다.

상대방 군인은 손을 가볍게 쳐들고 경례를 올리더니 이렇게 말했다.

"마님, 미안합니다. 명령입니다!"

"안 돼, 안 돼, 안 돼요. 놓아 주세요. 내 아들이에요!"

"앞으로— 갓!"

지휘관은 호령을 내렸다. 그들 군인들은 말을 한 줄 행렬로 늘어세우며 진군했다. 몸집이 작은 모친은 아들 다리에 매달린 채 쫓아갔다. 코넬리어스는 어쩔 줄 몰라하면서 어머니에게 외쳤다.

"어떻게든 돌아오겠어요. 어머니, 놓으세요. 그러시면 안 돼요.

탈주를 해서라도 돌아오겠어요……."

"안 돼. 그러다가 총살당하겠다는 거냐!"

모친은 날카로운 목소리로 외쳤다.

"안 돼, 절대로 너를 놓지 않을 테다."

말이 속도를 냄에 따라 모친의 걸음도 빨라지다가 이윽고 땅에 질질 끌려가는 꼴이 되었지만, 그래도 자기 아들의 발을 놓지 않으려 했다. 대열을 인솔하던 장교도 더 이상 그 광경을 볼 수가 없었던지 말을 세우고 그녀를 설득하려 했다.

결과는 좋았지만, 이 사건으로 그들은 앞으로 또 발생할지 모르는 위험에 대한 경계심을 늦추지 않았다. 다음에 올 지휘관은 그처럼 인정이 있지만은 않을 것이다. 코넬리어스를 어디로든 숨겨야 할 필요가 있었다.

그리하여 코넬리어스는 그날 밤 간단히 침구와 식량 바구니를 실은 말을 타고 도르프라는 먼 산을 향해 떠났다. 그 산꼭대기에는 컵처럼 움푹 팬 골짜기가 있었으며, 거기에는 사람이 살고 있지 않는 허름한 오두막과 내버려진 지 오래된 목장이 한두 군데 있었다.

전쟁이 끝나기까지 2년 동안 젊은 코넬리어스는 이곳에서 혼자 살았다. 목장의 밭을 갈아 콩이나 옥수수·밀 등을 심고, 수확이 있으면 밤에 몰래 가지고 집으로 돌아와 가족들에게 나눠 주고, 어머니를 만나본 뒤 필요한 소지품을 챙겨 다시 산으로 돌아가곤 했다.

얼마 후 리틀 레벨즈는 남군과 북군의 몇 차례에 걸친 전진과 후퇴 속에서 황폐해져 갔고, 들의 작물과 창고도 모두 약탈당하고 말았다. 그러다 보니 코넬리어스가 갖다 주는 얼마 안 되는 수확물이 가족의 주요 식량이 되었다. 아니 그것에만 의존할 수밖에 없었다.

나는 남북전쟁 시대에 케어리가 겪었을 생활 상태에 대해서는 다른 역사책에도 많이 씌어 있으므로 모두 생략하겠다. 여기서 말하는 것은 미국인 소녀인 내가 중국 도시에서 이국인으로 살면서 케어리의 눈을 통해 미국을 보고, 또한 케어리의 입을 통해서 나의 조국—사실은 아직까지 한 번도 본 일이 없는 조국—의 이야기를 들으며 가슴 설레고 있을 무렵에 그녀가 들려 준 이야기인 것이다.

전쟁에 관한 것은 나도 잘 알고 있었다. 그 무렵 중국에 있던 우리들, 백인 거류민은 언제 반정부 단체로부터 습격당할지 모르는 불안 속에서 생활하고 있었다. 피난하라는 소리가 들리기라도 하면 곧 도망갈 수 있도록 하기 위해서 나는 옷을 매일 밤 침대 바로 옆에 두고 잤다. 케어리는 옷은 어떻게 접어놓아야 좋다거나 구두 끈을 어떻게 하면 빨리 맬 수 있는가에 대해 가르쳐 주었고, 동양의 혹독한 더위에 시달리며 걸어갈 때도 있을 것을 감안, 피난 때에는 반드시 의자 옆의 탁자 위에 있는 모자를 들고 나가야 함을 일러주었다. 집에는 또 한 사람 나보다 어리고, 아무것도 못하는 여자아이가 있었는데, 나는 위의 주의 사항을 전부 나 혼자서 감당하지 않으면 안 되었다. 또 어린애를 먹일 우유통을 밤이나 낮이나 바구니에 담아서 출입구 옆에 놓아 두었다. 아무리 급한 경우라도 피난시에는 그것을 꼭 가지고 나가기 위한 배려였다. 케어리는 어떠한 것에도 세심한 주의를 기울이며 빠짐없이 준비했고, 올 테면 오라는 식의 대담한 준비 태세를 갖추었으므로 우리도 별로 두려움을 느끼지 않게 되었다. 우리는 마치 큰 호화 여객선을 탄 기분마냥 그녀를 신뢰하고 있었다.

이런 대담성은 태어날 때부터 두려워할 줄 모르는, 타고난 성격에서 비롯된 것이라 할 수도 있겠지만, 불과 어린 나이에 겪었던 4년 동안의 남북전쟁에 대한 체험이 그녀의 몸에 밴 탓이다. 1900년의 몹시 길고 무더운 여름 동안 우리는 툭하면,

"미국에서의 우리들의 전쟁 이야기 좀 들려 주세요!"

하고 졸라댔었다. 그러면 케어리는 우리를 위해서 그 소란했던 시대를 생생하게 재현시켜 보였다. 남북 경계선을 두고 양쪽 군대는 때로는 전진하고 때로는 후퇴하기 위해서 웨스트 버지니아를 통과해야 했었는데, 그것은 바로 이 고원에 살던 한 소녀의 눈을 통해 본 전쟁 이야기였다. 후에 나는 역사책에서 이 시대에 대해 배운 바 있지만, 케어리한테 익히 들었던 이야기 쪽이 어느 책보다 훨씬 충실했으며, 실제로 비교도 안 될 만큼 생생한 것이었다.

그 이야기를 들으면서 나는 군대의 큰 움직임—처음에는 활기있고 확신에 차 있지만 얼마 후에는 동요되고 당황하게 되며, 잔인성을 띠게 되면서 이어 복수를 일삼고, 자포자기하기에 이르며, 마침내는 절망 상태에 빠져서 섬멸되기에 이른다는 움직임—에 깃들여 있는 정신이란 것을 파악했다. 더욱 무시무시한 것은 승리를 거둔 군대이다. 이들은 함부로 비옥한 농토를 유린하고, 승리감

에 도취해서 모든 것을 약탈했다.

언젠가 케어리는 참담한 추억에 눈물지으며 이렇게 말했다.

"북군 패들은 툭하면 우리에게 이렇게 말하는 거야. 셔먼(남북전쟁 당시의 북군측 장군—역주)이 조지아까지 곧장 까마귀 먹이 하나 남지 않을 정도로 벌거숭이길을 만들겠다는 거야. 어떻든 셔먼은 그것을 실행에 옮긴 듯해."

그리고 아주 단순하게 이런 말도 했다.

"전쟁은 지옥이라고 셔먼은 말한 적 있는데, 그런가 안 그런가 지금쯤이면 분명히 알 수 있게 되었을 거야. 본인이 지옥으로 떨어진 지도 벌써 몇 해가 지났을 테니까."

그녀는 또 이런 이야기도 했다.

"우리 집 가족은 단 한 사람도 노예제도를 인정하지 않았지. 그런 점에서는 링컨에게조차 조금도 양보할 수 없었어. 우리는 미국인이니까 미국에 노예가 있는 것을 보고 좋게 생각할 수가 없었던 거야. 그러나 그렇다고 한 번에 많은 노예를 모조리 해방시켜 주어서는 안 된다고 생각했지. 실제로 전쟁이 끝난 뒤 우리는 무서워서 마음대로 외출을 할 수도 없었는걸. 우리 집 근처에 흑인이 많았던 것도 아닌데 그랬어. 코넬리어스 오빠가 해방된 노예의 난동을 막기 위해 한때 3K단에 가입했을 정도야."

또 언젠가 케어리는 별안간 폭소를 터뜨리는가 싶더니 말을 계속 이었다.

"북군이 사과나무 밭에서 야영을 한 다음날 아침의 일은 내 평생 잊을 수가 없구나. 그때는 겨울철이었는데 나무들은 줄기만 앙상했지. 나는 군인들을 보기 위해 곳간 뒤에 숨었지. 그때는 별의

별 소문들이 무성히 나돌았지 뭐냐. 이웃 사람들은 북군의 병사들은 악마처럼 뿔이 나 있다는 거야. 그래서 내가 가 보았더니 줄기만 앙상한 나무에 아주 묘하게 생긴 열매들이 주렁주렁 달려 있지 않겠니. 대체 그것이 뭔지 짐작도 못하겠고 해서 좀더 다가가 자세히 보니까 과일이 아니라 빵이었어. 그때 군인들은 맛이 시큼한 옥수수 가루로 만든 빵을 배급받았었는데, 맛이 없고 먹고 싶은 생각이 없으니까 장난으로 나무 위에 던졌던 것이 마침내는 가지에 잔뜩 매달리게 된 거야. 이찌나 우습던지! 덕댁에 새들은 몇 달간 잔치를 벌인 셈이지."

"북군 병사들에게 뿔이 나 있던가요?"

나는 마른침을 삼키면서 이렇게 물었다.

"그런 건 없었단다."

그녀는 눈을 크게 껌벅거리며 분명하게 말했다.

"다른 사람들과 꼭 같았지 뭐. 그걸 보니 맥이 빠지더라."

우리가 재미있어 하는 얘기 중 하나로서 언제나 들려 달라고 졸라대는 것에는 이런 것도 있었다.

어느날 하마나스는 북군 일대가 들어온다는 정보를 입수했다. 마침 그는 근처에 사는 어떤 대지주한테서 거미발 모양의 새 보석으로 다듬어달라는 부탁과 함께, 대단히 훌륭한 옛 보석 몇 개를 집에 맡아 두고 있었다. 만약 그것을 도둑맞기라도 하면 변상할 길이 없는 값비싼 것이었으므로 약탈에 대한 걱정은 보통 문제가 아니었다.

하마나스는 그 보석을 숨겨둘 작정으로 조그만 뚜껑 달린 바구니에 넣어 정원에 잇닿아 있는 목초지로 들고 가서는 거기에 있던 평범한 돌 밑에 숨겨 두었다. 오후가 되어 북군이 몰려오더니 하필 그 목초지를 야영 장소로 골라잡았던 것이다.

병사들이 그 큰 돌 위에 앉기도 하고, 그것을 식탁으로 쓰기도 하며, 밤에는 그 돌 위에 다시 텐트를 쳤다. 하마나스는 자기 집 창문으로 그것을 시종 지켜보고 있었다. 낮에는 밝은 덕분에 창문 틈으로 망을 볼 수 있었는데, 혹여 돌 밑을 들여다보는 사람이 있을까봐 마음을 놓을 수 없었다. 그래도 날이 저물 때까지는 무사했지만, 어둠이 깃들 무렵부터는 큰 횃불이 어둠을 밝힌다 해도 모습이 분명치 않아 수많은 검은 그림자가 움직이고 있을 뿐, 무엇이 무엇인지 구분할 수가 없었다.

하마나스는 그날밤 잠 못이루며 기도하다가 가족들에게도 모두 기도를 올리게 한 뒤, 방안을 서성거리기 시작했다. 왜 그 보석을 주인에게 돌려 주지 않았던가, 자기 생각이 부족했음을 나무라기도 하고, 또 그것이 없어지기라도 하면 어쩌나 하는 생각으로 머리가 혼란스러워지기도 했다. 그만큼 문제의 보석은 그 집안의 가보로서 대대로 물려받은 것이므로, 결코 그 무엇과도 바꿀 수 없는 물건이었다.

날이 밝자 군대는 출발했다. 걱정 때문에 초췌해진 하마나스는 달음박질쳐 가서 몸을 굽히고는 돌 밑을 들여다보았다. 보석이 들어 있는 조그만 바구니는 발각되지 않고 그가 숨겨 둔 곳에 무사히 그대로 있었다.

케어리는 목소리를 죽이고 눈을 크게 뜨고는 생기 넘치는 표정으로 좀더 심리 효과까지 높여가면서 이 다행스러운 이야기의 결말을 이끌어냈는데, 우리는 이야기가 거의 끝날 때쯤이 되어서야 휴우 하고 깊은 안도의 숨을 토해 냈다.

이런 이야기는 대체로 하루 일을 끝내고, 모두가 베란다에 모이는 해질녘에야 들을 수 있었다. 눈 아래로는 논이라든가 골짜기를 끼고 있는 농가의 초가 지붕이 보이고, 멀리로는 산기슭의 대나무 숲을 배경으로 길죽한 탑 하나가 마치 공중에 매달려 있듯이 보였으나, 그런 모습이 우리 눈에는 하나도 들어오질 않았다. 우리는 자기 조국의 가장 거친 들판과 험악한 산들, 그리고 감색 혹은 회색 군복을 입은 군인들이 말을 타고서 깃발을 휘날리며 산야를 달려가는 모습 등을 바로 그 장소에 있기라도 한 듯 생생히 바라볼 수 있었던 것이다.

이윽고 도르프 산에서 남북 양군이 격돌하는 무서운 날이 왔다. 낮이나 밤이나 그칠 새 없이 산에서 포성이 울렸다. 가족들은 코넬리어스가 숨어 있는 집이 습격당하지는 않을까 극도로 불안한 나머지 거의 기도하는 것조차 잊고 꼬박 앉아 있었다. 그러나 날이 새기 전에 코넬리어스는 비틀거리며 집으로 돌아왔다. 양손에는 상처를 입고, 옷도 찢어진 채 넓적다리와 정강이가 긁힌 자국 투성이였다. 낮 동안 내내 동굴 속에 숨어 있던 그는 어둠을 타고서 겨우 절벽 같은 산허리를 내려올 수 있었다. 그리하여 그럭저럭 코넬리어스 자신의 목숨은 보전할 수 있었으나, 잘 갈아서 씨를 뿌려 두었던 그의 밭은 포탄으로 인해 엉망이 되어 버렸다.

그 무렵 온 집안을 뒤져 보아도 먹을 것이라곤 겨우 몇 안 되는 말린 콩밖에 없었는데, 이것도 없을 때가 많았다. 하필 그런 날, 몹시 굶주린 남군의 패잔병 몇 명이 다 헤어진 군복에 맨발의 가련한 모습으로 도망쳐 왔다. 몸집이 작은 어머니는 그들을 보더니 갖고 있던 콩을 모두 쪄서 큰 사발 가득 콩 스프를 대접해 주었다. 그날 오후 아이들은 저녁에 먹을 것을 마련하기 위하여 민들레 잎사귀를 뜯으러 나가고 없는 상태였다.

이런 이야기 이외에도 다른 여러 가지 이야기를 케어리는 중국 도시 변두리에서 찌는 듯한 여름 더위를 누르며 우리에게 들려 주었다. 주위에서는 우리 외국인에게 증오에 찬 따가운 시선을 보내고 있었으나, 우리는 그 사실을 전혀 모르고 있었다.

케어리의 이야기에 귀기울이면서 나는 나 자신의 조국에 대해 알 수 있었으며, 또 조국 사람들의 영웅적인 행위에 대한 이야기를 들음으로써 힘을 얻을 수 있었다. 케어리는 그 무엇도 두려워하지 않았다. 아주 어릴 적부터 상처를 입은 사람이나 피를 흘리고 있는 사람을 보아도 정신을 잃지 않을 정도의 수련을 쌓았고, 굶주림을 참고 그것을 잘 극복하는 방법도 터득하고 있었으며, 또 아무리 속수무책일 때에도 어떻게든 타개책을 생각해 내는 끈기를 몸에 지니고 있었다. 그녀의 이러한 용기는 당시의 긴박히 돌아가는 정세 속에서 한층 빛을 발하고 있었다.

남북전쟁이 끝났을 무렵 케어리의 나이 여덟 살이었다. 가족들은 다른 마을 사람들처럼 새로운 여러 조건에 적응해 갈 수 있는 준비 태세가 필요했다. 남부의 패배가 확정됨과 동시에 새로운 생활을 시작하려는 정열이 곳곳에서 왕성하게 끓어오르고 있었다. 전쟁이 벌어진 4년 동안 학교는 어디든 문을 굳게 닫고 있었으므로, 케어리는 모르는 글자가 있을 때에는 누구를 막론하고 가족에게 일일이 물어가면서 겨우 글자를 깨우칠 수 있었는데, 그나마 그밖의 공부는 일체 할 수 없었으며 그 밑의 동생은 글자조차 모르는 형편이었다.

그러한 아이들은 다른 곳에도 얼마든지 있었다. 부모들은 너무 바빴다. 아버지들은 목숨을 걸고 전쟁에 나가 싸워야 했으며, 어머니들은 부재중인 남편의 일까지 도맡아 농사도 지어야 했고 장사도 해야 했으므로, 도저히 아이들의 교육을 돌볼 만한 형편이 아니었다. 그러므로 평화를 되찾은 지금 모든 사람들이 생각해 낸 것은 오랜 전쟁으로 허비된 것들을 되찾기 위한 일환으로 어떻게든 학교를 열지 않으면 안 되었다.

무지한 동생들을 지켜보며 매우 가슴아파 했던 코넬리어스는 마을에서 가장 먼저 학교를 열었다. 그는 이른 아침과 저녁에만 일을 하고 낮에는 학교에서 아이들을 가르쳤다. 학교라고는 하지만 처음에는 교회 지하실을 하나 빌려 시작했던 것인데, 급속히 발전하여 얼마 후에는 독자적으로 학교 건물을 세워 그곳으로 옮기고, 마침내는 '아카데미'라는 이름으로 널리 알려지게 되었다.

케어리에게는 이 학교야말로 인생에의 첫 출발이었다. 여기서 2년 남짓 그녀의 학구열은 강렬히 타올랐는데, 때마침 의문을 품어 왔던 많은 것들을 푸는 데 도움이 될 만한 지식을 얻기 위해 엄청난 노력을 기울였다. 어떻게 보면 유별난 점이 있는 아이였다. 상상력이 풍부하고 정열적이며, 또 때로는 고통을 느낄 정도로 예민한 신경을 지닌 그녀의 내면엔 놀라울 정도의 실제적인 상식과 심오하고도 신비한 성격이 기묘하게 결합되어 있었다. 그녀는 밤이면 자주 하얀 집 앞의 목초지에 나가 맨발로 무성한 풀숲을 뒹굴며 밤하늘을 올려다보고는 대체 별이란 무엇일까, 이런 생각도 해보면서 우주 질서를 깊이 터득하고 싶다는 욕망에 사로잡혀서 가슴 설레이던 적도 있었다.

별은 언제나 그녀의 마음을 사로잡았다. 그러고 보니 중국 도시의 무더운 여름밤에 그녀가 불결한 거리가 내다보이는 창문에 몸을 내밀고는, 검푸른 하늘에 무겁게 드리워져 있는 황금빛 별들을 바라보면서 자주 이같이 말했던 때가 생각난다.

"어릴 적 언제나 목장에서 바라보던 그 별과 도저히 같은 별이라고는 생각되지 않는군. 그것은 훨씬 더 시원스럽게 은빛으로 차갑게 빛나고 있었고, 한없이 멀기도 해서 영묘한 느낌마저 주었는데, 여기서는 굳어 버린 것 같고 후덥지근한데다가 너무 가까운 거야. 별에는 투명하고 신비한 요정 같은 생물체가 살아 있을 것이라고 상상했는데, 여기서 보는 별에는 인간들이—저열하고 심술궂은 인간들이—살고 있을 것만 같아. 저것 좀 봐. 저 사원의 5층탑 위에 걸려 있는 붉은 오리온 별은 정말 붉기도 하지."

케어리는 마을 학교에서 처음으로 천문학을 배웠다. 이는 언제나 그녀가 좋아하는 과목이었다. 수학에는 두 손을 번쩍 들었던 모양이나, 상상력만큼은 참으로 풍부하여 어떤 무미건조한 사실에도 활기에 찬 생명을 불어넣어 주는 신비감 같은 것이 있었다. 코넬리어스는 본디부터 교사로서의 자질이 풍부했으며, 누이 케어리는 나무랄 데 없이 우수한 학생이었다. 암기력보다는 이해력이 뛰어났고, 매사를 이해하는 속도가 남보다 빨라 이 두 사람 사이에는 오빠와 누이라는 혈연 이상의, 깊은 존경을 받는 교사와 사랑

받는 제자 사이라는 유대 관계가 굳게 맺어져 있었다.

웨스트 버지니아에 있는 조그만 마을에서의 전후(戰後) 생활은 물질적으로 강요된 금욕 생활과 깊은 종교적 열정이 결합된 것이었다. 이런 분위기는 케어리의 어린 시절을 지배했고, 그녀의 타고난 감각적이고도 아름다운 것을 사랑하는 그녀의 성품을 영영 억압 속에 묶이게 하는 요인이 되기도 했다. 하지만 그같은 생활은 또한 다양한 경험을 쌓을 기회를 제공해 줌으로써 변화를 좋아하는 그녀를 만족시켜 주기도 했다.

이에 대해 케어리는 다음과 같이 말했다.

"나는 말이다. 생활을 유지하는 데 필요한 일은 무엇이나 다해 왔는데 말야. 나 자신이 그런 것을 무척 좋아했어. 남북전쟁 직후에는 상점이란 것이 없었으니까 당연히 아무것도 살 수가 없었지. 할 수 없이 우리는 우리 손으로 직접 필요로 하는 삼을 심고, 우리 손으로 실을 뽑아서 그것으로 자신이 입을 셔츠를 직접 만들고, 테이블보도 만들고 속옷도 만들었지. 실을 뽑는 것도 옷감을 짜는 것도, 그렇게 해서 만든 베를 물들이는 것도 모두 우리 손으로 직접 했어. 그 덕택에 나는 여러 가지 풀뿌리와 나무껍질에서 어떤 색깔의 물감을 얻을 수 있는가를 잘 알게 되었지. 때로는 그런 실험에 실패한 적도 있었지만, 그래도 어쩔 수 없이 그 옷을 그냥 입었단다. 그 뒤 우리는 양털을 깎아서 씻고 잘 손질을 해서 실을 뽑아내어 옷감을 짜는 작업도 했지. 어쨌든 내 손으로 무엇인가 할 수 있게 되었다는 것이, 지금 생각해도 고마운 경험으로 여겨지는걸."

케어리는 스커트 속에 넣은 후프(굴렁쇠)까지 자기 손으로 직접 만들지 않으면 안 되었다. 재료는 그린브라이어의 길고 가느다란 가지인데, 이것이 바싹 말라 꺾어지기까지 꽤 오래 쓸 수 있는 것이었다. 이에 대해서도 몇 번이고 반복해서 내게 이야기를 들려주었다. 케어리는 언제나 즐거운 표정으로 그 얘기를 꺼내곤 했다.

"내 후프가 어떻게 부러졌냐 말이지. 어느 일요일 날의 일인데, 그날은 반드시 교회에 가야 하는 날이잖아. 우리는 일요일이면 꼭 교회를 나가야 했거든. 그런데 그 일요일에는 전과 달리 어떤 선교사가 설교를 하기로 되어 있었기 때문에 조그만 교회가 그야말로 초만원이었지. 마침 목사 부인인 단로프 씨가 내 옆에 앉아 계셨어. 아주 착한 분이어서 나는 이분을 가장 좋아하고 있었지만, 몹시 뚱뚱한 편인데다 그날따라 자꾸 나에게 엉덩이를 들이밀더란 말이야. 마치 단로프 부인의 몸이 점점 부풀어오르는 것만 같았지. 공교롭게도 그날은 무척 더운 여름이었어. 게다가 단로프 부인은 그녀의 엉덩이를 한껏 부풀리더니, 마침내는 내 후프를 눌러대는 바람에 기어코 그 후프—하지만 별로 큰 것은 아니었어. 우리 아버지는 너무 큰 후프는 쓰지 못하게 했거든—가 배 위로 비어지며 치솟아오르더니 남부끄럽게도 스커트를 치켜올려 놓더군. 나는 어떻게든 그걸 밑으로 누르려고 무진 애를 썼지만, 그게 어디 말처럼 되어 줘야지. 내 바로 뒤에 사내아이가 앉아 있었는데, 그 아이의 킥킥 웃는 소리가 들리기에 결국은 될 대로 되라는 생각에서 후프를 힘껏 밀어버렸지. 단번에 우지직 하고 큰 소리가 나는 거야. 그러면서 그만 그 그린브라이어 후프가 부러져 버렸지. 일어섰을 때의 꼴이란—정말로 한 번쯤 구경시켜 주었더라면…… 스커트가 처져 발에 휘감긴 것까지는 그렇다 하더라도 너무 길어서 땅바닥에 끌리고 있었거든. 친절한 단로프 부인이 앞에 서서 가려 주는 덕분에, 바로 그 뒤에 숨어 있다가 바깥으로 나와 얼른 마차에 올라탔어. 뒤에서 자꾸 웃는데, 이제야 이야기여서 그렇지, 그 창피함이란……. 그런 판인데도 나는 자꾸 웃음이 나오는 것을 참을 수 없었지. 꼴불견이란 걸 나도 알고 있었거든. 아버지는 내 허영심에 대한 심판이 내려진 것이라고 말씀하시더군. 그도 그럴지 모르겠지만, 나는 언제나 그린브라이어 가지가 너무 말라 있는데다가 단로프 부인의 팽창력을 견뎌내지 못한 데 그 원인이 있다고 생각했지."

중국 도시에 살고 있는 미국 어린이들을 사로잡고 있던 우리 옛이야기 중에서도 가장 가슴 설레게 하던 것은 사탕단풍나무에 관한 이야기였다. 남북전쟁 직후 한때 케어리 집에서는 하마나스가 매일 아침에 필요로 하는 초콜릿 음료, 그리고 커피, 홍차만 빼놓고는 모두 집안 사람의 손으로 만들어졌다.

나는 오늘날까지 단풍나무로 사탕을 만드는 것을 본 일이 없고, 단물을 빼내기 위하여 나무에 구멍을 뚫는 것도 본 적이 없었으나, 상상으로는 이미 경험을 끝낸 것들이었다. 사탕단풍나무 같은 것은 꿈 속에서밖에 본 일이 없는 나는 비록 동양에서 살고 있었지만 몇 번이고 몇 번이고 사탕을 만들어 보고자 했다. 아직 쌀쌀한 이른 봄에, 아니 봄을 기대하기에는 아직 이를 무렵이나 가을이 되면 황금빛으로 곱게 물든 큰 단풍나무에 입을 대 보는 것이었다. 입을 댄다는 것은 그 줄기에 조그만 구멍을 뚫고 그 구멍에 스파일이라는 대나무 대롱을 끼워 넣은 다음 그 밑에 물통을 놓아 두는 것이다. 그렇게 하면 그 대롱에서 물통으로 단물의 수액이 흘러 떨어진다. 물통에 그 수액이 가득 차면, 준비해 놓은 큰 솥에 이를 갖다 붓는다. 소년들이 임시로 만들어 놓은 솥걸이에 솥을 건 다음 손수 패 온 장작으로 불을 지피면 곧 수액이 끓게 된다.

이때부터가 재미있다. 온 마을 남자아이, 여자아이가 모두 이곳에 빙 둘러앉아 사탕을 만들어내는 작업을 구경도 하고, 끓는 단물을 휘젓는 시중도 들어 주며, 솥 밑에 굵은 장작을 몇 개씩 넣어 주기도 한다. 흰 눈이 쌓여 있는 때에도 그리 진귀한 풍경은 아니지만, 이럴 경우에는 구경꾼과 시중꾼 사이에 터보건(일종의 썰매—역주) 놀이를 비롯한 여러 가지 놀이가 벌어지고, 웃음이 그치지 않는다. 어느 아이나 얼굴은 새빨갛게 물들어 있었고, 그 누구의 눈도 생기에 차 있었으며, 어느 쪽을 바라보나 즐거운 표정들이었다.

한참 단물이 우러나오며 메이플 시럽이 만들어지면 곧 통에 옮겨져 이듬해까지 메밀과자나 와플, 빵, 케이크 따위를 만드는 데 사용되었는데, 진짜 사탕을 먹고 싶을 때에는 그 단물을 오래 더 졸여야 했다. 그것이 끓는 동안에 크고 작은 모양의 그릇에 붓게 되는데, 그 적당한 순간을 포착하는 데에는 상당한 숙련을 필요로 했다.

크고 둥근 그릇에 부어 있는 걸쭉한 액체는 큰 사탕 덩어리가 되어 1년 내내 쓰였는데, 그밖에도 하트 모양의 그릇, 별 모양이나 반달 모양의 것 등, 몇백 가지에 이르는 조그만 그릇에 이 액체는 담겨졌다. 가장 즐겁고도 재미있는 것은 뜨거운 사탕물을 흰 눈과 함께 두 손으로 움켜쥐며 입 안에 넣는 것이다. 그런 즐거움도 사탕 만드는 작업과 함께 끝나면 모두 시원하고 상쾌한 공기 속을 헤치며 노래를 부르면서 돌아갔다. 그러나 아무리 많이 먹었다 해도 배탈이 나는 아이는 하나도 없었다. 이를 만드는 장소가 워낙 숲 속이어서 청결한 곳이고, 때 묻지 않은 차가운 눈이 모든 것을 뒤덮고 있어 대기마저 얼어붙어 있으므로 누구나 건강하였고, 그 무엇에도 지지 않는 굳건함이 길러질 수 있었다. 아아, 케어리! 당신은 우리 조국을 그 얼마나 생생하게 그려 보여 주었던가.

눈! 케어리는 미국의 눈을 참으로 생생히게 그려 내있다. 우리가 살고 있는 중국 화남에도 몹시 춥고 혹독한 겨울을 맞기도 했는데, 그런 날에는 어쩌다 눈발이 간간이 휘날리는 경우도 있었다. 우리는 유리창에 얼굴을 가까이 대고 회색 하늘에서 내려오는 흰 눈송이가 검은 지붕의 기와에 닿자마자 녹아 사라지는 모습을 지켜보았다. 한 번은 앞뜰 한쪽에서 안개처럼 희미하기는 하나, 바람에 날려 눈무더기가 쌓인 적이 있었다.

"눈이다—눈!"

우리는 이렇게 소리지르며 퉁겨 나가듯 뛰어나갔던 일이 생각난다.

전에 없이 혹독한 추위가 몰아친 어느 겨울, 시가를 에워싼 성벽 바깥에 본격적으로 눈이 내렸는데, 성 밖의 황량한 묘지 같은 곳에는 적어도 1인치 가량 눈이 쌓여 있었으므로, 인근 가까이에 있는 밭의 그루터기들이 뿌리를 삐죽 내밀고 있는 것을 빼놓고는 온 세상은 그야말로 티 하나 없는 은세계처럼 참으로 깨끗이 보였다. 숲의 잎사귀들은 깃털과도 같은 눈에 푹 덮여 있었고, 하얀 묘지 사이에는 밀 새싹이 파릇파릇 돋아나 있었다. 케어리는 우유통을 담아 두었던 나무상자의 판자를 몇 개 못질하여 끈으로 단단히 묶어 두었다. 우리는 그것을 타고 중국 묘지의 비탈을 미끄러져 내려가면서 미국의 터보건 썰매도 이럴 것이라고 상상했다.

몇 년 뒤에 나는 버지니아주의 블루 마운틴즈에 가서 그곳 깊숙한 숲 속에서 참으로 눈다운 눈을 본 적 있는데, 사실 이 미국 부인한테서 익히 이야기를 들은 바 있었으므로, 마음 속으로는 이미 그러한 광경 전부를 오래 전에 보았던 것처럼 훤히 알고 있었다. 나는 눈 밑에 덮여 조용히 잠들어 있는 목초지를 바라보았다. 커다란 눈 이불을 뒤집어쓴 지붕들과 그 밑에서 한가로이 재미있게 세상을 내다보고 있는 창문들, 그리고 고요한 하늘을 느릿느릿 흩어지며 회오리쳐 올라가는 연기를 지켜보았다. 이야기로 들었던 바로 그대로였다. 산에 이르는 막다른 길모퉁이에는 눈그림자가 깃들여 있었는데, 예상대로 푸르게 가로누워 있었다. 케어리가 10여 년 전에 이곳에서 1만 마일 가량이나 떨어진 먼 곳에서 이미 이런 풍경에 대해선 익히 가르쳐 주었기 때문에 나는 다 알고 있었다.

조국의 이같은 일체의 아름다움은 아주 어릴 적부터 23세의 나이로 미국을 떠나기 전까지 줄곧 케어리의 생활 속에 잘 융합되어 있었다. 아버지에게서 아름다움을 볼 수 있는 눈을 키울 수 있었으나, 그녀에게 그러한 가르침은 별로 필요치 않았다. 그녀는 그런 아름다움을 볼 수 있는 눈을 천성적으로 가지고 있었기 때문이다. 목초지나 골짜기, 산의 웅장한 아름다움이 계절따라 변화하는 모습을 케어리는 결코 놓치는 법이 없었다. 마찬가지로 사소한 미(美)—예컨대 좁은 장소에 가득히 돋아난 이끼라든가, 조그만 화초라든가, 곤충 등 미세한 물체의 미까지도 재빨리 포착하는 날카로운 눈을 가지고 있었다. 언젠가 그녀는 적색과 흑색의 화사한 빛깔을 지닌 한 마리의 거미를 발견하자 몸을 굽히고는 열심히 지켜보았는데, 차츰 그 빛깔의 감촉을 느끼고 싶어진 그녀는 새끼 손가락을 거미에게 갖다대었다 그러자 그녀는 곧장 거미에게 찔려서 독이 번지는 바람에 한 팔 전체가 부어오른 적이 있었다. 이 때 혼이 난 뒤부터는 그저 뭐든 바라볼 수밖에 없었다. 그런 일이 있었지만 여전히 케어리는 전에 찔린 것은 오직 자신의 쓸데없는 참견으로 생긴 일이었다고 반성하며, 변함없이 그 거미의 아름다움에 감탄하곤 했는데, 역시 이것은 페어플레이를 소중히 여기는 케어리다운 태도였다.

이렇게 아름다움을 사랑하고 아름다움에 민감한 반응을 보이는 것은 케어리의 타고난 속성이며, 아름다움에 감동해서 자신을 망각하는 것은 언제나 그녀의 본질을 구성하는 요소였다. 화창한 봄 햇살이 내리쬐는 목초지에서 그 아름다움에 취해 기분이 날아갈 듯 웃고 떠들며 당장이라도 춤이라도 출 듯한 때가 있는가 하면, 반대로 청초하고 단순하며 절제된 아름다움에도 취할 때가 있었다. 달빛에 비치는 산 속의 호수라든가, 아주 사소한 것에서도, 즉 먼지 하나 없는 조용하고 상쾌한 방안의 잘 씻어 놓은 접시 속에서도 아름다움을 찾아내었던 것이다.

이것도 케어리에게서 들은 얘기인데, 남북전쟁 직후에 내핍 생활을 할 수밖에 없었던 무렵, 새로운 그릇이라고는 하나도 살 수 없었으므로 그녀의 가족은 일찍이 할아버지 할머니가 네덜란드에서 가져온 흰 바탕에 푸른 버드나무 무늬가 들어 있는 도기나 엷은 수정컵을 매일 쓸 수밖에 없었다. 이것이 당시 그녀에게는 몹시 즐거운 일 중의 하나였다고 한다. 케어리는 자기 손으로 직접 그 미묘한 감촉을 즐겼을 뿐만 아니라 다른 모든 일은 제쳐놓고라도 설거지 일을 도맡아 했다. 이것은 미에 대한 하나의 추억으로 평생 그녀의 가슴 속에 남아 있었다.

케어리는 본래 감각적인 것을 사랑하는 성격을 타고났다. 견직, 도자기, 삼베, 비로드 등의 몸에 닿는 고운 감촉, 장미 잎사귀나 울긋불긋한 솔방울의 감촉, 이러한 것을 그녀는 매우 좋아했다. 매끄럽고 단단한 대나무 잎사귀 하나를 손에 들고 비비면서 혼잣말로 중얼거리던 것이 지금도 생각난다.

"이렇게 단단하고 매끄러운 것은 참으로 감촉이 좋아."

후각이 예민한 점에서도 유별난 데가 있었다. 동양에서 살며 케어리가 가장 고통스럽게 여긴 것 중의 하나는, 시가의 성벽을 넘어 정원 안으로 흘러 들어오는 퇴비나 인분 냄새였다. 성 밖에서는 밭의 흙을 기름지게 하거나 수확을 재촉하기 위하여 주로 그런 거름을 쓰고 있었던 것이다.

케어리가 처음으로 그녀의 고국에 돌아왔을 때의 일을 나는 영원히 잊지 못할 것이다. 무릎이 묻힐 만큼 풀이 무성한 목장이나 숲 같은 데로 들어간 그녀는 몇 번이고 크게 심호흡을 하는가 하면 냄새를 맡기 위해 자주 공기를 힘껏 들이마시곤 했다.

"왜 그래요?"

우리가 호기심에 차서 이렇게 물어보면 기쁨에 넘쳐 있는 모습으로 그녀는 이렇게 대답했다.

"그냥 아무 냄새나 맡아 보는 거야! 알겠어? 우리 조국 미국이란 나라에서 가장 훌륭한 것 중 하나는 바로 이 내음—정말 너무도 훌륭한 내음이지!"

케어리는 자주 솔잎을 한움큼 움켜쥐고는 두 손으로 비비며 코에 갖다대고는 지그시 눈을 감으며 그 솔내음에 취해 있었다. 케어리가 사랑한 것은 그렇게 순수하고 미세한 냄새이기나, 아니면 티로즈(원산지는 중국. 사철 황색의 꽃이 피고 차 향기가 풍김—역주)와 같은 은근한 향기였다. 동양의 꽃을 싫어한 이유는 너무 향이 진하고, 사향과 같은 약재 냄새와 비슷한 달착지근한 향기가 풍기기 때문이었다.

음악에 대해서도 뛰어난 지적 이해 능력을 갖추고 있었는데, 음악의 본질은 무엇보다 감동과 정서에 있다는 것이 언제나 변함없는 그녀의 지론이었다. 내가 아직 철이 없던 처녀 시절엔, 위대한 음악을 들을 때마다 눈물을 흘리고야 마는 그녀가 어지간히 이상해 보였다. 고통의 눈물이라기보다는 아름다운 음악을 들으면 감동하지 않을 수 없는 미묘하게 긴장되고도 감각적으로 연마된 마음에서 당연히 우러나오는 반응이라 할 수 있지만, 나는 당돌하게도 이렇게 말했다.

"울지 않고는 못 배기면서 왜 그렇게 들으려 하시죠?"

그녀는 언제나 그렇듯 깊이 있는 차분한 눈빛으로 나를 물끄러미 바라보다가 이렇게 대답했다.

"넌 아직 몰라. 그게 당연하지. 넌 아직 인생을 알 만큼 살아 보지 않았기 때문이야. 언젠가는 너도 음악을 듣고, 아아, 음악이란 것은 테크닉이나 멜로디가 아니라 인생의 무한한 비애와 미에 넘치는 인생 그 자체를 의미하는 것 외에 아무것도 아니라는 것을 깨달을 때가 올 거야. 그때가 되면 내 심경도 알아 주게 되겠지."

색채를 대하는 케어리의 감각에 있어서는 기묘한 모순이 내재해 있었다. 언제나 아련하고도 희미한 그늘 있는 색조를 좋아했던 나는 그녀에 대해 적지 않은 의문을 느꼈다. 이를테면 그녀의 성격 속에는 정열과 야성미가 넘쳐 있었으므로 매우 야단스러운 색깔을 좋아할 것 같았다. 적어도 내가 아는 이론에 따르면, 이것은 별로 신빙할 만한 것은 못 되지만, 사람들은 본능적으로 어떤 색채를 선택함에 있어서 가장 분명하게 자기 본성을 드러내기 마련이기 때문이다.

그녀는 옛날의 구(舊) 제정의 중국에서 유행한 적색과 황색을 뚜렷한 이유 없이 몹시도 싫어했다. 그러한 빛깔에는 그녀를 위협하는 현란한 면—육욕적인 것에 대한 현란함—을 지니고 있었기 때문이다. 케어리는 자기 혈액 속에 너무도 정열적인 면이 있음을 느끼고, 그것이 일깨워지는 것에 대해 일종의 두려움을 느끼고 있었던 것은 아닐까. 그렇다. 그녀가 좋아하는 빛깔로서 선택한 것은 베란다의 받침대 밑에 피어 있던 티로즈, 그것은 미국종 티로즈의 담백하고 시원한 느낌을 주는 빨강이 섞인 황색이었다. 또한 그녀는 고풍스러운 연분홍 빛깔의 온화한 아름다움도 사랑했다. 만년에 머리카락이 희어지고 은회색 가운을 즐겨 입게 되었을 때에도 변함없이 이런 빛깔이 들어 있는 옷을 즐겨 입었다. 그녀는 자기 자신 속에 어떤 이교도적인 특성, 즉 너무도 강렬하고 격정적인 정열 내지는 기질이 감춰져 있음을 자각하고, 이에 대해 그녀의 핏줄 속에 오래 전부터 흐르고 있기도 하고 처녀 시절의 교육에 의해 보다 길들여지기도 한 청교도적 기질로써 애써 저항해 왔음을 깨닫기 이른다.

만일 케어리가 저 적막한 묘지에서 나올 수만 있다면, 네가 지금 여기에 써 놓은 말에 대해 불만을 품고 원망스러운 듯한 표정으로 이렇게 말했을지도 모른다.

"내가 지금 죽어 있으니까 이러니저러니 말이 많은 모양인데, 나는 평생을 두고 네가 말한 것처럼 성격을 억제하려고 애쓰진 않았어."

"그래요, 알고 있어요. 그 괴로운 갈등을 나도 보아 왔으니까요. 그렇지만 우리는 당신이 스스로 싫은 것은 싫다고 얘기하는 성격이기 때문에 당신을 사랑하고 있었다는 사실을 모르시나요."

우리가 케어리에 대해 생각하고, 케어리에 대해 말할 때는 언제나 명백하고도 이질적으로 떠오르는 두 인물의 상이 있었다. 한 사람은 따뜻하고 명랑하며 감각적이고 성급한 인물—재미있는 일은 제일 먼저 발견하고, 타고난 배우처럼 멋지게 흉내 내는 사람, 한번 장난기가 발동하면 남의 목소리부터 걸음걸이나 몸짓까지 죄다 흉내를 내서 사람들을 웃기고, 또 유쾌한 합창에 사람들을 끌어들이는가 하면, 여름이면 갑자기 만사를 다 제쳐놓고 들이나 산으로 놀러 나서는 유형의 여성이다.

또 한 사람의 유형은 청교도적이고 실질적인 신비주의자로서 오로지 하느님을 찾으면서 하느님을 똑똑히 본 적은 결코 없는, 언제나 틈만 있으면 기도를 올리며 가장 철저히 성스러운 생활을 보내려 하고, 되도록 하느님을 위해 헌신하려고 계획은 세우지만 완전히 그 계획을 달성한 적은 한 번도 없고, 또 그러한 신앙상의 태만을 자각하려는 자신의 다른 일면—말하자면 언젠가는 그녀를 신으로부터 멀어지게 할 만큼 방해가 되어 왔던 정열적이고 정서적인 일면—을 한결 더 준엄하게 억압하려고 애쓰는 인물이다. 실제로 케어리의 내부에서는 끊임없는 싸움이 벌어지고 있었다.

케어리의 생애 가운데, 최초 그녀가 태어난 시기로 거슬러 올라가 생각해 본다면, 그녀의 성격 자체에서 유전적인 내적 갈등의 본질을 파악할 수 있을 것 같았다.

아버지 하마나스로부터는 장차 그녀의 존재와 분리시킬 수 없는 미에 대한 사랑을 물려받았고, 네덜란드 출신의 선량한 조부모로부터는 잠시의 태만도 허락지 않는 행동적인 결의를 물려받아, 그 결과로서 정의를 위해서라면 스스로 목숨을 바칠 수 있는 힘이 그녀 핏속에 흐르고 있었다.

케어리는 하느님을 위해서 모든 것을 버리고 새로운 나라로 배를 띄웠던 사람들의 전설을 들으면서 자라났다. 하느님을 위해서 고국을 떠난 청교도의 피를 물려받은 것이다. 그런 점만 보아도 이미 이질적인 것이 혼합되어 있는데다가, 체구가 몹시 작았던 프랑스 태생의 모친의 쾌활하고 실제적이며, 그다지 종교적이라고는 말할 수 없는 성질의 것들이 가미돼 있었다. 처음엔 신이 아닌 남편 하마나스를 사랑했고, 아이들 또한 열렬히 사랑했으며, 끝내는 남편과 아이들을 위해서 은혜로운 하느님을 사랑하게 되었던 것이다.

그러나 세월이 좀더 지나서, 조국인 미국이나 미국 국민을 좀더 잘 알게 됨에 따라 나는 케어리를 마음 깊이 이해할 수 있게 되었다. 이질적인 피의 결합, 개척자 정신에의 계승, 그리고 현기증 나는 어린 시절에의 체험 등을 통해 만들어진 케어리의 내적 모순이라든가 다양한 성격, 그것이 보다 더 미국적인 여인으로 만들었던 것이다.

그것도 케어리는 사각 모양의 커다란 집에서 갖가지 기쁨을 맛보았으며, 음악과 학교 공부, 마을 축제 등을 마음껏 즐겼음에도 불구하고 언제나 행복했던 것만은 아니다. 어쩌면 그 당시엔 자신이 완전하게 행복하다고 말할 수 있는 사람은 아무도 없었을 것이다. 누구이든 언제나 자기 영혼의 문제와 대결하고 있었던 시대였으니까.

케어리는 한없이 즐거운 순간에도 자기 영혼에 관한 것을 잊지 않았다. 예를 들면 동료들의 중심이 되어 농담을 하고 놀려대며 깔깔 웃으면서 즐거운 놀이가 한창일 때에도 마치 차가운 손이 심장 위에 얹힌 것같이 별안간 말도 없이 두려움에 떨면서, 이렇게 생각한 적이 있었다.

"도대체 나의 영원한 영혼은?"

때로는 집안일에 정신없다가도 갑자기 손을 멈추고, 열려 있는 문을 통해 정원을 내려다보면서 '천국은 이 세상보다 훨씬 아름다운 곳일까' 하는 생각에 빠져드는 순간, 극도의 불안감에 사로잡히곤 했다. 나는 왜 구원받지 못하는 것일까, 나는 천국에 갈 수 있을까. 이런 상념에 빠지기가 일쑤였다. 일요일에는 교회에서 남보다 오래 예배를 보아야 했고, 가정에서는 두 차례에 걸쳐 기도했으며, 목사의 기도는 부드러우면서도 그 질문은 언제나 날카로웠고, 아이들이 모두 구원을 받아 교회 신자가 되어 주길 기대했던 부모의 열망, 이런 모든 것 때문에 케어리는 도저히 완벽한 행복감에 젖어들 수가 없었다.

그러나 케어리가 어떻게든 신을 발견하려고 했던 데에는 지옥에 대한 공포 때문은 아니었다. 실제로 나는 그녀가 무엇을 두려워하는 것을 한 번도 본 적이 없다. 누구이든 간에 그녀에게 억지로 신앙을 강요할 수 있을 만큼 지옥은 매우 두려운 곳이라고 말할 사람은 한 사람도 없었으며, 설사 그렇다 하여도 그녀는 이를 한순간도 믿지 않았을 것이다. 그녀는 오로지 선량해지고 싶다는 염원만을 가지고 있었다. 우리에게도 자주 이렇게 말했다.

"선량해지는 것이야말로 아름다운 것이야. 선량한 사람이 되거라. 그것만이 이 세상에서 가장 훌륭한 것이니까."

케어리가 하느님을 발견하고 싶어한 데에는 그것이야말로 선량한 인간이 될 수 있는 유일한 길임을 알고 있었기 때문이다. '하느님을 발견하지 못한 인간이 제멋대로 규정한 선량함 따위는 모두 때묻은 옷'에 불과하다고 성경에도 나와 있었다.

신을 찾으려는 마음의 불안 때문에 청춘기를 우울하게 보냈다는 케어리가 나에게 말해 준 이야기이다. 친구들 중에서 비교적 사물을 가볍게 받아들이는 애들은 잘못이 있을 때에도 단지 몇 번이고 가볍게 회개하고는 성찬식에 참석했다.

그러나 조그만 교회당에서 반항심과 고뇌와 질타를 당하면서도 계속 자리를 지키고 있던 케어리는 성찬식의 빵과 포도주가 자기 앞에 오더라도 머리를 옆으로 내저었다. 자기 자신은 물론 남을 속이고 싶지 않았던 그녀는 기도에 기도를 거듭한 결과 이를 뿌리칠 수 있었던 것이다. 그녀의 일기 속에는 당시를 이렇게 회상하며 써 놓았다.

12세에서 15세가 되기까지 몇 해 동안 나는 1주일에도 몇 번씩이나 곳간 뒤의 숲 속에 들어가 뜰과 수풀 사이의 조그만 구덩이에 몸을 던지고는 무엇이든 좋으니 무조건 신의 존재를 확인할 수 있는 징조를 주십사 하고 큰 소리로 기도했었다. 때로는 야곱처럼, 신이 나에게 어떤 증거를 보여주기 전까지는 이 장소를 떠나지 않겠다고 맹세했다.

그러나 그것은 끝내 이루어지지 않았다. 소의 목에 달린 방울 소리가 황혼을 알리고 있었다. 이 암소들은 젖을 짜내야 했으므로 축사로 돌려 보내지고 있었다. 그리고 나도 돌아가서 식사 준비를 해야 했다……

케어리는 몇 차례나 주일 학교 선생이자 목사 부인이기도 한 단로프 부인에게 자신의 고뇌를 털어 놓았다. 온화하고 차분한 단로프 부인은 이 정열적이고 정직한 처녀의 마음을 이내 구원의 길로 인도하고자 애썼다.

"하느님에게 자신을 바치세요. 그것만으로도 훌륭해요."

부인에겐 좀처럼 이해하기 어려운 면이 있었으나, 어쨌든 매우 정직한, 이 거무스름한 피부의 소녀에게 진심어린 애정을 기울이며 이렇게 말했다.

"당신의 마음을 하느님에게 바치는 것—, 아주 쉬운 일 아닌가요, 네?"

그러나 이같은 말에 만족해할 소녀가 아니었다. 그녀는 애원하듯 외쳤다.

"저는 하느님께서 저를 받아들이고 계심을 느끼고 싶어요. 저의 모든 것을 바칠 수는 있어요. 그러나 왜 하느님은 저를 받아 주시지 않는 거죠? 왜 하느님은 아직 저에게 어떤 계시를 내리지 않는 것일까요?"

이것은 단로프 부인으로서도 뭐라고 대답할 수 없는 성질의 것이었다. 그래도 이 늙은 부인은 참을성 있게 되풀이하면서 말할 뿐이었다

"자신을 하느님께 바치십시오. 단지 당신 자신을 바치는 것이랍니다."

이 몇 년간이 그녀에게는 회오리바람에 우롱당한 듯한 시기였다. 신의 존재를 확인할 수 없다는 절망감은 가끔 그녀를 역으로 몰아세워, 지나치게 자유 분방한 기분이나 무턱대고 즐거움을 갈구하는 경박한 욕망에 사로잡히게 했다. 때로는 젊은 피가 끓어오르며, 어쩐지 두려운 기분마저 들 때에는 자신이 이미 구원받을 수 없는 악인이 되어 버린 건 아닐까 하는 절망감에 빠진 일조차 있었다. 자기 내부에서 정욕이 싹트는 것을 느끼고는 몹시 움츠러들었던 것이다.

이 무렵의 케어리는 거무스름한 피부에 콧날이 오똑한 아름다

운 처녀로서 나이에 비해 성숙했으며, 풍부한 유머 감각과 잘 웃는 버릇이 있었으나, 진지해야 할 상황에서는 매우 진지한 자세 또한 잃지 않았다. 입술은 붉고, 뺨엔 윤기가 흘렀으며, 태어나면서부터 곱슬곱슬한 밤색의 숱많은 머리카락이 소용돌이치듯 머리에서 흘러내리고 있었다.

당시 케어리가 경험한 것에 대해서는 본인이 누구에게도 말하지 않았으므로 정확한 것은 나도 잘 알 수 없다. 그러나 분명한 것은 그녀는 이 몇 년 동안 어느 때였던가, 그 후프가 파열되는 사건이 벌어졌을 때 뒷자리에서 웃고 있던 소년과 열렬한 사랑에 빠졌던 적이 있다는 것뿐이다. 아름답고 명랑한 음성을 지닌 이 소년도 벌써 키가 큰 금발의 쾌활한 청년으로 성장해 있었고, 무신론자 중 한 사람이라는 것을 다소 자랑삼는 경우가 있긴 했으나, 변함없이 교회에는 합창하러 나오고 있었다. 그러나 사실은 케어리를 만나는 것이 목적이었던 모양이다. 그리하여 두 사람은 일주일에 한 번 정도 열리는 성악 교실에서도 만났다.

"그 사람은 누구의 마음이든 사로잡을 정도로 노래를 잘 했단다."

케어리는 엄숙한 말투로 이렇게 얘기했다. 이미 백발이 다 된 상태에서 한 말이지만, 그 청년에 대한 추억이 아직도 뜨겁게 불타고 있음은 그녀의 눈을 통해 잘 알 수 있었다. 케어리는 그 이상에 대해선 아무것도 말하지 않았다. 추측하건대 그 청년의 크고 아름다운 육체가 케어리의 뜨거운 핏속에 견딜 수 없을 정도로 다가왔을 것이므로, 청교도적인 면으로 굳게 무장돼 있는 그녀는 극도로 그를 두려워했을 것이다. 그 청년이 얼마나 오랫동안 케어리를 사랑했었는지에 대해서는 나로선 알 길이 없었다.

다만 그 청년이 특별한 눈으로 케어리를 본 것은 분명하다. 왜냐하면 케어리는 질문의 막판에 가서는 그가 자기에게 '친밀한 태도'를 취했음을 인정했고, 자기는 그와 결혼할 생각은 없었기 때문에 그러한 태도를 보이지 말아달라는 부탁도 했다고 고백했기 때문이다.

"왜 그랬어요?"

우리는 대답을 재촉했다. 그 청년이 우리에게는 퍽 낭만적으로 생각되었기 때문이다.

"왜냐하면, 왜냐하면 말이지, 선량하다고는 말할 수 없는 사람이었기 때문이란다. 술을 많이 했지. 술 잘 먹는 집안이었어. 선량한 사람이 되기란 좀처럼 쉬운 일이 아닌데, 이런 사람과 결혼한다면 나까지도 같은 인간이 될까봐 걱정되었지."

케어리가 단지 자기 혼자서 이런 태도를 관찰했는지 어떤지는 나로서는 알 수 없었다. 어쨌든 그해에 작은 체구의 그녀의 모친은 병으로 쓰러져 있었으므로 그녀는 청춘 세계에서 단절된 채 밤낮 없이 죽음의 그림자가 깔려 있는 침대를 지키고 있어야 했다. 한발 한발 죽음에 다가가고 있는 모친을 바라보면서 케어리는 언제나 악보다는 선을 택하겠다고, 자신의 쾌활한 면보다는 근엄한 면을 따르겠다고, 그리고 자신의 핏속에 지나치게 흐르고 있는 다정다감한 성격과 평생 싸우겠다고 맹세했다. 선량한 인간이 되자. 철저히 자신을 억제하자. 나 자신을 신에게 바치자. 어떻게 하면 자신을 완전히 억제할 수 있을까. 만일 전생애를, 자신의 모든 것을 남김없이 하느님에게 바친다면 하느님도 자신의 존재를 보여주실지도 모른다. 그러면 마침내 하느님을 발견할 수 있게 될 것이다.

온통 이런 생각에 사로잡혀 있을 때 그녀의 어머니는 중병에 걸리게 되었고, 케어리는 다시 새로운 두려움에 떨면서 자신의 영혼에 관한 문제는 잠시 잊게 되었다.

모친이 다른 어떤 아들이나, 딸보다도 그녀를 제일 사랑하고 있었다는 것은 숨길 수 없는 사실이었다. 케어리는 1년 열두 달 언제나 그녀의 어머니와 웃을 수 있는 성격이었다.

케어리는 매우 손재주가 좋았고, 요리에도 능했으며, 절약 정신 또한 뛰어났다. 게다가 어머니를 닮아서 약초 수집이라든가 정원 가꾸기를 좋아했다. 그 덕분으로 케어리의 몸은 튼튼했다. 때때로 그녀는 작은 몸집의 어머니를 높이 안아올리고는, 마치 어린애를 다루듯이 일을 쉬겠다고 약속하지 않을 때나 식사를 더 하겠다는 말을 하지 않을 때에는 두 팔에서 내려놓지 않겠다며 얼러대기도 했다.

"이 커다란 장난꾸러기 아가씨야!"

몸집이 작은 모친은 짐짓 노한 척하면서 소리쳤다.

"내려놓아라—. 빨리 말 들어! 나는 네 어미잖니!"

그러나 어머니는 이러한 말과는 달리 오히려 그런 딸이 사랑스러워 견딜 수 없었으며, 무슨 일에서든지 케어리를 신뢰했다. 케어리 또한 어머니를 사랑했다. 아니, 그 이상이었다. 그녀는 모친을 존경했으며, 두 모녀는 완전히 자유롭게 마음과 마음이 통할 정도였다. 그러나 신을 갈구하는 저 어두운 소망에 있어선 문제가 달랐다. 그 탐구만은 케어리 혼자 해내지 않으면 안 되었다. 프랑스 태생의 모친은 딸의 간절한 소망을 이해할 수 없었기 때문이다.

"교회에서 남편이 기도할 때에는 자기도 무릎을 꿇고 기도하고, 집안에 들면 깨끗이 정돈하고 가능하면 맛있는 식사 준비를 해 놓는 것—여자로서는 그것만으로 충분하지 않겠니."

이렇게 말하는 어머니에게 케어리는 아무 말도 고백할 수 없었으며, 그 때문에 더욱 어린애 같은 어머니를 사랑하고 있었다.

이제 병마저 걸린 어머니는 더욱 어린애처럼 되어 버렸고, 딸 하나에게 의지하고 있었다.

갑작스럽게 생긴 병이었다. 어느 겨울날 어머니는 병에 담겨 있는 피클을 그릇에 떠 오기 위해 추운 지하실로 내려갔었는데, 마침 병은 비워 있었고 새 병을 따려고 시간을 지체하고 있는 사이 감기에 걸렸다. 단번에 목구멍이 찢어질 듯이 발작이 일어나더니, 얼마 안 되어 급성 폐렴이 되어 버렸다. 어머니가 돌아가시기라도 하면 어쩌나 하는 불길한 생각을 떨쳐 버리려 했으나, 진실을 눈가림하기에는 그녀는 너무도 정직했다.

그러나 죽음조차도 케어리의 마음을 흔들어 놓지는 못했다. 그녀는 늠름하게 모든 일을 처리했던 것이다. 명랑한 표정으로 간호하고, 병실은 언제나 꽃으로 장식했으며, 향기롭고 상쾌한 기분을 보이면서 어머니가 평소에 쓰던 조그만 레이스 달린 모자를 빨아서 풀을 먹이고는 다림질을 해 두었고, 멋진 잠옷을 만들어 주기도 하면서 일찍이 인형에게 옷을 입혀 데리고 놀던 때의 그 즐거움을, 이제는 큰 침대 속에 묻혀 퀭한 눈으로 쳐다보고 있는 몸집 작은 어머니의 간호 속으로 쏟아 붓고 있는 것이었다.

그 무렵 하마나스는 다른 방으로 옮겨가 있었고, 케어리는 모친을 모시고 자면서 자기의 건강한 육체로 이 조그맣고도 병약하며 차디찬 어머니의 몸을 따뜻이 보살펴 주었다. 그리고 여러 문제들이 발생해도 적당히 얼버무려 어머니에게는 절대 불안감을 안겨 주지 않도록 노력했다.

그러나 어느날 밤, 어머니가 별안간 심한 기침을 하는 바람에 케어리는 즉시 어머니의 머리를 들어올렸다. 그러자 어머니는 깡마른 얼굴을 들어 케어리를 보면서 신음하듯 한 음성으로 이렇게 말했다.

"애야—이게—죽음—이라는 걸까—."

이미 말소리도 잘 이어지지 않고 있었다.

케어리는 갑자기 어머니의 눈 속에 떠도는 공포를 차마 지켜볼 수 없었다. 아아, 하느님에 대해 알고만 있다면—어머니에게 '나도 알아요' 하고 말할 수만 있다면…….

"신의 계시를 얻지 않으면 안 된다. 나의 신명을 바쳐야 한다. 나는 나의 모든 것, 나의 일생을 하느님에게 바쳐야지."

케어리는 이렇게 한마음이 되어 중얼거렸다. 그녀는 자신조차 잊고 오로지 탐구에만 열중하기 시작했다. 중단해선 안 된다. 완전히 헌신하지 않고는 아무 뜻이 없다. 선교사로 해외에 나가자. 나 자신을 바칠 수 있는 길은 이 길밖에 없다.

그리고 갑자기 최후가 닥쳤다. 어머니는 가녀린 비명을 질렀다. 희미하던 어머니의 눈이 순간 반짝 빛났다. 핏기 없는 입술에 약간 놀라는 기색을 띠며 입가에 미소가 퍼지더니, 흐느적거리는 소리 같은 것이 들렸다.

"그래—다—사실이었다!"

어머니는 겨우 순간적이긴 했지만, 방의 벽 너머 어딘가의 다른 세계를 분명히 응시했고, 그러고는 숨졌다. 그 부르짖음을 들으며 그 응시하던 모습을 지켜보던 케어리는 심장이 멎어 버릴 것 같았다. 이것이 하느님이 있다는 증거일까. 케어리는 크나큰 두려움을 느끼면서 어머니의 유해를 조용히 눕혔다.

제 2장
미지의 세계를 향하여

　이리하여 케어리는 생애를 신에게 바치겠노라고 맹세했다. 그녀는 그 맹세를 지키기 위해 차분히 준비를 진행시켰다. 어머니의 죽음은 그녀에게 크나큰 슬픔이었다. 이전엔 저녁이면 언제나 명랑하게 노래를 불렀으나, 이미 그 자그마하고 온화하시던 어머니가 안 계신다고 생각하니 통 노래할 기분이 나지 않았다. 그래서 신에게 자신을 바치겠다고 맹세한 그때의 기억을 가슴 깊숙이 간직할 수 있었다.

　그러나 신께서는 그녀를 받아들이겠다는 어떠한 계시를 내리지 않고 있었다. 그렇다고 무엇을 해야 할지 계시가 내려질 때까지 무작정 기다릴 수도 없었고 해서 이전처럼 집안일이나 학교 공부를 하면서 시간을 보낼 수밖에 없었다. 다만 케어리는 전보다 더 말수가 적어졌으며, 보다 더 착실해졌다. 마을의 축제에도 끼여들지 않았으며, 이제는 닐 카터와 산책하는 것도 그만둘 결심이었다. 그리고 오직 공부에 전념하여 가슴 속으로 맹세했던 사명을 완수하기에 적합한 인물이 되고자 마음먹었다.

외국 전도사가 되겠다는 생각은 케어리에게 있어서 별로 새로운 일은 아니었다. 마을의 작은 교회에도 몇 번씩 외국 전도에 파견되었다가 돌아온, 햇볕에 그을린 바싹 여윈 체구의 사내들이 불을 뿜는 듯한 설교나 체험담을 얘기했다. 신을 위한 용감한 모험에 도취되어 있었던 케어리는 그 선교사들의 말에 귀기울였다. 그러나 자진해서 외국 전도에 나서면서까지 소명을 다할 생각은 털끝만큼도 없었다. 그런 일을 하려면 미국을 떠나야만 한다! 미국을 떠나다니, 도저히 그럴 순 없었다. 그녀는 선교사의 시선을 피해 가만히 교회당 밖으로 나와서야 겨우 구제를 받은 듯한 기분에 젖을 수 있었다.

그러나 이제는 만사가 다 바뀌고 말았다. 소명을 받을 각오만이 필요하다. 그 각오는 이미 되어 있었다. 그녀는 이미 마음 속으로 이렇게 맹세하고 있었던 것이다. 집안에서의 그녀의 태도는 매우 진지한 편이었는데 누군가 눈치챈 사람이 있어도,

"케어리는 어머니가 돌아가셔서 단지 우울해할 뿐이야."
하고 간단히 치부해 버리는 것이었다. 그러나 실상은 전혀 그렇지 않았다. 그녀는 이윽고 신이 제시한 길을 따를 수 있도록 자신의 생활을 다른 가족의 그것으로부터 뚜렷이 분리시키려는 노력을 하기 시작했던 것이다.

2년의 세월이 흘렀다. 경기가 좋아짐에 따라 하마나스의 취미는 실제적인 효용 가치를 발휘할 수 있게 되었다. 전후의 불황도 이

제 한 고비를 넘겼으므로, 사람들은 일부러 먼 곳에서도 시계 수리나 보석 세공을 의뢰해 왔다. 하마나스는 회중 시계도 만들기 시작했는데, 이 고장난 시계를 고친 숫자만도 어마어마했다. 그의 가늘고 솜씨 있는 손가락에는 일종의 마술이 담겨 있어서, 아무리 고장난 기계라 해도 그의 손에 걸리기만 하면 제대로 움직이기 시작하는 것이었다. 하마나스는 난생 처음 집안 살림에 보탬이 되는 일을 했다.

그러나 집안의 기둥은 여전히 교육과 농업에 종사하고 있는 코넬리어스였다. 두 손위 누이는 꽤 재간 있게 집안 살림을 꾸려 나갔고, 남동생이나 여동생의 뒷바라지도 곧잘 했다. 오직 가정 내에서의 큰 문제는 루사였는데, 이 동생은 성격이나 용모가 가장 케어리를 닮았다. 다만 케어리에게는 욕망을 억누르려는 강한 의지나 선량해지고 싶다는 순수한 욕구가 있었으나, 젊은 루사의 경우에는 육체적인 욕망이 지배적이었다. 그는 차츰 반항적으로 변하더니, 당시 조금이라도 방랑벽이 있는 청년이라면 누구든 마음이 끌리곤 하던, 금광이 있는 서부로 가겠다고 나섰다. 집안 식구들은 한사코 못 가게 말렸지만, 언제나 어머니를 제일 사랑했고 또 그 어머니로부터 이해를 받고 있던 루사를, 이제 그분이 안 계신 이 집에 묶어 두기는 힘든 일이었다. 하마나스는 화를 내며, 채찍으로 따끔하게 혼내주겠다고 길길이 뛰었다. 그러나 두 눈이며 머리카락조차 검은 이 아들은 그가 올려다봐야 할 만큼 늘씬한 청년으로 성장해 있었으므로, 체구가 작은 아버지로서는 아무리 강직하고 두려움 모르는 성격을 지녔다 하더라도 그것을 실행에 옮길 수는 없었다. 코넬리어스가 부친의 명을 받고 채찍을 댄 적이 있지만, 역시 피를 나눈 동생을 때리는 비정함에 견디지 못하고 채찍을 내던지고 말았다. 그리고는 두 번 다시 그것을 집어든 적이 없었다. 어머니가 돌아가신 후에는 무슨 일이든 제대로 되는 일이 없는 허술한 구석이 있었지만, 그래도 가정 생활은 그럭저럭 이어져 나갔고, 케어리는 남몰래 간직한 결심을 더욱 굳히면서 신의 소명만 기다리고 있었다.

케어리가 열여덟 살이 되던 해에, 어릴 때부터 교회를 이끌어 주던 단로프 목사는 나이가 든 탓인지 너무 살이 찌고, 더욱이 예배 도중 꾸벅꾸벅 졸기도 하여 스스로 은퇴할 결심을 했다. 새로운 목사가 필요함은 누가 보아도 뚜렷했다. 모든 일에서 마을의 지도적 역할을 해 왔던 하마나스는 이 일에 대해서도 자신이 맡아보겠노라고 자청하고 나섰다. 그는 시험삼아 설교하러 오는 젊은 목사 후보자를 만나보고, 교리에 관한 상식이 어느 정도인가를 상세히 심사한 결과, 나이는 젊지만 전쟁을 체험한 덕분에 노성해 보이는 키 크고 진실해 보이는 청년 하나를 골라냈다. 같은 주(州)의 바로 이웃에 위치한 그린브라이어군(郡) 출신인데, 청년의 아버지는 그 군에서도 내로라 하는 대지주였다. 청년은 남북전쟁 후 학교 선생으로 재직해 있다가 신학교에 입학했다. 대학도 신학교도 우등으로 졸업했으며 특히 어학, 그중에서도 산스크리스트어와 아랍어, 히브리어, 그리스어에 놀랄 만큼 정통하다는 것이 성적증명서에도 여실히 기록되어 있었다.

이 마을에는 학문을 좋아하는 기풍이 있는데, 대대로 교양 있는 가문을 계승한 하마나스는 자기 대에 와서도 그 전통을 잘 유지하고 있었다. 더욱이 이 청년 목사는 키가 크고, 온화하며, 금발의 머리카락을 한, 외관상으로도 좋은 풍채를 소유한 사람이었다. 또 키가 아담한 사랑스러운 아내를 데리고 있었다. 이 젊은 부인은 예쁜 바느질 주머니처럼 남편 팔에 매달려 다녔다. 단로프 목사의 후임으로서 그의 설교는 교리면에서 견실하였고, 하느님의 예정된 의지와 인간의 자유 의지에 관해 정통적인 의견을 남김없이 설명하는 편이어서 설교하는 데 꽤 시간이 걸렸으며, 마음의 양식이 될 만큼 내용도 충실했다. 그러나 교회에 오는 젊은 층에게는 거의 이해받지 못할 정도로 수준이 높은 것이기도 했다. 하지만 자격은 그것으로 충분했다. 이 청년이야말로 적임자였다.

같은 여름 신임 목사가 마을에 와서 교회 옆에 있는 칡넝쿨 우거진 흰 목사관 건물에 들었을 때, 아직 대학생이던 목사의 동생이 형을 찾아왔다. 케어리에 관해서, 말하자면 이 젊은 대학생에 대해서도 설명해야 할 것 같다.

그는 성직에 몸 담으려는 키 크고 여윈 편의 학생이었는데, 근시인 푸른 눈동자는 사물을 바라볼 때마다 흐려지며 신비한 느낌마저 주었다. 목소리는 부드럽고 미소짓는 얼굴도 온순해 보였다. 매우 내성적이고 과묵했기 때문에 성가대나 성악 지도를 받아보지 않겠느냐는 권유에도 일체 응하지 않았다. 그는 미소를 지으면서 이렇게 대답했다.

"나는 대단히 바쁩니다. 형과 함께 책을 읽고 있으니까요."

일요일에는 다른 교인들과는 좀 떨어진 자리에 앉아서 신앙에 온 정신이 빼앗긴 나머지 아무도 눈에 보이지 않는 것 같았다.

케어리는 그의 얼굴을 여러 번 보지는 않았으나, 볼 적마다 아, 이 사람은 보기 드문 성자와 같은 청년이구나, 아마 유머 같은 것은 잘 이해하지 못할지 모르나 틀림없이 매우 선량한 사람일 것이다 하고 생각했다. 케어리 자신은 유머에 민감한 편인데, 그것이 언제나 그녀를 잘못된 길로 인도하는 원인이 되곤 했다.

신앙에 몸바치겠다는 맹세를 한 지금에 와서도, 장례식 도중에 우스운 장면이 자꾸 눈에 띄어 견딜 수가 없었고, 교회당 안에서도 웃음을 참지 못하고 저도 모르게 웃다가 얼굴을 붉힌 일도 여러 차례 있었다. 그것도 실로 하찮은 작은 일이 원인이 되었던 것을 생각하면 스스로 생각해도 한심했다.

한 예로, 풍금을 치고 있는 넬슨 양의 작은 모자에 씌운 비단 망사에 파리가 떼지어 앉았던 일 따위가 그것이다. 파리들은 이내 망사 자락에 걸려서 미친 듯이 붕붕거리며 몸부림치고 있었다. 그 밑에서 자그마한 몸집의 내성적인 중년 숙녀인 넬슨 양은 완전히 어쩔 줄 몰라서 얼굴을 붉히며 반쯤 넋이 나가 있었다. 예배 도중 적어도 한 번은 모두 찬송가를 부르고 있는 사이 자리에서 살짝 빠져나와 귀찮은 것을 털어내고 돌아왔지만, 비단 망사에 달착지근한 풀이 먹여져 있었으므로 순식간에 파리들이 또다시 냄새를 맡고 창문에서 곧장 그녀의 모자를 향해 날아드는 것이었다. 해마다 여름만 되면 넬슨 양의 모자는 파리 잡는 끈끈이 대용이 되었고, 교회의 젊은 패거리들에게 웃음거리를 제공해 주곤 했다.

그러나 목사의 동생은 이러한 풍경에는 아랑곳하지 않았다. 그의 생각은 다른 곳에, 적어도 의심할 것도 없이 당연히 향해야 할

곳을 향하고 있었다. 자기가 달성한 일과 소망한 목표 사이에 커다란 거리가 놓여 있음을 자각하고, 항상 이점을 부끄럽게 여기던 케어리는 이 청년의 대범하고 조금 창백한 얼굴에 떠오르는 경건함에 감동을 받아 엄숙한 기분이 되었다. 그러나 그녀는 가끔 이 청년에게 말을 걸기도 했으나 그 이상 아무 일도 벌어지진 않았다. 이 청년은 그 성격이나 소명감에서 자기와는 동떨어진 면을 지닌 존재로 여겨졌기 때문이다. 그러기에 대단히 존경은 했지만, 특별한 존재로 생각하는 경우는 전혀 없었다 본인에게는 하나의 사명이 기다리고 있지 않은가.

케어리가 19세가 되었을 때, 코넬리어스는 자기가 가르칠 수 있는 것은 다 가르쳐 주었노라고 생각했다. 이 재기가 넘치고 총명한 누이동생의 교육을 여기서 끝내야 된다고 생각하니 못내 아쉬웠다. 전쟁으로 상처 입은 일가의 경제적인 상태도 회복되었고, 루사 또한 겨우 안정을 되찾아 학교에 가서 일단 교육을 받기로 승낙하였으므로, 케어리가 없어도 집안일을 꾸려나가지 못할 것도 없었다. 그래서 코넬리어스는 그녀를 여자 전문학교에 입학시켜, 지능뿐 아니라 그녀의 힘차고 아름다운 목소리 또한 훌륭히 교육시킬 기회를 주어야겠다고 결심했다.

하지만 부친인 하마나스는 그것도 보통학교는 안 되고, 일반학과에다가 장로파 교리에 바탕을 둔 건전한 종교 교육이 필요하며, 특히 도덕 교육과 예의의 함양을 존중해야 한다고 역설했다. 무척

공을 들여 고심한 끝에 이상적인 학교가 선정되었다. 켄터키주 루이빌에 가까운 벨우드 신학교였다.

케어리는 만 19세가 되던 해에 가슴에 가득 기대를 품고서, 그곳으로 향했다. 여행복으로 밤색 캐시미어 옷을 새로 맞추었는데, 이것은 특히 기선을 타고 여행하는 데 알맞게 지어진 옷이었다. 스커트 뒤를 바짝 부풀리고, 긴 치맛자락 주위에는 주름을 여러 군데나 잡았다. 가슴과 소매 끝에는 크림색 레이스를 달아 주름 장식을 했다. 그리고 둥글게 말아올린 머리 위에도 똑같은 레이스로 가장자리를 장식한, 밤색의 모피 모자가 얹혀 있었다. 입이 다소 큰 것이 흠이었으나, 그녀는 지금의 자신의 모습에 대만족해 있었다. 그 무렵 케어리는 더없이 붉은 입술과 젊음이 넘쳐 흐르는 장미빛 빰을 지니고 있었다. 그로부터 몇 년이 지난 후 그녀의 어린 딸이 천진하게 이렇게 물어보았다.

"엄마, 엄마는 젊었을 때 예뻤나요?"

그러자 케어리는 금빛어린 다갈색 눈동자를 순간 반짝였으나, 이내 목소리를 차분히 가라앉히며 이렇게 대답하는 것이었다.

"닐 카터는 그렇게 생각했던 모양이야. 내가 신학교로 떠날 때 배웅을 나왔더구나."

벨우드 신학교에서 보낸 2년 동안의 생활은 우정에 넘치는 즐거운 시간들이었다. 급우들은 모두 17명이었는데, 케어리는 그 반의 리더로서 급우들에게 큰 사랑을 받았다. 그녀는 활달한 성격의 소유자였으므로, 어떤 사람의 기분이든 따뜻이 이해해 주었다. 그런만큼 언제나 다양한 종류의 사람들에게 놀랄 정도의 우정을 베풀어 주었다. 누군가가 애정이나 도움이 필요하다면, 이내 우정을 기울이지 않고는 못 배기는 성미였다. 내 생각에는 닐 카터가 케어리의 마음을 사로잡을 수 있었던 것도 그 주된 원인은 그가 선량한 인간이 되는 데에는 그녀의 도움이 절대적으로 필요했기 때문인 것 같다. 우리가 케어리에게서 들은 바에 의하면, 닐 카터는 적어도 한 번 이를 구실삼아 그녀의 마음을 수중에 넣을 수도 있었으나, 술 마시는 버릇이 있는 그가 금주(禁酒)의 맹세를 깨뜨리고 두 번째로 그녀 앞에서 용서를 빌었을 때, 케어리는 그녀가 지니고 있는 날카롭고도 객관성을 띤 유머 감각으로, 이 남자에겐 죄를 짓고 용서받는 것을 다소 즐기는 경향이 있음을 간파하고는 마침내 그를 단념했다는 것이다.

나는 지금 여기에, 케어리의 신학교 시절의 기념품으로서 아름다운 거미집을 연상시키는 필적으로 씌어진 두 편의 논문을 갖고 있다. 하나는 《에스테르 여왕》이란 제목의 것인데, 이 유태인 여왕이 국민을 위해서 희생이 되어—언제나 자기 희생에 대해 매력을 느끼고 있던 케어리!—필요하다면 자신의 생명조차 바치려 결심했던 여왕에 대한 논문이었다. 또한 이 논문은 의를 행하고 하느님을 믿는 자는 반드시 보상을 받는다는 지극히 순진하고 소박한 확신의 뜻이 담겨 있는 내용이었다.

또 하나의 논문은 금메달을 따낸 것인데, 이 메달은 가느다란 리본으로 목에 걸게끔 되어 있었다. 이 논문만으로 추측해 보면 적어도 스무 살 무렵의 케어리는 쾌락을 즐기는 자신과의 싸움으로 괴로워하던 소녀 시절에서는 이미 벗어나 있었고, 고결한 기독교 교도가 되기로 결심한 어엿한 숙녀로 변모되어 있음을 엿볼 수 있었다. 또한 이 논문 속에서는 새침하게 멋부린 흔적을 간간이 발견할 수 있는데, 사실 케어리의 내면에는 상반적으로 언제나 들뜨고 유머에 넘치는 기질이 있었으며, 그것이 어떤 면에서는 그녀를 구원해 주고 있었다는 것을 나는 잘 알고 있었다. 탁 털어놓고 말하면 케어리는 그 생애를 마칠 때까지 붓만 잡으면 엄숙한 기분에 사로잡혀 함부로 그럴듯한 훈계의 말을 써내려가는 버릇이 있었는데, 그것들은 사실 그녀 자신에 대한 훈계였다. 내가 가지고 있는 그녀의 일기에서조차 그녀가 엄격하게 자신을 통제하고 있음을 발견할 수 있다. 끊임없이 자신의 영혼을 일깨워 나갈 필요를 느끼고 있었다는 것이 그 숨겨진 원인인 듯하다. 지나치게 명랑한 마음이 자칫하면 자기 영혼을 잘못된 길로 빠져들게 할지도 모른다는 근심에서, 그녀는 늘상 자기 자신에게 설교를 했던 것 같다.

만약 케어리가 이 〈기독교의 도덕적 특성〉이란 제목의, 우수하긴 하나 어리석은 점도 있는 논문만으로 상상되는 인물이었다면 학교에서 그렇게 많은 사람들의 사랑을 한몸에 받지는 못했을 것이다. 급우들 가운데에는 그녀의 목숨이 끊기는 그 순간까지도 편지를 보내는 사람이 있었을 정도였으니까. 졸업 후 25년이 지난 후에도 그때까지 살아 있는 급우들 중에는 일부러 케어리를 위해서 각자의 이름을 수놓은 비단과 비로드의 네모진 천을 덧이어 수놓은 아름다운 침대 덮개를 만들어 중국까지 보내 주었다. 케어리는 웃으면서 눈물을 머금고 그것을 가슴 속에 꼭 부둥켜안은 채 나직이 중얼거렸다.

“저 그리운 시절의 여학생들!”

지난날의 앳된 여학생들도 이제 모두 백발이 되었고, 그녀 자신도 결코 예외는 아니었음에도 불구하고……

케어리는 그때만은 색채에 대한 천성적인 감각을 유감없이 발휘하여, 그 홑청에 진홍색 안감을 대었다. 화려하고 찬란한 금빛 안감이었다. 그것은 우리 모두에게 언제나 자랑스런 보물이었다. 그 홑청은 객실의 침대를 호화롭게 장식하고 있었는데, 케어리가 이 중국 도시에서 임종을 맞이하는 순간에도, 이 애정과 존경이 깃든 홑청은 본인의 희망에 따라서 그녀의 몸을 따뜻하게 감싸 주고 있었다. 적어도 내가 기록할 수 있는 것은, 그녀가 이처럼 죽음을 맞이함으로써 적어도 그로부터 머지 않은 장래에 닥쳐온 혁명의 날을 보지 않아도 되었다는 사실이다. 왜냐하면 이 홑청은 혁명의 북새통에서 피에 굶주린 탐욕스러운 병정에 의해 약탈되었기 때문이다. 그것은 제비뽑기 상품으로서 내놓아져, 내가 그 이전이나 이후에도 전혀 본 적이 없는 음험하고 야만스런 사나이의 손으로 들어갔고, 그는 이것을 땟국이 흐르는 알몸뚱어리 어깨에 걸친 채 가져가 버리고 말았다.

스물두 살에 학교를 졸업한 케어리는 이미 완벽한 숙녀가 되었 노라는 자부심과 함께 고향 마을로 돌아왔다. 그러나 신학교에서 의 3년간에 걸친 규율 바른 생활과 각별히 종교를 존중하는 기풍 은 해외로 선교 활동을 나가려는 그녀의 의지를 더욱 굳게 만들 어 주었다. 그래서 귀향한 즉시 부친에게 그 뜻을 털어놓았던 것 인데, 하마나스는 놀란 나머지 불같이 화를 내며 일체 무시해 버리는 태도를 취했다.

"뭐라구? 젊고 아름다운 처녀가 이교도들이 득실대는 나라로 가겠다구? 그놈들은 기독교도든 누구든 다 잡아 먹을지도 모른다구. 내 딸이 그런 생각을 하다니. 결코 허락할 수 없어!"

케어리는 자기 계획을 부친의 깊은 종교적 신념에 호소함으로써 받아들여질 수 있으리라 예상했는데, 이런 강력한 반대에 부딪치고 보니 깜짝 놀랄 수밖에 없었다. 그래서 그녀는 이내 냉정함을 잃고, 전도라는 위대한 사명을 위해서라면 자기를 기꺼이 바치는 것이 당연하지 않느냐며 울화통을 터뜨리며 대들었다. 하마나스도 딸에게 화내기 쉬운 성질과 고집을 물려준 당사자인만큼 안색이 바뀌면서 목소리를 높였다. 아무리 그렇더라도 매사에는 최소한의 양식이라는 것이 있으며, 그것은 신에 대한 봉사의 경우에도 해당되는 것이라고 반박했다. 겨우 스물두 살밖에 되지 않은 미혼 여성이 선교사로서 해외에 나간다는 것은 생각도 못할 일이었다.

케어리가 부친에게서 이같은 이단적인 애기를 들은 것은 이번이 처음이었다. 그녀는 억울한 나머지 울음을 터뜨렸는데, 동시에 그녀는 이제까진 한낱 결심에 불과했던 이 일을 무슨 일이 있더라도 하고야 말겠다는 고집스런 결단으로 몰고 가기에 이른다.

그해 크리스마스 휴가를 이용해서 목사의 동생이 또 찾아왔다. 전보다 키도 더 크고 파리해진 모습이 세속을 초월한 사람처럼 보였다. 마음이 새롭게 고양된 케어리는 그를 보자 참 멋지다는 생각이 들었다. 닐 카터 따위는 이미 속물처럼 여겨져 그녀의 안중에도 없었다. 더욱이 그 무렵 같은 나이 또래의 처녀들 사이에서는 이 청년이 선교사가 될 것이라는 소문이 떠돌았다. 케어리의 가슴은 뛰었다. 이것이 신이 내린 길일까.

어느날 기회를 잡은 케어리는 그에게 말을 걸었는데, 이상하게 도 여느 때처럼 쾌활할 수가 없었으며 부끄러움마저 탔다. 그것은 예배가 끝난 직후, 사람들이 교회당 입구나 잔디가 깔린 마당에서 담소하며 거닐고 있을 때였다. 그는 은근히 목례를 했는데, 케어리 와 마찬가지로 부끄러운 표정을 짓고 있었다. 케어리는 영혼이 깃 든 금빛 눈동자를 반짝이며 그에게 물었다.

"당신이 선교사가 되어 중국에 가시겠다는 것이 사실입니까?"

그녀는 안타까운 마음으로 대답을 기다렸다.

"네, 그것이 저의 의무라고 생각합니다."

그는 솔직하게 대답했다. 모자를 들고 서 있는 그의 준수한 이 마는 매끈하고 흐릿한 구석이란 없었으며, 푸른 눈은 조용히 가라 앉아 있었다.

케어리는 감정이 격앙되어 이렇게 외쳤다.

"오, 저 역시 몇 년 전부터 가 보고 싶었습니다!"

케어리를 쳐다보는 이 청년의 눈에 처음으로 흥미있는 듯한 빛 이 떠올랐다. 그의 막연하면서도 다소 냉정한 푸른 두 눈이 케어 리의 검게 불타고 있는 눈과 마주쳤다.

"당신두요?"

그는 말했다.

몇 년 후 케어리는 그와 좀더 친해지자 '그것이 내 의무라고 생 각합니다'라고 말한 이때의 간단한 대답이 그의 성격을 이해하는 데 열쇠가 되었고, 그의 모든 행위를 설명하는 것이며, 나아가서 그의 전생애를 반박할 여지도 없을 만큼 천명한 말이라는 것을 깨달았다.

그는 이때 주고받은 짤막한 대화를 잊지 않고, 이윽고 정식으로 케어리를 찾아오기에 이른다. 두 사람은 종교에 대해서, 또 공통 목적에 대해서 열심히 이야기를 주고받았다. 교회 사무실에서 먼지에 파묻혀 있는 신학책을 빌려다가 끈기 있게 공부할 만한 인내심이 자신에겐 없다고 케어리가 말하자, 그는 여러 가지 교리를 상세히 설명해 주었다. 그의 얼굴을 유심히 들여다보고 있노라면 마치 하느님이 우리를 만나게 해주신 것 같다는 생각이 들었다. 두 사람이 함께 있다고 해서 뜨거운 피가 끓어오르는 것도 아니었다. 극히 편안한 기분으로 자연스럽게 고상한 문제에 대해 이야기를 나눌 수 있었다.

케어리의 결의는 날이 갈수록 고조되었고 순수한 것이 되었다. 이제까지 세속적인 것을 사랑하던, 흥분하기 쉬운 그녀의 성격은 차츰 자취를 감췄다. 그가 돌아간 후에도 케어리는 청신하고 침착한 종교적인 분위기에 젖을 수 있었다. 닐이 사랑을 고백했을 당시처럼 그녀를 들뜨게 하면서도 부끄러움마저 느끼게 했던 그 흥분이나 들뜬 웃음, 농담 따위가 이제는 조금도 보이지 않았다.

그리고 얼마 안 되어 한 통의 편지가 케어리에게 날아왔다. 형식을 좇는 딱딱한 말을 조심스럽게 늘어놓은 구혼의 편지였다.

우리는 인생에 대한 공통된 목표를 갖고 있으며, 마음도 하나처럼 같으니 두 사람이 맺어지는 것은 하느님의 뜻으로 여겨진다. 게다가 나의 어머니는 아들이 결혼도 하지 않고 이교도의 나라로 가는 것을 바라지 않는다. 아내가 될 수 있는 사람을 찾으라는 것이 내 어머니의 유일한 조건인데, 멀리 해외로 나가려는 여성을 찾는다는 것은 쉬운 일이 아니었다. 그래서 이제까지 나는 주님이 인도하심을 기다리고 있었다. 이제야말로 섭리에 의해서 길이 인도되는 듯한 생각이 든다.

케어리는 경건한 마음으로 그 편지를 읽었다. 이런 사람과 지낸다면 자신도 선량한 사람이 될 것 같았다. 발랄하고 주급한 그녀의 상상력은 서로 돕고 굳게 신뢰하면서 신앙에 정진하는 미래의 결혼 생활을 마음 속에 그려 보았다. 그는 능변은 아니지만, 그점이라면 말재주 있고 표현력이 풍부한 자기가 곁에서 설교 준비쯤은 도와 줄 수 있을 것이다. 그는 깊은 학식을 자신에게 제공해 주고, 자기는 웅변을 그에게 제공해 준다—이것이야말로 얼마나 힘차고 훌륭한 결합이 아닌가.

그녀는 선교가 결실을 거둬서 흰옷 입은 검은 피부의 이교도들이 회개하며 세례를 받고, 존경과 애정이 깃든 눈으로 두 사람의 뒤를 좇는 성공한 생애를 상상해 보았다. 만일 닐 카터와 결혼한다면 그녀의 영혼 자체가 타락해서 닐의 영혼도 구제하지 못한 채 끝나고 말 것이다. 그러나 이 청년과 맺어진다면 천국도 약속되고, 다른 수많은 사람들에게도 천국으로 인도해 줄 수 있을 것이다. 사랑하는 가정과 조국을 떠난다고 생각하니 마음이 착잡해지고 가슴이 아팠지만, 다음 순간에는 자신이 진실로 구하고자 하는 것이 무엇임을 자각하고는 이내 자신을 격려할 수 있었다. 케어리는 무엇보다 정의를 구했다. 자기가 모든 것을—그 모든 것을—신에게 바친다면, 언젠가는 신이 계시를 내려주시지 않겠는가. 그러고 보면 이 젊은 선교사 지망생과 이야기를 나눴을 때, 신의 계시를 몸 가까이에서 느끼는 듯한 기분도 들었다.

그러나 케어리는 곧 답장을 띄우지는 않았다. 우선 아버지 앞으로 가서 조용히—정신적 고양이 도리어 대단한 침착성을 부여해 주었다—하느님이 길을 마련해 주었다는 것, 즉 자기는 선교사를 지망하는 청년과 결혼해서 함께 외국으로 갈 결심을 굳혔다고 말했다.

이 무렵 하마나스는 극단적으로 화를 잘 내는 백발의 노인이 되어 있었으나, 자세는 아주 곧았으며, 체구가 작은 장군처럼 호전적인 면도 있었다. 그는 지팡이를 움켜쥐고는 얼른 현관을 향해 걸어갔다. 운이 좋았다고나 할까, 마침 오후 3시여서 문제의 선교사를 지망하는 청년이 여느 때처럼 찾아올 시간이었다. 청년은 평상시와 같이 조금 머뭇거리는 걸음걸이로 돌계단을 밟으면서 이쪽을 향해 걸어오고 있었다. 화가 머리 끝까지 오른 자그마한 노인이 갑자기 달려들어서는 상대편 얼굴을 겨누고 지팡이를 휘둘러댔다. 청년은 그만 놀라서 달아나고 말았다.

"이봐! 오늘 자네가 온 목적을 알고 있어!"

하마나스는 체구에 어울리지 않게 큰 소리로 외쳤다.

"내 딸은 절대로 못 주네!"

이 젊은 선교사는 뜻밖에도 아주 부드러운 표정으로 엉뚱한 유머를 구사했다. 그는 키가 작은 노인을 한참 동안 내려다보더니 부드러운 어조로 이렇게 말했다.

"네, 그렇습니까? 그러나 반드시 저와 결혼하게 될 것입니다."

그리고 유유히 현관을 향해 발길을 옮겼다. 현관에서 그를 기다리는 케어리의 마음 속에서는 다소 남아 있었던 최후의 불안까지도 사그라졌다. 하마나스의 반대는 도리어 이 청년에게 좋은 결과를 가져다 주었다. 케어리는 그를 받아들였다.

그래서 오빠인 코넬리어스는 부친의 고집을 꺾으려고 노력을 기울였다. 코넬리어스는 누이동생의 결혼을 적극 찬성한 것은 아니었지만, 케어리도 이제는 성숙한 여성이었으므로 한 번 마음먹은 것은 누가 뭐라 해도 밀고 나갈 것이다. 게다가 당사자인 청년의 인품이 고결하고 외국 전도도 신의 소명을 느끼며 진정한 마음으로 임한다면 고결한 사업이다. 어떻든 케어리는 제 생각대로 실행할 것이 분명하므로, 같은 결과라면 가족들의 반대를 무릅쓰고 고집을 피우면서 밀고 나가게 하기보다는 모두의 뚜렷한 찬성을 얻어 소망을 달성했노라는 형식을 갖추게 하는 편이 좋을 것이다—이와 같은 설득과 의논을 수차례 거듭한 결과, 하마나스는 그다지 마음에 차지는 않았지만, 겨우 허락을 내리게 되었다.

그후부터 매일 3시가 되면 젊은 선교사가 찾아와 객실에서 케어리와 함께 한 시간쯤 이야기를 할 수 있게 되었다. 그는 그때에도 자기 약혼자를 ‘미스 케어리’라고 불렀으며, 그러한 습관을 결혼식 당일까지 바꾸지 않았다.

오후 4시는 차를 마시는 시간으로서 가족이 다 함께 모였는데, 이때에는 으레 케어리의 집안에서는 전통적으로 포도주와 약간의 과자가 나왔다.

1880년 7월 8일에 두 사람은 결혼식을 올렸다. 선교하러 떠나는 마당에 화려한 순백색 웨딩드레스에 오렌지꽃으로 머리를 장식하는 것도 어쩐지 어울리지 않을 것 같아, 케어리는 비둘기색 여행복을 입고 결혼식을 올렸다.

출발 직전에 역에서 약간의 혼선이 빚어졌다. 어린 신랑이 기차표를 한 장밖에 사지 않았기 때문이다.

"잊으면 안 된다. 너에게는 이미 아내가 있다는 사실을."

형인 목사가 훈계했다.

사실 이 청년에게는 결혼에 대한 흥분보다는 마침내 젊은 선교사로서의 꿈이 이루어졌다는 기쁨, 즉 자신의 생애를 건 사업을 완수함에 있어 첫발을 내디뎠다는 만족감이 더 컸다. 그는 그것을 '사업'이라 불렀다. 그후에도 계속 그렇게 불렀다. 아내를 맞이하라는 모친의 요구 조건도 충족된 상태였으므로, 겨우 마지막 장애도 제거된 셈이다. 그는 아내를 맞이했다. 하지만 아무래도 그는 이 사실을 충분히 받아들이고 있진 못했다.

만약에 갓난애 둘이서 여행을 떠나는 일이 있다면, 이 젊은 부부를 두고 하는 말일 것이다. 두 사람 모두 작고도 조용한 마을에서 살았으며, 집에서 멀리 떨어져 있었다 해봐야 학교 기숙사 생활이 고작이었다. 그러던 두 사람이 이 위대한 신념에 넘쳐서 세계를 반 바퀴나 도는 여행에 나서려 하고 있는 것이다. 여기에 대해 알고 있는 상식이란 우선 육로를 거친 다음 해로를 거쳐 가야 한다는 것뿐이었다. 앤드류는 자기가 소속된 해외 전도사업부로부터 받은 1천5백 달러의 지폐를 반으로 접어서는 저고리 웃주머니에 쑤셔 넣었다. 미국 대륙을 횡단하면서도 침대차가 있는 줄도 모르고 밤낮 앉아서 가야 했다. 샌프란시스코에 도착한 연후에도 며칠간이나 언제 배가 떠나는지도 몰랐고, 알아볼 생각조차 하지 않았다. 뒤늦게 해안에 나가 본 앤드류는 도저히 항해가 불가능할 것 같아 보이는 구닥다리 낡은 기선 '시티 오브 도쿄'가 내일 출항한다는 소식을 듣고는 부랴부랴 객실을 예약했다. 그러고는 아내와 둘이서 이 여행의 2단계에 나설 준비를 했다.

결혼한 지 채 사흘도 못 되어 케어리는 이제부터 생활의 실질적인 면에 있어서 자신이 앞장서서 해결할 수밖에 없다는 사실을 깨닫게 되었다. 앤드류는 기도나 설교는 힘 있게 해 나갈 수 있을지 모르나, 실무적인 일에는 마치 어린애처럼 어두워서 누구나 넣어 놓고 신용하기 일쑤였다. 앤드류는 누구든 그 사람의 인간성을 무조건 믿는 경향이 있어서, 설교중에도 때로는 그 부도덕한 면을 들춰내기도 하지만, 자기와 교리를 달리하는 자말고는 이 세상에 악의를 가진 사람이 있다고는 감히 믿지 않았다. 그래서 짐이나 주위 물건을 배에까지 실어나르는 일도, 항해에 필요한 물건을 찾아다니는 일도 케어리가 하는 수밖에 없었다.

이미 반 세기가 지난 오늘의 시점에서 그 무더운 여름날 미국 해안을 떠나야 했던 케어리의 가슴에 어떤 생각이 교차했는지는 알 수 없는 일이다. 다만 나는 케어리에게서 이런 말을 들은 적이 있다. 드디어 조국을 떠난다고 느낀 순간 케어리는 극도로 당황했다. 그래서 움직이기 시작한 배가 자기가 사랑하는 조국 땅을 서서히 벗어나고 있는 것을 차마 눈 뜨고 볼 수 없어 이내 객실로 달려가고 말았다. 그 순간 그녀는 스스로 좋아서 결혼한 이 성자(남편)에게 적의를 느꼈고, 나아가서는—그런 다음에는 이내 억제할 수 있긴 했지만—신에 대해서까지 적의를 느꼈다. 조국과 헤어지는 이 마당에도 그녀를 가상하게 여기는 하느님의 계시 따위는 내려지지 않았고, 그녀는 다만 지극히 드높은 하늘 위에서 침묵만 지키고 있는 하느님이 원망스러웠던 것이다.

그로부터 한 달 동안 다 낡아빠진 작은 배를 타고 두 사람이 건넌 태평양은, 케어리에겐 평생 동안 공포의 바다로서 각인되었다. 육지를 등진 지 한 시간이 경과되기도 전에 그녀는 자기가 항해에 약한 체질임을 깨달았다. 배멀미도 그녀에게는 이만저만한 고통이 아니었다. 단순히 구역질만 나는 것이 아니라 머리와 등에 심한 통증을 느꼈으며, 그것은 날이 갈수록 낫기는커녕 심해 가기만 했다. 산골에서 자란 케어리라서 언제나 산은 사랑했지만, 바다에 대해서는 아는 바가 하나도 없었다. 오직 미쳐 날뛰는 거친 바다의 위압적인 힘에 놀랄 따름이었다. 이렇게 바다를 두려워한 이유 중의 하나는, 그것이 영원히 조국과의—나이를 먹을수록 점점 더 깊이 사랑하게 된 그녀의 조국과의 이별을 상징하는 것이었기 때문인 듯싶다. 사실 이 바다는 넓고도 멀어서 도저히 뛰어넘을 수 없는 거리를 만들고 있었기 때문에 만년의 그녀는 더 이상 조국에 돌아가고 싶어 하질 않았다. 항해의 괴로움을 맛보기보다는 차라리 이 나라에서 죽는 편이 낫다고 말하곤 했는데, 끝내 이역 땅에서 불귀의 객이 되고 말았다. 언젠가 그녀는 배멀미에 새파랗게 질려서 휘청거리는 걸음걸이로 배를 내려오면서도, 빛나는 눈에 유머를 가득 담고서는 우리에게 이런 말을 한 적이 있다.

"그때처럼 천당에 가고 싶은 적은 없었어. 하기야 성서에는 이런 구절이 적혀 있거든. '그곳에는 이제 바다가 없다'고 말이야!"

신혼 여행을 하는 동안 계속 배멀미에 시달린다는 것도 신부에겐 정말 못 견딜 노릇이었지만, 그래도 신랑이 다름아닌 앤드류였기에 케어리의 괴로움은 어느 정도 덜어질 수 있었다. 앤드류는 이상하리만큼 여자의 아름다움에 대해서는 전혀 신경을 쓰지 않는 성질이었는데, 이점에 있어선 자기 아내에 대해서도 마찬가지였다. 케어리는 그점을 알면서도 웃어 넘길 수도 있었지만, 그 웃음 뒤에는 상처 입은 영혼이 숨겨져 있었다. 오랜 세월이 지나 젊고 아름다운 모습이 얼굴에서 사라졌을 때, 그녀는 언젠가 나에게 이런 말을 한 적이 있었다.

"앤드류는 말이야, 내가 화장을 했는지 안 했는지 무엇을 입었는시 잔잔히 뜯어 본 일은 전혀 없었어. 꼭 한 번 내 얼굴에 대해 말해 준 적이 있는데, 그것은 내가 아이를 낳고 죽을 뻔했을 때야. 내가 죽는다 싶으니까 여느 때와 달리 마음이 동했던 모양이야. 침대 옆에 앉아서 더 이상 하기 힘든 말은 없다는 투로 '케어리 당신이 이렇게 예쁜 밤색 눈을 지니고 있었다니, 전혀 몰랐던 사실이군!' 하고 말이야. 그것이 언제인 줄 알아? 결혼해서 18년이 지나고 일곱 번째 아이를 낳은 직후였지. 성자와 결혼한다는 것이 어떤 것인지 알 수 있겠지!"

그리고 농담조로 다시 이렇게 덧붙였다.

"하기야 내 아름다운 용모를 거들떠보지도 않고 성자와 결혼한 것이, 여자라면 누구나 눈독을 들이는 행실 나쁜 녀석과 사는 것보다 낫겠지만 말이야."

일본에 도착한 두 사람은 여기저기 몇 군데 항구에서 짧은 시간을 보냈지만, 그 짧은 체류 기간 중에도 이 나라의 문화와 개화된 모습에 경탄을 금치 못했다. 특히 이 나라 사람들이 지닌 우아하고 섬세한 아름다움을 목격한 케어리는, 이처럼 아름답고 알뜰한 국민이 그렇게 사악하리라고는 도저히 믿어지지 않았다. 그러나 앤드류는 그리 단순히 아름다움에 현혹됨 없이 도처에서 사람들이 신사(神社)와 절에 참배하는 모습을 보고는 마음을 굳건히 다졌다. 생각했던 바대로 이곳은 확실히 '이교도의 나라'였던 것이다.

구닥다리 배 '시티 오브 도쿄'는 일본이 종착지였으므로, 두 사람은 동지나해를 정기적으로 왕복하는 외륜선으로 바꿔 타야 했다. 이 배는 닷새 동안 두 내외를 괴롭혔다. 그러나 이 거칠기로 유명한 바다에 나오기 전 이틀 동안은 일본의 세도나이해에서 더없이 상쾌한 여행을 즐길 수 있었다. 그곳의 대양은 일본의 섬들과 산에 둘러싸여 조용히 흐르고 있었고, 제 자신의 아름다움에 도취된 듯이 가로누워 있었다. 케어리에게 이 바다는 언제까지고 평화스럽고 아름다운 추억으로 남아 있었다. 그래서 그후에도 케어리는 항해할 적마다 신선한 기쁨을 느끼면서 동지나해를 바라보았다.

배가 중국에 점점 가까워짐에 따라 케어리는 일본에 도착했을 때 인상 깊게 본, 그림 같은 바위 많은 해변이 이곳에도 있지나 않을까 하여 유심히 살펴보았다. 그러나 그러한 해안은 어디에서도 찾아볼 수가 없었다. 오로지 양자강만이 무심하고도 유유하게 바다로 흘러들고 있었으며, 그 누런 흙탕물은 맑은 바닷물과는 너무도 대조적이었다. 이 맑고 흐리기도 한 두 갈래의 물길이 서로

섞이지 못한 채 대조를 이루는 경계를 넘어서고 있을 때, 사람을 실은 배조차도 걸음을 못 옮기고는 비틀거리고 있는 것 같았다. 겨우 육지가 보이기는 했으나, 배의 양쪽은 모두 끝없이 펼쳐지는 진흙탕펄이었다. 케어리는 순간 환멸을 느꼈다. 이제부터는 아름다움이란 전혀 없는 이 나라에서 평생을 보내야 한단 말인가.

이렇게 중국에 닿은 두 사람은 당시는 물론이고 오늘날에도 이 나라의 중요한 항구인 상해에 상륙했다. 부두에는 선배인 노선교사들이 모두 마중을 나와 있었다. 케어리는 대체 어떤 사람들일까 유심히 살펴보았는데, 겉으로 보기엔 별 특별한 점을 발견할 수 없어 내심 실망했다. 특히 고결하다는 인상은 조금도 받을 수 없었다. 그렇다고 해서 좋지 않은 인상을 받았던 것도 결코 아니다. 그들은 모두 선량하고 소박한 사람들이어서 옷차림 또한 약간 유행에 뒤처져 있었으나, 그 정도의 모습이라면 케어리의 고향에서도 흔히 찾아볼 수 있었다. 부인들은 케어리의 여행복 차림을 슬며시, 그러나 세밀한 구석까지 훑어보고 있었다. 그녀들이 던진 최초의 질문이 미국에 관한 것이어서 케어리는 더더욱 가슴이 아파왔다. 그러나 모두 가슴이 따뜻하고 친절한 마음을 지닌 사람들이어서 이 마중은 그녀에게 큰 기쁨을 안겨 주었다.

이들 고참 선배들에게는, 미국에서 지금 막 찾아든 두 사람의 젊고 발랄한 미국인이 새로운 힘이 되어 주었다. 선교사의 수는 통털어서 열한 명. 더욱이 지난 7년 동안 새로 선교사가 부임해 온 적은 한 번도 없었다. 앤드류와 케어리가 중국에 첫발을 내디딘 저녁, 상해에 살고 있는 한 선교사의 집에서 환영 만찬회가 열렸다. 이 자리에 열한 명의 선배들이 모두 모여 두 사람을 상대로 열심히 이야기를 주고받았다. 조국에 관한 최근 뉴스를 흥미있게 듣거나 여러 조언을 해주기도 했다.

그 만찬회 이야기만 나오면 얼핏 생각나는 것은, 케어리가 들려준 파티의 내용과 그 주변의 에피소드이다. 식사 후 앤드류는 모처럼 구미에 맞는 음식을 잔뜩 먹고는 오랜 뱃길에 시달린 탓인지, 걸상에 앉은 채 꾸벅꾸벅 졸고 있었다. 난처해진 것은 젊은 신부였다. 긴 테이블 양 끝에 마주보고 앉아 있었기 때문에 옆구리를 쿡쿡 찔러 깨울 수도 없었고, 그저 속만 태울 수밖에 없었다. 그것은 케어리에겐 최초의 경험이었는데, 나중에 안 것이지만 이것이야말로 앤드류의 특기였다. 앤드류는 젊었을 때부터 만년에 이르기까지 어떤 경우에든 피로하다거나 권태로우면 언제나 말없이 깊은 잠에 빠져드는 습성이 있었다. 얼마쯤 자고 나면 대단히 기분이 좋아져 있었다. 그의 이런 능력은 오랜 세월에 걸친 개척 전도의 고난을 극복하는 데 큰 도움이 되어 주었고, 건강을 유지하는 데에도 중요한 역할을 해주었을 것임에 틀림없다. 그러나 케어리에게 있어서 이것은 언제나 두통거리로 작용했다. 케어리도 요령을 알고 나서부터는 사정이 허락하는 한, 남편 곁에 앉아서 대수롭지 않은 동작으로 남편을 깨울 수 있었지만, 여간 주의하지 않으면 앤드류는 눈뜰 때 불쾌한 소리를 질러 남들의 주목을 끌 우려가 있었다.

케어리가 대단히 분개한 예를 들 수 있는데, 나도 그 현장을 목격한 바 있다. 그것은 앤드류가 강연 의뢰를 받고, 여러 학자들과 어느 교회 강단에 앉아 있을 때의 일이었다. 마침 먼저 한 사람의 강연이 지루했던 관계로, 앤드류는 예외없이 남의 눈에 띄지 않는 모습을 하고는 몰래 잠에 빠져들었다. 회중석 맨 앞자리에 앉아 있던 케어리의 눈은 금세 그것을 알아차렸다. 만약 눈빛이 육체를 꿰뚫을 수만 있다면 케어리의 눈은 앤드류를 꿰뚫어 그를 뒷벽에 못박았을 것이다. 그러나 앤드류는 숨소리도 없이 계속 잠을 자고 있었다. 케어리는 자리에 앉은 채 어찌할 줄을 몰랐다. 사회자가 남편 앤드류를 소개하고 있는데, 당사자는 아직 잠만 자고 있었다. 더 이상 참지 못하고 케어리가 일어나려는 순간, 마치 기적과도 같이 앤드류는 눈을 번쩍 떴다. 곧 설교단을 바라본 그는 거기에 아무도 없음을 알아차리고는, 자리에서 벌떡 일어나 곧장 강연을 시작했다. 나중에 그녀는 남편을 나무랐지만, 앤드류는 겸연쩍은 웃음을 지을 뿐이었다. 케어리의 입장에서 본다면, 남편이 아슬아슬한 막판에 이르러서야 어김없이 눈을 뜬다는 사실을 잘 알고 있는만큼 도리어 이것에 화가 치밀어올랐다.

선교사들은 겨울을 지낼 준비를 하기 위하여 1주일 동안 상해에 머물러 있었다. 당시 외국 제품을 살 수 있는 곳은 이 항구 도시뿐이었기 때문에, 그들은 월동용 석탄까지도 여기서 구입하여 중국 돛단배에 싣고 내륙까지 들어갔던 것이다. 앤드류는 양자강 유역의 겨울은 몹시 한랭하다는 소문을 익히 듣고 있었기에, 상해에서 처음으로 영국제 알스타 외투를 샀다. 그밖에도 두 사람은 침구나 가구 따위도 사서 갖추었다. 케어리는 남편이 조금 고개를 가로저음에도 불구하고, 커튼용 천과 장미색 모슬린을 약간 구입했다.

이윽고 선교사들은 두 조로 갈라져 반은 소주(蘇州)로, 새로 부임한 두 사람이 포함된 나머지 반은 항주(杭州)를 향해 떠났다.

그들은 각기 속도가 느린 묵직한 돛단배에 나뉘어서 출발했는데, 상해에서 항주까지 7일이나 걸렸다. 기차라면 열두 시간이면 갈 수 있고, 상해의 실업가들이 항주의 서호(西湖) 근처에서 주말을 즐길 수도 있는 오늘에 와서 생각해 보면 믿기지 않는 날짜였다. 그러나 그 무렵 항주에는 이 한 척의 돛단배에 타고 있는 몇 사람의 인원들, 즉 앤드류 내외와 늙은 랜돌프 부인, 또 하나의 배에 나뉘어 타고 있는 스튜어트 내외와 그들의 어린 세 아들밖에 백인이라고는 살고 있지 않았다. 일행이 소주 운하에 대기하고 있는 두 척의 돛단배에 나눠 타자, 사공이 노를 저어 배를 띄우고는 상해 시가지를 빠져나갔다. 좌우 강변에는 구경 나온 중국인들이 쭉 늘어서서 호기심에 가득 찬 눈으로 머리카락이 노랗고 눈이 파란 선객들을 바라보고 있었다.

그들의 갈색 얼굴들과 계속 마주치는 동안 케어리의 마음은 쉽게 두 동강이 나고 말았다. 여기에 '이교도들'이 있다. 그들을 위해 자기 조국을 버리고, 자신의 생애마저 바친 사람들이 있다. 그렇다, 나는 이 사람들을 위해서 내가 가진 모든 것을 바치자—이들을 위하여 나의 목숨을 다 바칠 것이다.

그렇게 생각되는 한편에서는 격렬한 반발심도 솟구쳐올랐다. 보기에도 무서운 사람들—저 가느다란 눈은 얼마나 잔인한가. 그리고 저 냉혹한 호기심은! 그러나 돛단배는 마침내 음산한 시가지를 빠져나왔다. 그 시가지 양쪽에 무질서하게 세워진 집들은 마치 서로를 밀고 밀리는 듯 보였는데, 일부는 강물 속에 뚝 떨어져 있는 것처럼 보이기도 했다. 사실 운하 위까지 떠밀려서 물 속에 세워진 말뚝에 겨우 지탱된 집도 있었다.

　교외로 나가자 운하의 물은 작게 구획된 조용한 논밭 사이를 소리 없이 흘러내리고 있었다. 케어리는 겨우 안도의 숨을 내쉬었다. 넓고 푸른 하늘과 그리운 나무들, 고향 마을에 우거져 있던 것과 똑같은 수양버들과 수확을 기다리고 있는 논―이런 풍경은 케어리에게도 낯익은 것이어서 두려움을 안겨 주진 않았다.

　이 새로운 나라에서의 케어리의 첫 경험이 돛단배를 타고 곡식이 익어가는 논 사이를 거슬러 올라간, 아름답게 갠 7일간의 여행이었다는 것은 다행한 일이 아닐 수 없었다. 아름다움은 언제나 케어리를 사로잡았다. 그리고 여기에 그 아름다움이 있었다. 비록 눈에 익은 아름다움은 아니었지만, 아름다운 것임에는 틀림없었다. 9월 말에서 10월로 접어들 무렵이라 하늘에는 구름 한점 없었다. 무더운 여름이 가고 초가을의 기운이 대기와 태양의 뜨거움을 빼앗아 가고, 기분에 알맞은 따사로움만 고스란히 남겨 놓은 이 무렵만큼 양자강 유역의 햇살이 밝은 적은 없었다. 새의 날개가 곤두선 듯 파도치고 있는 대숲, 나직한 초록색 언덕, 구불구불 흘러가는 운하의 눈부시게 빛나는 금물결, 묵직하게 고개 숙인 벼이삭으로 온통 누렇게 보이는 논, 반 마일 가량 지나칠 적마다 눈에 띄는 옹기종기 모여 있는 초가집 마을, 타작마당에서 벼를 떠는 도리깨질의 졸음을 떨쳐내는 듯한 리듬, 따뜻하고 맑은 가을의 대기―중국에서의 첫날이 이와 같은 풍물로 가득 차 있었다는 것은 케어리에게 대단히 반가운 일이었다. 그녀는 돛단배의 뱃머리에 앉아 매혹된 눈으로 주위를 돌아보았다. 본래 성격이 단순한지라, 이교도의 나라가 이처럼 아름다울 수 있다는 데 대해서 그녀는 의아해하지 않을 수 없었다.

가끔 일행은 사공에게 부탁하여 돛단배를 기슭에 대게 한 후, 제방에 올라가 걷기도 했다. 돛단배는 순풍에 돛을 올렸을 때가 아니면 사람의 걸음걸이보다 빠르지 않았기 때문이다. 그런데 가을로 막 접어든 이 무렵의 날씨는 온화하고 쾌청한 날의 연속이라, 바람 한점 없었다. 그래서 사공들은 돛대에 밧줄을 묶고, 둥글게 고리가 매어진 다른 한 끝을 어깨에 걸머메어 돛단배를 끌면서 제방을 걸어가는 것이었다.

시골길을 걸으면서 케어리는 가다가 만나는 사람들의 얼굴을 매우 흥미로운 듯 바라보았다. 그들의 표정은 거리에서 보았던 사람들처럼 험악하거나 냉혹하지 않았다. 햇볕에 그을린 순박해 보이는 농부들도 외국인들을 신기한 듯 입을 딱 벌리고 쳐다보긴 했지만, 이쪽에서 웃어 보이면 그쪽에서도 웃는 얼굴로 답례를 했다. 그래서 케어리는 누구에게든 미소를 아끼지 않았다. 아버지와 어머니들, 그리고 흙투성이가 되어 힘차게 뛰어다니는 갈색의 귀뚜라미 같은 어린아이들─케어리는 그들을 한 가족처럼 흙에서 삶의 양식을 얻어내는 같은 동포로 보았다. 그런 이후부터 그들은 케어리에게 있어 이미 '이교도'가 아니었으며, 피가 통하는 같은 사람이 될 수 있었으리라고 나는 생각했다. 그리고 이것은 마침내 중국인들 사이에서 지내는 케어리의 생활 기조가 되었다. 물론 성장 시기의 영향 때문에 그녀에게도 다소 인종적인 편견이 있었음은 부정하지 않는다. 그러나 각 개인마다 겪는 괴로움과 가난을 목격하거나 혹은 그 매력에 감동되었을 때, 그러한 편견 따위는 무의식중에 잊혀지고 말았으며, 민중이 한 개인의 집합체로서 그녀의 눈에 비쳐지기 시작했다.

케어리가 어린 시절의 추억으로 우리에게 들려 준 얘기 가운데는 이런 것도 있다. 케어리의 부친은 자신이 흑인 노예들을 소유하는 것을 꺼림칙하게 여기면서도, 자기 아이들이 흑인 아이들과 노는 것은 허락지 않았다고 한다. 밭 한편 구석에 해방된 흑인 한 명이 살고 있었는데, 그는 소작인으로서 그 밭을 경작하고 있었다. 그는 자식을 무척 많이 거느리고 있었다. 그래서 하마나스는 높다랗게 담을 세워, 그 아이들이 이쪽으로 건너오지 못하도록 막았다. 케어리는 이에 대해 이렇게 말했다.

"우리도 가끔 그 밭까지 가서 놀았지만, 난 조금도 즐겁지 않았어. 그 흑인 아이들이 담 위에 올라가서, 매우 부러운 얼굴로 우리를 쳐다보고 있지 않겠어. 그런데 어느날 내 동생 루사가 이렇게 외쳤어. 너희들과 놀면 안 된대! 하고 말이야. 그러자 흑인 아이들도 큰 소리로 알고 있어. 우린 검둥이니까! 하고 대답하잖아. 그 말을 들었을 때의 슬픈 기분이란 지금도 잊혀지지 않는걸. 그 순간 백인들 사회에서 자기만이 검다는 게 어떤 것인지 깨달았던 거야. 너는 일부러 그 아이들에게 흑인이라는 것을 자각하게 하다니 너무 심하지 않느냐 하면서 루사에게 막 욕을 퍼부었었지."

이 말을 할 때, 케어리의 눈은 과거의 아픈 추억으로 눈물이 핑 돌아 있었다. 그만큼 그녀는 인간의 평등한 행복을 절실히 바라고 있었던 것이다.

작은 중국 마을을 거닐다 말고 케어리가 갑자기 발을 멈추는 장면을 나는 여러 번 목격했다. 마치 그리스도가 걸음을 멈추고는 예루살렘을 바라보며, '아, 예루살렘아, 예루살렘아' 하고 저 위대한 비통의 외침을 질러댔듯이 케어리는 사람들의 처참한 생활을 지켜보며 마음 속으로 이렇게 외쳤던 것이다.

"뭐든지 현재의 상태를 완전히 뒤바꿔야 한다는 것은 아냐. 이 같은 마을에서 바꿀 수 있는 것은 아주 약간의 것에 불과할 테니까. 집이든, 논밭이든, 모두 이대로도 괜찮아. 차라리 이대로 있는 편이 좋을지도 몰라. 다만 계집애를 낳으면 죽인다거나 여자에게는 교육을 일체 시키지 않는다는 것, 전족을 강요하는 습관만은 그만두어 주었으면 좋겠어. 그리고 오로지 공포심만으로 맹목적인 신앙을 갖지 말아 주었으면……. 한길가의 오물은 깨끗이 치워 주고, 죽어가는 개들은 당장 어떻게 처리해 준다면……. 아아, 이 사람들이 가지고 있는 좋은 점을 십분 활용하는 것만으로 아름다운 나라가 될 수 있을 거야!"

또 이런 말도 했다.

"우리 외국인들의 흉내 따위는 제발 내지 말아 주었으면 좋겠어. 지금까지 살아온 그대로 자기들의 작은 마을이나 거리, 또는 도회지에 살면서 오직 주위를 깨끗이 치우고 선량한 사람들이 되어 주기만 한다면 그것만으로도 아름다워질 수 있을 텐데!"

케어리가 중국인 속에서 지낸 오랜 세월 동안, 그녀가 정의와 청결 이외의 다른 어떠한 것을 가르친 예를 나는 한 번도 본 일이 없었다. 중국의 국산품을 예로 들자면, 그녀는 그 교묘한 이용법을 이 나라 사람들에게 제시하는 일에서 실제적인 즐거움을 얻을 수 있었다.

"외제 물건 따위는 필요 없으며, 돈 또한 많이 들지 않아요?"

그녀는 곧잘 중국인 여자를 붙들고 말을 건넸다.

"이용법만 잘 배우면 무엇이든 충분히 활용할 수 있으니까요."

거리나 마을을 지나치면서 그녀는 거듭 중얼거렸다.

"뭐든지 남아돌 만큼 있어요. 없는 것은 단 두 가지, 청결함과 정의뿐입니다."

청결과 정의, 그녀 자신의 생활은 정말 이 두 가지 반석 위에 쌓아 올려져 있었다.

새로운 생활을 시작하는 초기 단계에 아름다운 시골 풍경을 접했던 케어리는, 인생에 절대로 없어서는 안 될 이 두 가지 사실을 될 수 있으면 이 나라 사람들에게 나눠 주고 싶다는 열망에 가득 차 있었다. 이 나라는 아름다울 뿐 아니라 사람들 또한 친절하다는 것을 깨닫고부터 그녀의 영혼 또한 온화해지면서 새로운 열의도 솟아났다. 이처럼 아름다운 나라에서라면 사람들에게 은총이 가득 찬 하느님에 대해 얘기하는 것도 어렵지 않을 것이다. 이리하여 케어리는 인생에 대한—스스로 선택한 인생에 대한—절대적 정열을 쏟으며 초기의 전도 생활에 첫걸음을 내디뎠다. 해야 할 일은 대단히 많았다. 눈이 짓무른 갓난애, 글자도 못 읽는 여자들, 정말이지 수없이 많은 일들이 그녀를 기다리고 있었다. 해야 할 일이 너무 많은 탓에 그녀는 속에 숨기고 있던 수많은 고뇌—신이 아직도 아무 계시를 내려주지 않는다는 고민—를 거의 모두 잊어버리고 말았다.

그들은 어느 토요일 아침 항주(杭州)에 도착해서, 비좁고 북적대는 외길을 지나 겨우 선교사관에 다다랐다. 손으로 미는 일륜차,

가마, 양쪽에 바구니를 매단 목도를 어깨에 메고 물건을 팔러 다니는 장사치, 점쟁이, 탁발승, 노점상, 우물가에서 빨래를 하며 큰 소리로 웃고 떠들어대는 아낙네들, 분주하게 오가는 수레들이나, 사람들 사이를 교묘하게 누비며 달려가는 발가벗은 아이들—어쩌면 이렇게 좁은 길이 있고, 숱한 인간들이 이런 곳에 모여 살 수 있을까. 케어리는 자신의 눈을 의심할 정도였다. 그러나 이 북새통에서 한 걸음만 문 안으로 들여놓으면 모든 것이 평화로울 수 있었다. 초록 빛깔의 잔디 위에 하얗게 칠한 두 채의 선교사 저택이 있었다. 네모진 조잡한 건물임에는 틀림없으나 깨끗했다. 창문이 여러 개 나 있고, 긴 베란다도 있었다. 한길 쪽에 별도의 문이 달린 희고 작은 예배당도 있었다. 이 선교사 마을이 그들의 집인 것이다.

한길 가까운 쪽 건물의 한 방이 케어리와 앤드류에게 주어졌고, 두 사람은 그날 중에 가지고 온 짐을 풀어 정리했다. 그러고 나서 케어리는 장미 빛깔의 커튼을 누벼 창에 걸었다. 이 커튼은 그로부터 오랫동안 케어리의 마음을 위로하고 기쁘게 해주었다.

이튿날은 일요일이라서 모두 아침 예배에 참석했다. 하느님을 모르는 나라에 와서 처음으로 자신들에 의해 예배를 드리는 이 경험은, 케어리와 앤드류의 마음에 야릇한 감동을 주었을 것이다. 두 사람은 교회 입구에서 헤어져야만 했다. 앤드류는 남자석으로, 케어리는 다른 두 사람의 미국 부인과 함께 여자석으로 향했다. 남녀의 자리는 대단히 높은 널빤지 벽으로 분리되어 있었다. 케어리는 자리에 앉자마자, 함께 온 두 부인이 자리에 모인 갈색 피부의 여자들과 여러 이야기를 주고받는 것을 유심히 바라보았다. 여기저기서 따뜻한 인사말이 건네졌다. 스튜어트 부인은 즐겁게 말을 주고받고 있었다. 순간 케어리는 부럽게 생각되었다. 중국말을 하지 못하니, 마치 혓바닥이 결박당하고 있는 듯한 느낌이었다. 그때 스튜어트 부인이 뒤돌아보며 말했다.

"모두 당신에 대해 묻고 있어요. 당신의 눈이나 머리가 검다며 모두들 좋아하고 있어요."

그 말을 듣는 순간 케어리는 미소를 지으면서, 친근감이 느껴지는 이들을 매우 흥미로운 눈길로 바라보았다. 여자들의 연령층이 매우 다양해 보였는데, 거의 모두 갓난애를 안고 있었다. 간단하게 손질된 무명 저고리, 넓은 소매, 주름 잡힌 넓은 치마를 바라보고 있던 케어리는 끝이 뾰족한 너무나도 작은 발을 보고 깜짝 놀랐다. '이 풍습은 고쳐지지 않으면 안 된다'고 생각한 그녀는 자신의 능력이나 목적에 무한한 신뢰를 걸면서 결심했다. 어느 부인이나 무명의 푸른 보자기에 찬송가 책과 그밖의 몇 권의 책을 단정히 싸서 품에 안고 있었다. 예배가 시작되자 스튜어트 부인은 소형 오르간 앞에 앉았다. 금세 찬송가 책을 뒤지는 소리가 요란했다. 케어리가 나중에 안 일이지만, 이 여인들은 대개 글자 읽는 법을 배워서 지시된 찬송가를 얼마만큼 빨리 찾아내느냐 하는 능력에 자신의 명예를 걸고 있는 사람들처럼 보였다. 목사인 스튜어트 박사가 치미는 웃음을 참으려는 눈빛으로 내내 기다리고 있는 동안, 부인들은 당황해하며 서로 바삐 들여다보거나 속삭인 끝에 간신히 모두 맞는 페이지를 찾아냈다. 그래서 박사가 신호를 하면 스튜어트 부인은 잘 작동되지도 않는, 고장난 듯이 보이는 소형 오르간을 열심히 치기 시작했다.

　이 찬송가 합창이 어떠한 것인지 애당초 케어리에게 설명해 주는 것이 좋을 것이라 생각한 사람은 아무도 없었다. 케어리가 어렸을 적 다니던 저 희고 작은 교회에서는 찬송가 합창이 예배 중에서도 특히 장중하고 아름다운 한 부분이었다. 그녀는 여기서도 귀에 익은 그리운 멜로디를 들을 수 있을 것이라고 기대하며, 스튜어트 부인이 〈거룩한 열정 용솟음치는 샘물에〉의 악보를 연주하고 있는 동안 즐거운 마음으로 기다리고 있었다. 여기에 오기까지, 어느 부인이나 한결같이 긴장과 흥분에 싸여 있었다. 스튜어트 부인이 노래하려고 입을 벌린 순간 경쟁이 시작되었다. 전원이 앞을 다투며 있는 힘껏 소리를 지르며 노래를 불러댔다. 판자벽 저쪽에서 들려오는 포효로 추측건대, 남자석에서도 똑같은 일이 일어나고 있음에 틀림없다. 작은 예배당에 가득 찬 굉음으로 지붕이 날아가지나 않을까 싶을 정도였다.

　악보 따위는 거들떠보지도 않았다. 케어리는 놀라는 동시에 완전히 유쾌한 기분이 되어서 그것을 듣고 있었다. 모두가 제멋대로였다. 바로 옆에 앉아 있는 늙은 여인은 몸을 앞뒤로 흔들면서 소리를 높이 질렀다. 긴 손톱으로 글자를 하나씩 짚어가며 빠른 어조로 부르고 있었다. 그 누구보다도 노래를 빨리 끝낸 그녀는 탁 소리와 함께 찬송가를 덮고는 자못 의기양양하게 자리에 앉더니, 곧 그것을 보자기에 쌌다. 그것을 본 다른 여자들의 얼굴에는 부러워하는 빛이 역력했으며, 그럴수록 그녀들의 목소리는 한층 더 가열되었다. 늙은 여인은 침착하게 자리에 앉아서 승리의 기쁨을 은근히 즐기고 있었다.

　이것은 도저히 참을 수 있는 성질의 것이 아니었다. 케어리는 손수건으로 입을 가리고는 밖으로 뛰쳐나갔다. 예배당 뒤를 돌아 아무도 보이지 않는 곳에 이르러 눈물이 나올 정도로 웃었다. 제일 느려 터진 신자 두어 명만이 끝까지, 그러나 쓸쓸하게 마지막 가사까지 다 부르려고 안간힘을 쓰고 있었는데, 이윽고 그것도 끝이 나자 예배당은 서서히 조용해졌다. 케어리도 다시 제자리로 돌아왔으나, 과연 스튜어트 부인은 그것을 어떻게 참아냈는지 궁금한 눈길로 그녀를 올려다보았다. 그러나 부인은 이러한 일에는 완전히 만성이 되어 있어서, 찬송가 책을 덮고는 조용히 설교 들을 준비를 한 채 얌전히 앉아 있었다.

이튿날 아침부터 케어리와 앤드류는 중국어 학습을 받기 시작했다. 선생은 키가 매우 작고 피부에 윤기가 없는 메마른 노인이었는데, 때가 묻은 장포(長袍)를 뒤축까지 내려오게 입고 있었다. 얼빠진 오른쪽 눈을 끊임없이 굴리고 있는 것이 특징이었다. 이 노인이 쓰는 유일한 영어는 '예스'인데, 그것이 무슨 뜻인지 당사자는 전혀 몰랐다. 즉 단순한 하나의 버릇으로, 의미를 두고 하는 말은 아니었음을 케어리는 얼마 후에 알 수 있었다.

두 사람은 어느 미국인이 항주 방언을 이용해서 만든 한 권의 작은 독본과 중국어 신약성서를 받아들었다. 이 두 권의 책이 교과서인 셈이다. 그래도 학습을 시작해서 오후가 될 무렵에는 몇 개의 문장을 습득할 수 있었다. 그 이후부터 아침 오전 8시에서 정오까지, 오후 2시에서 5시까지 두 사람은 이 노인 밑에서 공부를 했다. 밤이 되면 부부가 함께 낮에 배운 것을 복습했다.

케어리는 회화에 있어서 금세 놀랄 만큼의 능력을 나타냈다. 내가 들은 바에 의하면, 앤드류는 남성이 우월하다는 신조를 믿으며 자라난만큼 아내의 능력을 다소 못마땅하게 여길 때가 있었다. 또 경쟁 의식도 느끼고 있었던 모양이다. 그러나 한자를 배움에 있어서는 앤드류가 훨씬 끈기를 발휘했다. 그는 글자를 외우는 능력이 뛰어난 쪽이 진짜 학문적 재능이 있는 거라고 간주하면서 스스로를 위로했다. 케어리의 민감한 귀와 극히 자연스러운 발음은, 그후 언제까지나 그녀에게 도움을 주는 큰 재산이었다고 할 것이다.

앤드류는 틀리면 꼴불견으로 여겼기 때문에 외운 단어를 실지로 연습함에 있어 다소 망설였지만, 케어리는 그런 유의 자존심이나 자의식은 갖고 있지 않았으므로 상대가 되어 줄 사람만 있으면 누구든지—조금만 잘못 말하면 웃어대는 문지기 영감이나 요리인, 계집종에게서 배운 말도 일일이 사용하곤 했다. 만약 실수를 할 경우에는 상대방이 웃기 전에 이쪽에서 먼저 웃었다. 그것도 실수한 것을 정말로 재미있어 하는 듯한 투로 말이다. 케어리는 체면만 차리기에는 너무도 재미있어 하거나 우스운 일을 즐기는 편인지라 금세 웃음을 터뜨리고 말았던 것이다. 언제나 검은 눈에 미소를 띠고 있었으므로, 얼마 안 되어 그녀는 중국 여자들 사이에서 큰 인기를 얻게 되었다. 이것은 그녀의 내부에 그 누구도 인정하지 않을 수 없는 따뜻한 인간성이 넘쳐흐르고 있었기 때문이다.

이 나라 사람들 역시 자기와 똑같은 인간임을 알게 되자, 케어리는 결코 소원한 태도를 보이지 않았다. 같은 백인을 대하듯이 그들과 접촉했는데, 그것도 무리한 노력의 결과는 아니었다. 타고난 인간적인 따뜻한 동정심이 자연스럽게 발로한 것에 불과했다. 이러한 그녀도 다음의 두 가지 결점에 대해서는 화를 냈다. 불결하고 정직하지 못한 점―이같은 결점이 때로는 이 나라 전체에 깔려 있지 않나 생각될 때도 있었다. 가끔은 순간적으로 이런 민중이 과연 선량해질 수 있을까 하고 의문스럽게 생각할 때도 있었다.

하루의 공부가 끝나면 케어리는 앤드류와 함께 산책을 나섰다. 시내와 교외를 구경하며 다녔는데, 얼마 안 가 두 사람은 교외만 산보하게 되었다. 시내의 꼬불꼬불 이어진 비좁은 길, 우글거리는 거지들, 인산이 밀집한 비위생적인 생활 따위에 케어리는 견딜 수 없었기 때문이다. 더구나 거리에서는 어디서든 많은 사람들이 그 뒤를 졸졸 따라다녔다. 이것 역시 불쾌했다. 하지만 케어리가 제일 피하고 있었던 것은 비참한 광경을 목격하는 일이었다고 생각된다. 특히 장님의 모습을 쳐다보는 것이 참을 수 없었던 모양이다. 나는 케어리가 연민의 눈빛으로 두 눈에 눈물을 머금고는, 장님에게 길을 양보하는 모습을 여러 번이나 보았다. 눈멀고 가난한 자라면 그것이 남자이든 여자이든 어린아이든 관계없이 케어리는 곧 그녀의 호주머니에서 돈을 꺼내 주었다.

"정말 구제할 길이 없는 불행이야!"
하고 그녀는 속삭였다.

"저토록 많은 사람들이 하늘도 못 보고 땅도 못 보고, 전혀 앞을 보지 못하다니!"

두 사람이 곧잘 산책을 나간 장소는 항주시를 둘러싼 거대한 성벽 위였다. 이 성벽에서는 시가지와 서호(西湖), 그리고 시가를 한 바퀴 돌아서 합류하는 강물을 눈앞에서 바라다볼 수가 있었다. 여기에는 광대한 공간이 존재했고 맑고 깨끗한 공기가 있었으며,

아득히 먼 곳까지 펼쳐지는 전원이 보였다. 두 사람의 평화를 깨뜨릴 사람은 거의 없었다. 그런데 이런 장소에서조차 케어리는 성벽 밑을 가급적 내다보지 않는 편이 낫다는 것을 알고 있었다. 왜냐하면 성벽 밑에는 가끔 죽거나 살해된 갓난애의 시체가 버려져 있었기 때문이다.

그녀는 오자마자 있는 그대로의, 그리고 오늘날에도 별로 변하지 않은 중국의 모습을 보았던 것이다. 그것은 자연의 묘한 섭리와 상상력이 최대한 결합되어 만들어진 아름다운 곳이었지만, 이 지상에서 볼 수 있는 가장 비참한 것과 떼어낼 수 없는 모순덩어리로 혼합된 대국의 모습이었다. 이 아름다움과 비참의 혼합체는 이따금 케어리 스스로가 선택한 이 국토와 이상하리만큼 강하게 결부되었는데, 그것이 도리어 격렬한 혐오감을 불러일으켰다. 그럴 때면 그녀는 자기 방에 틀어박혀 고향집과 조국의 흙을 그리워하며, 향수에 젖어들곤 했다.

케어리가 말하는 성자도 역시 인간에 불과하다는 것을 그녀는 얼마 후에 깨달았다. 항주에 와서 3개월이 채 못 되어 케어리는 임신을 했다. 그녀에게는 아이에 대한 계획이란 일체 서 있지 않은 상태였고, 어처구니 없는 무지로 인하여—그 시대의 치명적인 순진함!—자신의 몸이 왜 아픈지에 대한 판단도 서 있지 않았다. 그래서 함부로 많은 간유정(肝油錠)을 먹거나 키니네를 복용했는데, 겨우 스튜어트의 부인에 의해 그 이상 증상의 원인이 무엇인지 알아낼 수 있게 되었다. 케어리는 복잡한 감정과 크나큰 놀라움으로 그 사실을 받아들였다. 그녀는 자신의 일생을 위대한 사명에 바치겠노라고 맹세한 이래 아이가 생기지 않는 것쯤에 대해선 대수롭지 않게 생각하고 있었다. 그렇긴 하나, 잠시 마음을 가다듬고 생각해 보니 역시 누구보다도 여자다운 그녀인지라 기뻐하지 않을 수 없었다. 또한 임신이 자기 목적을 수행하는 데 있어서 커다란 변화를 일으키지는 않으리라고 확신할 순 없으나, 가정과 어린아이를 통해서도 자신의 사명을 다할 수 있을 것처럼 느껴졌다.

그래서 한동안 케어리는 우울한 기분으로 자리에 누워 있기도 했지만, 중국어 학습만큼은 끈기있게 계속 받았다. 그녀와 같은 기분파 성격은 평소 이따금씩 명랑함에 상반된 감정인 우울증에 빠지는 것도 당연한 일이었다. 그럴 때는 두려운 마음으로, 자기의 어린 시절과 전혀 다른 이런 환경 속에서 아이를 과연 잘 키울 수 있을까 근심하는 것이었다. 어떻게 하면 아이를 미국인으로서 또 크리스천으로서 품격있게 자랄 수 있게 할 수 있을까. 이런 생각을 하자, 이윽고 육체의 고통과 더불어 강렬한 향수병이 엄습해 왔다. 자기가 태어나서 자란 나라, 작은 고향 마을에 살고 있는 사람들, 저 눈초리가 똑바르며 매사에 공정한 사람들이 그리워졌다. 그들 생활 속에 깃든 깨끗함과 단순함이 그리워서 견딜 수 없었다.

항주에는 의사가 없었으므로 분만할 때가 다가오자 케어리와 앤드류는 다시 상해로 건너가 첫아들을 낳았다. 그 갓난애를 가슴에 안았을 때, 케어리는 육체와 정신의 고통도 완전히 잊은 채 한 인간의 탄생을 새삼스럽게 기뻐할 수 있었다. 갓난애는 푸른 눈과 엷은 금발을 지닌, 피부가 아름다운 커다란 사내아이였다. 케어리의 애정은 단번에 이 아이를 향해 뻗어갔다. 그녀 내부에 숨겨져 있었던 깊은 모성애는 이때 눈뜨기 시작했으며, 이후 두번 다시 잠들지 않았다. 그로부터 여러 명의 아이를 낳아서 키우는 동안 그녀의 격정적이고 충동적인 성격은 아이들에게 향해졌으며, 그 어린것들을 위해서 될 수 있는 대로 좋은 가정을 만들어 주려고 노력하는 쪽으로 바뀌었다. 적어도 이 기간만은 전도에 대한 정열이 멈추었다고 하기보다는 어린아이들을 향한 열정에 빠져 있었다고 하는 편이 옳겠지만, 아무튼 이것은 하나의 사실로서 밝혀두어야 할 것 같다.

아이가 태어난 지 3개월째 되는 날, 앤드류는 다른 선교사의 후임으로 자리가 비어 있는 소주(蘇州)에 파견되었다. 이것은 겨우 기반을 잡아놓기 시작한 항주에서의 생활을 뿌리째 뽑아 다른 도시로 옮기는 것을 의미할 뿐만 아니라, 새로운 방언을 습득해야 한다는 것도 의미했다. 다만 케어리에게 하나의 소득이 있긴 했다. 이제까지 방 한 칸을 사용해 온 것과는 달리 소주에서는 내 집을 가질 수 있었다.

집이라고는 해도 실은 교회에서 경영하는 기숙사 2층에 있는 방 세 개에 불과한 것이었다. 더구나 그 방에 올라가려면 바깥쪽에 붙어 있는 좁고 꼬부라진 층계를 이용하지 않으면 안 되었다. 하지만 그 세 개의 방은 조금도 신경을 쓰지 않고 자유롭게 사용할 수 있는 자기들만의 것이었다. 창문으로는 검은 기와지붕이 얼기설기 서로 밀집되어 있는 시가지와, 그 사이를 누비듯 흘러가는 가느다란 운하가 내다보였다. 교정 바로 옆의, 그녀의 창문에서 아무런 장애 없이 바라볼 수 있는 곳에는 오늘날에도 아직 옛 중국의 영화의 자취를 그 형태 속에 지니고 있는 하나의 장려한 낡은 탑이 솟아 있었다. 그것이 이교도가 세운 것이라는 점은 케어리도 알고 있었다. 과연 이교도들이 세운 것답다며 예의 솔직한 판단도 내리긴 했으나, 그 선의 순수함, 청동을 덮은 높은 지붕의 숭고함, 날 듯이 젖혀진 차양 끝에 달린 구슬방울이 울리는 아름답고도 소박한 소리는 그녀의 마음을 온통 사로잡았다. 이 옛 탑의 그늘 밑 운동장에서 와자지껄 뛰노는 소년들의 떠드는 소리를 들으면서 금발의 사내아이는 부쩍부쩍 자랐고, 혼자 앉게 되는가 싶더니 어느 사이에 방바닥을 기게 되었다. 또 비틀거리면서도 뭐든지 잡고 일어서서 창문 밖을 내다볼 수 있게 되었다.

이렇게 어린애가 혼자 놀 수 있게 되자, 케어리는 남편이 책임을 지고 있는 기숙 학교의 일을 거들기 시작했다. 우선 주의를 기울인 것은 청결에 관한 것이었다. 소년들의 머리에 길게 늘어져 있는 변발이 미심쩍어 보였던 그녀는 겁이 나기도 했지만, 눈에 보이는 대로 생도들을 붙들어다가 울든 소리치든 막무가내로 살충제를 머리카락 속에 뿌린 다음, 물로 깨끗이 씻어 주었다. 이어서 그녀는 생도 한 사람 한 사람의 침구나 옷가지를 주의깊게 조사해서 훈증 소독을 했으며, 다소 잠자는 것과 입는 것이 불편하다고 불평을 늘어놓더라도 이것저것 모든 것을 깨끗이 해주었다.

앤드류는 생도들의 영혼만 구제하려고 온갖 힘을 기울이고 있어서 이나 빈대 따위에는 생각이 미치지 않았던 모양이다. 몸을 깨끗이 해야 한다는 필요성만 통감하고 있었을 뿐이던 케어리는, 남편이 도저히 구제불능으로 보이는 말썽꾸러기 생도 한 명과 기도하고 있는 모습을 보았을 때, 자신의 부족함을 뉘우쳤다.

'저 선량한 성품은 도저히 내가 따를 수 없다. 나는 왜 영혼에 대해선 이토록 잊고 있는 것일까?'

이런 반성의 소리가 마음을 괴롭히면 황급히 짧은 기도를 올리곤 했다.

"하느님, 영혼이 육체보다 소중하다는 것을 잊지 않도록 보살펴 주옵소서."

그러나 다음 순간 그녀의 관심은 벌써 다른 곳에 가 있었다. 주방에 필요한 쌀이나 채소를 주문하는 일과 혈색이 안 좋은 아이들을 발견하면―동양인들이 우유를 싫어한다는 것을 알고 있었지만―어떻게 하든 마시게 해야겠다는 것, 또 손이 가려운 아이가 있으면 즉시 유황 연고를 발라 주어야 한다는 것 따위가 그것이었다. 영혼이 소중하다는 것은 누구나 진심으로 믿어 의심치 않는 사실이었지만, 아무래도 육체 쪽이 훨씬 더 직접적이었다.

그 당시 케어리는 남을 돕고 싶다는 일념에서, 상해에서 입수할 수 있는 각종 책을 구입하여 의학 공부를 시작했다. 또 얼마쯤의 시간을 할애해서 작은 진료실을 열고, 간단한 병을 치료하거나 종기나 피부병에 약을 발라 주고 붕대를 감아 주었다. 병이 든 갓난애를 안고 오는 어머니들에게는 간단한 치료법을 가르쳐 주기도 했다. 나아가서는 악성 종기를 절개하거나 썩어서 전혀 못쓰게 된 전족을 치료할 수 있게까지 되었다. 기분이 나쁘고 소름이 끼쳐서 음식이 목에 넘어가지 않을 때도 가끔 있었지만, 천성적인 유머 감각이 그것에서 벗어나게 해주었다. 키니네 정제(錠劑)에 대한 중국 여성들의 의혹에 차 있는 모습을 목격하거나, 얘기를 들었을

때에는 미소를 금할 수 없었다. 말라리아라 하면 오랫동안 오한과 고열에 시달리다가 마침내 몸 전체가 누렇게 변색되며 말라 죽어 버리는 무서운 병인데, 이렇게 작은 알약 하나로 어떻게 낫느냐는 것이었다. 그러나 그동안 케어리도 요령이 늘어서 장난기를 발동하여 말없이 그 알약을 커다란 찻잔의 뜨거운 물에 녹여서는 늙은 부인에게 건네 주는 것이었다. 그러면 받는 쪽은 맛도 어처구니없이 쓰고, 양 또한 배에 가득 찰 만큼 많기 때문에 겨우 마음을 놓고는 틀림없이 완쾌할 거라는 신념에 차서 마시는 것이었다.

그러나 그녀의 기분을 언짢게 했던 몸서리쳐지는 생각이나, 오랫동안 무방비 상태로 내팽개쳐 있던 환자를 돌본 보람은 있었다. 즉 새롭고도 건강한 피부가 다시 돋아나는 것을 보거나, 쇠약하고 핏기 없던 몸에 건강이 다시 되돌아오는 것을 보는 기쁨이 바로 그것이었다. 이것은 멋진 일이었다. 이것이야말로 진정한 승리인 것이다.

이 해에 오빠 코넬리어스가 풍금을 한 대 보내 주었다. 고향집 거실에 있는 것과 똑같은, 꽤 큰 '메이슨 앤드 햄린'이었다. 음악에 있어 남다른 감각을 지닌 코넬리어스가, 이왕 보낼 거면 최상의 것을 보내 주겠다며 정성을 다해 고른 것이라 음색은 절묘했다. 지중해를 경유해서 왔기 때문에 6개월이나 걸렸다. 도착한 것은 어느 토요일 저녁이었는데, 케어리는 상자 뚜껑을 열기 전에는 음식을 먹거나 휴식을 취할 생각조차 할 수 없었다. 그래서 앤드류의 도움을 받아 그 귀중한 악기를 꺼냈다. 이 풍금이야말로 그녀 자신의 것이었다.

케어리는 감동으로 떨리는 가슴을 안고 풍금 앞에 앉더니, 고향 집에서 곧잘 합창했던 찬성가 〈구세주께서 우리를 구하시니〉를 치기 시작했다.

이윽고 그녀의 맑고도 낭랑한 목소리가 기쁨에 넘쳐 고조되면서 교정 한길까지 울려 퍼졌다. 황혼이 물든 거리를 지나던 사람들은 모두 걸음을 멈추고, 이제까지 한 번도 들어본 일이 없는 목소리에 귀기울였다. 케어리가 중국어로 찬송가를 부르기 시작하자, 하인이 달려와 반쯤 열려 있는 문 옆에 서서 열심히 듣고 있었다. 감동해하는 그 모습을 지켜본 그녀는 커다란 기쁨이 샘솟는 것을 느끼면서, 어쩌면 이곳에 자신이 특별히 봉사할 만한 길이 있을지도 모른다는 생각을 했다.

그로부터 이 풍금은 케어리의 생활 속에서 분신과도 같은 역할을 했다. 오늘날에도 케어리의 이름을 들쳐내면, 어김없이 풍금 앞에 앉아 있는 그녀의 모습을 회상하는 사람들이 있다. 때로는 앞치마를 두르고 집안일을 하다 만 상태에서 풍금을 치는 때도 있었지만, 그 강렬한 손은 위대한 멜로디를 당겼다가는 이내 풀어헤치면서 아름다운 그녀의 노랫소리와 함께 멀리멀리 울려 퍼졌다. 여러 고장을 전전하며 옮겨살 수밖에 없는 운명을 타고난 케어리의 뒤를 이 풍금은 언제나 따라다녔다. 짚으로 이은 지붕에 진흙벽의 오두막집에 살았을 때에는 풍금이 바닥 습기에 상하지 않도록 일부러 높이 시렁을 매어 그 위에 얹혀 놓았다. 어쨌든 그녀는 그렇게 해서까지, 하루에 대여섯 차례는 곧바로 앉아서 칠 수 있는 장소에다 풍금을 두었던 것이다.

중국에 와서 두 번째 맞는 여름에 케어리는 또다시 임신을 했다. 그런데 경과가 아무래도 이상하여 그해 여름 가족 전부가 의사가 있는 상해에서 지냈다. 이윽고 소주로 다시 돌아오기는 했지만, 앤드류가 대단한 열사병에 걸리는 바람에 출발을 연기하지 않을 수 없었다. 앤드류의 생명을 유지할 수 있느냐 없느냐는 오로지 간호 하나에 달려 있다고 의사는 말했다. 케어리는 아들 에드윈을 친구 집에 맡기고, 각오를 단단히 한 다음 남편의 생명을 건지기 위하여 온 힘을 기울이기 시작했다.

6주일 동안 앤드류는 사경을 헤매었다. 그 6주일 동안 케어리는 잠옷을 갈아 입고 편히 누워 있을 틈조차 없이, 아침 저녁으로 목욕을 한 뒤 기운을 차리고는 병상에 붙어앉아 간호에만 전념했다. 그 강인함에는 의사도 혀를 내둘렀다.

늦여름에서 초가을에 걸친 무더운 날씨였지만, 흰 가운을 입고 깃 앞에 리본을 맨 케어리의 옷차림은 언제나 청초했으며, 물결치듯 윤기 흐르는 머리카락은 곱게 빗질되어 있었다. 그리고 마음은 냉정함과 결의를 잃지 않고 있었다. 자신이 선택한 이 길을 겨우 내딛기 시작한 앤드류를 여기서 죽게 할 순 없지 하고 그녀는 굳게 다짐했다. 게다가 머지않아 태어날 아이의 일도 생각하지 않으면 안 되었다. 이 아이를 위해서도 마음을 약하게 먹거나 두려워해서는 안 되었다. 앤드류는 열 때문에 몹시 흥분하는 적이 많았는데, 헛소리까지 지르곤 했다. 케어리는 하인을 시켜 남편을 붙들도록 하고 냉수로 몸을 골고루 씻어 주었다. 그 노력 끝에 앤드류의 목숨은 건질 수 있었다. 다만 이 병을 앓은 다음부터 팔에서 어깨에 걸쳐 근육에 심한 이상이 생긴 탓에, 이전처럼 유연한 운동은 할 수 없게 되었다.

시원한 날씨로 이어지는 늦가을 어느날에 세 식구는 소주로 돌아왔다. 여기서 첫딸 모드가 태어났다. 작지만 토실토실 살이 찐 귀여운 갓난애로 피부는 투명할 정도로 깨끗했으며, 눈은 비둘기색, 머리카락은 금발에다 곱슬머리였다. 아이가 둘로 늘어난 그해 겨울은 정말 행복했다. 에드윈은 놀랄 만큼 성장하여 벌써 말을 지껄이고 노래를 부르기 시작했다. 케어리는 곧잘 젖먹이를 작은 침대에 눕히고 에드윈은 그녀의 옆에 세워 두고서, 이 두 아이를 위해 풍금을 치며 즐겁게 노래를 들려 주곤 했다. 젖먹이는 신기한 듯 눈동자를 이리저리 굴리며 들었고, 에드윈은 차츰 해맑은 목소리로 장단에 맞춰 따라 부르게 되었다.

케어리는 더없이 명랑한 어머니였다. 불과 몇 권 안 되는 자기 책이나 잡지 속에서, 혹은 기억을 더듬어 여러 가지 작은 리듬이나 노래를 찾아내서는 아이들의 생활이 즐거움에 넘치도록 해주었다. 그 덕분에 아이들은 어른이 된 다음 이때를 되돌아보았을 때, 어린 날의 환경이 얼마나 외롭고 갑갑한 것이었는가를 깨닫기는 했지만, 그렇다고 뭔가 부족했다는 의식을 가졌던 적은 없었다. 이것은 오로지 어머니가 사랑에 넘치는 친구로서 그들을 대해 주었기 때문이다.

이러한 명랑함은 케어리 자신의 타고난 낙천적인 기질의 발로

이기도 했지만, 또 하나는 주위의 동양인의 생활에서 아이들을 지키기 위한 의식적인 노력의 결과이기도 했다. 그것은 아이들에게 있어서 너무도 아름다운 생활이기도 했고, 반면 너무나 슬픈 것이기도 했다. 케어리는 동양인들의 지나친 인간성 중심의 교육에 위화감을 느끼고 있었다. 동양에서는 인간의 고뇌나 인간의 격정이 너무도 순수하고 진지하게 받아들여지고 있었다. 그녀는 아이들이 너무 일찍 이런 것을 깨닫게 되는 것을 원치 않았다. 다만 어린 아이들이 받아들일 수 있는 아름다움만을 보여주고 싶었다. 그래서 그녀는 갓난애를 창문 옆으로 안고 가, 탑에 달린 작은 방울이 울리는 가련하고도 밝은 소리를 들려 주려고 했다. 그러나 한편으로는 창 밑 부분에 주름이 많은 커튼을 쳐서, 그 밑에서 하루 종일 앉아 있는 코와 뺨이 다 썩어 문드러져 있는 문둥병 환자인 거지의 모습이 에드윈의 눈에 띄지 않도록 주의했다.

그 겨울 동안 케어리는 무엇보다 아이들에게 봉사할 생각으로 지냈는데, 어머니로서 겪어야 했던 깊은 경험과 생활의 내적 성숙으로 또다시 신에 대한 사색에 잠길 수 있게 되었다. 지난 수년 이래 그녀는 끊임없이 신으로부터 어떠한 계시를, 그녀의 행위를 어여삐 여기실 명확한 신의 계시를 희구해 왔음에도 어떠한 기미조차 보이지 않았다. 언뜻 그것이 아닌가 하는 감정이 들 적도 순간 있었으나, 그것이 자신의 감정이나 욕구 이외의 근원에서 나온 것이라고는 도저히 확신할 수 없었다. 신이 귀나 눈으로 느껴지는 소리 또는 움직임으로 그녀 앞에 나타난 적은 한 번도 없었다.

그러나 이렇게 얼마 동안 아이들 중심의 생활을 하는 동안, 그녀가 찾고 있는 신에 대해 어린아이들이 많은 것을 가르쳐 주고 있다고 생각하게 되었다—어머니에 대한 신뢰, 어머니의 기분을 살피고자 돌아보는 천진한 얼굴, 매달리는 손. 그녀는 생애의 마지막 순간까지 이런 말을 곧잘 했다.

"내가 아이들을 가르친 것보다 오히려 배운 것이 얼마나 많았던가!"

또 곧잘 명상에 잠긴 뒤에 이런 말도 했다.

"아이들은 내가 어버이로서 무엇을 계획하고 있는지 잘 모른다. 그와 마찬가지로 우리 역시 하느님의 뜻을 잘 알 수 없는 거야. 아이들은 전적으로 나를 믿고 나를 의심하지 않았어. 그렇기 때문에 뭐든지 내가 잘 알고 있으리라고 믿게 된 거지. 우리도 그처럼 하느님을 섬겨야 되지 않을까 생각이 드는군. —하느님은 존재하신다. 그리고 우리를 늘 염려해 주신다고 단순히 믿어야 하는 거야."

마침내 그것은 케어리의 완전한 신조가 되었다.

봄이 가까웠을 무렵 케어리는 또 임신한 사실을 알고는 당황했다. 임신했다면 아직 젖먹이인 모드의 젖을 뗄 필요가 있었기 때문이다. 그것도 때마침 견디기 어려운 여름 더위가 몰려올 때였다. 요즘이라면 육아에 관한 책도 있고, 적당한 보조 수단도 갖춰져 있지만, 케어리는 그 어떠한 도움 없이 가능한 모든 방법을 다 동원하여 젖을 뗐다.

그러나 세심한 주의를 기울였음에도, 모드는 이 변화로 인하여 병이 나고 말았다. 당황한 케어리는 이 아이가 무사히 여름을 나려면 무슨 일이 있어도 좀더 서늘한 고장으로 거처를 옮기지 않으면 안 된다고 판단했다. 그래서 그녀는 남편 앤드류와 아이들과 함께 서해 건너 일본으로 가서, 일본의 어느 작은 섬에서 여름을 지냈다. 항상 전도에 대한 열의에 불타고 있었던 앤드류는 사사로운 일은 뒤로 한 채 어느 일본인 선교사와 전도 여행만 다니고 있었다. 케어리는 전적으로 아이들에게만 매달렸으며, 매일 그들을 데리고 바닷가로 나가는 것이 일과였다. 깨끗한 바닷물이 천천히 모래사장으로 밀려와서는 솔밭 바로 밑까지 적시고 있었다. 에드윈은 씩씩하게 바다에 뛰어들거나 해변을 뛰어다닌 덕에 몸 전체가 볕에 그을린 건강한 몸이 되었다. 모드의 병도 다소 좋아지기는 했으나, 건강해지지는 않았다. 이 고장에는 신선한 우유가 없었으며, 달고 진한 연유를 소화해 낼 능력이 모드에게는 없었기 때문이다. 여름이 다 지나가도 모드는 여전히 비실비실하게 여윈 상태였다. 그러나 어쨌든 살아서 여름을 날 수 있었기 때문에, 케어리는 중국으로 돌아갈 준비를 했다. 앤드류는 벌써 하루 바삐 임지로 돌아가서 전도를 재개할 생각이었다.

　미쳐 날뛰는 동지나해를 작은 외륜선으로 건넌다는 것도 괴로운 노릇인데, 맹렬한 태풍까지 몰아치는 바람에 견딜 수 없을 지경이었다. 배는 날이 새기도 전에 노한 파도에 삼켜질 것만 같았다. 케어리는 배멀미 때문에 몸을 가눌 길 없었으며, 두려움이 심신을 휩쓸었다. 그러나 구역질도 공포도 더욱 큰 불안 속에 묻히고 말았다. 모드가 배에 탄 첫날부터 격렬한 위병을 일으켜서 금세 중태에 빠져 버렸던 것이다. 케어리는 구역질 때문에 죽을 고생을 하면서도 뱃속의 태아를 염려하여, 다 죽어가는 모드를 껴안고 나뭇잎처럼 흔들리는 좁은 객실 속을 비틀대며 걸어다녔다.

모드는 한사코 아버지 품에 안기려 하지 않았다. 그래서 앤드류는 어찌할 바를 모르며 오직 고민에 싸여 계속 기도만 올렸다. 문이 닫힌 선실 속은 숨이 콱콱 막힐 정도로 더웠다. 견디다 못한 케어리는 이대로 모드의 비참한 신음소리를 듣느니보다는 차라리 저 미친 바닷물 속에 내던지는 편이 낫겠다고 외쳤다. 그녀는 객실을 뛰쳐나와 난간을 붙잡고 계단을 올라와서는 갑판으로 나왔다. 거기에 있던 한 선객이 그녀를 보았다. W. 마틴 박사라는 늙은 선교사였다. 박사는 모드를 케어리의 팔에서 가만히 빼앗아 안고는 함께 갑판 위를 거닐어 주었다. 박사는 첫눈에 이 아이가 이미 살아날 가망이 없음을 알아채고는, 아기의 작은 얼굴에서 고통의 빛이 사라지면서 점점 의식이 희미해져 가는 모습을 자비와 슬픔이 깃든 눈으로 바라보았다.

이 작은 일본 객선에는 의사가 없었다. 케어리는 사태가 심상치 않음을 깨닫고, 갖가지 가공할 죽음의 공포에 사로잡혀 있었다. 그녀는 객실로 뛰어들자마자 바닥에 몸을 던지고는 피를 토하듯 기도를 드렸다.

'만일 신이 하늘에서 응답해 주시려면 지금 말해 주소서. 이제야말로……'

그녀 옆에서 조용히 기도를 올리고 있던 앤드류는, 아내의 이 열렬하면서도 집요하게 신에게 퍼붓는 추궁을 더 이상 들을 수가 없었던지 조용히 나무라기 시작했다. 케어리는 맹렬히 달려들었다.

"당신은 자신이 아이를 낳아보지 않았기 때문에 그런 말을 하는 거예요."

그녀는 큰 소리로 비난했다.

"제 목숨을 나눈 아이가 죽는 걸 보는 어미의 마음을 당신이 알게 뭐예요. 그건 자기가 죽는 것과 똑같은 기분이란 말이에요!"

그리고 남편에 대한 격렬한 노여움으로 가득 찬 그녀는 이렇게 외쳤다.

"다음 아이를 빨리 배지 않았다면, 여름 동안에 이 아이를 젖먹여서 튼튼히 키울 수 있었을 것을. 이렇게 불쌍한 꼴을 당하지 않아도 되었을 것을. 아아, 모드! 모드!……"

케어리는 다시 갑판으로 달려 올라갔다. 온화한 늙은 선교사는 열풍에 흔들리는 배의 난간에 등을 꽉 붙인 채 가만히 서 있었다. 한 자락의 담요로 모드의 얼굴을 가리고 아이의 엄마가 다가올 때까지 경건하게 기다리고 있었던 것이다. 마침내 그는 케어리에게 이미 움직이지 않는 작고 가벼운 아이의 시체를 돌려 주었다. 그리고 부드럽게 입을 열었다.

"부인, 어린 따님은 생명을 주신 하느님 곁으로 돌아갔습니다."

말없이 케어리는 죽은 아이를 받아들었다. 그것은 인생에서 그녀가 받은 최초의 타격이어서 도저히 감내하기 힘들었다. 홀로 있고 싶었다. 그 누구도 보고 싶지 않았다—남편조차도. 그녀는 갑판 한 끝까지 걸어가서, 배 말미로 통하는 작은 문을 빠져나가 그곳에 쌓여 있는 로프 밑에 앉았다. 시커먼 바닷물은 커다란 소용돌이를 그리고 있었고, 새벽을 알리는 흐릿한 잿빛 광선이 그 한 모서리를 옅푸르게 비치고 있었다. 부서지는 물보라가 흰 안개처럼 엄습해 왔다. 그녀는 긴 스커트로 유해를 싸안고, 담요를 들어 작은 얼굴을 바라보았다. 이미 움직이지 않는 그 하얀 얼굴은 어느새 살이 움푹 들어가 있었다.

"굶주려 죽은 거야—. 정말 굶주려서 죽은 거야."

케어리는 입 속으로 중얼거렸다.

물보라가 와락 달려들었다. 케어리는 얼른 담요로 죽은 아이를 가렸다. 이 밉살스러운 바다—이 가증스럽고 거대한 인정머리라고는 없는 소용돌이! 좋다, 적어도 이젠 바꿀 길 없는 이 작은 시체만은 무슨 일이 있어도 이 한없는 무정함 속에 가라앉게 하진 않으리라! 상해까지 안고 가는 거야. 거기서 다른 백인들이 잠들어 있는 흙 속에 묻어 주리라.

울부짖는 잿빛 바다 위로 먹구름이 나직이 드리우고 있었다. 도대체 신은 어디 있다는 말인가. 기도도 허사다—하느님의 계시 따위를 구한들 소용없다. 케어리는 울화가 치밀며 죽은 아이를 껴안고, 미처 날뛰는 바다를 노려보며 웅크리고 앉았다. 이윽고 격렬하게 흐느끼기 시작했다. 이런 비극 속에서도 배멀미에서 벗어날 수가 없었다. 작은 시체를 끌어안고 있는 동안도 도저히 용납할 수 없는 구역질이 치밀어올랐다. 케어리는 앞으로 태어날 생명을 위해서라도 몸을 아끼지 않으면 안 되었던 것이다.

비틀거리며 일어선 케어리는 문을 열고 갑판으로 올라왔다. 그리고 손으로 더듬더듬 계단을 찾아서 한 손으론 난간에 매달리고, 다른 한 팔에는 죽은 자식을 꼬옥 껴안은 채 무거운 걸음을 옮기며 객실로 돌아왔다. 강풍이 그녀의 머리를 산산이 흩뜨리고, 물보라를 흠뻑 맞은 머리카락은 축축이 젖어 있었다. 앤드류는 폭풍을

피하기 위해 굳게 닫힌 두꺼운 유리로 된 현창(舷窓) 앞에 서서, 가만히 밖을 내다보고 있었다. 마치 바다 밑을 뚫고 나아가듯, 검은 파도는 끊임없이 유리창에 달려들고 있었다.

앤드류는 조용한 얼굴을 아내 쪽으로 돌렸다.

"모두가 하느님의 뜻이오."

그는 담담한 어조로 말했다.

그러나 물에 젖은 검은 머리를 젖혀 올리면서 케어리는 내뱉듯이 이렇게 말했다.

"내게 하느님 얘기 따윈 하지도 마세요!"

그러고는 갑자기 무섭게 울부짖었다.

겨우 슬픔의 언덕을 넘어선 케어리는 지나간 시절을 조용히 돌아볼 수 있게 되었다. 생각날 때마다 무서운 공허감이 가슴 속에서 발버둥치는 것은 어쩔 수 없었으나, 소주의 탑 그늘이 드리워진 집으로 돌아온 그녀는 다시 착실하게 자기 나름의 생활을 쌓아올리기 시작했다. 에드윈에게 글 읽는 법을 가르치고, 생도들에게는 어머니 몫을 대신하여 마음을 써 주었다. 노래를 가르치고 역사, 지리, 산수, 그밖에도 현대 생활을 영위하는 데 필요한 학과를 가르쳐 주기도 했다. 이러한 근대적인 학과야말로 고전 교육에만 전념해 온 종래의 중국 학교와는 다른, 이 교회 부속 학교의 특색이었다.

또 그녀는 작은 자기 집을 깨끗이 청소해서 언제나 산뜻한 기분이 들도록 했다. 스스로 밀가루 반죽을 해서 빵을 굽고, 그 무렵이 되어서야 비로소 손에 넣을 수 있었던 물소의 젖을 원료로 해서 버터를 만드는 등, 이것저것 눈코 뜰 새 없이 바쁜 나날을 보냈다. 다만 탑의 풍경 소리는 너무도 애달파 듣고 싶질 않았다. 바람이 방울을 흔들기라도 하면 그녀는 무슨 일이든 하던 일을 멈추고는 금세 일어나 창문을 꼭 닫아버리는 것이었다. 2개월 후에 앤드류가 일 때문에 급히 항주로 재파견된다는 소식을 들었을 때, 케어리는 기뻤다. 모드가 한 번도 살아보지 못한 곳, 모드의 덧없는 생애의 기억이 전혀 남아 있지 않는 곳으로 돌아가게 된다는 것은 일종의 구원이었기 때문이다.

케어리는 좀더 본격적으로 앤드류의 전도 활동을 도울 수 있게 되었다. 신은 그녀에게 조금도 가까이 다가오지 않았지만, 이미 그녀의 노여움은 풀려 있었다. 화를 낸들 아무 소용이 없다는 것을 깨닫고 체념해 버린 것이다. ‘당신의 뜻대로 하옵소서’ 하고 기도해도 이전처럼 속에서 반항심이 북받쳐 올라오진 않았다. 그녀는 본질적으로 타고난 그녀의 정열적이고 충동적인 성격을 다시 억제하려고 애쓰기 시작했다. 또다시 고달픈 투쟁이 시작된 것이다. 조용히 생각을 집중시키고는, 이 슬픔의 신이 내리신 시련에는 그 속에 뭔가 의미가 있을지도 모른다고 억지로나마 생각하려 애썼다. 하느님이 나에게 구원의 손길을 뻗쳐 올지도 모른다. 저 아이가 살아 있는 동안 나는 행복한 나머지 너무 하느님을 잊어버리고 있었기에 아이를 빼앗아서 내 눈을 뜨게 하였는지도 모른다. 케어리는 이같은 생각을 겸허하게 받아들였다. 그래서 혼잡한 한길에서 조금 안으로 들어가 있는 흰 칠을 한 작은 예배당에 매일 가서는 중국 여자들과 이야기를 나누거나, 그녀들에게 글 읽는 법을 가르치기 시작했다. 다행히도 그중에는 케어리를 기억하는 사람들이 몇 있었다. 지극히 친절한 그녀들의 얼굴을 보고 있노라면, 케어리의 마음도 한결 따스해지는 듯했다. 그 가운데 한 여자가,

"저는 금년에 아이를 잃었습니다."

이렇게 말했을 때, 케어리의 눈에는 저도 모르게 눈물이 번져 나왔다. 그녀는 깊은 동정의 손길로 그 중국 부인의 갈색 손을 꼭 잡아 주었다.

하지만 케어리의 감정과 육체는 너무도 떼어놓을 수 없이 밀착되어 있었다. 행복감이 상실되자 육체에서는 모종의 힘이 빠져나갈 정도였다. 그래서 그해 겨울에는 계속 몸이 여위어만 갔다. 봄이 되자 계집애가 태어났는데, 그래도 이전과 같은 명랑함은 되찾지 못했다. 같은 계집애를 안기에는 죽은 아이의 추억이 너무도 생생했던 것이다. 그녀는 새로 태어난 갓난애를 조용히 애정이 담긴 손길로 맞이했으나, 부담없이 기뻐할 순 없었다. 에디스란 이름이 붙여진 그 아이는 어머니의 심정을 반영이라도 한 듯, 시무룩한 표정을 지닌 순한 아이였다. 나이에 비해 참을성이 훨씬 강하고, 젖먹이 때부터 책임이나 체념을 알고나 있듯 매사에 의젓했다.

여름이 되자 집안 식구가 총동원이 되어 가까운 산 위에서 피서 생활을 즐겼다. 그곳은 앤드류가 시내에 가서 전도 사업을 계속할 수 있을 만큼 가까웠는데, 거리의 먼지를 피하고, 햇빛을 직접 �� 논물의 끓어오를 듯한 열기 속에서 벗어나, 적어도 신선한 공기를 쐴 수 있을 정도의 거리는 되었다. 산꼭대기에는 작은 절이 하나 있었는데, 그들은 그 절에 있는 방 두 개를 빌려 들었다.

케어리에게 있어 그것은 새로운 체험이었다. 울창하게 우거진 대숲이나 솔숲 길의 조용함, 회색 법의를 걸친 예를 갖춘 승려들, 부처의 신상이 벽을 등지고 꿈꾸듯 세워 있는 어둡고 싸늘한 본당—이 모두가 케어리에게 복잡하고 웅대한 이 나라의 아직 알지 못하는 일면을 보여주고 있었다. 거대한 부처들의 상은 본당에만 있었는데, 케어리가 아이들과 묵고 있는 방에는 벽감에 금칠을 한 작은 관음보살상이 부드럽게 내려다보고 있었다. 에드윈은 그것을 '귀여운 금빛 귀부인'이라고 불렀다. 케어리는 에드윈을 위해서 길게 늘어뜨린 옷을 입은 아름다운 인형과 같은 이 여신에 대해서 여러 가지 이야기를 꾸며 들려 주었는데, 그러는 동안 살갗이 흰 이방인들의 얼굴을 말없이 바라보고 있는 이 참을성 강한 작은 여신에게 웬지 모를 친근감이 느껴지게 되었다.

아이들이 잠이 들자 케어리는 부채로 바람을 부쳐 주며, 기구한 반생을 돌아보고는 감개무량해했다. 고향집 그녀의 방에서는 널따란 목초밭과 눈길 닿는 데까지 뻗어 있는 시골길, 바람 부는 먼 산들, 끝없이 펼쳐진 푸른 하늘이 바라다보였다. 그런데 지금 그녀는 중국 사원의 어두컴컴한 어느 방에서 두 아이와 함께 묵고 있는 것이다. 둥근 창문 사이로 내다보면, 납작한 돌이 깔린 오솔길 맞은편에 짙푸른 빛깔의 대숲을 배경으로 거대한 향로가 우뚝 서 있다. 낮이나 밤이나 길고도 규칙적인 간격을 두고 범종 소리가 쓸쓸히 먼 산에까지 메아리친다. 인간 세상의 비애가 담긴 신비스런 음악이다.

케어리는 갑자기 무서운 생각이 들었다. 작은 사내아이를 두 팔로 꼬옥 껴안으면서, 이 아이를 이 갓난 사내아이를—아니 어떠한 아이라도—이 나라의 기괴한 어두운 그림자에 사로잡히게 해서 될 말인가 하고 마음 속으로 외쳤다. —이제부터는 내 생애의 첫째 의무로서 아이들에게 제 조국을 가르쳐 주자. 저 아름답고 밝은 나라 미국에서는 사람들이 하느님을 자유로운 영혼이라 믿고 있으며, 흙으로 빚은 것 위에 색깔을 입힌 저 괴기한 모습의 우상 속에 신이 국한되어 있다고는 결코 생각지 않는다는 것을 가르쳐 주자.

새벽녘과 해질 무렵에는 승려들이 구슬프게 경을 읽었다. 파도처럼 일렁이는 사람의 목소리가 점점 고조되다가는 길고도 음울한 음악 소리로 변해 갔는데, 이 소리를 듣고 에드윈은 황망히 달려와서는 엄마의 가슴에 머리를 묻는 것이었다. 그런 아들에게 케어리는 자연스러운 목소리로 아무렇지도 않은 듯 에드윈을 위로해 주었다.

"아가야, 저건 말이다, 저 사람들의 찬송가야. 우리들이 어떻게 노래하는지는 알고 있겠지?"

그리고 에드윈의 뺨에 자기 볼을 갖다댄 채 〈저 높으신 예수님의 은혜〉를 조용히 불러 준 뒤, 이어 장난기어린 자장가로 옮겨 갔다. 그러자 이내 이 절 안에 있는 작은 방이 그녀의 밝고도 잘 울리는 목소리로 가득 찼고, 아이들은 마음을 놓고 그 즐거움 속에 휩싸이는 것이었다. 이미 어린 그들에게 있어서 슬픈 독경 소리는 어머니의 따뜻하고도 희열에 넘친 목소리의 배경, 그것도 거의 들릴락말락한 배경 음향에 지나지 않았다. 마지막에는 반드시 〈나의 조국은 자율로 넘치네〉를 불렀다. 에드윈도 같이 목소리를 돋우면서 노래했다. 에드윈이 마지막 마디까지 외운 최초의 노래가 이 미국 국가였다.

그러나 케어리의 육체는 슬픔을 겪은 이래 미묘하게 변해 가고 있었다. 이제는 아무리 노력해도 이전의 경쾌한 걸음걸이를 되찾을 수가 없었다. 침체된 공기는 활동력을 잃어 갔고, 벼논의 뜨뜻미지근한 물에서는 모기들이 들끓었다. 당시에는 말라리아를 전염시키는 것이 모기라는 사실은 전연 알려져 있지 않았다. 케어리에게 오한과 고열이 엄습했다. 설상가상으로 에드윈은 이질에 걸려 여러 주일 동안 병약하고도 창백한 안색을 보이고 있었다.

세 번째 아이가 태어난 해에도 여러 가지 귀찮은 일이 발생했다. 식구들은 또다시 소주로 소환되었다. 그들의 집에는 의료 전도를 하기 위하여 미국에서 갓 부임한 의사 한 사람이 동거하고 있었는데, 이 젊은 의사 선교사는 임지의 비참한 광경과 자기에게 부여된 막중한 책임에 압도된 나머지, 정신적인 타격을 받고는 마침내 정신 이상의 증세를 나타냈다. 예민한 케어리는 누구보다도 먼저 그것을 알아차렸다. 그래서 뭔가 불길한 사건이 일어날지도 모른다는 예감으로 매일 긴장된 상태로 지내고 있었다.

어느날 식사를 마치고 앤드류가 방을 나간 뒤 핏시라는 그 의사는 호주머니에서 알약이 든 병을 꺼내더니, 케어리 앞에 그것을 놓았다.

"미시즈 스톤."

그는 설득하려는 듯한 어조로 말했다.

"당신은 오랫동안 건강 때문에 고생을 하고 계시죠. 이것을 먹으면 나을 것입니다. 먹으면 곧 낫는다 그 말이에요."

그러고는 째지는 듯한 기묘한 목소리로 웃었다. 케어리는 오싹 소름이 끼쳤다.

"어머, 닥터 핏시, 난 이제 다 나았어요."

케어리는 놀라고 당황한 나머지 의자에서 반쯤 일어서며 대답했다.

그러나 핏시는 그녀의 손목을 꽉 움켜쥐고는 낮고도 갈라진 목소리로 말했다.

"삼켜요. 자아, 모두 삼켜 버려요."

케어리는 순간 이 사람이 미쳤음을 깨달았다. 그녀의 타고난 비상한 머리는 이때에도 그녀를 저버리지 않았다.

"그럼 잠깐만 기다려 주세요."

그녀는 조용히 말했다.

"컵에 물을 떠 올 테니까요."

그리고 빈 컵을 든 채 조용히 방안을 나왔다.

방에서 나오자마자 그녀는 앤드류 있는 곳으로 달려갔다. 그 때 앤드류는 아래층에서 지나가던 행인들을 모아놓고 복음 설교를 하고 있었는데, 케어리가 숨가쁘게 사정을 말하자 순식간에 이층으로 뛰어올라갔다. 그녀가 도망친 것을 알면, 미치광이인지라 아이들을 해칠지도 모른다는 하소연을 그녀로부터 들었기 때문이다. 그때 미친 의사는 고기 써는 나이프를 손에 들고 테이블 밑에 숨어 있었는데, 다행히 앤드류가 키도 크고 힘도 세었기 때문에 잠시 격투를 벌인 후 그 젊은 의사를 때려 눕힐 수 있었다.

이튿날 앤드류는 이 미치광이를 돛단배에 태워 밤낮으로 감시를 하면서 상해로 데려갔다. 거기서 미국으로 돌아가는 동포 한 사람에게 그를 맡겨 버렸다. 그런데 이 미친 의사는 이따금 의식을 명료하게 되찾고는, 그때마다 자기 신변의 사정을 뚜렷이 이해했던 것이다. 그의 호송을 의뢰받은 미국인이, 저 젊은 의사는 정신 이상자이기 때문에 가끔 기묘한 행동을 보이더라도 너무 신경 쓰지 말라고 선객들에게 설명하면, 이것을 엿듣던 의사는 얼른 역습을 가해 왔다. 즉 저 동반자가 미쳤기 때문에 자기가 본국으로 그를 데리고 가는 길이라며 도리어 뒤집어씌우면서 떠들고 다니는 형편이었다. 그런 관계로 승객도 선원도 며칠간은 어느 쪽이 진짜 미친 사람인지 분간을 못할 지경이었다.

케어리는 이 사건으로 충격을 받았으며, 갑자기 피로를 느끼게 되었다. 그때까지는 모르고 있었으나 기침이 나고, 날마다 열이 났다. 그래서 앤드류와 함께 상해에 가서 의사에게 진찰을 받아 보았더니, 폐결핵이니 곧 미국으로 돌아가지 않으면 안 된다는 선고를 받았다.

케어리는 선교사용 숙소의 비좁은 방으로 돌아오자, 최후의 방침을 세우고자 생각을 모았다. 진료실에서는 일순간 '이제 겨우 떳떳한 얼굴로 귀국할 수 있다!'고 생각하고 기뻐했지만, 그때 얼핏 보았던 앤드류의 완전히 풀이 죽어 있는 창백한 얼굴이 잊혀지질 않았다. 남편은 멍하니 어깨를 축 늘어뜨린 채 그녀에게 등을 돌리고 앉아 있었다. 케어리는 조용히 말을 걸었다.

"여보, 난 미국으로 돌아가지 않겠어요."

한참 후에 앤드류가 물었다.

"그럼 어떡할 셈이오?"

케어리는 정열을 담아 말했다.

"나는 당신을 전도의 사명에서 떼어놓고 싶지 않아요. 나 때문에 당신이 사명을 포기해야 하다니, 결코 그런 말을 듣고 싶지 않아요. 지푸로 갑시다. 그곳에 방을 빌리면 당신은 일을 계속할 수 있고, 나도 요양을 하면서 건강을 되찾을 수 있을 거예요."

케어리는 축 늘어졌던 남편의 어깨가 펴지는 것을 보았다. 앤드류는 그의 눈과 목소리에 안도의 빛을 띠면서 케어리를 돌아보며 말했다.

"그래, 케어리. 당신 생각이 그렇다면……"

그 순간, 케어리는 남편의 얼굴을 똑바로 바라보았다. 감정이 심히 상했지만, 자존심 때문에 입을 열지 않았다. 도대체 남편은 장차 펼쳐질 고난과 맞서 싸워야 하는 나의 마음을 조금이라도 이해하고나 있는 것일까! 내가 어떠한 희생을 치르더라도 앤드류는 태연히 그것을 바라만 보고 있을 사람이다. 하지만 그것은 이미 문제가 되지 않았다. 만약의 경우에는 나 혼자서 싸울 자신이 있었다. 이렇게 생각하자, 케어리는 비로소 자기와 남편 사이를 맺어주는 것은 두 개의 예외를 제외하고는 아무것도 존재치 않는다는 것을 확실히 깨달았다. 그 유대적인 예외란 공통된 종교를 설교한다는 것과 두 사람 사이에서 태어난 아이들이었다. 하지만 그 아이들조차 단순한 육체의 유대에 지나지 않았다. 앤드류는 아이들을 이해하거나 사랑하는 그런 인간은 아니다. 그렇게 아이들을 싫어하는 것은 아니지만, 어떠한 의미에서도 아이들의 존재를 절실하게 의식한 일은 없었다. 그의 생활은 신과의, 그리고 인간의 영혼과의 신비적인 결합에 의해 둘러싸여 있었다. 관련이 있는 것은 언제나 영혼뿐이었다. 대하는 사람이 남자이든 여자이든 그에게 중요한 것은 무엇보다 영혼이었고, 그 이외의 것은 아무것도 아니었다. 그러나 케어리에게는 감각이 실재했고, 인생이란 무엇보다 인간의 피와 살이 전부라고 해도 좋았다. 신이라니—신은 대체 어디에 있는가. 신이란 무엇인가.

이것이야말로 케어리의 전생애의 문제였다. 만일 앤드류를 전도의 사명에서 떼어놓는다면, 부부 사이에 과연 무엇이 남을까. 진실한 의미에서 두 사람을 맺어 주는 어떠한 유대 관계도 이루어질 수 없을 것이다. 그렇게 된다면 남편은 절대 그녀를 용서치 않을 것이다. 아니, 남편이 스스로 선택한 사명을 중도에 포기한다는 것은 도저히 생각할 수도 없는 일이다. 케어리는 결혼이라는 것이 적어도 체면을 존중하는 사람들, 또한 거두절미하고 종교적인 사람들 사이에서는 죽음과 마찬가지로 취소할 수 없는 것이라고 믿어지고 있던 시대에 살고 있었다. 일단 이 남편과 생애를 같이하겠다고 맹세한 이상, 그 맹세를 지키는 길밖에 도리가 없었다. 그러므로 그녀는 조국으로 돌아가라는 권유를 몇 번이나 받았지만, 똑같은 대답을 되풀이했다.

"아뇨. 우리는 중국 북부로 가서 내 건강이 회복되도록 노력하겠어요. 나는 아직 체념하지 않습니다."

케어리는 감정이 상하면 도리어 격렬히 독립심을 불태우는 성질이었다. 당분간 그녀가 선교 활동을 할 수 없다는 이유로, 그렇지 않아도 빈약한 앤드류의 봉급에서 절반을 삭감시켰다.

이윽고 몇 안 되는 친구들에게 이별을 고하고는, 돛단배를 세내어 소주에서 바다로 나왔다. 날마다 함께 지낸 덕분에 겨우 사귈 수 있었던 저 사람들의 얼굴을 다시 볼 수 있을까 하고 케어리는 불안감에 잠겼다. 그러나 그녀에게는 자존심과 굳은 결의가 있었고, 그것이 항상 용기를 불러일으켜 주었다.

우리는 케어리에게 들어서 익히 알고 있었지만, 이 돛단배에는 다른 돛단배와 마찬가지로 무섭게 큰 쥐들이 많이 살고 있었다. 그 쥐란 놈은 그녀의 머리맡에 있는 들보를 타고 요란하게 돌아다녔다. 어느날 밤에는 별안간 놀라 잠에서 깨어나 정신을 차리고 보니, 자기 전에 풀어 놓은 길고 풍성한 머리카락 사이에 커다란 쥐들이 기어들어와서는, 나올래야 나오지도 못한 채 요동을 치고 있었다. 그녀는 황급히 머리카락 속으로 손을 넣어 쥐를 잡아서는 바닥에 내동댕이쳤는데, 묘하게 미끈거리고 흐물흐물한 감촉 때문에 기분이 언짢았다. 가능하다면 머리카락을 싹둑 잘라버리고 싶었을 정도였다고 한다.

상해 부두에 닿자, 이번에는 지푸행 기선으로 바꿔 탔다. 지푸는 황해 북부 만(灣) 안에 있는 항구 도시이다. 그것보다 여기서 잊지 않고 말해 두어야 할 것은, 출범 전날에 케어리가 상해의 고물상에서 타원형 테이블을 찾아낸 일이다. 그녀는 얼핏 보기에는 화사하나, 한치도 틀림없이 섬세하게 만들어진 그 세공 솜씨에 마음이 이끌려, 그 자리에서 허리가 굽은 완고한 노인을 설득하여 싼 값에 사 들였다.

이렇게 되고 보니 어처구니없어진 것은 앤드류였다. 앤드류에게는 그 어떤 테이블이든 그 이상의 아무것도 아니었고, 살림도구라면 지겨울 정도로 많았다. 가능하다면 동냥자루 하나와 가벼운 지

갑, 성경 한 권만 든 채 귀찮은 짐 따위는 하나도 없이 여행하고 싶었다. 그러나 케어리에겐 이 아름다운 가구가 기쁨의 원천이었다. 지독한 배멀미에 시달리면서도 저 선창에 있는 어느모로 보나 아름답기만 한 가구를 생각하면서 마음 속으로 그 아름다운 곡선이나 매끄러운 윤이 나는 나뭇결 따위를 상상하자 저절로 힘이 솟았다.

제 *3* 장
절망의 끝에서

　지푸에 도착하자 두 사람은 곧 살 만한 집을 찾아나섰다. 앤드류는 언덕 밑에 펼쳐진 중국인 거리 근처에 집을 빌리고 싶어했다. 그러나 케어리는 그 의견에 반대했다.

　이제는 건강도 더 나빠져 있었고, 이제부터는 어떻게든 생명을 유지하기 위해 싸우지 않으면 안 되었다. 그러기 위해서는 무엇보다 환경이 좋아야 했다. 게다가 에드윈은 6개월 전에 걸린 이질이 아직도 낫지 않고 있었다. 창백하게 여윈 탓에 서 있는 것조차 위태로워 보였다.

　이 무렵에 일어난 얘기를 할 때, 케어리는 부드럽긴 하나 늘 한숨 섞인 표정을 지으며 말했던 것이다.

　"불쌍하게도 그 애는 너무 오래 굶주렸기에 늘 배가 고파 보챘단다. 어느날 하얀 부스러기가 식당 바닥에 떨어져 있는 것을 보

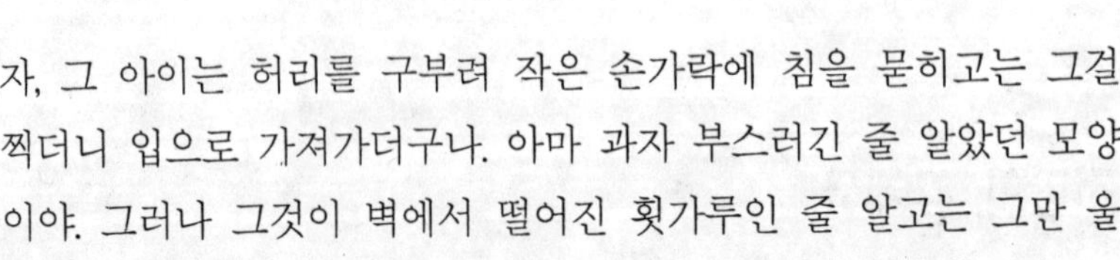

자, 그 아이는 허리를 구부려 작은 손가락에 침을 묻히고는 그걸 찍더니 입으로 가져가더구나. 아마 과자 부스러긴 줄 알았던 모양이야. 그러나 그것이 벽에서 떨어진 횟가루인 줄 알고는 그만 울어버리는 게 아니겠니. 나는 가슴이 미어질 것만 같았어.”

케어리는 아이들을 위해서, 또 자신을 위해서도 바다 건너 고국으로 돌아가서 소녀 시절을 보낸 저 넓고도 즐거웠던 고향집에서 살고 싶었다. 하지만 그것은 불가능한 일이었다.

마침내 그녀는 바다 가까운 언덕 위에 세워져 있는 집 한 채를 발견했다. 그 집은 앤드류가 걸어서 전도하러 다니기에는 거리가 좀 멀었지만, 시원한 바닷바람이 불어오는 곳 위에 세워져 있었다.

돌로 지은 나지막한 집인데 깎아지른 듯한 벼랑 위에 서 있었고, 그 벼랑은 하얗게 물결이 부서지는 새파란 바닷속에 수직으로 박혀 있었다. 집에는 모래가 깔린 아담한 정원이 있고, 아이들이 떨어지지 않게끔 주위에는 돌담이 삥 둘러져 있었는데, 담이 높지 않아 그녀는 그 담 너머로 만 마일 저편에 있는 그리운 고국 해변을 마음에 그려 볼 수 있었다.

드디어 투병 생활이 시작되었다. 앤드류는 그녀의 병이 얼마나 악화되어 있는지 모르고 있었지만, 그녀의 가슴은 너무도 저리고 끊임없이 마른 기침이 새어나왔다. 웬지 모르게 열이 나고 몸이 무겁고 나른하였다.

그녀는 날이 갈수록 이건 보통 일이 아니구나 생각하게 되었다. 그래서 침대를 방 한구석으로 옮기고는 밑에 벽돌을 높이 괴어 담 너머로 하늘과 바다가 보이도록 해 놓았다. 그녀가 누워 있는 오른편에는 벌겋게 흙이 드러난 앙상한 산이 어깨를 추켜세우고 있었다. 그러나 산 밑에 있는 중국인 거리는 전혀 보이질 않았다. 그것은 그녀에겐 다행한 일이기도 했다. 지금은 목숨을 지켜야 하기 때문에 북적대는 거리와 눈먼 거지들, 또 비참한 생활상 따위는 잊어버리지 않으면 안,되었다. 아무것도 할 수 없다는 무력감으로 가슴이 찢어질 것 같았으나, 별수 없는 일이었다. 하지만 누워 있어도 생각만은 그곳에 있었다.

앤드류는 불쌍한 사람들을 보면 그들을 위해 기도했고, 그래야만 마음이 가라앉는 그런 사람이라고 케어리는 생각했다. 신은 그들의 영혼을 구제하고, 천국에서 그들에게 행복을 주실 것이라고 믿고 있었기 때문이다. 물론 케어리도 기도를 하지만, 그 기도 속에는 분노의 열정이 깃들여 있었다. 세상에 이처럼 슬픈 일이 존재한다는 것, 더구나 지상에서 일어나는 이와 같은 불행을 신이 없애지 못한다는 것에 대해서.

앤드류의 말대로 이러한 비참한 불행을 허락하고, 인정하는 것조차 신만이 알고 있는 현명한 계획 때문인지는 모르겠으나, 그렇다고 해서 그것이 경련하는 육체로부터 아픔을 덜어주거나, 소경의 눈에 빛을 주거나, 학대받고 억압된 생활에 평안과 해방을 가져다 주지는 못했지 않은가. 그러나 케어리도 그 이상은 생각하고 싶지 않았다. 어디에서도 해답을 얻을 수 없었기 때문이다.

그녀는 고향 마을의 교회에서 수년에 걸쳐 얻은 훈련된 힘을 모아 자기 자신에게 인내를 강요했다. '오직 믿고 따라야 한다' 하고 그녀는 자기 마음을 꾸짖었다. 그러나 그녀는 남의 영혼만 바라보는 앤드류같이 제 방에 틀어박혀 기도나 하고, 거기서 만족을 얻고 나오는 일은 체질상 맞지 않았다. 만일 케어리의 육체가 그 생활 때문에 망가질 수밖에 없었다고 한다면, 그것은 병들고 상처 입은 자를 보면 그 괴로움과 아픔을 제 것처럼 느끼고, 가능한 한 손을 써서 환부를 씻어 주고, 붕대를 감아 주며, 약을 나눠 주어 얼른 낫게 해주지 않을 수 없었기 때문이다. 또 고통과 죽음을 제거해 주지 못했을 경우에는 마치 그 불행한 운명이 자신의 혈육에게 내려지기라도 한 것처럼 슬퍼하고 통곡한 탓이리라.

케어리가 다 죽어가는 갓난애 곁에서 그 아이의 어머니와 함께 밤샘 하는 모습도 본 일이 있었다. 온갖 치료법을 다 쓰며 케어리는 소리내어 기도를 올렸는데, 그 새벽녘에 갓난애가 죽자 흙빛으로 변한 그 작은 시체를 꼭 껴안고 비통한 패배에 대한 억누를 길 없는 분노를 느끼면서 무너지듯 주저앉아 울었다. 나중에 그 얘기를 들은 앤드류는 놀라움으로 눈을 크게 뜨고는 조용히 타일렀다.

"의심할 것도 없이 그것이야말로 하느님의 뜻이오. 그 아이는 천국에서 평안과 안식을 얻을 것이오."

그 말을 들은 케어리는 단번에 이같이 맞섰다.

"그렇다면 당신은 그것으로써 그 아이 엄마의 텅 빈 마음과 팔이 채워질 수 있을 것이라고 생각하시나요?"

하지만 그녀는 곧 허탈한 목소리로 말을 이었다.

"이런 말을 한다면 안 된다는 건 알아요. 하느님의 뜻대로 하옵소서 하고 말해야 당연하다는 것도 말이죠. 그러나 그것만으로는 내 마음의 공허를 채울 길이 없어요."

지난날 어떤 사람이 남의 아이의 죽음을 보고는,

"영혼이 떠나 버린 이상 이미 육체는 아무것도 아니군요."

라고 말하는 것을 들은 적이 있다. 이때 케어리는 솔직하게 이렇게 내뱉었었다.

"육체는 아무것도 아니라구요? 나는 내가 낳은 아이들의 육체를 사랑했습니다. 그 육체가 흙 속에 파묻히는 걸 난 차마 눈뜨고 볼 수 없었던 것입니다. 나는 그 육체를 낳았고, 씻고, 입히고 애정을 기울여 길러 왔습니다. 내게 있어서 그것은 둘도 없이 귀중한 육체였던 것입니다."

생명이 있는 것은 손끝 하나 다치지 않게 할 만큼 마음이 여리고 착했던 케어리에게는 죽음과 슬픔은 영원히 풀 수 없는 수수께끼와 같았다. 그녀는 자기가 자라난 시대의 신을 이해하기가 힘들었고, 사실 그녀는 그러한 신을 이해하지 못한 채 생애를 마쳤던 것이다.

이처럼 심각한 인생의 체험이 하나의 인연이 되어서, 케어리는 집안일을 돌보아 줄 중국인 여자를 고용하게 됐다. 왕아마라고 불리는 그 여인은 케어리가 늙어서 기동조차 제대로 못하게 될 때까지 그림자처럼 그녀 곁을 떠나지 않았다.

본래 이 여인은 정식으로 남편이라고 부를 수 없는 사내와 같이 살고 있었는데, 계집애가 태어난 날 아침에 그 사나이는 갓난애의 머리통을 부숴 죽여 버렸던 것이다.

그날 우연히 그 초라한 집 앞을 지나가던 케어리는 앞에서 들려오는 절망적인 신음소리를 듣고는 순간적으로 예삿일이 아님을 직감할 수 있었다. 그래서 케어리는 사태를 파악하기 위하여 집안으로 들어갔다.

먼저 눈에 띈 것은 부서진 머리통에서 흐르는 피로 뒤범벅이 되어 있는 갓난애를 무릎 위에 눕힌 산모의 모습이었다. 자포자기

한 놈팡이는 나무 침대에 벌렁 자빠져서 욕지거리를 하고 있었고, 산모는 넋을 잃은 채 멍하니 앉아 있었다.

갓난애는 여러모로 봐도 미숙아여서 그대로 두어도 오래 살지는 못했을 것이다. 케어리는 유창한 중국말로 재빨리 사정을 물었다. 사내는 별안간 뛰어든 외국 여자를 보고 몹시 놀랐을 뿐만 아니라, 그녀의 쏘는 듯한 날카로운 시선에 겁을 집어먹고는 비실비실 도망을 치고 말았다. 케어리는 갈색 피부를 지닌 그 여인 곁에 무릎을 꿇고 앉아서 어찌된 일이냐고 물었다. 두 어머니 사이에 대화의 길이 열렸다. 마음씨 착한 케어리는 이 참담한 행위와 그 일을 행한 잔인한 자에 대하여 노여움을 터뜨렸다.

“아! 불쌍도 해라!”

가슴 밑바닥에서 솟구치는 소리로 케어리가 외치자, 그때까지 넋이 나간 눈으로 아이의 시체를 바라보고 있던 여인이 갑자기 울기 시작했다.

“그런 남자는 죽여야 해요!”

케어리는 격렬한 어조로 말했다.

“누가 그 남자에게 손을 댈 수 있죠?”

중국인 어머니는 흐느끼면서 물었다.

“남자라면 누구든 맘대로 계집애를 죽일 수 있습니다. 아, 차라리 나도 함께 죽여 주었다면 좋았을 것을……”

“적어도 그런 남자하고는 두 번 다시 같이 살 생각은 말아요.”

케어리는 단호하게 말했다.

“그렇다면 전 어디로 가야 하죠?”

여인이 반문했다.

"어디로 가든 남자들은 다 같아요. 전 여러 곳에서 살아 보았지만 남자들은 언제나 다 똑같았어요."

그 여인에게서 소박함과 진지함을 느낀 케어리는 감동과 충격을 받으며 대답했다.

"우리집으로 와요. 마침 딸애를 봐줄 사람을 찾고 있던 중이에요. 나와 함께 가서 삽시다."

그 중국 여인은 천천히 일어났다.

"이 아이를 쌀 거적때기를 찾아오겠습니다. 그런 뒤에 따라가겠어요."

케어리는 그 여인의 신상에 대해서 그 이상은 아무것도 묻지 않았다. 다만 집으로 맞아들여 자질구레한 집안일을 가르쳐 주었고, 나아가서는 글까지 가르쳐 주려고 했으나 그것만은 전혀 진척이 없었다. 그렇지만 이 여인은 케어리에 대한 애정을 통해서 에드윈이나, 낳은 지 얼마 안 되는 피부색이 흰 딸애를 친자식이나 되듯 돌보아 주었다. 케어리가 모드에 관한 얘기를 들려 주었을 때, 그녀는 한참 눈물을 흘린 뒤 죽은 제 아이를 생각하며 입을 열었다.

"그래도 주인어른께선 마님의 젖을 빨고 있는 갓난 것을 돌로 쳐 죽이지는 않으셨습니다."

"그야 그렇지."

케어리는 동정심이 깃든 낮은 목소리로 말했다. 그리고 지금이야말로 하느님의 도리를 설명할 좋은 기회라고 생각했다.

"우리 조국에서는 그런 일은 용서되지 않아요. 우리들이 믿는 신은 만인에게 친절을 다하라고 가르치시기 때문이지요. 또한 모든 사람들이 그렇게 믿고 있어요."

오오! 아름다운 조국이여! 케어리는 불타오르는 듯한 그리움으로 마음 속에서 이렇게 외쳤다. 그곳에서는 신앙이 깊은 사람들이 그들이 사랑하는 하느님으로부터 선량한 인간의 도리를 배우고 있는 것이다.

"좀더 가르쳐 주세요."

그 중국 여인은 말했다. 케어리는 얼마간 망설이다가 하느님의 도리에 대해 설교하기 시작했다. 결국 이쪽에서 가르쳐 주기보다도, 차라리 이 중국 여자에게서 배우는 것이 더 많지나 않을까 하고 생각하면서.

신이 존재한다는 것은 틀림이 없다. 왜냐하면 신이 존재하지 않는 곳에서는 인간이 야수같이 되는 점을 보아도 알 수 있다. 이와 같은 인식에 도달하자 케어리의 희망도 점점 강해졌다.

그 뒤부터 케어리가 가는 곳에는 반드시 이 부인이 뒤따랐고, 가족의 일원이 되어 케어리와 앤드류 사이에서 태어난 아이들을 도맡아 기르게 되었다. 몇 해가 지나자 아이들은 왕아마에게 정이 들어서 응석을 부리며 훼스터 마이더(養母)라 부르게 되었는데, 어느날 늙어서 수척해지고 흰머리에 주름투성이인 케어리가 애정 어린 눈길을 보내면서 이렇게 말한 것을 나는 기억하고 있다.

"왕아마는 세상에 떠도는 말로 표현하자면 그다지 좋은 여자는 아닌지도 몰라. 하느님의 복음도 그리 잘 이해하지 못했었구. 하지만 그녀가 어느 애에게도 친절치 못한 행동을 보인 적은 한 번도 없었어. 욕 한번, 꾸지람 한번 한 일이 없어. 그러고도 그녀가 하늘나라에서 받아들여지지 않는다면 나는 내 자리를 반납해 주겠어. 하기야 내가 천국에 들어가야 가능한 말이지만서두."

왕아마는 지푸에 따라와서 이것저것 케어리나 아이들의 뒷바라지를 해주었다. 덕분에 케어리는 아이들로 인하여 괴로워하는 일 없이 침대에 누워서 지낼 수가 있었다. 앤드류는 하루도 빠짐없이 설교를 하기 위해 길거리로 나섰다. 그는 항상 전도에 관한 열의로 불타올랐으며, 그외의 일에 대해선 사도 바울처럼 전혀 관심이 없었다. 그러나 케어리는 맑고 시원한 공기 속에 누워서 잠을 자거나 책을 읽거나 식사를 하며 지내는 덕분에 날이 갈수록 건강이 좋아졌다.

만 6개월이 지나자 기침도 나지 않게 되었고, 매일 두세 시간씩 일어나서 가벼운 집안일이나 정원 일을 해도 열이 나지 않게 되었다.

자신과 조국 사이에 가로놓인 것은 넓은 바다 하나가 있을 뿐, 벼랑 위에 우뚝 선 작은 집에서 보낸 몇 달 동안의 회복기는 여러 해 만에 맛본 행복한 시간이었다. 앤드류가 스스로 선택한 일에 열중하고 있는 모습을 보는 것도 만족스러웠고, 자신의 혈관 속에 다시 건강이 뿌듯하게 차오는 걸 느끼면서 하늘이나 언덕, 바다의 선명한 아름다움을 마음껏 감상할 수 있는 것도 즐거웠다.

케어리가 또다시 처음에는 가늘게, 이윽고 이전처럼 큰 목소리로 노래할 수 있게 되었을 때, 우리의 기쁨은 말로 표현할 수 없을 만큼 컸다.

아이들에게는 케어리의 이 병이 꼭 나쁜 것만은 아니었다. 그녀는 오랜 시간을 들여 아이들이 노는 것을 관찰했고, 아이들에 대해서 근심했으며, 또 그들을 자랑스럽게 여겼다. 그리고 그들에게 이야기를 들려 주고, 밖에서 보는 몇 가지 장면에 대해서는 결코 흉내내지 못하도록 가르쳤다. 그녀는 무슨 일이 생길 때마다 말했다.

"우리는 미국 사람이야. 미국 사람은 결코 그런 짓을 안 한다."

7월 4일 미국 독립 기념일은 언제나 즐겁고 화려하게 보냈다. 케어리가 손수 만든 국기를 걸고 폭죽을 터뜨리며, 풍금을 둘러싸고 미국 국가 〈성조기여 영원하라〉를 합창했다. 이리하여 아이들은 실제로 미국에 가 보기 전부터, 휴가가 돌아오는 것을 '귀국한다'고 말하게 되었다.

해질 무렵 케어리는 곧잘 아이들과 함께 바닷가로 내려가 모래밭에 앉아서, 바다 저편을 바라보며 이야기를 들려 주었다. 저 바다가 끝나는 곳에 자기가 태어난 조국이 있다는 것이며, 흰 회칠을 한 집과 푸른 목초원, 과수원—그리고 그 과수원에서는 비와 태양 광선에 깨끗이 씻겨진 감미롭게 익은 신선한 과일을 가지에서 따내어서는 그대로 먹어도 된다는 이야기를 해주었다.

사실 어린아이들에게 그것은 천국에 관한 이야기처럼 들렸다. 왜냐하면 태어난 이후 이제껏 그들은 소독하거나 멸균하지 않은 것은 절대로 먹어선 안 된다는 주의를 받았기 때문이다. 병에 걸리면 안 된다고 엄중한 감시도 받았다. 그러나 이러한 세심한 주의에도 불구하고 에드윈은 어떤 경로로 전염되었는지 이질에 걸려, 몇 달 동안 고생하다가 이제야 겨우 건강을 회복한 상태였으므로 아이들에 대한 훈계는 한층 엄격해질 수밖에 없었다.

　이 아이들에게는 끓여서 먹지 않아도 되는 생수를 마실 수 있고, 사과나 배·복숭아 같은 과일을 나무에서 그대로 따먹어도 된다는 마법의 나라 미국에 대한 인상은 일생을 두고도 잊지 못할 만큼 강렬한 것이었다.

　바다에 물결이 일지 않아 잔잔한 날이면, 케어리는 아이들을 데리고 매일 해수욕을 하러 갔다. 그러던 어느날, 오랜 훗날까지 이야깃거리가 된 신기한 사건이 일어났다. 케어리는 병을 치른 후의 몸이라 손이 홀쭉하게 여위어 있었는데, 하루 아침에 해수욕을 하다가 자신도 모르는 새에 결혼반지가 손가락에서 빠져나가 버린 것이었다. 꽤 시간이 지난 후에야 그녀는 겨우 잃어 버린 사실을 깨달았다.

　곧 그녀는 바닷가로 나가 찾기 시작했다. 아이들도 같이 가서 찾았으나, 보이질 않았다. 해변에 사는 중국인 소년을 고용해서 아침에 물놀이를 하던 곳에 잠수를 시켜 보았다. 그러나 역시 발견되지 않았다. 오후 늦게 케어리는 다시 한번 해변을 따라 천천히 걸으며 찾아보았다. 마음 속으론 이미 단념하고 있었지만, 혹시나 해서였다.

　때마침 서쪽으로 기운 태양의 최후의 햇살이 갑자기 파도 하나 없는 매끄러운 해면을 뚫고 바다 밑까지 닿는 듯했다. 한 줄기 빛이 얕은 바다 밑까지 닿는가 싶더니, 그곳에 반지가 반짝이며 빛을 뽑고 있었다. 아까의 그 소년이 다시 한번 잠수를 해서 그것을 건져 올렸다. 케어리는 기뻐 어쩔 줄 몰라하며, 그 반지를 예전과 같이 손가락에 끼웠다. 나중에야 그 말을 들은 앤드류는 침착한 어조로 말했다.

"발견될 거라고 생각하고 있었지. 나도 기도를 했으니까."

여러 해가 지나 케어리가 이 이야기를 할 때마다 아이들은 큰 소리로 이렇게 묻는 것이었다.

"어머니, 정말 아버지가 기도하신 덕분에 찾았나요?"

그러면 케어리는 눈을 크게 반짝이며 답하는 것이었다.

"그렇겠지, 아마. 하지만 내가 다시 한번 되돌아가서 찾지 않았다면 발견되지 않았을 거야. 물론 기도하는 것은 옳은 일이지. 하지만 다시 한번 찾아본다는 것도 결코 헛된 일은 아니잖겠니!"

겨우 건강을 회복한 케어리는 충분히 체력을 보강한 뒤, 해변의 살림집을 떠나 남편의 본래 임지로 돌아갈 때까지는 어떻게 하든 수입을 올려야겠다는 생각을 했다.

여름이 돌아오자 백인 무리가 해안으로 피서차 왔다. 케어리는 식구들을 지붕 밑 방으로 옮기고, 아랫방을 개조하여 이 피서객을 맞기로 했다. 그것으로 봉급에서 빠진 부분을 보충할 만한 수입을 얻었다.

그러나 케어리에게 금전보다 중요한 것은, 하숙인을 둠으로써 자신의 체력을 시험할 수 있었다는 것이다. 거들어 주는 사람이라

고는 단 한 사람의 머슴과 아이들을 돌보아 주는 왕아마뿐이었는
데, 손님을 위해 빵을 굽고 세탁을 하고 음식까지 서비스해야 했
다. 이렇게 10여 명 피서객의 뒷바라지를 해야 했지만, 케어리는
그 모든 일을 훌륭히 해냈다. 그것만이 아니다. 케어리는 자기가
또 임신했다는 걸 깨달았다. 그러나 열이 나거나 기침이 나지는
않았다.

'정말 결핵이 완전히 나은 모양이다' 하고 그녀는 생각했다. 여
름이 막을 내리고 피서객들이 돌아가자 케어리는 모래가 깔린 정
원이 있는 조용한 해변 집의 문을 닫고 다시 화남으로 돌아왔다.

다만 케어리는 남편 앤드듀에게, 이전에 산 일이 있는 양자강
하구에만은 다시 부임되는 일이 없도록 해달라고 간청했다. 병은
다 나았지만 아직 썩 건강하다고는 할 수 없었기 때문이다. 결국
두 사람은 양자강을 조금 거슬러 올라간 곳에 위치한 하항 도시
인 진강(鎭江)에 파견되었다.

진강은 예전부터 양자강과 대운하가 교차되는 곳에 있던 도시
인데, 멀리는 마르코폴로 시대부터 수많은 장대한 대사원과 탑, 상
업이 번창했던 곳이다. 케어리는 강기슭까지 부드럽게 능선을 그
리며 뻗어내린 언덕들을 보고는 금세 마음에 들었다.

그러나 개척자의 피가 흐르는 앤드류에게는 이 도시의 코스모
폴리탄 같은 색채가 마음에 들지 않았다. 이미 다른 종파에 의해
선교 활동도 전개되고 있었고, 백인도 몇 사람 살고 있었다. 그래
서 그는 넓고 거친 지방으로 떠나, 수많은 사람들을 상대로 해서
오로지 혼자서 하느님의 뜻을 설교하고 싶어했다. 그는 불만이었
다. 그 때문에 케어리는 좋아하던 정원 꾸미기를 보류하고 있었는

데, 그러는 동안 전도사업부에서도 개척지의 선교야말로 앤드류에게 가장 적합한 일임을 인정하고, 어디든 좋아하는 곳으로 가서 전도해도 좋다는 허가를 내려 주었다.

앤드류는 강기슭에 있는 방 세 칸짜리 집을 빌려 가족들을 살게 한 후, 자신은 돛단배를 세내어 타고 운하를 거슬러 강소성 북부로 들어갔다.

케어리는 다시 아이들을 위하여 집안 꾸미는 일에 열중했다. 세 개의 방에선 어디서든 양자강이 내다보였다. 강의 흐름은 대단히 빠르고 큰 물살을 이루었으며, 수천 마일이나 기운차게 흘러내리는 동안 기슭에서 깎인 황토로 인해 누렇게 흐려 있었다. 산간 상류에서는 흐름이 급하다가도 평야로 내려올수록 물살이 둔화되는, 이 거대하고 다스리기 어려운 강물에 케어리는 날이 갈수록 싫증을 냈으며, 나중에는 두려워하기까지 되었다. 상상력이 풍부한 그녀는 이 강이 모든 것을 익사시키고, 모든 것을 압도해 버리고 마는 비정한 동양인의 생활상의 상징으로까지 보여졌다. 그 생활은 거기에 접근하는 온갖 다른 생활을 전부 삼켜 버릴 것처럼 생각되어졌다. 케어리는 항상 그 위협에 만반의 준비를 갖추었고, 아이들을 위해서라도 그녀 나름의 미국식 가정을 쌓아올리고자 했다.

케어리는 곧잘 창가에 앉아 바느질을 했다. 그리고 끊임없이 고개를 들고는 소용돌이치며 천천히 흐르는 널따란 강물을 내려다보았다. 맞은쪽 강기슭에 위치한 시가 사이를 왕복하는 속도 느린 나룻배도 보고, 스키프 비슷한 가벼운 배가 가랑잎같이 떠돌면서 장강을 횡단하는 것도 보았다. 가끔 역류에 휘말리기도 했으나, 그때마다 노련한 뱃사공이 온갖 힘을 다해서 배를 몰아 교묘하게 위험을 헤쳐 나갔다.

봄이 되자 상류 부근의 산이나 골짜기에서 눈이 한꺼번에 녹아져 내려 강물은 불어났고, 그것은 마치 미쳐 날뛰는 듯한 무서운 모습으로 보일 때도 있었다. 케어리는 그 모습을 차마 정면으로 바라볼 수가 없었다. 왜냐하면 그녀는 번번이 배가 뒤집히며, 만원을 이룬 승객이 탁류에 삼켜져 허우적대다가 한 사람도 살아남지 못하고 빠져 죽는 것을 본 적이 있기 때문이다. 배 안이 넘칠 만큼 손님을 가득 실은 나룻배가 뒤집히는 바람에, 거대한 짐승이 허우적대듯 선체가 흔들리더니 뱃바닥을 적나라하게 드러낸 채 떠다니는 것도 두 번이나 목격했다. 검은 머리통이 누런 물 속에 불쑥 떠오르며 필사의 손짓을 해 보였으나, 그것도 잠시 후 탁류에 휘말려 사라지고, 이내 강물은 아무 일도 없었다는 듯 도도하게 흘렀다. 다만 물구나무 선 선체만이 미친 듯 빙글빙글 떠돌며 내려갔다.

예로부터 양자강에 빠진 사람은 절대로 구조되지 못한다는 말이 전해지고 있다. 겉으로는 잔잔한 물주름이 잡혀 있지만, 그 밑에는 격렬한 기운이 감도는 급류가 소용돌이치고 있었기 때문이다. 며칠 간격으로 배가 역류에 휘말리며 침몰했다.

그러나 동양인 특유의 기묘한 숙명관을 지닌 이 나라 사람들은 변함없이 온갖 종류의 작은 배들을 조종하며 위험한 탁류를 타고 계속 왕복하고 있었다. 하지만 케어리는 점점 이 강물에 대한 증오의 정이 두터워만 갔다. 민중들, 그것도 이 강물을 의지해서 겨우 생계를 이어나가는 많은 사람들이 이 강물에 의해 괴로움을 당해 온 것을 너무도 많이 보아왔기 때문이다.

에드윈과 에디스는 창가에 서서 배 구경을 하는 것을 좋아했으나, 케어리는 이 아이들이 허우적대다가 가라앉는 사람들의 모습을 보아서는 안 되겠기에 늘 각별한 신경을 썼다.

필요하다면 케어리는 어느 곳에서도 단란한 가정을 꾸밀 수 있었다. 그러기에 양자강을 증오하면서도, 그 강기슭에 가정을 꾸밀 수 있었다.

우선 세 방의 벽에 흰 칠을 하고, 중국인 칠장이를 고용하여 마룻바닥과 그밖의 부분에 전체적으로 페인트칠을 했다. 그리고 중국인이 경영하는 천가게에서 모기장용 흰 모슬린을 사다가—전에 쓰던 분홍색 커튼은 이미 다 낡았기 때문에—새로 주름이 많이 잡힌 우아한 커튼을 만들어 창에 걸었다. 폭을 넓게 하여 잔인하기 이를 데 없는 강물을 온통 가려 버렸다.

또 이 집에서는 정원을 꾸밀 만한 장소가 없었으므로 이층 창문 밖에 빈 우유통을 못박아 고정시킨 뒤, 왕아마와 아이들을 데리고 이 도시를 둘러싼 언덕에 올라가 기름진 검은 흙을 퍼 가득 채웠다. 그리고 지푸의 모래 깔린 정원에서 가져온 제라늄을 심고, 어디를 가든 케어리를 따라다니던 장미를 심었다. 얼마가 지나자 그녀가 강물을 보려고 얼굴을 내밀 때마다 불타오르는 듯한 새빨간 꽃이 눈에 띄게 되었다.

앤드류가 간신히 찾아낸 이 세 칸의 셋집은 수전노라고 소문난 무역 중개업자의 가게인데, 중국인 주인은 이곳에서 외제 깡통류나 중국제 상품, 게다가 수입품인 위스키나 브랜디를 팔고 있었다. 주된 단골 손님은 이 항구로 들어오는 미국이나 유럽 군함의 승무원들이었다.

양자강은 매우 넓고 깊어서 이같은 대형 함선도 이 항구는 물론, 훨씬 상류까지 거슬러 올라갈 수 있었다. 그 어둡고 위험한 강물 위에 미국 국기가 힘차게 펄럭일 때마다 케어리의 가슴에서는 뜨거운 피가 끓어 올랐다.

그럼에도 불구하고 케어리는 이 모국의 해군 장병들을 진심으로 불쌍히 여겼다. 미국 각지에서 모여든 젊고 거친 그들은 이 고장에서 한번 멋지게 놀아 보겠다는 기대에 부풀어 씩씩하고도 밝은 모습으로 상륙한다.

그러나 이 항구 거리에는 그들의 기대를 만족시켜 줄 만한 것이 아무것도 없었다. 결국 어디서도 재미를 못 본 그들은 그 수전노가 경영하는 누추한 가게에 밀려들어와 곰팡내나는 초콜릿이나 영국제 비스킷을 사게 된다. 무엇보다 잘 팔리는 것은 스카치 위스키인데, 그들은 계속해서 몇 병이나 마셔 버린다.

이층에 살고 있는 케어리는 한밤중은 고사하고 새벽까지 떠들고 노래하며, 끝내는 곤드레 취하여 울부짖는 소리를 들어야 했다. 벽을 향해 던진 술병 깨지는 소리가 요란하게 들리고, 왁자지껄 떠드는 주정뱅이 소리 사이로 근처 중국인 사창가에서 불려온 창기의 높고도 모기 울음같이 흥얼대는 노랫소리도 흘러 나왔다. 때로는 비명이나 절규하는 듯한 소리가 들려왔는데, 케어리는 그 사정을 알아보려고도 하지 않았다. 그녀는 조국을 멀리 떠나 타관에 온 젊은이들을 불쌍히 여기는 반면, 익히 자존심이 강하고 이민족에게 대단히 배타적인 중국 사람들 앞에서 이런 추태를 드러내고 있는 동족들을 보고 부끄러움이 앞섰던 것이다.

이런 흥청대는 소란이 휩쓸고 간 다음날 아침, 가게에 물건을 사려고 내려가 보면 산산조각이 난 그릇이나 흩어진 상품으로 가게 안은 발디딜 틈도 없었다. 밤새도록 계속된 난장판의 자취를 시무룩한 표정을 지으며 피부가 누런 가게주인이 바라보고 있었다. 언젠가 케어리는 이렇게 물어본 적이 있었다.

"술에 취하면 제정신이 아닌 사람들에게 왜 술을 팔죠?"

그러자 이 중국인은 히죽이 웃으며 대답했다.

"백인이 물건을 깨뜨리면 우리는 그들에게 돈 받아내는 것이 장사지!"

그러나 케어리에게는 동족들에 대한 연민과 그 행위를 부끄럽게 여기는 마음이 가시질 않았다. 그래서 무슨 수를 쓰지 않으면 안 되겠다는 생각에서 모색의 활동을 시작했고, 그것을 여러 해에 걸쳐서 계속했다. 즉 외국 항선의 날짜가 알려지면 우선 과자를 구웠다. 눈덩이처럼 큰 코코넛 케이크, 타일을 바른 고향의 서늘한 부엌에서 만드는 방법을 익힌 깃털처럼 말랑말랑한 고급 초콜릿 케이크, 여러 가지 쿠키 따위가 그것이었다.

그런 것을 만든 연후에 그녀는 젊은 승무원들을 티파티에 초대했다. 미안해서 어쩔 줄 몰라하며 좁은 방에 모여든 세련되지 못한 젊은이들과, 교양과 우아함을 갖춘 이 부인 사이에는 어떤 공통점이라고는 하나도 없었다.

그러나 케어리는 민족과 국가에는 강한 유대 관계가 형성된다고 느끼고 있었으므로, 이 젊은이들이 자못 맛있게 케이크나 파이를 먹으며 계속 잔을 들이켜면서 레모레이드를 마시는 모습을 가슴 훈훈히 지켜보았다. 그들의 배가 웬만큼 차면 케어리는 노래를 들려 주었다. 때로는 말없이 앉아서 여성에 굶주린 그들의 이야기를 들어 주기도 했다.

그들이 돌아가고 나면 케어리는, 적어도 이번 한 번만은 그들을 안전하게 지켜 주었다—그들을 보호하고 미국적인 분위기도 약간은 맛보여 주었다는 만족감에 젖을 수 있었다.

그 겨울 동안에 사내아이가 태어났다. 케어리는 갓난애에게 아더란 이름을 붙여 주었다. 역시 푸른 눈에 금발머리의 아이였으므로, 케어리는 이 새로운 생명한테서 새로운 기쁨을 발견해 냈다. 낳기까지는 크나큰 진통을 치러야 했지만, 그녀는 용솟음치는 기쁨으로 태어나는 아이를 맞았다. 어느 아이한테나 똑같았지만, 왕아마는 아들이 태어났다며 굉장히 기뻐했다. 생후 2개월 만에야 겨우 앤드류는 그 아이와 상면했다. 처음에는 별로 튼튼해 보이질 않았다.

그 무렵 수년간, 케어리가 이따금 생각날 때마다 적은 일기 속에는 '난 아이들의 덕을 얼마나 입고 있는지 모른다!'는 감상의 글이 여러 차례 기록되어 있었다. 만약 고향에 그대로 있었다면 의당 있을 수많은 친구들도 이곳엔 없었으며, 앤드류도 오랜 전도 여행으로 집을 비우기가 일쑤인 상태임에도 불구하고, 케어리는 아이들과 또 아이들은 어머니인 케어리와 함께 사는 것만으로 만족해했다.

어느 때, 우리는 한 부인이 매우 로맨틱한 연애 경험을 이야기하는 걸 들은 적 있다. 우리는 그때 케어리의 눈에 일종의 선망의 빛이 떠오르는 걸 보았다. 하지만 그것은 순식간에 사라지고, 케어리의 입에서는 부드러운 말이 새어나왔다.

"내게는 아이들이 멋진 로맨스였습니다."

에드윈과 에디스 두 아이 모두 보통 이상의 명석한 두뇌를 발휘하기 시작했으므로, 그들의 독서나 음악에 대한 갈증을 채워 주는 것이 케어리의 큰 즐거움이 되었다.

예측할 수 없는 이역에서의 생활인지라 전도 과정중에 어떤 장애가 가로놓여 있을지는 가늠하기 어려웠다. 이 불확실함 속에서 겨울 동안 그녀는 그녀가 가진 모든 것을 남김없이 아이들에게 바쳤다. 아이들이 뛰어놀 만한 정원도 없고, 행길도 불결하며 사람들로 붐비고 있었으므로 케어리는 맑게 갠 아침마다 하루의 일거리를 결정한 후, 왕아마와 함께 아이들을 데리고 산책에 나섰다. 케어리는 갓난애를 안고 걸었다. 여럿이서 남의 눈에 띄지 않는 뒷거리를 골라 잡아 언덕으로 통하는 길을 걸었다. 다행히 길이 별로 멀지 않아, 이윽고 나무숲을 돌아 올라가 초록으로 덮인 묘지에 이르는 한 가닥의 산길로 빠져나갈 수 있었다.

이 묘지는 봄에서 여름까지는 초록으로 물들어 있지만, 겨울이 되어 땔감용 풀이 깎이게 되면 갈색 흙이 드러나 보였다. 케어리는 이곳에 올 때마다 기분이 어두워졌다. 여기에 묻혀서 잊혀져 버렸을 수많은 사람들의 신상에까지 생각이 미쳤기 때문이다. 다닥다닥 즐비하게 붙어 있는 것들은 싸움터에서 쓰러진 병사들의 무덤이고, 흙담으로 둘러싸인 어마어마한 무덤은 부자와 그 가족의 것이었다.

핑계 없는 무덤이란 없는 것이었다. 케어리는 가능한 한 아이들이 그런 슬픔을 느끼지 않게끔 신경을 썼다. 덕분에 아이들은 들꽃을 꺾거나, 가파르게 경사진 길을 뛰어오르며 즐겁게 놀 수가 있었다. 후에 그들은 모국으로 돌아갔을 때, 무덤이 없는 평평한 언덕을 보고 깜짝 놀라는 동시에 지금까지 자기들이 죽은 이의 무덤 위에서 뛰어놀았다는 사실을 처음으로 깨달았다.

이처럼 이 미국의 어머니는 아이들을 감싸며, 그들을 항상 명랑하게 키웠던 것이다.

그들이 가장 자주 뛰어놀던 장소는 언덕 위에 있는 성채의 그늘이었다. 그 근처에는 연병장이 있어서 군인들이 곧잘 행진을 했다. 아이들은 붉거나 푸른 군복을 입은 병사들이 창이나 칼을 휘두르는 것도 구경했고, 성채를 둘러싼 흙벽 깊숙이 장치된 유일한 구식 대포가 굉음을 내며 발사되는 것을 보고 좋아하기도 했다.

언덕 밑으로는 양자강이 커다란 반원을 그리며 흐르고, 비옥한 평야를 뒤로 한 채 점점 뒤쪽으로 흐르고 있었다.

그 평야에서 느닷없이 섬 하나가 뾰죽 솟아 있었는데, 그것은 오늘날에 이르기까지 금산도(金山島)라 불리고 있다. 그 섬에 있는 절의 하늘 위로 높이 솟아 있는 지붕 위로 지난날 마르코폴로가 감탄하며 바라보았다는 화려한 탑이 하늘을 꿰뚫으며 솟아 있었다.

아이들이 화려한 옷차림을 한 병사들이 갑자기 폭음을 발하는 작고 우습게 생긴 대포에 재미있어 했다면, 그들의 어머니가 사랑한 것은 양자강 연안을 따라 늘어선 먼 산들의 풍경을 바라보는 것이었다. 한낮에는 유독 푸르러 보였고, 아침과 저녁 나절에는 안개에 싸이는 그 산을 케어리는 더없이 사랑했다. 그것들은 만 마일이나 저쪽에 있는 그녀 자신의 고향을 둘러싸고 미국 하늘에 솟아 있는 산들의 모습을 연상시켰다. 그것이 다소나마 위안이 되어 주었던 것이다.

다시 여름이 다가왔다. 해마다 무더운 날씨가 계속되는 여름을 케어리는 몹시 두려워하고 있었다. 쓰레기가 널려 있는 한길에서의 악취가 방까지 밀려 들어왔다. 맹렬한 더위 때문에 제라늄은 시들었고, 장미꽃 빛깔도 바랐다. 이글거리는 햇살을 받고 김이 오르고 있는 쓰레기 더미에는 파리 떼가 모여들었다. 뜨거운 공기는 마치 독기를 품은 안개처럼 낮게 서려 있었다. 무슨 수를 써서라도 아이들을 산으로 옮겨야겠다고 케어리는 마음 속으로 다짐했다.

성채에서 그리 멀지 않은 언덕 위에 낡은 선교사 마을이 있었다. 조사해 본즉, 거기에는 여름철 동안 비어 있는 방갈로가 있다는 것이었다. 집 한가운데로 벼랑이 나 있고, 양편으로 방이 세 개씩, 도합 여섯 개의 방이 있는 나지막한 네모진 집인데, 양쪽에 베란다가 달려 있었다. 사람들이 많이 다니는 한길을 끼고 있는 이층의 세 방에 비한다면 정말 낙원과도 같은 집이었다. 케어리는 그곳으로 이사를 해서 여름을 지냈다.

그런데 그 집에는 지네가 있었다. 그놈이 침대로 기어올라 잠든 아이를 물면 어쩌나 싶어, 케어리는 밤마다 지네를 잡는 일에 신경을 썼다. 또 언덕 주위의 연못이나 논에는 모기 떼들이 우글거리고, 농부들이 사용하는 거름통에는 파리 떼들이 구름처럼 들끓었다.

그러나 적어도 그곳에서는 풍족하게 경작된 골짜기나 대숲으로 둘러싸인 낮은 구릉 지대를 바라볼 수 있었고, 잔인한 양자강도 여기서 보면 만 마일 저편 지평선 끝으로 폭이 넓은 누런 띠를 두른 듯 가로누워 있었다. 아침 일찍 일어나 밖을 내다보면 은빛깔을 띤 자욱한 안개가 골짜기를 메우고, 산봉우리들만이 초록의 섬처럼 떠올라 있었다. 정말 아름다운 경치였다. 케어리에게는 고향을 연상시켜 주는 풍경이었으므로 더욱 아름다워 보였다. 다만 이곳의 안개는 무덥고 답답한 데 비해 웨스트 버지니아의 산에 걸려 있는 아침 안개는 서리처럼 싸늘하다는 것이 다를 뿐이었다.

무엇보다도 고마운 것은 아이들이 뒹굴며 놀 수 있는 풀밭이 있다는 것과, 얼마 되진 않으나 정원을 꾸밀 수 있는 땅이 있다는 것이었다. 케어리는 가지를 꺾어 심고, 이곳을 떠나기 전에 어떻게든 꽃을 피워 볼 작정으로 매일 아침 일찍 일어나서 땅을 일구고, 정성을 들여 묘목을 가꾸었다. 이 나라에 와서 그녀가 처음으로 가진 정원이었다.

그런데 여름이 끝나고 전도 여행에서 돌아온 앤드류는, 지난 몇 개월간 전도 근거지로 삼아온 청강포(淸江浦)라는 대운하의 연변 도시에 가족을 맞을 집을 준비해 놓았다고 케어리에게 말했다. 그는 그 도시를 중심으로 하여 어떤 때는 당나귀를 타고, 또 어떤 때는 짐차에, 또는 두 발로 걸어서 훨씬 먼 곳에 있는 마을이나, 읍 도시에까지 하느님의 말씀을 전하러 돌아다니고 있었다. 청강포에서의 생활도 겨우 익숙해지고, 그곳으로 이사하면 좋겠다는 생각이 들어 중국 사람의 집 한 채를 빌려서 수리를 해 놓았다는 것이다.

케어리는 그 사각의 방갈로에 애착을 느끼고 있었고, 모처럼 심어 놓은 꽃도 아직 피지 않고 있을 때였으므로 쉽게 내키지 않았다. 그러나 끝내 살림살이 도구를 꾸리고 갓난애를 포대기에 싼 다음, 왕아마도 함께 돛단배에 올랐다. 그들은 조용한 대운하를 돛에 의지하거나 혹은 로프를 어깨에 걸머진 예선꾼의 도움을 받으며, 10여 일간이나 강을 거슬러 올라가 목적지인 중국의 옛 고을에 도착했다. 케어리 일가 외에는 백인이라고는 한 사람도 살지 않는 곳이었다.

앤드류가 마련한 집은 엄청나게 컸는데, 널찍한 안뜰이 딸려 있었다. 소문에 의하면 전에 살던 집주인의 아내가 남편에게 학대를 받고 족제비로 둔갑했기 때문에 아무도 이 집에서 살려고 하지 않는다는 것이었다. 그래서 집주인은 비록 외국인일지라도 이곳에 세들어 살아 주는 것만 해도 고마웠던 모양이다.

어떠한 사연이 있든 간에 케어리는 이만한 집에 살 수 있게 된 것을 진심으로 기뻐하며, 또다시 가정 꾸미는 일에 착수했다. 벽을 하얗게 칠하고—그 무렵에는 이미 집을 개조하는 순서가 결정돼 있었다—벽에 넓은 창문을 냈으며, 주름이 잡힌 새 커튼을 쳤다. 바닥에는 깨끗한 돗자리를 깔고, 안뜰에는 싸리나무와 행상에게서 산 국화, 그리고 빨강, 분홍, 노랑색 등의 장미를 심었다. 그런 후 소중한 풍금과 테이블을 각기 적당한 위치에 놓고, 침대와 몇 개의 등나무 의자, 부엌 등의 자리배치마저 끝내자 가정다운 모양새가 갖추어졌다. 문밖에는 이 도시를 동서로 관통하는 행길이 있어

상업의 중심을 이루고 있었고, 노점 상인들의 손님을 끄는 외침 소리와 혼잡한 행인들 사이를 비집고 달리는 인력거꾼들의 외침, 일륜차가 삐걱대며 다니는 소리 등 도회지 특유의 소음으로 시끌거리고 있었다. 하지만 일단 문 안으로 들어서서 담장에 둘러싸인 저택에만 들어서면, 평화와 청결함이 고요히 넘쳐 흐르고 있었다. 여기서 미국 여성인 그녀는 조국이 심어 주었던 소중한 것들을 하나하나씩 쌓아올리며, 그 속에서 아이들을 키우고자 안간힘을 썼던 것이다.

가끔 케어리의 초대를 받은 중국 부인들도 이 저택 안의 아름다움에 경탄하면서 탄성을 질렀다.

앤드류는 시내 각처에 예배당을 설치하고, 주변 지방 일대에도 전도망을 폈다. 그는 자기에게 주어진 사명을 달성하려는 정열을 불태우며 그 사이를 오가고 있었다. 그 무렵 앤드류의 중국어 실력도 상당한 수준에 이르렀는데, 시간을 쪼개서 청중들을 위한 전도용 문서를 만들었다.

케어리는 가정과 아이들 곁을 떠나 남편의 전도 여행에 수행된 적은 없었지만, 시내 예배당에는 가끔 나가 풍금을 치며 맑은 목소리로 찬송가를 선창했다.

앤드류의 설교가 끝난 다음, 이 새로운 교회가 어떤 곳인가 알고 싶어 찾아오는 몇몇 부인들의 물음에 그녀는 정성껏 대답해 주기도 했다. 이 부인들의 대부분은 인생의 피로와 권태 속에서, 어떤 이유로 인해 깊은 슬픔에 잠긴 채 희망을 잃고 살아가는 불쌍한 사람들이었다.

더욱이 그녀들은 중국 전래의 여러 승려나 도사들이 휘두르는 횡포와 탐욕에는 이미 식상해 있었던 터였다. 개중에는 새로운 종교에 회의를 느끼는 사람들도 있었는데, 케어리가 얼마만큼 자신이 의도하는 가르침을 그들에게 충분히 전달해 줄 수 있었는지에 대해선 알 수 없었다.

케어리의 경우, 말보다도 강하게 작용한 것은 소박한 동정심이었다. 그것은 여인들의 신세타령에 귀기울이는 동안 마음 속에서 저절로 솟아올랐던 것인데, 그때마다 그녀는 '어떻게든 도와 주어야 할 텐데……' 하는 충동에 사로잡히는 것이었다.

부인들은 케어리를 '착하고 슬기로운 미국인'이라고 부르게 되었고, 얼마 후에는 미지의 여인들도 소문을 듣고 그녀의 저택으로 찾아오게 되었다. 그 여인들은 비참한 신상 이야기를 한 뒤, 언제나처럼 호소하는 듯한 어조로 이렇게 말하는 것이었다.

"당신이라면 틀림없이 어떻게 해줄 수 있을 거예요. 틀림없이 무슨 방법을 강구해 주실 거라는 얘기를 들었어요."

어떤 경우이든 중국 여인들의 슬픈 이야기를 경청해 들어 주는 것, 그것은 케어리의 위대한 봉사였다.

지금도 나는 기억하고 있는데, 케어리는 며칠 동안이라도 거실의 창가에 앉아서 표정이 풍부한 얼굴을 일그러뜨리면서 기나긴 이야기를 풀어 놓는 그 여인들의 목소리에 가만히 귀기울이고 있었다. 아이들이 뜰에서 즐겁게 뛰노는 것에 이따금 미소를 지어 보내기도 하였으나, 눈에는 슬픈 빛을 띤 채 끈기있게 하소연을 들어 주고 있었다. 이 여인들의 대부분은 사회의 맨 밑바닥에서 심한 고생을 하고 있었고, 지금까지 자기가 겪은 고생담을 누군가 끈기 있게 들어 준다는 위안 등은 한 번도 받아본 일이 없는 사람들이었다.

그런만큼 열심히 들어 주는 사람에게 속에 응어리졌던 한을 남김없이 털어놓음으로써 후련함을 맛볼 수 있었는데, 같은 내용을 두세 번 되풀이해서 얘기하지 않으면 직성이 풀리지 않았던 것이다. 나는 어떤 여인이 케어리에게 이렇게 말한 것을 들은 적이 있다.

"어떻게 하면 좋을지 말해 주세요. 말씀하시는 대로 따르겠어요. 믿으라고 하시면 지도 믿겠어요. 태어난 이래 제 입에서 나온 말 한 마디, 눈물 한 방울조차 마음 써준 사람은 한 사람도 없었습니다. 아버지는 제가 계집애라 해서 사랑해 주시지 않았고, 남편도 관심 밖이었고, 자식들은 저를 업신여기고 있습니다. 평생 동안 나는 여자에다 잘나지도 못했고, 별다른 재주도 없다고 하여 멸시만 받아 왔습니다. 그런데 당신은 외국 사람인데도 제가 말하는 것을 들어 주시고 있습니다. 그러므로 당신이 믿는 것을 저도 믿겠습니다. 당신에게 저 같은 사람에게까지 친절을 베풀어 주라고 가르치는 종교라면, 그것은 참다운 종교일 것이 틀림없습니다."

케어리에게 있어서 그것은 전후 몇 년 동안 가장 행복한 겨울이었다. 양철장이에게 주문해서 만든 양철 스토브 덕분에 작은 중국집 방은 포근하고 아늑했으며, 창가에는 각종 꽃들이 피어 있었다. 케어리는 화초 가꾸는 일엔 명수여서, 그녀의 손이 닿기만 하면 꽃은 언제라도 쉽게 피어났다. 그녀의 방에는 변변한 가구류라곤 드물어서 몹시 스산해 보일 듯싶었으나, 이와 같은 생활 덕분에 언제나 즐겁고 풍족한 느낌이 들었다.

이윽고 봄이 오고 또 여름이 다가왔다. 차라리 여름은 없어도 좋으련만 하고 케어리는 생각했다. 그해 여름은 특히 심했다. 이제까지 볼 수 없었던 가뭄이 들었던 것이다. 봄부터 내내 비 한 방울조차 오지 않았고, 논에 물을 대려고 고대하던 농민들은 눈 앞에서 모가 말라죽는 꼴을 멍하니 바라볼 수밖에 없었다. 이윽고 한여름이 되었다. 말할 수 없는 더위가 계속 되었다. 비가 오기를 기다리던 농민들은 이제는 벼 수확을 바랄 가망이 없으므로, 서둘러서 여기저기에 약간의 옥수수를 심어 기근만은 면해 보려고 안간힘을 썼다.

인심의 변화를 알아차리는 데에 항상 예리한 육감을 지니고 있던 케어리는, 이 거리의 주민들 사이에도 심상치 않은 변화가 일고 있다는 것을 재빨리 눈치챘다. 앤드류의 예배당에는 거의 사람들이 오지 않았다. 처음에는 눈에 띄게 사람들이 줄어드는 정도였으나, 어느 일요일에는 마침내 출석자가 하나도 없는 상태가 되고 말았다. 그 이튿날 장을 보고 돌아온 왕아마는 케어리에게,

"오늘은 거리에 나가시지 않는 게 좋을 겁니다."
하고 말했다.

무슨 일이냐고 정색하며 묻자, 왕아마는 할 수 없이 입을 열었다.

"외국인이 이곳에 와 살기 때문에 신들이 노하셨다고 모두들 이야기하고 있습니다. 이런 혹심한 가뭄은 금년이 처음이고, 이 마을에 외국인이 들어온 것도 금년이 처음이라는 거예요. 그래서 이 같은 재앙은 모두 신들이 화를 내셨기 때문이라는 겁니다."

다른 때는 전도하는 일밖에 전혀 신경을 쓰지 않던 앤드류조차도 사람들의 험악한 표정에 나타난 적의를 눈치챘다. 길거리에서

하느님의 도리를 설교하고 있을 때나 전도 문서를 나눠 주려 할 때, 그것을 받아 든 남자가 앤드류 앞에서 보란 듯이 찢어 버리는 일도 여러 번인가 일어났다.

인쇄된 문자 자체를 신성시하는 나라인만큼, 그것은 심상치 않은 의미를 지닌 행위였던 것이다. 그러나 앤드류는 저항에 부딪히면 한층 불굴의 정신이 불타오르는 성격의 소유자였다. 그래서 이 도시에서의 전도가 당분간 어려우리라 예상되자, 이내 변경하여 지방으로 장기에 걸친 전도 여행에 나섰다. 케어리는 다시 아이들과 왕아마만 데리고 집을 지키는 신세가 되었다.

8월 어느 무더운 날, 케어리는 창가에 앉아서 바느질을 하고 있었다. 공기는 무겁게 가라앉아 있었고, 한길에서 들려오는 온갖 소음이 그 둔탁한 공기 속에서 더욱 크게 들려오는 듯했다. 바로 이 때 열려진 창 밑에서 수군거리는 말소리가 들려왔다.

케어리는 불안에 사로잡혀 가만히 귀기울였다. 남자 둘이서 뭔가를 음모하고 있었다.

"오늘 밤 12시다."

"오늘 밤 12시에 문을 부수고 들어가서 이 집 식구들을 죽여 그 시체를 신들에게 바치는 거야. 그렇게 하면 비가 올 거다."

케어리는 곧 왕아마를 찾았다.

"곧 가서 거리의 소문을 듣고 와요."

그녀는 말했다.

"될 수 있으면 무슨 음모가 꾸며지고 있는지 듣고 와요."

그리고 조금 전에 들은 애기를 소곤거리는 목소리로 그녀에게 일러 주었다.

왕아마는 말없이 일부러 제일 남루한 옷으로 갈아입고 나갔는데, 한참 후에 새파랗게 질린 얼굴을 하고 돌아왔다. 문을 전부 조심스럽게 닫고 나자 케어리 곁으로 다가와서 귓속말로 소곤거렸다.

"마님, 큰일났습니다."

왕아마는 숨을 헐떡이며 말했다.

"오늘 밤 이 고장 사람들이 당신을 죽이러 온답니다, 당신과 아기들을. 백인들은 한 명도 살려 둘 수 없다고 말하고 있어요."

케어리는 왕아마의 얼굴을 가만히 바라보았다.

"정말 습격해 올 것이라고 생각하나?"

"네, 정말이에요."

왕아마는 침울한 어조로 대답하며 앞치마로 눈물을 훔쳤다.

"마님한테 그처럼 친절한 대접을 받은 사람들이……."

그녀는 중얼거렸다.

"그 사람들 중 어떤 사람도 당신을 구해 주려는 사람은 없을 거예요. 그런 일을 하다가 패거리들한테 살해될 수도 있으니까요."

케어리는 묵묵히 일어서서 좌우로 계속 머리를 저었다. 왕아마는 이 백인 부인의 눈을 뚫어질 듯 바라보면서 딱 잘라 말했다.

"하지만 아직은 제가 곁에 붙어 있습니다."

케어리는 왕아마의 충실하고도 굳은 갈색 손을 꼬옥 움켜잡으며 말했다.

"나는 무서워하지는 않아. 저쪽으로 가서 기도를 드리고 오겠어요."

케어리는 자기 방으로 가서 문을 닫고 침대 옆에 꿇어앉았다.

순간 심장의 고동 소리가 너무도 커 현기증이 일었다. 정말 이날이 자기 생애의 마지막이 되는 것일까. ─아이들의 짧은 목숨이 끝나는 날이 되는 것일까! 그녀는 하느님이 계시다고 막연히 가르침을 받은 저 높은 곳을 향하여 기도를 올렸다.

"주님의 뜻이라면 저희를 구원해 주옵소서. 비록 어떠한 경우에 처하더라도 두려움 때문에 용기를 잃지 않게끔 힘을 주십시오."

그러고 나서 한참 후에 다시 기도했다.

"만약에 죽을 때기 오기들랑 아이들을 먼저 주님의 곁으로 가게 할 용기를 내려 주옵소서."

그녀는 오랜 시간 무릎을 꿇은 채 무엇을 해야 할지를 생각했다. 그리고 역시 오랫동안 말없이 기다리고 있었다. 기도에 대한 회답은 모든 다른 사람의 경우와 마찬가지로 주어지지 않았다. 하지만 그녀는 스스로가 불러일으킨 용기와 가슴에 끓어오르는 강한 분노에 힘입어 마침내 일어섰다.

'미신을 믿는 무지한 사람들이 아무리 떼지어 몰려와도 나는 속수무책으로 죽진 않을 것이고, 아이들에게 손대는 짓은 절대로 용서치 않을 테다.' 케어리는 자신도 모르게 마음의 평정을 되찾은 것에 놀라면서 결의를 굳혔다. 좋아, 하느님은 침묵하고 계시지만, 이곳을 모두 하느님에게 맡기고 인간이 무슨 짓을 해 오든 두려워하지 말고 대처하자.

그날 저녁 케어리는 아이들을 여느 때보다 일찍 재우고, 의자에 앉아서 조용히 바느질을 시작했다. 그녀의 노여움은 하루 종일 풀리지 않았다.

"내가 이렇게 죽다니, 그럴 순 없지."

하고 그녀는 분명한 어조로 소리내어 말했다. 차츰 무엇을 해야 할 것인가가 뚜렷이 생각났다.

케어리는 창문 곁으로 다가앉아서 바느질감을 손에 든 채 귀를 기울였다. 거리의 소란이 후덥지근한 더러운 공기를 통해서 울려왔다. 그 템포에 조금이라도 변화가 일어나지는 않을까 하여 그녀는 온 신경을 귀에 모았다. 한밤중 12시경에 변화가 일어났다. 소란이 한층 높아지는가 싶더니, 집의 담장 주위에서 조수가 빠지듯 조용해졌다. 마침내 그때가 오려 하고 있다. 케어리는 일어나서 정원의 그늘진 곳에 쪼그리고 앉아 동태를 살피고 있는 왕아마를 나직한 목소리로 불렀다.

"곧 와서 차를 준비해 줘요."

그러고 나서 케어리는 아래층으로 내려가 타원형 테이블에 컵과 접시를 나란히 놓고, 접시에는 케이크를 담았다. 마치 파티 준비가 끝나면 먼지 하나 없이 깨끗이 치우고 손님을 맞아들이듯이 의자를 나란히 놓았다. 이윽고 케어리는 정원을 지나 앞문을 향해 가서 대문을 활짝 열었다.

문앞에는 한무리의 남자들이 선봉이 되어 서 있었다. 후덥지근한 밤 그림자에 가려 얼굴은 보이지 않았다. 그들은 어둠 속에 몸을 감췄으나, 케어리는 보고도 내색을 하지 않았다. 그녀는 두려워하는 기색 없이 집안으로 들어서면서 현관문을 정원을 향해 열어놓았다. 그리고 정원 구석구석까지 빛이 닿게끔 석유 램프를 높이 매단 후, 이층으로 올라와서 세 아이를 일으켜 옷을 갈아입히고는 아래층으로 데려갔다. 아이들은 여느 때에는 없었던 일인지라 놀라서 말도 못했으나, 케어리는 보통 때와 다름없는 목소리로 이야기를 들려 주었다. 또 노래를 불러 들려 주고 나서는 아이들을 돗자리에 앉히고, 일요일에만 가지고 놀 수 있도록 정해진 장난감을 주었기 때문에 세 아이 모두 즐겁게 놀기 시작했다. 케어리는 다시 바느질감을 손에 들고 의자에 걸터앉았다. 왕아마는 몇 사람분의 차를 준비한 후, 무표정한 얼굴로 아이들 뒤에 꼼짝도 않고 서 있었다.

집을 삥 둘러싼 사람들의 웅성거리는 소리는 차츰 높아져서 마침내 커다란 외침으로 변했다. 그 소리가 배우 가까워져서 무슨 소린지 알아들을 수 있게 되었을 때, 케어리는 아무렇지도 않은 표정으로 일어나 현관까지 가서 그들을 불러 들였다.

"여러분, 들어오시지 않으시겠습니까?"

그때 사람들은 이미 정원까지 밀려 들어와 있었는데, 케어리의 목소리를 듣자, 우우 하고 달려들었다. 험상궂은 얼굴을 한 하층 계급의 막일꾼들인데, 손에는 무슨 막대기와 곤봉, 식칼 따위를 들고 있었다. 케어리는 의지의 힘으로 명랑한 목소리를 내며, 다시 한번 친근하게 불렀다.

"모두 잘 알 만한 이웃분들이시군요. 드세요! 차가 준비되어 있으니—"

남자들은 좀 당혹한 듯이 멈춰 섰다. 케어리는 급히 차를 따르고, 중국식 예법에 따라 두 손으로 찻잔을 받쳐 들고는 그 가운데서도 두목격으로 보이는, 등판이 넓고 상을 찌푸리고 있는 반나(半裸)의 사내에게 권했다. 사내는 당황해서 순간 입을 벌렸으나, 할 수 없이 찻잔을 받았다. 케어리는 활짝 열어젖뜨린 현관으로부터 흘러드는 불빛에 비쳐진 사나이들의 얼굴에 애써 밝은 웃음을 던졌다.

"들어오셔서 사양 말고 차를 드세요."

그녀는 말했다.

"의자가 모자라서 죄송합니다만, 주저하지 마시고 앉으세요. 집에 있는 것이라면 무엇이든 잡수시고요."

그런 후에 그녀는 식탁 있는 데로 돌아와 분주하게 접대 준비를 하는 척했다. 아이들은 노는 것을 멈추고, 에드윈은 어머니 곁으로 달려왔다. 그러나 케어리는 부드러운 목소리로 아이들을 안심시켰다.

"아무것도 무서워할 건 없단다. 우리가 어떤 사람인지 보러 왔을 뿐이야. 이상한 사람들이지, 미국인이 어떤가 보고 싶다니! 아직 미국인을 본 일이 없는 모양이야."

순간 이들 무리는 기가 꺾인 모습으로 눈을 휘둥그렇게 뜨고 있었다. 그리고 입을 멍하니 벌린 채 방안으로 슬슬 들어왔다. 누군가가 작은 목소리로 말했다.

"이상한데, 무서워하질 않는단 말이야!"

케어리는 그 소리를 들었다. 그녀는 진정 놀란 듯한 몸짓을 하면서 반문했다.

"아니, 이웃분들을 무서워할 이유가 뭐 있나요?"

가구나 커튼, 풍금 따위를 만져보는 자들도 있었다. 누군가가 풍금의 건반에 손을 댔다. 케어리는 그 남자에게 어떻게 하면 소리가 나오는지를 가르쳐 주고 나서, 그 앞에 걸터앉아 조용히 연주하며 중국어로 〈한없이 거룩하신 우리 주님〉이란 찬송가를 부르기 시작했다.

노래가 끝날 때까지 방안은 물을 끼얹은 듯 조용했다. 마침내 남자들은 얼굴을 마주보며 우물대기 시작했다. 한 사내가 중얼거렸다.

"여기에는 아무것도 없는 걸, 이 여자와 아이들 밖에는……"

"난 돌아가겠어."

다른 사내가 훌쩍 내뱉고 밖으로 나갔다.

다른 사내들은 아직도 험한 인상을 하고 우물쭈물하고 있었다. 주모자인 듯한 사내는 발을 멈추고 아이들을 보고 있었는데, 이윽고 아더에게 손을 내밀었다. 그러자 뺨이 상기된 이 상냥한 사내아이는 태어났을 적부터 계속 갈색 피부의 얼굴을 줄곧 보아왔으므로 생글거리면서 그 사내의 까칠까칠한 손가락을 잡았다. 사내는 유쾌하게 웃으며 큰 소리로 말했다.

"어때 가지고 놀 만한 장난감이지!"

다른 사내들도 아이들 주위에 둘러서서 그 모습을 바라보며, 저희들끼리 이러쿵저러쿵 비평을 하기 시작했다. 그들은 미국제 장난감을 손에 들고 한참 동안 바라보거나 만지작거렸다. 옆에서 보고 있는 케어리는 애가 타서 어쩔 줄을 몰라했다. 그들의 거친 동작에 아이들이 겁을 집어먹기라도 한다면 사내들의 기분이 대변변할지도 모르기 때문이다. 왕아마는 엄숙한 얼굴로 현관문을 지켜보고 있었다. 겨우 주모자가 일어나서 큰 소리로 패거리들을 향해 명령했다.

"이제 여기는 끝났다. 난 돌아갈 거야."

이것을 신호로 해서 그들은 물러갔다. 한 사람씩 뒤를 돌아보면서 정원을 지나 대문 밖으로 빠져나갔다. 갑자기 몸에서 힘이 빠진 케어리는 의자에 앉더니, 젖먹이 아더를 무릎에 끌어안고 조용히 흔들었다. 문 근처에서 우물거리고 있던 사내들이 마지막으로 본 것은 케어리의 이 모습이었다.

사내들이 모두 사라지자, 왕아마는 조용히 다가와서 갓난애를 힘차게 껴안았다.

"아기에게 손을 대는 녀석이 있었으면 죽여 버렸을 거예요."
하고 속삭이는 왕아마의 저고리 앞섶에는 고기를 써는 식칼 자루가 삐죽이 드러나 있음을 케어리는 보았다. 그러나 케어리는 약간 떨리는 음성으로 웃음을 지었을 뿐 에디스를 한 손에 안고, 다른 한 손엔 에드윈을 잡고서 이층으로 올라가 아이들을 냉수로 목욕시킨 후에 다시 잠자리에 들게 했다.

그런 다음 밑으로 내려가서 대문을 닫았다. 새벽녘의 행길에는 사람 하나 보이지 않았고, 고요하기 이를 데 없었다. 현관 앞까지 돌아온 그녀는 순간 발길을 멈추었다. 남동쪽에서 바람이 불어오고 있었던 것이다. 태풍의 전조와도 같은 바람이었다. 그녀는 귀를 기울였다. 그 바람은 별안간 불어오는가 싶더니, 열려진 창문으로부터 불어닥쳐서는 커튼을 곧장 펄럭이게 했다. 머나먼 대양의 찬 기운이 밴 그 질풍은 신선하고 상쾌했다.

다시 이층으로 올라온 케어리는 침대에 누우면서도 아직 귀를 기울이고 있었다. 저 바람이 비를 휘몰아다 주지는 않을까. 오랫동안 그녀는 잠이 오질 않았다. 간신히 얕은 잠이 들었다가 이내 눈이 뜨였다. 머리 위의 기와지붕을 기세좋게 흐르며 추녀를 따라 뜰의 돌을 때리는 빗소리가 들렸다. 그 음악에 그녀는 기쁨에 넘쳐서 눈을 감았다. 육체의 긴장도 습기찬 냉기 속에서 겨우 풀리

기 시작했다. 무서운 하루 저녁—무서운 하루 저녁이 마침내 사라
진 것이다!

케어리는 일어나서 창가로 가 섰다. 희미한 새벽빛이 집들의 지
붕 위에 빛을 던졌으나, 아직 누구 한 사람도 일어난 사람은 없는
것 같았다. 이제까지 모진 더위에 시달리던 거리는 깊은 잠에 빠
져 있었고, 인적이 없는 거리에는 은혜로운 비가 매듭 없는 실처
럼 내리고 있었다. 모두 구제되었다—마침내 하느님의 계시가 있
었던 것일까?

여름도 겨우 막바지에 가까웠으므로 케어리는 한시름 놓으며
기뻐했다. 그러나 그녀의 기쁨은 그리 오래 가지 못했다. 9월에 들
어선 지 얼마 되지도 않아 아더가 갑자기 열이 나면서 앓아 눕게
되었던 것이다.

그 전날 아더는 마당의 석판을 깐 도랑 속에 거꾸로 빠졌었는
데, 그후 몇 시간 동안 힘을 잃고 있어 케어리는 근심어린 눈으로
지켜만 보고 있었다. 그러나 저녁 때 다시 기운을 차린 듯하여 마
음을 놓았던 것이다.

그리고 이튿날 아침이 되자 또다시 맥빠진 모습이 되었고, 정오
무렵에는 고열로 몸이 불처럼 달아오르기 시작했다. 당황한 케어
리는 우선 집에 있는 약을 먹이고, 냉수로 목욕을 시킨 후에 왕아
마는 쉼없이 부채질을 해주었다. 그러나 열은 점점 높아져서 밤이
되자 마침내 의식을 잃고 말았다.

　낮부터 계속 괴로운 듯이 신음을 했으나, 너무 어린 나이의 아더로서는 어디가 아프다고 똑똑히 알릴 수 없었다. 케어리는 여러 번 작은 몸뚱이를 살펴보았으나, 어디가 아픈지 도대체 발견하지 못한 사이 아더는 더욱 혼수 상태에 빠져 들었으며, 입술까지 새파랗게 질려 있었다. 케어리는 공포와 절망 때문에 넋을 잃고 아이 위에 엎드렸다. 왕아마는 아더의 작은 발에 손을 댔다.

　"최후가 다가옵니다."

　아마는 말했다.

　이 도시에는 백인 의사가 없었지만, 어머니의 마음으론 아무에게도 보이지 않은 채 아이를 죽게 할 수는 없었다. 케어리는 미치광이처럼 되어 왕아마를 향해 외쳤다.

　"가요, 얼른 가서 이 고을에서 제일 용한 중국인 의사를 찾아와요. 곧 달려오도록 부탁해 줘요. 사내아이가 다 죽어가고 있다고 말해요."

　왕아마는 곧 밖으로 달려나가더니 얼마 후에 의사를 데려왔다. 삐쩍 마른 자그마한 노인인데, 때가 묻은 검은색 장포를 입고 코끝에 커다란 놋쇠 테의 안경을 쓰고 있었다. 그 의사는 아무 말도 하지 않고 천천히 방으로 들어오더니 좌우도 살피지 않고 곧장 작은 침대 옆으로 걸어갔다. 그리고 새 발끝처럼 길게 손톱을 기른 더러운 손을 소매에서 내밀더니, 엄지 손가락과 둘째 손가락으로 아이의 열 오른 손목을 가볍게 짚었다. 한참 눈을 감고 맥을 짚어보던 그는 이윽고 일어서서 안주머니에서 겹으로 접은 종이를 꺼냈다. 그리고 허리띠에 찬 붓을 뽑아 들더니 쓱쓱 몇 자의 상형 문자를 휘갈겨 썼다.

"이것을 약국에 가지고 가시오."

노의사는 왕아마에게 지시했다.

"약을 지어 주면 갖다가 달여서 두 시간마다 여섯 숟갈씩 이 아이에게 먹여요."

그렇게 말하고는 손을 내밀어 사례를 요구한 후 돌아가 버렸다.

왕아마는 그 종이를 들고 약국에 가서 한 다발의 약초와 오래된 탓인지 파랗게 녹이 앉은 놋쇠 약탕관을 가지고 돌아왔다. 급하게 약 달일 준비를 하고 있는데, 께어리의 외치는 소리가 들렸다.

"아마! 아마!"

그것은 외친다기보다는 비명에 가까웠다. 왕아마는 황급히 병실로 뛰어들었다.

"우리 아기가……우리 아기가……."

께어리는 아더를 안고 있었다. 최후의 경련이 엄습했던 것이다. 왕아마는 사태의 급박함을 깨닫고 짧은 신음소리를 발하는가 싶더니, 침대에서 아기가 조금 전까지 입었던 옷을 나꿔채고는 불이 켜진 석유 램프를 든 채 문밖으로 달려나갔다. 잠시 후 께어리는 하늘을 향해 외치는 아마의 소리를 들었다.

"아가야, 돌아오렴! 아가야, 돌아오렴!……."

수없이 외치는 그 소리가 되풀이해서 들려오더니 차차 멀어지며 가늘게 사그라졌다. 그것은 께어리에게는 매우 귀에 익은, 그때마다 슬픔과 아픔으로 몸부림친 외침이었다. 또 여러 번이나 호롱불을 들고, 아이 옷을 흔들면서 여인이 울며불며 달려가는 것을 그녀는 보아왔던 것이다. 그때마다 께어리의 마음은 깊은 동정심에 잠겼었다.

그녀는 알고 있었다. 어딘가에 다 죽어가는 갓난애가 있고, 그 아이의 어머니가 지푸라기 같은 희망을 건 채 밖으로 뛰쳐나가 떠도는 작은 영혼을 다시 불러들이고자 외친다는 것을.

그런데 이번의 허공을 떠도는 영혼은 내 자신의 넋이었다. 케어리는 그 가녀린 육체를 가슴에 껴안았다. 갓난아이는 어머니의 가슴에 경련을 일으키더니, 이윽고 빳빳하게 굳어 버렸다.

이튿날 케어리는 어떻게 해서라도 앤드류가 있는 곳을 알아내고자 파발을 보냈다. 우편제도가 없던 당시로서는 다른 방법이 없었던 것이다. 왕아마가 작은 관을 사오자 케어리는 간수하고 있던 파란 비단으로 안을 두르고, 여자 둘이서 금발의 작은 미국인 아이의 몸을 씻긴 후 그 속에 안치했다. 몸도 넋도 다 잃고 슬피 우는 두 여인을 본 사람들은 어느 쪽이 진짜 어머니인지 분간을 못할 정도였다. 아직 늦더위가 심해서, 케어리는 장의사를 불러 관을 밀봉시키고 썩는 걸 미리 방지했다.

모든 처리를 마친 다음, 그녀는 말없이 남편이 돌아오기를 기다렸다. 앤드류는 이튿날 밤에야 무리한 여행 때문에 지쳐서 돌아왔다. 마중을 나간 케어리는 이미 눈물도 말라서 절망에 빠져 있었다.

"여기서 살 수 없어요."

케어리가 말했다.

"누구라도 좋으니…… 나와 똑같은 백인 여자를 만나고 싶어 죽겠어요…… 이 아이를 상해(上海)로 데리고 가서 모드 옆에 묻어 줍시다. 나는…… 내 아이를…… 이런…… 이런 이교도의 거리에 홀로 묻어 두다니…… 그런 일은 도저히 할 수 없어요."

앤드류는 그 소리에 절망의 울림이 깃들여 있음을 알고 승낙해 주었다. 날이 새자 그들은 즉시 돛단배를 세내어서 해안으로 출발했다. 대운하와 양자강을 내려가기 열 나흘간에 걸친 여행이었다.

그 무렵 상해에서는 콜레라가 한창 번지고 있던 중이었는데, 그들은 그와 같은 사실을 들은 적이 없었다. 신문도 없었고 편지를 시급히 우송할 우체국도 없었던 시대이다. 그들은 어둑한 죽음의 거리를 지나서 음산한 선교사용 숙사에 도착했다. 처음 하루 동안만에도 케어리는 창 밖을 통해 지나가는 관을 50여 개나 헤아릴 수 있었다. 그녀는 완전히 겁에 질려 있었고, 매장을 끝마치자 당황해하며 다시 돌아갈 채비를 했다.

그런데 청강포로 돌아가려 하던 날 새벽에 케어리는 맹렬한 구토와 설사를 겪었고, 이제 겨우 네 살이 되려던 에디스마저도 한 시간 내에 같은 증세를 보이기 시작했다. 앤드류는 의사를 찾았지만, 때마침 가을철이라 경마 대회가 열리는 날이어서 백인은 모두 교외에 있는 경마장으로 가 버리고 없는 상태여서 의사라고는 한 사람도 찾아볼 수 없었다. 헛되이 지나가는 두 시간 동안 케어리는 빈사 상태로 누워 있었다. 겨우 달려온 의사는 곧 케어리를 치료하고자 손을 썼고, 앤드류와 왕아마에게도 자기가 하는 대로 병든 아이에게도 조처를 취하라고 지시했다.

케어리는 이미 의식을 잃고 있었지만, 워낙 튼튼한 체질이라 치료 효과를 즉시 나타나며 다시 의식을 회복했다. 그날 밤 10시경에는,

"에디스는……에디스는……"

하고 낮은 목소리로 아이의 안부를 묻기까지 했다.

무엇하나 아내에게 숨기지 못하는 앤드류는 더듬으며 말했다.

"믿음을……힘써야 하오……."

"설마 죽지는 않았겠죠?"

불쌍한 어머니는 가쁜 숨을 몰아쉬며 물었다.

"어쩔 수가 없었소."

앤드류는 힘없이 대답할 수밖에 없었다.

이튿날 두 번째로 작은 관을 사서 앤드류 혼자 묘까지 따라갔다. 이미 모드를 묻고 새롭게 아더를 묻은 무덤을 다시 한번 파헤쳐 세 번째 아이를 묻었다. 거듭되는 비극 때문에 이제는 눈물조차 말라버린 케어리는 침대에 누워, 이렇게까지 그녀에게서 빼앗아갈 수 있는 절대적 위력 앞에 겸허하고자 안간힘을 썼다.

"믿는 것이다. 이제부터는 더욱 선량해지자. 하느님을 신뢰하자."

그러나 마음 속으로―어떠한 굴종도 결코 감수하려 하지 않는 그녀의 격렬한 마음 밑바닥에서 그녀는 울부짖고 있었다.

"대체 무엇을 믿어야 한단 말인가?"

지루하리만큼 긴 회복기를 상해에서 보낸 다음, 케어리는 앤드류와 함께 돛단배를 타고 다시 오지의 도회로 돌아왔다. 아홉 살 난 사내아이 에드윈만이 남겨진 지금에 와서는 청강포의 집은 너무도 넓고 쓸쓸하게 여겨졌다. 에드윈이 적적하지 않도록 즐거운 집안 분위기를 만든다는 것은 쉬운 일이 아니었다. 케어리는 이 사내아이를 남자답게 우람하게 키우고 싶었지만, 이 비좁고 무기력한 환경에서는 그녀 자신의 노력 외에는 믿을 만한 것이 없었다. 그런데 제일 긴요한 그녀가 완전히 슬픔에 잠겨 있었다. 이제는 이 아이 하나밖에 남아 있지 않다는 생각을 하면, 아이에게는 그다지 좋을 게 없다는 것을 알면서도 저도 모르게 지나친 근심을 하거나 맹목적인 사랑에 빠지고 마는 것이었다.

겉으로 드리닌 생활은 어찌됐든, 케어리의 마음 속에서는 밤낮으로 끊임없이 죽은 아이들을 생각하면서 피를 흘리고 있었다. 앤드류는 다시 전도 사업에 임하게 되었고, 또 돌아가지 않으면 안 되었다. 그리고 그녀는 고독을 참아내지 않으면 안 되는 상황이었다. 왕아마는 항상 좋은 벗이자 좋은 조력자이긴 했다. 그러나 지금의 케어리에게는 왕아마의 소박한 성실함 이상의 그 무엇이 필요했다.

또다시 케어리는 이전과 같이 활동을 시작했다. 될 수 있는 범위 내에서 환자를 치료해 주거나, 작은 예배당에도 나갔다. 그러나 막상 신에 대해 이야기할 단계에 이르면, 마음이 메말라 말을 할 수 없게 되었다. 타인에게 배운 공허한 말 이외에 자기는 신에 대해 무엇을 알고 있단 말인가. 결국 신에 대한 가르침은 그녀의 입에서 나오지 않았으며, 오직 순종하는 손만이 일을 계속했다.

전에는 곧잘 아이들에게 들려 주던 찬송가를 불러도 도중에 어김없이 눈물이 솟아버리고 말았다. 마침내 케어리의 육체는 정신적인 고뇌로 인하여 완전히 타격을 입게 되었다. 그녀는 신을 찾으려는 희망에 매달려 거듭거듭 기도를 올렸다. 그리스도교의 신이외에는 믿어 본 적이 없는 그녀인데다가, 전형적인 선을 갈구하는 타고난 그녀의 적극적인 성격에는 이렇게 하는 것이 본질적으로 불가결했기 때문이었으리라. 하지만 그녀의 기도는 허허벌판에 울리는 외침과도 같이, 공허한 메아리가 되어 제 귓가로 되돌아올 뿐이었다.

이런 모습을 지켜보던 왕아마는 어느날 앤드류가 집으로 돌아왔을 때 그를 붙들고 말했다. 어떻게 손을 쓰지 않으면 마님은 돌아가실지도 모른다고. 더욱이 이 일은 시급을 요한다고. 상태가 좋지 않았다. 특히 검은 눈에는 전혀 생기가 없어서 앤드류는 갑자기 가슴이 아리듯 아파 왔다.

"케어리!"

그는 머뭇거리며 말했다.

"저어, 잠시 고국에라도 돌아가 있을 생각이 없소?"

케어리는 말없이 남편의 얼굴을 쳐다보았다. 별안간 검은 눈에 눈물이 괴었다. 고향—고향—그녀를 구할 수 있는 유일한 곳은 바로 그곳이다.

그들은 고향을 떠난 지가 이미 10년이 지나고 있었다. 전도 사업부의 관례에 따르면, 앤드류는 향후 1년간 휴가를 얻을 수가 있다. 그로부터 한달 후 그들은 다시 한번 해안으로 향하는 돛단배에 몸을 실었다.

그러나 상해에 도착하고 나니, 케어리는 묘하게 마음이 내키질 않았다. 갑자기 미국에는 돌아가고 싶지 않았던 것이다. 아직 생생한 상처에서 피가 흐르고 있는 케어리의 마음은 고향 사람들의 동정을 받음으로써 아이들을 잃은 슬픔에 다시 젖어든다는 사실이 몹시도 괴로웠다. 앤드류는 아내의 이와 같은 심경의 변화에 당황해하며 의사에게 도움을 구했다. 의사는 어디든 이제까지 한번도 가 본 적이 없는 곳으로 환경을 바꿔볼 것을 지시했다. 마침내 지중해와 유럽이 선정되었다.

3개월간 그들은 유럽을 돌아다녔다. 케어리는 전에 없이 시종 수동적인 태도를 보였다. 그들은 이탈리아에 상륙해서 스위스로 갔으며, 경치가 아름다운 루체른 호반에서 한달 동안 머물렀다. 황금빛 벌꿀의 맛을 음미하고, 그 푸른 빛이 세계 제일로 알려져 있는 호수나, 그 너머에 눈을 머리에 이고 하얗게 빛나고 있는 산들을 둘러보았다. 이보다 훌륭한 치료법은 없었다. 아름다운 경관은 케어리의 원기를 회복시켜 주었다. 상쾌한 대자연, 온화하고 깔끔한 사람들, 뾰족탑이 솟은 작은 교회당이나 어두컴컴한 대성당—그것들의 아름다움을 감상하는 동안 케어리의 영혼의 상처는 차츰 아물어 갔다. 인생은 그래도 선하다는 생각이 저도 모르게 들었다. 만약 인생이 선한 것이라면, 신도 역시 실재할 것이 틀림없었다. 그래서 머나먼 장래 어느날엔가는 이 사실을 진실로 믿음으로써 과거의 비극을 체념하지 않으면 안 되었다. 그러나 지금은 어떠한 노력을 하기에는 너무 지쳐 있었다. 그녀는 어떤 땐 노여움에 몹시 불타 있었다. 그러다가 다시 비탄에 젖어들곤 했다. 하지만 균형잡힌 용모를 지닌 네 살짜리 아이 에디스의 생명까지 빼앗겼을 때, 그녀 가슴은 파열되어 말조차 할 수 없게 되었다. 그녀가 살아가고 있는 그곳 중국인들의 생활 또한 비참한지라, 이르는 곳마다 그녀의 슬픔을 심화시키기만 했다. 그런만큼 민중이 번영 속에서 안정된 생활을 누리고, 고뇌가 그다지 겉으로 드러나지 않는 나라들을 보는 것이 케어리에겐 필요했던 것이다. 그들은 더욱 북쪽으로 향해 네덜란드로 갔다. 거기서 케어리는 커다란 기대를 품고 유트레이트를 방문했으며, 지난날 마인히어가 경영하던 가구 만드는 공장을 찾아냈다. 공장은 조부가 경영하던 시절보다 현대화되었으나, 변함없이 성대한 사업을 벌이고 있었다. 에드윈에게 이 공장이나 유트레이트 시가를 구경시켜서 그 작은 가슴에 선량하고 우람했던 조상들에 대한 자랑이 움트는 것을 바라보는 것은 어머니로서 즐거운 일이었다. 케어리는 10년에 걸친 고독한 생활에서 해방되어 겨우 다시 동포들 품안에 안겼던 것이다.

여름의 마지막 2주일간을 영국에서 보냈던 케어리의 마음 속에는 다시 아름다움이 넘치게 되었으며, 그녀 자신의 몸도 벌써 다 나은 듯 마음의 상처 또한 다소 아물지 않았나 생각될 정도였다. 적어도 과거의 비탄을 등 뒤로 밀어낼 순 있었다. 미래와 정면으로 맞서는 일은 아직 불가능할지 모르나, 조국에 돌아가 고향집을 방문한다는 사실을 기쁘게 받아들여 가슴을 두근거릴 정도는 되었던 것이다.

10년이란 오랜 세월 동안, 이 조용한 평원이 이처럼 아름답게 가로누워 있다니, 꿈은 아닐까. 케어리는 소녀 시절을 보낸 방의 창가에 새삼 앉아서 그리던 풍경들을 뚫어질 듯 둘러보았다. 비옥하고 조용한 평원을 품에 안은 숲으로 뒤덮인 산이나, 잎이 무성한 느릅나무와 단풍나무가 늘어선 마을 한길을 바라보았다. 또 앤드류의 형이 아직 목사로 있는 작고 하얀 교회에 들어가 보기도 했는데, 케어리에게 음악 이상의 감동을 주었다. 그 교회 목사의 설교에는 예전만큼 예리한 맛은 없었고, 몸집이 작은 목사 부인도 너무 뚱뚱해진 인상을 받았으나, 그외의 것은 모든 것이 한결같았다. 다만 친구와 친척들의 얼굴에는 10년간의 생활 경험이 역력히 드러나 있었다.

케어리에게 친근했던 사랑하는 가족들은 모두 건재했다. 아버지 하마나스는 머리칼이 눈처럼 하얗게 세었지만, 늙을수록 성격이 원만해지기는커녕 더욱 괴팍해져 앤드류와는 여전히 감정이 좋지 않았다. 오빠 코넬리어스는 나이가 훨씬 적은, 머리가 검은 미녀와 결혼해서 완전히 공처가가 되어 있었다. 자매들은 맨 위와 아래만을 빼놓고는 모두 결혼을 한 상태였다. 그리고 루사는—저 속을 지독히도 썩히던 문제아는—예상외로 돈 잘 버는 실업가가 되어, 이미 아내를 맞아들여 두 아이의 아버지가 되어 있었다.

그들은 모두 케어리와의 재회를 기뻐했으며, 정다운 동정의 눈길을 보내며 그녀를 다시 그리운 고향집에 맞아들였다. 그러나 그녀의 생활과 이들 가족의 생활 사이에 가로놓인 거리감은 이미 영원히 메울 길이 없을 만큼 벌어져 있었다. 어떤 부담스런, 엇갈린 느낌이 끊임없이 뒤따르며, 먼 타국 사람들의 얼굴이나 땅의 추억이 아무리 해도 사라지질 않았다.

그녀는 가족과 개별적으로 이야기를 나누었다. 옛날의 흥청대는 음악의 밤도 몇 번인가 열었다. 시집간 언니 집을 방문하여 요리, 세탁, 청소 등 생활의 전부를 함께 하려고 노력해 보았다. 두 마리의 늙은 말이 끄는 마차에 올라타서 아름다운 가을 고원에 소풍 가는 일원에 끼기도 했다.

하지만 케어리의 마음 속에는 아무리 애써도 그런 생활이 체질에 안 맞는 구석이 있었다. 마침내 그녀는 자기와 이 사람들과는 너무도 경험이 다르기 때문에 인생에 대한 지식의 차이도 꽤 크다는 것을 깨닫기 시작했다. 그들은 이 기름지고 수확 많은 새로운 땅의 비호로 안락한 생활을 누리고 있었다. 그러나 그녀는 저 이국을—너무도 많은 비참한 사람들로 넘치고, 너무도 숱한 생명의 이동 때문에 악취를 풍기고 있는 저 낡은 중국을 더없이 깊이 느끼고 있었던 것이다. 그곳은 사람이 너무도 빨리 태어나서 너무도 빨리 죽어가는, 어둡고도 무더운 인생으로 가득 찬 나라였다.

케어리의 인식은 서서히 뚜렷해졌다. 자신은 미국에서 태어나 미국을 사랑함으로써 이 조국, 미국에 뿌리를 내리고 있으나, 그와 동시에 중국에도 결부되어 있었다. 중국에 대해 알게 되었다는 사실 그 자체가 인연이며, 왕아마와 같은 사람들의 영혼과 맺어졌다는 것, 그리고 중국 대기 속에 잠들어 있는 그 흰 살갗의 세 명의 육체가 검은 흙과 융합되어 있음으로 인하여, 케어리는 중국이란 나라와 깊은 인연을 맺고 있었다.

아아, 이제 저 나라는 나와 아무 인연이 없는 나라가 결코 아니다!

언젠가는 주저하지 않고 저 나라로 돌아갈 수 있으리라. —이처럼 찬란했던 가을이 또 있었을까. 지난 10년 동안, 가을이 찾아들

때마다 단풍이 이처럼 아름답게 진홍 빛깔로 불타올랐던 적은 없었다.

겨울이 왔다. 그리고 크리스마스도. 크리스마스가 되자 케어리의 형제 자매들, 그리고 그들의 아들 딸들이 모두 이 커다란 하얀 집 지붕 밑으로 모여들었다. 에드윈은 친척들에게 둘러싸여 기뻐서 어쩔 줄을 몰라했다. 제대로 말조차 못할 만큼 흥분된 모습으로 열심히 뛰어놀며 즐거운 나날을 보내고 있었다. 집도 숲도 목초밭도 그 모든 것이 넓어서 자유스러웠고, 새하얀 눈 속에서 썰매를 타는 것도 자유 그 자체였다. 지난날에는 꿈조차 꿀 수 없었던 자유가 눈앞에 현실로서 펼쳐지고 있는 것이다.

"아아, 엄마 난 미국이 좋아요!"

에드윈은 그렇게 몇 번이나 거듭해서 외쳤다. 이 외치는 소리를 듣는 것만으로도 케어리의 가슴은 무너지는 듯한 아픔을 느꼈다. 만약 중국으로 돌아간다면 에드윈에게서 이 아름다운 조국을, 그가 태어날 때부터 지닌 권리를 빼앗는 것이 되지는 않을까. 하지만 그녀와 저 이국 사이에는 무언의 슬픔이 맺어져 있었다.

"안 돼. 지금은 아직 어느 쪽으로도 결심이 서질 않아."

크리스마스가 지난 후, 케어리는 남편 앤드류의 안내로 그의 생가를 찾아갔다. 그린브라이어 강이 보이는 널찍한 농가였다. 이곳에는 케어리의 가족과는 전연 다른 사람들이 살고 있었다. 그 생활상을 보면, 음식에 있어서도 무척 대범했고 그 낭비하는 모습이란 검약 정신이 배어 있는 네덜란드인의 피를 이어받은 케어리에게 있어서 깜짝 놀랄 만한 일이었다. 그러면서 현금은 노상 모자라는 상태인가 하면, 대농장에는 과일이나 농작물이 썩는 대로 방

치되어 있었다. 앤드류의 부친은 키가 크고 딱 벌어진 어깨에 음침한 분위기를 주는 노인이었는데, 독실한 신자답게 깊숙한 눈매를 지니고 있었다. 또한 완고해서 어딘가 신비스러운 기질도 엿보였으며, 그의 목소리는 무덤 속에서 말하는 자와도 같은 엄숙한 음향을 담고 있었다.

앤드류의 어머니는 남편과는 달리 유머와 위트가 풍부한 노인으로 꽤 신랄한 말을 퍼붓는 명수였다. 그녀는 환갑이 되던 해에 이제는 일을 그만두겠다고 단단히 결심하고는, 아직 신체가 건강한데도 불구하고 흔들의자와 침대 위에서 여생을 보내고 있었다.

그녀는 이 편안한 두 개의 위치에서 주위 세계를 마치 구경이나 하듯 내려다보는 것이었다. 이 노인의 평생의 즐거움은 끊임없이 남편에게 잔소리로 달려드는 것인데, 남편은 말로는 도저히 상대할 수 없으므로 아내가 입을 다물 때까지 공연히 소리를 지르며 응수하는 것이 고작이었다.

그의 아버지는 매일 밤 커다란 석조 난로에 굵은 장작을 지피고, 난로 옆에 깔아 둔 모피 위에 팔자 좋게 드러누워서 타오르는 불길을 말없이 노려보고 있는 것이 일과였다. 그가 무엇을 꿈꾸고 있는지는 아무도 몰랐다. 사람들이 문틈으로 새어드는 바람에도 그 마력을 두려워하던 시대였으므로, 이렇게 매일밤 난로 앞에 드러누워 있는 것이 생명을 위험에 내맡기는 것과 같다고 생각하는 것도 무리는 아니었다. 잔소리의 명수인 늙은 아내가 이것을 놓칠 리 없다. 그녀는 큰소리로,

"그런 데서 잠이 들면 죽을 병에 걸려요!"

하고 퍼부었다. 그 정도로도 남편이 말을 듣지 않으면 더욱 강하

게 나온다.

"그런 데서 자다니. 당신은 정말 철부지 어린아이 같구려."

그녀가 계속 잔소리를 퍼붓자, 참다 못한 노인이 허연 눈썹이 난 미간을 찌푸리고는 돌아누워서,

"듣기 싫어. 그만두지 못해!"

하고 버럭 소리를 질러야만 겨우 잔소리는 수그러지는 것이었다. 일단 소리를 지르고 나면 그 다음에는 마음이 풀어지면서 아무 말도 하지 않는다. 다만 밤 늦게까지 영감을 향해 눈길이 갈 때마다 '흥' 하고 콧방귀를 뀔 뿐이었다.

이 내외 사이에서, 그리고 엄하기만 하고 재미라고는 찾아볼 수 없는 가정에서 아들 일곱과 딸 둘이 태어났다. 아들들은 한 명만 제외하고는 모두 목사의 길을 택했다. 케어리의 눈에는 정말로 기묘한 집안으로 비쳤다. 케어리 자신의 가정을 그렇게 살기 좋게 만든, 생활에 있어서의 우아함이나 예절바른 행동 따위를 이곳에서는 전연 찾아볼 수가 없었다. 그래서 가능한 한 이곳에 묵는 날짜를 짧게 줄였는데, 여기에 머무르는 동안 덕분에 그녀는 남편을 좀더 잘 이해할 수 있게 되었다. 즉 앤드류의 엄격한 자제심이나 수줍음, 매우 깊은 곳에 아주 기묘한 형태로 숨겨져 있는 불 같은 정열, 그의 생활을 조종하는 힘차고도 신비스런 동기 따위가 그것이다.

그해 가을이 끝날 무렵, 케어리는 또 임신한 사실을 알았다. 그

래서 뱃속에 있는 생명이 활동을 할 수 있을 때까지 고향집에 머물러 있어야겠다고 생각했으며, 출산을 기다리며 지난날 자신이 지냈던 방에 틀어박혔다. 거기서 그녀는 과거나 미래를 걱정하는 일일랑 접어두고 아름다운 미국의 봄을 즐겼는데, 씨뿌리는 일이나 이른 과일이 나무에 열리는 모습을 기쁨에 넘쳐 바라보았으며, 아직 싸늘한 은빛 아침 이슬에 젖은 딸기나 체리를 입에 넣는 기쁨도 두 모자에게는 다같이 각별한 경험이었다.

케어리는 출산일까지는 아무 생각 없이 기꺼이, 단순하지만 더할 나위 없는 이 생활에 자기 전부를 내맡기려 했다. 여기서는 일상적인 일조차도 큰 기쁨이었다. 뒤뜰 나무 그늘에서 빨래하는 일만 예로 들어도 세탁용 대야는 커다란 느릅나무 아래 놓고, 주전자는 엇세운 철봉에 걸어서 물을 끓이고, 물은 근처에 있는 깊은 우물에서 펌프로 퍼올릴 수가 있다. 맑은 물에 헹군 눈처럼 흰 세탁물을 다림질하는 장소는 서늘한 버터 제조실인데, 신록이 우거진 정원을 향해 문이 열려 있기 때문에 길을 잘못 든 꿀벌이 다리미대 주위를 윙윙거리며 날아다닐 때도 있다.

버터 만들기—이것은 먼저 우유를 잘 휘젓는 것에서 시작된다. 크림처럼 된 표면에 금빛 입자가 가득 뜨고, 그것들이 차츰 모이면 금빛 덩어리가 된다. 그 갓 만든 버터에 소금을 치고 작은 틀에 넣어서 빼는데, 다 된 덩어리에는 옛부터 써오던 딸기 모양의 도장을 찍는다.

에드윈은 온갖 일에 다 덤벼들어 손을 댔는데, 도중에 몇 번이나 하다 말고는 사촌들과 함께 맨발로 과수원이나 목초밭을 뜀박질했다. 에드윈의 얼굴에는 동양에서의 생활로 인해 번졌던 창백한 빛깔이 자취를 감추고 본연의 혈색이 되살아났다. 또 몸집도 날이 갈수록 커졌으며 눈빛이 맑아졌다.

에드윈이 얼마 전까지만 해도 상상도 못했을 정도로 명랑하게 떠들고 노는 모습을 볼 때마다 케어리는 구원을 받은 듯이 기뻤다.

고향에서의 생활 중에 제일 마음에 든 것은 조용한 안식일의 아침이었다. 크고 시원한 식당에서 드는 아침 식사가 이날만은 늦게 시작되었기 때문에 하마나스도 그 자리에 함께 할 수 있었다. 토요일의 대청소 덕분에 먼지 하나 없는 이 집안까지 조용하고 경건한 분위기가 맴돌았다. 이윽고 식구들은 모두 제일 좋은 나들이옷으로 갈아 입고, 케어리의 부친의 정감어린 흰 머리를 선두로 해서 열을 지어 나무 그늘이 많은 촌길을 따라 천천히 교회로 향했다. 근처에 사는 사람들로부터는 예의바르고 친근감이 깃든 인사를 받았다.

교회의 종소리―케어리에게는 더없이 아름다운 음악이 들려온다. 이윽고 교회로 들어서면, 이 조용함 속에 신성한 아름다움이 깃든다. 확실히 여기서는 신의 모습이 눈에 보이는 것 같았다.

케어리는 조국의 그와 같은 평화나 아름다움에 의해서 마음의 상처가 아물었다. 신으로부터 어떠한 징조나 뜻밖의 계시도 없었으나, 그녀의 가슴 속에는 지난날에 품었던 전도에 대한 사명감이 다시 새롭게 싹트고 있음을 자각할 수 있었다. 여기에는 도에 넘칠 정도의 아름다움과 깨끗함이 내재해 있었다. 아름다움과 정의가 있었다. 그런데 바다 건너 저쪽에는 아무것도 가진 것 없는 검은 손과 상처입은 육체, 그리고 불쌍한 사람들이 구원을 찾는 비통한 외침만이 있었다. 그 소리는 너무도 착한 마음씨를 지닌 케어리에게는 날이 갈수록 거역하지 못할 부름같이 여겨졌다.

아직 신으로부터는 어떠한 징조나 계시도 받지 못했으나, 불행한 사람들의, 그것도 그녀의 입장에서 보면 당연히 구제받아야 할 사람들의 오랜 기간에 걸친 소리 없는 부름의 소리에 이끌려, 케어리는 역시 중국으로 돌아가야겠다는 결심을 하게 되었다.

구름 한점 없이 맑게 갠 어느 여름날에 작은 여자애가 태어났다. 분만을 마친 다음 돌아누워서 평원과 거기에 잇닿은 산들을 바라보면서, 웬지 모르게 인생이란 멋진 것이라는 감회가 케어리의 가슴에 모처럼 밀려들었다. 다시 한번 새 생명이 그녀에게 주어진 것이다.

옆에서 쌕쌕거리며 자고 있는 이 작은 생명이 내 작은 컴포트(평안)—컴포트, 이보다 적합한 이름이 또 어디 있을까. 그녀는 딸에게 컴포트란 이름을 붙여 주었다.

내외는 이 아이가 기운차게 자랄 때까지 4개월간 더 이곳에 있기로 했다. 그 무렵 이미 이 아이가 가정의 중심이 되어 있었다. 매일 작은 사촌 자매들은 서로 다투어 갓난애의 기저귀를 빨았고, 깨끗이 다려 접어서는 이층으로 가지고 왔다. 그 기저귀에서는 상쾌한 태양과 바람 냄새가 나는 것 같았다. 모두 한결같이 검은 눈을 지닌 이 가족들은, 눈동자가 푸르고 금발을 한 이 귀여운 갓난애를 온 식구들의 자랑으로 여겼다. 그리고 케어리에게는 컴포트란 이름이 그렇듯 그녀의 평안인 동시에 희망이기도 했다.

어린 컴포트와 함께라면 또다시 이 나라를 떠나는 것도 괴롭지 않으리라고 케어리는 생각했다. 고향집에서 태어난 이 귀여운 미국 아가씨와 함께라면 또다시 저 이국으로 돌아갈 수 있으리라. 다른 어린 생명들이 너무도 일찍 이 세상을 떠난 것을 생각할 때면 불안에 휩싸이는 적도 있지만, 역시 앤드류를 위해서라면 다시 돌아가야겠다는 결심이 섰다. 앤드류는 하루 빨리 전도일을 계속하고 싶어서 초초해하고 있었다.

그렇다, 역시 가지 않으면 안 된다. 세 아이의 생명을 빼앗겼다고 해도 그것은 필경 그녀의 마음에 타격을 주어 신의 의지에, 신의 친묵하는 의지에 따르도록 하기 위해서는 필요했기 때문이 아닐까. 그렇다면 그녀는 이미 타격을 입고 있었다. 또한 신의 의지를 따를 준비도 되어 있다. 이제는 더 이상 신에게 증거를 구하지는 않으리라. 오직 믿고 따를 뿐이다.

신은 어떠한 말씀도 하지 않으니 신의 부르심에 따르지 않게 될지도 모르겠지만, 적어도 저 이국의 사람들―자기들보다 불행하고 불운하며, 그래서 일생 동안 학대받고 있는 사람들의 부르는 손짓에 따르기로 하자. 길은 오직 하나뿐이다. 아니, 신께서도 그렇게 말씀하실지 모른다. 그녀는 신이 침묵하든 말든 믿고 따르며, '전세계를 돌아다니며……복음을 전파할' 의지를 굳혔던 것이다.

케어리는 다시 대륙을 횡단하고 대양을 건넜다. 그녀의 마음 속에는 바다에 대한 두려움이 늘상 있었다. 한 예로 배멀미에 시달리게 되면 젖까지 나오지 않았기 때문에 갓난애에게 우유를 먹일 수밖에 없었는데, 그럴 때마다 과거의 무서운 기억이 되살아나는 것이었다.

더욱이 이 아이는 몸집이 작은데다 천성적으로 고집이 매우 세어, 통 우유를 빨려고 하지 않았다. 케어리의 기억에 남아 있는 항해중의 유머스러운 장면은 앤드류가 그 커다란 익숙지 않은 팔에 고집센 아이를 안고, 위태로운 손놀림으로 컵에 든 우유를 숟갈에 떠서 아기의 작은 입에 떠넣어 주던 모습이었다. 이리하여 컴포트는 태평양을 건너는 동안 아버지인 앤드류와 선실 계원 부인의 열의 있는 협력에 의해 겨우 영양을 공급받았던 것이다. 이 부인은 친절한 여인이어서, 고집쟁이이긴 하나 항상 방글거리는 꼬마 아가씨를 매우 귀여워해 주었다.

온갖 악조건에서도 갓난애는 무럭무럭 자라나, 상해에 상륙했을 때에는 만 6개월도 되기 전에 만 마일의 장거리 여행을 했다고는 믿어지지 않을 만큼 원기왕성했다. 귀엽고도 통통하게 살이 찐 우스꽝스러운 아이가, 조금만 불만스러워도 마구 울고 조금만 기뻐도 깔깔대며 웃는 것이었다.

이것이야말로 케어리가 오랫동안 소망하던 아이였다. 미리 도착 날짜를 알려 주었기 때문에 왕아마가 부두까지 마중을 나와 있었다. 케어리가 부두에 내려섰을 때 제일 먼저 눈에 띈 것은 아랫입술을 축 늘어뜨리고 웃는 아마의 얼굴이었다. 이 선량한 노파는 에드윈 곁으로 달려가서, 이미 다 큰 소년이 귀찮아하는 데도 불구하고 가슴에 꽉 껴안았다.

그리고 살이 통통하게 찐 금발에 살갗이 하얀 여자애를 받아들자 죽은 두 아이가 돌아온 것으로 착각되었는지, 울다가 웃으면서 꼬옥 안아올렸다. 케어리는 호텔까지 인력거를 불러 탔다. 가는 도중 아기를 자기가 안으려 했으나, 왕아마는 한사코 아이를 떼어 놓으려 하지 않았다. 컴포트 자신은 이 새로운 애정을 당연한 권리처럼 받아들였다. 왕아마의 갈색 얼굴과 눈에 익지 않은 표정을 한참 빤히 쳐다보긴 했지만, 어쨌든 애정은 받아들였다.

그들은 상해에 하루밖에 머물지 않았다. 벌써 늦가을의 선선한 바람이 불기 시작했으므로 앤드류는 하루라도 빨리 외진 곳으로 전도 여행을 떠나고 싶어했던 것이다. 하지만 케어리는 바쁜 하루의 일정 가운데서도 한 시간을 할애하여 어린 세 아이가 묻힌 묘지를 찾아갔다. 그녀는 거기에 고향집 뜰에서 가지고 온 백장미를 심었다. 그 나무는 고향을 떠나던 바로 그날 흙과 이끼와 함께 캐내어 마 헝겊으로 정성들여 싸서, 배를 타고 오는 동안에도 물을 계속 주었었다.

"이 아이들 셋은 모두 자기 조국인 미국을 보지 못했단다."

케어리는 옆에서 거들어 주는 에드윈에게 슬픈 표정으로 말했다.

"셋 다 외국에서 나서 외국에서 죽었으니까. 이 무덤 위에 아름다운 미국의 것, 우리 고향의 꽃으로 덮여 있다고 생각하면 내 기분도 약간은 가라앉겠지."

무덤 위에는 커다란 종려나무가 잎을 드리우고 있었다.

"저 서늘한 나무 그늘에서 미국의 백장미가 자라 올라 꽃을 피우게 되겠지."

그들은 또다시 출발했다. 우선 양자강을 증기선을 타고 거슬러 올라가서 돛단배에 옮겨 타고, 대운하의 북쪽을 향해 나아가서 이전에 살았던 청강포에 도착했다.

돌아와 보니, 집에도 정원에도 비통한 추억만이 남아 있었다. 아더가 떨어졌던 저 무서운 배수구—케어리는 그것을 보기가 괴로워서 흙으로 메운 후, 그 위에 꽃밭을 만들지 않을 수 없었다. 그러나 그녀는 이미 지나간 일에 집착해서 근심만 하지는 않았다. 집안에는 몸집은 작지만 고집스러운, 생기 발랄한 갓난애가 있다. 에드윈의 교육도 시켜야 했다. 마침 미국에서 온 또 하나의 선교사 가족이 있어 같이 살게 되었는데, 에드윈 또래의 사내아이가 있어서 함께 뛰어놀게 되었다. 케어리도 온화하고 친절한 미국인 부부를 친구로 맞이하게 되어서 여간 기쁘지 않았다. 그리고 이곳에는 무엇인가 비통한 침묵으로 케어리네 식구들을 다시 불러들인 사람들, 즉 이 중국에서 생을 맞은 갈색의 민중들이 있었다. 최초의 케어리는 신을 위해서 중국으로 건너왔지만, 이번의 경우만은 이러한 민중을 위해서 돌아온 것이다.

나는 이제 내 자신의 추억으로 이야기할 수 있을 것 같다. 대개 이 무렵부터 나는 이 미국 부인—나의 어머니를 기억할 수 있게 되었기 때문이다. 그녀에 관한 최초의 기억은 청강포 집에 있었을 때인데, 그 인상이 너무도 흐려 희미하게 여러 개의 정경이 연관도 없이 떠오르는 데에 불과하다. 과연 진짜 기억이 어느 것인지 스스로 생각해도 미심쩍지만, 그 정경은 언제나 변함없이 내 마음에 인상지워진 것만은 확실하다.

나는 어느 이른 봄날 아침의 우리집 정원을 회상할 수 있다. 어느 곳이나 장미꽃이 피어 있었다. 회색 벽돌담에 얽혀 있는 것, 작은 잔디밭가에 화려하게 피어 있는 것 등 어느 것이나 아름답기 그지없었다. 맞은편에 커다란 문이 보이는데, 그 문은 언제나 왕래가 빈번한 바깥 세상을 향해 닫혀 있었다.

나는 에드윈의 손에 매달려서 닳은 포석이 깔려 있는 오솔길을 아장아장 걸어다녔다. 문짝은 땅으로부터 6인치 가량 올라가 있었으므로, 그 밑으로 끊임없이 오가는 발들의 행렬이 보였다. 짚신을 신은 발, 우단 구두를 신은 발, 아무것도 신지 않은 맨발 등 온갖 발들이 오갔다. 이것은 나에게는 아직 미지의 외부 세계였다. 나는 걸음을 멈추고, 살이 통통하게 쪘으므로 엉덩방아를 찧지 않도록 몸을 굽히고는 문 밑으로 바깥을 내다보았다. 하지만 아무리 열심히 내다보아도 보이는 것이라곤 무릎이나 발목까지 내려온 긴 옷자락, 아니면 힘살이 불끈불끈 솟아오른 갈색 정강이뿐이었다.

· 정말 무슨 일이 있었는지는 전혀 알 수 없었기에, 일어나서 무릎에 묻은 흙을 털었다. 그때 어머니가 나타나셨다. 그녀는 우리들의 회전하는 내부 세계에서 그 중심이 되고 있는 인물이었다. 정원을 거니는 그녀는 옷자락이 풀에 끌리듯 긴 주름 장식이 달린 흰 드레스를 입고 있었다. 느슨하게 파도치는 밤색 머리 위에 빨간 리본을 단 커다란 낡은 밀짚모자를 쓰고 있었다. 손에는 전지가위를 들고, 아침 이슬에 젖어 있는 장미꽃을 한아름 가득 꺾어서 가슴에 안고 있었다.

내 눈에는 접시만큼 크게 보이는 장미꽃이었는데, 그녀는 한 송이의 멋지게 핀 백장미를 한 손에 들고는 지그시 이를 바라보고 있었다. 반짝이는 이슬방울이 꽃잎을 감싸고 있었다. 이윽고 그녀는 꽃을 코에다 대고 향기를 맡았다.

황홀해져 있는 그녀의 얼굴을 본 나는 자기에게도 그 특권을 누리게 해달라고 큰 소리로 요구했다. 말이 떨어지기가 무섭게 내밀어진 그 꽃을 향해서 나는 마구 얼굴을 들이댔다. 조금 전에 보았을 때보다 이 꽃은 더욱 크게 보였고, 이슬 또한 많이 맺어 있어, 나는 갑자기 차디찬 물 속에 빠진 기분이었다. 흠뻑 빠진 얼굴을 꽃에서 들어올리자 숨이 찼던 나는 재채기가 나오고 말았다.

여름 동안 그녀를 거의 보지 못했던 기억도 내게는 있다. 그녀는 낮이나 밤이나 침대에 누워 있었는데, 바싹 여위어서 눈만 크게 보였다. 아침 저녁에만 한 번씩 왕아마가 나를 데리고 가 주었다. 그럴 때는 나에게 산뜻한 흰 옷을 입히고, 노랑머리를 정수리로부터 길다란 템즈 터널형으로 손질해 주었다. 왕아마는 햇빛에 그을린 검은 손가락을 움직여서 머리카락 하나 흐트러지지 않게 감아올렸는데, 그 동안 혀는 계속 입 밖으로 내밀어져 있었다. 그 혀가 입 속으로 들어가야, 나는 머리 손질이 다 끝난 줄로 알고 움직여도 좋다는 뜻으로 받아들이는 것이었다.

정말 이 여름에 나는 왕아마가 누구보다도 소중한 사람이라는 걸 알게 되었다. 그녀는 목욕을 시켜 주고 음식을 먹여 주었으며, 멜로디가 야릇한 낮은 목소리로 중국 노래를 불러 주었다. 덕분에 나는 많은 중국 노래를 배웠다. 그러나 내가 너무 투정을 부리면 용서 없이 꾸짖었다. 하루에 두 번씩, 마치 정해진 의식처럼 또 한 사람의 어머니, 즉 살갗이 흰 케어리의 방에 데려다 주었다.

여러 해가 지난 다음 케어리는 당시의 이야기를 거듭 들려 주었는데, 그 이야기를 듣고 비로소 나는 케어리가 그때 무서운 이질에 걸려 한참 더운 여름철에 석 달간이나 병상에 누워 있었다는 사실을 알았다. 그래서 왕아마도 아이들을 도맡아 돌볼 수밖에 없었던 것이다. 에드윈은 이미 다 컸지만, 컴포트는 이제 겨우 만 두 살밖에 되지 않았으므로 왕아마는 깨끗한 옷을 입히고, 새로 빗질한 머리를 잘 손질해서 데려왔다. 그때마다 케어리는 이 아이의 행복스런 명랑한 얼굴을 볼 수가 있었다.

당시 그 근방에는 의사가 없었다. 그러나 케어리가 전에 친절을 베푼 수많은 친구들 가운데 내과(內科)를 전공한 영국인 여자 전도사가 있었는데, 그 부인이 케어리가 고생한다는 소식을 듣고 자기 일도 팽개치고 달려왔다. 그녀는 마침 휴가중이었는데, 여름 동안 계속 케어리의 옆에 지켜 앉아서 간호와 치료를 해주었다. 이 부인의 친절한 도움이 없었더라면 케어리는 아마 살아나지 못했을 것이다. 왜냐하면 또 임신을 하고 있었기 때문이다.

9월에 접어들면서 모진 더위가 가시고 서늘한 바람이 일기 시작한 어느날 아침, 사내아이가 태어났다. 머리카락이 새까맣고 눈이 파란 아이였는데, 케어리는 이 아이에게 클라이드란 이름을 붙였다. 그 건강하게 살찐 아이를 보았을 때, 케어리는 자신의 여윈 육체가 이처럼 건강한 생명을 낳을 수 있다는 사실에 저도 모르게 놀랐다. 하지만 상쾌한 날씨가 케어리에게 새로운 힘을 주어 그녀의 끈기 있는 육체는 또다시 활력을 되찾을 수 있었다.

이 몇 년간은 케어리에겐 행복한 시기였다. 그녀는 중국 사람들

속에서 서서히 활동하기 시작했다. 이전처럼 유아와 어머니를 위한 작은 진료소를 열고 도서실을 설치했으며, 그녀에게 도움을 구하러 오는 수많은 사람들을 만나 주기도 했다. 진료소는 문간방에 설치하고, 독서실과 상담실은 창문을 통해 곧장 밖이 내다보이는 방으로 정하여 늘 정원에서 뛰노는 아이들을 볼 수 있도록 배려를 했다.

이와 같은 일은 늘 오후에 하는데, 오전중에는 에드윈의 교육에 전념해야만 했기 때문이다. 에드윈은 이미 소년으로 자라 나이보다 월등한 이해력을 보이고 있었고, 컴포트 역시 어느새 책 읽는 것을 배우고 싶어했다. 이처럼 아이들은 셋 모두가 미루나무가 자라듯 튼튼하게 성장하여 몸집도 커졌으며, 두뇌도 보통 이상으로 뛰어났다. 아이들은 모두 음악과 색채의 아름다움에 마음이 끌리고 있었다.

그래서 어머니는 아이들이 당연히 이어받아야 할 유산인 미국적인 환경을 갖추어 주기 위하여 그녀 자신이 지닌 소양의 능력을 충분히 살려서 여러 가지의 것을 만들어내지 않으면 안 되었다. 특히 그 무렵에 신경을 쓴 것은 에드윈에 대해서였다. 한창 자랄 나이에 접어든 이 소년은 어머니가 숙제로 내준 공부나 일을 너무도 쉽게 해치우고는, 남은 시간을 놀며 보내려는 경향이 있었다. 케어리는 이 아이에게 너무 많이 한가한 틈을 주고 싶지 않았다. 일 없이 거리를 돌아다니는 시간 따위는 주고 싶지 않았기 때문이다.

케어리가 많은 것을 기대했던 미국인 가족과의 동거는 결국 짧은 기간에 끝남으로써 에드윈과 벗할 사람은 또다시 케어리 외에는 없게 되었다. 어머니로서 그녀가 걱정한 것은, 과연 자기 힘으로 아이들의 생활이나 생각을 그들의 조국인 미국과 같은 수준으로 높이고 유지해 갈 수 있을 것인가 하는 것이었다.

또 그녀의 노력에도 불구하고, 현상을 있는 그대로 받아들인다는 무기력한 동양적인 타성이 이 아이들의 영혼에까지 파고들어 그 아이를 속 빈 인간으로 만들어 버리면 어쩌나 하는 우려였다.

꼭 한 번 케어리가 왕아마와 말다툼을 한 적이 있는데, 그것도 이점에 대해서였다. 전부터 에드위이 몸을 움직여 일하는 것을 싫어한다는 것을 안 케어리는, 매일 난로에 땔 장작을 가져오는 일과 제 방을 깨끗이 청소하는 일을 에드윈에게 시켰다. 그런데 왕아마의 입장에서 보면 이것은 일종의 굴종과도 같은 강제 행위로 보였다. 다른 사람도 아닌 집안의 맏아들에게 머슴이나 계집종이 하는 일을 시키다니, 이것은 아무래도 제정신의 사람이라면 도저히 할 수 없는 행위로 여겨졌다.

그래서 가족들이 아침 식사를 하고 있는 동안 왕아마는 몰래 에드윈의 방으로 가서 재빨리 청소를 했다. 에드윈이 돌아와 보니, 방이 깨끗이 치워져 먼지 하나 없었으므로, 손수 할 필요는 없었거니와 그럴 여지도 없었다. 에드윈은 조심스럽게 침묵을 지켰는데, 어느날 마침내 케어리는 왕아마가 시키지 않은 애정의 봉사를 하고 있다는 것을 발견했다.

케어리는 성미가 급해서 때로는 신랄한 말을 할 때도 있다. 더욱이 그 무렵에는 중국어를 자유자재로 구사할 수 있었다. 그녀는 아이들 교육에 있어서는 타인이 참견하는 것을 절대로 용서하지 않았으므로 왕아마에게 엄격한 어조로 잔소리를 했다. 그러자 이 사람 좋은 노파는 변명하는 투로 말했다.

"제 생각에는 장남에게 일을 시킨다는 것은 천만부당한 일입니다. 맏이가 딸이라면 상관없지만, 사내아이라면 그럴 수 없습니다."

"알고 있어요!"

케어리는 화를 내며 소리쳤다.

"그렇기 때문에 이 나라의 남자들은 게으름뱅이에다 악당이 되고 있는 거예요. 왕아마가 헤어진 놈팡이 같은!"

이렇게 되고 보니 항변할 여지조차 없었다. 왕아마도 힘없이 물러가는 수밖에 없었다. 여느 때처럼 화낸 것을 금방 후회하는 케어리는 아마를 불렀다. 사내아이를 장차 훌륭히 만들려면 제 스스로 일하도록 가르쳐야 하며, 미국에서는 사내아이나 계집아이나 동일한 교육을 받고 똑같이 다뤄지고 있다는 것을 설명하려 했다. 그러나 이같은 사회의 질서에 대해 왕아마가 전혀 이해할 수 없는 성질의 것은 아니었다. 그리하여 이런 일이 있은 다음부터, 왕아마는 케어리의 교육 방침에 거슬리지 않게 행동하게 되었다. 이리하여 당시의 케어리는 노력의 대부분을 아들 에드윈의 인간 형성에 바쳤다.

주위의 환경이 사내아이인 그에게 지나친 자기 과시를 허용하기 쉬운 이 나라에서 어머니나 누이동생에 대하여, 또는 찾아오는 중국 부인에 대해서 예의바르게 행동하도록 가르치는 것은 힘든 일이었다. 게다가 에드윈은 성품이 굳센 아이였다. 그런 아이에게 하인들이 필요 이상으로 고분고분하게 굴었다. 더욱이 그는 장남이라는 제 위치에 대해서 누군가로부터 이야기를 듣고 있기도 했다. 케어리가 그것을 고치는 일은 쉬운 일이 아니었다. 앤드류는 전도 여행으로 집을 비우기 일쑤였고, 이따금 짧은 휴양을 취하러 돌아와서는 너무도 지쳐 있어 아들의 생활에까지 참견할 여유가 없었다.

이 시절의 생활 기념으로서, 에드윈이 어머니의 권유에 따라 매주 편집했던 작은 신문을 우리는 갖고 있었다. 우리가 갖고 있는 것은 한 장의 작은 종이인데, 삽화로서 에드윈이 스케치한 멋진 돛단배를 묘사한 펜화가 실려 있다. 돛단배는 돛 전체에 바람을 안고 기운 좋게 달리고 있었다. 사실 그것은 생명력에 넘치는 대단히 약동적인 그림이었다. 이 신문 제작은 케어리의 아이디어였는데, 원래부터 글 쓰기와 그림 그리기를 좋아했던 에드윈이 솔선해서 그것을 실행에 옮겼다. 그는 여러 곳에서 뉴스를 모으고, 광범한 지역에 산재해 있는 전도소나 항구 도시에 광고를 보내어 뜻밖에도 꽤 많은 구독 신청을 받았다. 물론 개중에는 한달에 2, 3센트 정도라면 기꺼이 회사에서 이 소년을 도와 주려는 호의만으로 신청한 사람도 없진 않을 것이다. 어쨌든 이 일로 말미암아 약간의 용돈을 얻게 된 에드윈은 어머니의 감시의 눈을 벗어나, 길가 노점에서 파는 볶음국수나 깻잎, 돼지기름에 튀긴 과자 따위를 사먹은 모양이다.

이같이 에드윈은 케어리에겐 늘 근심의 씨앗이었지만, 한편으로는 기쁨이기도 했다.

내가 에드윈에게 직접 들은 바에 의하면, 케어리는 이 소년의 생활 속에 놀랄 만큼 커다란 위치를 차지하고 있었다는 것이다. 케어리에 대한 에드윈의 추억은, 언제나 신선한 아이디어에 넘치는 명랑하고 유쾌한 친구와 같았던 모양이다.

케어리는 느닷없이 저 황금빛 반점이 깃든 눈을 빛내면서,

"자, 재미있는 일을 생각해 냈다!"

하고 외치곤 했다.

이 가정에는 언제든지 뭔가 즐거운 일이 깃들여 있다. 케어리는 노래와 바이올린 연주법을 가르쳐 주었고, 그가 소설이나 시를 습작했을 때는 가차없이 비평도 했지만, 한편으론 동정어린 충고도 아끼지 않았다. 그러나 소설만은 적극적으로 쓰라고 장려하지 않았는데, 그녀가 이름난 소설을 남몰래 읽는 독서가였다는 것은 틀림없는 사실이다.

케어리란 여인은 마음 또한 인간미에 넘치고 있었으므로 다른 무엇보다 온갖 사람들의 갖가지 행동에 흥미를 느끼고 있었다.

다만 당시의 종교는 소설을 해로운 것으로 간주하고, 댄스나 트럼프놀이처럼 배척하도록 가르치고 있었기 때문이다. 케어리가 디킨스의 《피그 위크 페이퍼워즈》를 읽고 그 순수한 유머에 소리내어 웃으면서도, 그 소설에 흥미를 느낀 것 자체에 잘못이 있는 것은 아닌가 하여 자책감에 빠졌다는 사실은 그녀의 분열을 나타내는 한 좋은 예일 것이다. 그녀는 집안에 고전적인 작품 외에는 소설을 진열해 놓지 않는다는 조처로서 자기의 취미와 종교적인 양심을 어느 정도 타협시켰다. 적어도 그녀의 자녀들이 어렸을 때부터 최고의 문학 작품만 좋아하게 된 것은 이같은 조처 덕분이다. 에드윈은 일곱 살 때부터 디킨스, 대커리, 스코트 등의 작품을 탐독했고, 다른 아이들도 그 뒤를 좇았다. 말하자면 그들은 어렸을 때부터 힘에 겨운 작품을 읽었기 때문에, 이류 이하의 작가의 것

은 맛도 영양도 없는 것처럼 느끼게 되었다.

앤드류는 일곱 자녀의 아버지가 되었으면서도 아기 안는 방법은 물론 아이 옷도 갈아 입힐 줄 몰랐다. 그는 천성적인 예언자이고 성직자이어서 인간의 일상 생활과는 멀리 떨어져 있었다. 내 집에서 편히 지낼 때조차 그에게는 남다른 구석이 있은 탓에, 어느 아이도 옆에 다가가 구두끈을 매어달라거나, 단추를 채워 달라는 부탁은 감히 할 수가 없었다. 나는 케어리가 웃으면서 남편에 대해 이렇게 말하는 것을 들은 적 있다.

"내가 아파 누워 있었을 때, 할 수 없이 아버지가 왕아마를 거들어 아이들을 돌본 일이 있었던 모양인데 정말 우스웠어. 모처럼 아이들에게 옷을 입혀 준 것까지는 좋았는데, 모두 돌려 입혀서 등 쪽에 있어야 할 단추가 가슴에 와 있지 않겠니. 그 야릇한 꼴이라니―, 대체 어느 쪽을 향하고 있는지 알 수가 없었을 정도야!"

앤드류는 성 바울 같은 인물이었다. 실제로 남들도 그렇게 평가하고 있었다. 태어날 때부터 신앙심이 두터웠으며, 개척 정신에 불타올라 다방면에서 대담성을 발휘했다. 스스로 신념하고 인정한 것에는 몸과 마음을 다 바쳤고, 아무것도 되돌아보지 않았다. 아이들에게 있어서 그는 언제나 자기들과는 다른 세계에 살고 있는, 인상이 희미한 존재였다. 이따금 이 아버지가 아이들을 생각할 계기가 되면 매우 엄격한 태도를 취했는데, 그것은 아이들을 올바른 인간으로 키우겠다는 욕심이 앞선 나머지 인간적인 이해가 결핍

되어, 올바른 것이 아름답다는 생각을 아무래도 이해시킬 수 없었기 때문이다. 아이들은 아버지의 이와 같은 냉정한 선량함보다는 어머니의 심한 기분 변화나 돌발적인 노여움, 화를 낸 다음에 오는 거리낌 없는 후회나 강하고 따뜻한 포옹, 그리고 가벼운 농담이나 명랑한 표정 쪽을 더 좋아했다.

하지만 케어리를 위해서 이점만은 밝혀 두어야 할 것 같다. 그녀 자신은 남편 앤드류의 사명이 중대하고 무엇보다 우선해야 한다는 생각을 조금도 의심하지 않았다는 사실을. 그 사명을 달성하기 위해서 짊어져야 했던 고난이 때로는 견디기 어려울 정도로 고생스러웠지만, 남편의 신비주의에는 자기나 아이들로서는 도저히 이해할 수 없는 숭고함이 깃들여 있었으므로 식구가 모두 그 뒤를 좇아야 한다고 생각하고 있었다. 한 예로 우리들이 '아버지의 신약성서'라고 부른 것이 가정 생활에 어두운 그림자를 던지기 시작한 것도 그 무렵의 일이다. 앤드류는 예리한 문학적인 감각과 비평에 대한 안목을 지니고 있어서, 당시 하나밖에 없었던 중국어 번역판 성서에 대해 전부터 불만을 품고 있었다. 그래서 신약성서만이라도 자신이 직접 그리스어 판에서 중국어로 번역해 보려는 생각을 하게 되었는데, 이 성서 개역(改譯)에 대한 생각은 날이 갈수록 굳어졌다. 그는 우수한 그리스어 학자이기도 해서 자기 혼자 예배를 드릴 때는 언제나 구약을 히브리어로, 신약은 그리스어로 읽었다. 그는 어떤 옷을 갈아 입든, 반드시 가슴팍 주머니 속에 금칠된 빛바랜 작은 그리스어판 성서를 잊지 않고 집어 넣었는데, 나는 지금도 그 모습을 뚜렷이 기억하고 있다. 앤드류가 세상을 떠나서 그 몸을 영원한 잠자리에 뉘었을 때에도 우리는,

성서가 없으면 평안히 잠들 수 없으리란 생각에서 그것을 가슴에 달린 주머니 속에 넣어 주고는 함께 묻었던 것이다.

이리하여 앤드류는 저녁 식사 후나 짧은 여름 휴가를 이용해서 번역에 착수했는데, 해가 거듭됨에 따라 좀 딱딱하고 모난 한자로 가득 채워진 원고용지가 서재 책상 위에 점점 높이 쌓아 올려졌다. 앤드류의 요청에 따라 늘상 찾아와서는 문체나 어휘에 대해 조언을 해주던 허리가 굽은 중국인 노(老)학자까지도 이윽고 한 가족처럼 진해지게 되었다.

마침내 번역이 완성되어 출판할 단계에까지 이르렀는데, 그 비용은 가뜩이나 적은 봉급에서 충당할 수밖에 방도가 없었다. 케어리는 아이들의 입장을 생각하면서, 앤드류는 개역판 성서의 출판을 생각하면서 의논을 함께 했다. 케어리가 말했다.

"사정은 그렇지만, 아이들의 옷값을 더 이상 깎을 순 없어요. 지금도 깁거나 뒤집어 기워 입히는 형편인걸요. 그렇다고 해서 아이들이 먹는 음식을 줄일 수는 없잖아요."

"알고 있소."

앤드류는 실망하면서도 누를 길 없는 욕망을 감추지 못했다.

케어리는 그 얼굴을 보았을 때 남편에게 이 책의 출판이 얼마나 중요한 일인지, 또 그것이 얼마나 큰 꿈인가를 깨달았다. 마침내 결심한 그녀는 이렇게 말했다.

"어떻게 해봅시다. 매월 5달러씩을 별도로 저축하고, 나머지 돈을 가지고 살아나가도록 하겠어요. 그리고 단 1센트나 2센트라도 아낄 수 있는 데까지 아껴 보겠어요."

앤드류는 행복을 되찾았다. 하지만 그때부터 '아버지의 신약 성서'는 아이들에게 자기들이 갖고 싶은 장난감이나, 여자애가 입고 싶어하는 새 드레스, 식구들이 모두 읽고 싶어하는 수많은 책을 제멋대로 삼켜버리는 밑 빠진 독처럼 생각되어졌다. 아이들은 호소하듯 이렇게 묻게 되었다.

"엄마, 아빠의 신약성서가 나오고 나면 우리가 갖고 싶어하는 것을 살 수 있나요?"

그들은 이 질문을 듣고 있던 어머니의 얼굴을 일생 동안 잊지 못할 것이다. 그 얼굴은 노여움의 빛을 띠고 있었다. 그러나 아이들에 대해서는 아니었다. 그녀는 매우 강한 어조로 말했다.

"물론이지! 모두가 자기가 좋아하는 것을 사자구, 응?"

하지만 그 기대는 헛되이 돌아갔다. 케어리는 앤드류의 일이 완성도 되기 전에 세상을 떠났기 때문이다. 앤드류는 보다 완전한 것을 기대하여 그 개역판을 수없이 개정하였으므로, 케어리는 생애를 마칠 때까지 이 신약성서를 위해 더욱더 가난한 생활을 강요당했던 것이다. 궁지에 몰린 가난 속에서도 다소의 윤기가 있었던 경제적인 여유를 이 개역판 성서가 모조리 앗아가고 말았다.

그렇지만 케어리는 아이들이 가지고 싶다는 소망에서 불평까지 발전하는 일은 결코 용서하지 않았다. 그녀는 스스로 하나의 결단을 내리고, 그것을 실현하고자 생활을 쌓아 나가고 있었기 때문에—비록 자신이 남편의 번역일에 반감을 가졌고, 때로는 그것을 숨기지 못할 때도 있긴 했으나—아이들에게는 아버지의 꿈에 대해 존경심을 갖도록 가르쳤다.

그러나 아이들의 입장에서 보면, 아버지와 어머니 사이에 커다란 차이가 있음을 의식하지 않을 수 없었다. 어렸을 때 컴포트의 마음을 오래 괴롭혔던 의문의 하나는 매일 아침 식사하러 나오는 아버지의 희고 빼어난 이마에 세 개의 붉은 반점이 붙어 있는 것이었다. 이 반점은 아침 나절에 대개 지워지고 말지만, 맨 처음 식탁에 앉아 머리를 숙이고 기도를 드릴 때는 더욱 붉어져 있어 아파 보이기도 했다.

어느날 컴포트는 용기를 내어 어머니에게 물어봤다.

"아빠, 얼굴에는 왜 붉은 반점이 생기지요!"

"그것은 아버지가 기도를 드리실 때, 손으로 머리를 받치고 기도하기 때문에 생긴 손가락 자국이란다."

케어리는 조용히 설명했다.

"너희들의 아버지는 매일 아침 일어나셔서 한 시간 이상 기도를 드리신단다."

그것은 아이들에게 무서우리만큼 신성한 행위로 여겨졌다. 그들은 어머니의 이마에도 똑같은 손가락 자국이 있을까 찾아봤으나, 보이지를 않았으므로 다시 물었다.

"엄마는 왜 기도를 안 하세요?"

이에 대해 케어리는 대답했는데, 그 어조에는 신랄한 것이 들어 있었다.

"만약 내가 그처럼 오래 기도한다면 누가 너희들에게 옷을 입혀 주고, 아침 식사를 준비하고, 청소하고, 너희들의 공부를 돌봐 주겠니. 누군가가 기도하고 있는 동안 누군가는 일해야 한다고 나는 생각한다."

여느 때처럼 명상에 잠겨 있던 앤드류가 이 말을 듣고, 부드럽게 자기 의견을 피력했다.

"여보, 당신도 좀더 시간을 들여 기도한다면 일도 훨씬 잘 될 것으로 생각되는군."

그러자 케어리는 심통스럽게 응수했다.

"시간에는 한정이 있어요. 어린애를 안고 있는 어머니는 기도도 간결하게 해야 한다는 것은 하나님도 알고 있을 거예요."

사실 케어리는 긴 시간 기도 드리는 것을 싫어했다. 그녀는 이따금 아주 짧게 열심히 기도를 드렸는데, 그것도 일을 하면서 드리는 것이었다. 그리고 기도할 적마다 제 목소리가 헛되이 하늘에 올라갔다가는 하느님으로부터 아무런 응답도 받지 못한 채 다시 헛되이 제 귀로 돌아오는 것을 느끼지 않을 수 없었다. 그러나 중년기로 접어들면서부터 케어리는, 신의 존재를 확인하고 싶었던 젊은 시절의 염원을 일부러 바쁜 생활 뒤켠으로 밀어내고 말았다. 결코 소극적인 태도로 바뀐 것은 아니었으며, 소극적인 생활 방식을 감수할 성격도 아니었다. 지금의 케어리는 오직 하나만을 확신하고 있었다. 그것은 자기에게 접근해 오는 자, 자기의 도움을 필요로 하는 자에 대해선 그것이 내 자식이든, 이웃이든, 사용인이든, 지나가는 행인이든, 차별 없이 전력을 다해 도와 주어야 한다는 것이었다. 마침내 케어리는 자신의 종교를 '믿고 따르라' 라는 짧은 말 속에 응축시켰다. 만일 신이 존재한다면 신을 신뢰하기만 하면 그것으로 족하다고 생각했다. 그리하여 그녀는 신의 존재를 믿는 것처럼 행동하고, 종교에 사회적인 가치를 부여하며 실제적인 행동을 실천하고자 노력했다. 정신적으로는 의혹을 품으면서도, 즉 마음 속으로는 신앙의 기초에 대해 의문을 느끼고 있으면서도, 구하는 자에게는 천성이 향하는 대로 주저하지 않고 신속하고도 아낌없는 도움을 주고자 했다. 이러한 일면을 통해 나는 케어리가 가장 전형적인 미국인이었음을 느낄 수 있었다.

장남 에드윈은 가끔 이상할 정도로 침착하지 못한 행동을 보인 적이 있었는데, 그런 경우에 케어리는 어떻게 해야 좋을지 몰라서 남편에게 부탁하여 지방의 전도 여행에 이 소년을 데려가도록 했다. 에드윈이 아버지에게 조금이나마 접근할 수 있었던 것도 이 여행에서였다. 아버지와 아들은 돛단배를 타거나 당나귀 등에 올라타고는 몇십 마일 몇백 미일에 걸쳐 여행을 했는데, 그곳에는 백인이 살지도 않았기 때문에 할 수 없이 두 사람만이 침식을 같이했다. 그러는 동안 에드윈은 아버지의 활동과 목적을 알게 되었고, 인간의 영혼의 평화를 희구하는 아버지의 정열을 희미하게나마 아름답다고 느끼게 되었다.

인간의 영혼을 사랑하는 아버지, 지극히 인간다운 행복에 따뜻한 관심을 기울이는 어머니—이 양친에게서 감화받은 에드윈은 어떤 일이든 돈벌이만 목적으로 하는 사업에 대해선 평생동안 반발을 느끼는 인물로 성장했다. 그의 어머니는 태어날 때부터 지닌 회의적인 정신을 더없이 강렬한 의지의 힘으로 최후까지 억누르고 억눌렀지만, 이와 같은 회의적인 정신은 에드윈의 내부에서도 왕성하게 불타올랐고, 새로운 조류 또한 그것을 부추겼기 때문에 그가 종교적인 사명에 온 마음을 향하기란 어려운 일이었다. 그러나 어머니로부터 받은 미묘한 감화력에 힘입어 그의 내부에 무엇보다 인간성을 존중하고, 괴로운 처지에 놓인 사람들에게는 만사를 제쳐놓고 즉시 구원의 손길을 뻗쳐야 한다는 강한 성품이 심어지게 되었다.

　그런데 앤드류는 다시 주기적이라고 할 수 있는 정열에 휩싸였다. 그래서 좀더 앞으로 나아가, 아직도 복음이 전파되지 않은 오지로 들어가야 되겠다고 결의했다. 그는 또다시 케어리에게 '신의 소명을 받았노라'고 말했다.

　이 말을 들은 케어리는 매우 당황했다. 겨우 집과 정원이 보금자리처럼 자리잡혀 가고 있었기 때문이다. 이곳에는 그녀의 화단이 있고, 아이들이 느긋하게 자랄 만한 장소도 있다. 주위는 어두운 도시지만, 그녀는 이것을 이미 자기 식대로 받아들이는 방법을 터득했고, 그 한복판에 사막의 오아시스 같은 미국식 가정을 꾸몄던 것이다. 케어리는 자기 주변에 있는 모든 것에 자기 개성을 침투시킬 수 있는 사람이었다. 정원이든, 방이든, 재봉틀이든, 의자이든 온갖 것이 일단 그녀의 소유물이 되면 자연스럽게 케어리의 것처럼 보였으며, 그녀 자신의 일부같이 보이는 것이었다.

　또한 그녀가 이곳에 깊이 뿌리를 내리기 전에 역시 똑같은 뿌리를 내리며 그녀를 이 고장에 묶어둔 것이 있었다. 그것은 중국 부인들이었다. 그녀들은 곤경에 처했을 때 도와 주는 케어리의 친절에 이끌려서, 혹은 자유롭게 집안을 돌아보도록 허락하고 스토브나 재봉틀, 오르간 등 신기한 외국 물건들을 부담없이 구경시켜 주는 케어리의 튄 인품에 끌려서 이 집에 모여들었다. 케어리는 인종이나 배경이 다르다는 것 따위는 간단히 잊고 이 부인들을 사랑하고 있었다. 게다가 가까운 시일 안에 백인 가족 둘이 이곳에 오기로 되어 있어서, 그녀는 기뻐하던 참이었다. 그러나 이처럼 하나의 장소, 하나의 집단에 뿌리를 내리는 것이 케어리에겐 기쁨이었지만, 앤드류에게는 도리어 불안감으로 작용했다. 한 군데에 너무 많은 전도사가 모여 있는 듯한 인상이 들었고, 앤드류 자신만은 새로운 땅을 찾아서 개척해 나가야 한다는 생각이 들었다.

케어리는 이에 대해 재고해 보도록 충고도 하고 간청도 했다. 화를 내기도 하고, 울기까지 했다. 그러다가 갑자기 승낙했다. 신의 말씀을 들었다고 확신하며 신을 섬기는 사람만큼 신념이 강한 것은 이 세상에 없다는 사실을 너무도 잘 알고 있었기 때문이다. 케어리는 바위처럼 입을 다문 채 짐을 꾸렸고, 장미의 뿌리도 캐냈다.

왕아마는 자기 물건을 이불 속에 넣고, 그것을 커다란 푸른 보자기에 쌌다. 이사 준비는 이것으로 끝났다.

제 4 장
'영광의 노래'를 드높여라

　앤드류는 새로운 전도 근거지로서, 이제까지 해 온 곳보다 훨씬 북쪽 끝에 있는 작은 도시를 선택했다. 그러나 그곳 주민들은 외국인에 대해 적의를 품고 있어서 아무도 집을 빌려 주려 하질 않았다.

　그래서 결국 앤드류는 식구들을 작은 여관으로 데리고 들어가, 그곳의 방 세 개를 빌려 살기로 했다. 참으로 형편없는 집이어서 방의 칸막이는 진흙벽이고, 지붕은 초가지붕, 바닥은 딱딱한 맨흙 바닥이었다. 그리고 나지막한 토담을 경계로 한 그늘 주위에는, 무수한 빈민들이 불결한 악취 속에서 옹기종기 모여 살고 있었다.

　케어리는 장미를 화분에 심고 용기를 내어 이곳에서 다시 미국적인 가정을 꾸미려고 생각했으나, 이미 이전과 같은 기개는 찾아볼 수 없었다. 기이한 환경이 앤드류에게는, 마치 생명에 필요한 호흡과도 같이 그의 영혼을 일깨워 주었으나, 케어리에게는 정원 하나 만들 수 없는 이런 누추하고도 비좁은 집과 방, 병균과 오물로 탁해져 있는 공기, 특히 민중들의 음험한 적의에 싸여 새로운 생활을 해 나간다는 것은 매우 끔찍한 일이었다. 케어리는 죽은 세 아이의 생각으로 가슴이 뭉클해져 왔다. 참으로 덧없이 간 그들의 생명이 지금에 와서는 남편 앤드류나, 앤드류의 하느님에게 그녀가 바친 제물로만 생각되었다. 케어리는 남은 세 아이를 비호하듯 물끄러미 쳐다보았다. 이젠 제물로 바칠 수 없다고 생각하며—.

그러나 앤드류는 더없는 기회를 얻은 기쁨으로 두근거리는 가슴을 안고 새해를 맞았다. 그렇다고는 하나, 한편으론 크나큰 고난의 해이기도 했다. 때마침 청일전쟁이 일어났기 때문에 이 벽지에 오는 외국 사람은 누구나 모두 일본 사람으로 간주되던 때였다. 어느날 아침 케어리가 아이들과 함께 아침 식사를 하고 있는데, 몇 주일 동안 전도 여행을 하고 있던 앤드류가 터덜터덜 돌아왔다. 그는 양 어깨에 상처를 입고 피를 흘리고 있었으며, 속옷바람에 신도 신지 않고 있었다.

당나귀와 여행용 장비 일체와 식량 등 그가 가지고 있던 것은 모두 강탈당했을 뿐만 아니라, 일본인이라는 딱지가 붙어 있었다. 그는 어느 군사 집단의 군인들에게 잡혀서 매를 몹시 맞았다고 한다. 6피트의 키에 파란 눈과 붉은 턱수염을 기르고 있었음에도……

겨울 동안 이 초가지붕으로 된 토담집은 습기가 몹시 차 있었는데, 아기 클라이드가 감기 끝에 폐렴을 앓게 되었다. 앤드류는 전도 관계로 역시 집에 없었으며, 수백 마일 주위에는 의사가 없었다. 케어리는 이 아이도 죽게 되는 것이 아닐까 하는 공포로 또다시 가슴을 조였다. 케어리는 방 한 구석에 담요를 서너 장 치고 샛바람이 들어오지 않게 하고는 그 안에서 왕아마와 밤을 새워가며 열흘간을 간호했다. 그러한 보람이 있었던지 거의 죽어가던 클라이드는 완전하지는 않지만, 병세가 많이 좋아졌다. 케어리는 품안에 아기를 꼭 껴안고 마음 속으로 크게 부르짖었다.

"더 이상 재물이 될 순 없어. 이젠 지긋지긋하다! 이곳에는 어디를 눈씻고 찾아본들, 앤드류가 받들고 있는 하느님 때문에 이내 귀여운 자식이 죽든 살든 마음 써줄 사람이란 한 사람도 없어. 하느님이 이 아이를 보살펴 주신단 말인가? 이 이상 더 내 아기를 희생시킨다는 것은 당치도 않아!"

케어리는 슬픔으로 가슴이 미어지자 짐을 챙기더니 이 초라한 집을 떠날 준비를 시작했다.

며칠 동안 내린 빗물에 뒤덮여 마당은 벽돌을 놓고 그 위에 판자를 놓아야만 겨우 실내로 걸어다닐 수 있을 정도였다. 테이블과 의자 다리는 대여섯 인치나 물에 잠겨 있었다. 다만 그들이 매우 소중히 여기는 오르간만은 높은 판자 위에 올려져 있었다. 이러한 가운데서 케어리는 모든 짐을 꾸리고는 남편 앤드류가 돌아오기를 기다렸다.

　이른 봄을 맞은 어느날 아침에 겨우 돌아오는 남편의 모습을 발견한 케어리는 재빨리 모자를 쓰고 외투를 입은 뒤 그를 맞았다. 앤드류는 매우 어리둥절해했다. 세간은 모두 거적으로 싸여 있었으며, 장미는 화분에서 뽑혀 있었다. 케어리는 조금도 남편에게 말할 기회를 주지 않았다. 정말이지, 앤드류도 노여움에 불타 있는 아내의 무서운 황갈색 눈빛에 위압당해서 입을 열 용기를 잃고 말았다.

　"당신이 북경에서 광동까지 전도를 하러 가시더라도 모두 당신 자유예요."

　케어리는 섬뜩할 만큼 조용한 목소리로 말했다.

　"당신이 원하신다면 북극에서 남극까지 가셔도 좋아요. 그렇지만 저와 아이들만은 다시는 따라다니지 않겠어요. 저는 아이들과 함께 진강으로 가서 저 언덕 위에 있는 방갈로를 찾겠어요. 그곳이라면 산도 있고, 공기도 맑으니 저는 빈 방갈로를 빌려서 살 작정이에요. 그곳이 안 된다면 미국으로 건너가겠어요. 저는 지금까지 세 아이를 하느님께 바쳤어요. 이젠 더 이상 바칠 수 없단 말이에요."

　앤드류는 극도의 심한 충격을 받았으나 아내는 에드윈의 손을 잡고, 왕아마는 클라이드를 안고 컴포트의 손을 잡고는 성큼성큼 집 밖으로 걸어나갔다.

　새삼 어떻게 할 도리가 없었다. 평상시의 그답지 않게 아내의 뒤를 따를 수밖에 없었다. 이윽고 대운하 근처까지 나온 그들은 돛단배를 빌려 타고 남쪽으로 내려가기 시작했다.

　케어리는 3주간에 걸친 배 여행을 끝마치고 진강에 도착하기까지 창백한 입술을 꼭 다문 채 굳은 결의를 조금도 늦추지 않았다. 너무도 다행스럽게 방갈로는 비어 있었다. 그녀는 여전히 아무 말 없이 그곳에 짐을 풀었다. 그녀는 말없이 자리를 잡았다.

케어리는 그로부터 20년이란 긴 세월을 진강에서 생활했다. 이제는 어느 누구도 그녀를 그곳에서 떠나게 할 수 없었다.

그러나 방갈로 생활도 이 시기의 케어리를 괴롭히던 문제를 조금도 해결해 주지는 못했다. 이번에는 에드윈의 일이었던 것이다. 한 가족이 정착하여 평화스런 생활을 시작하게 되자 그는 자기와 같은 인종이나, 같은 또래 아이들이 없는 관계로 차츰 외로워하면서 기분이 산만해지기 시작했다. 다만 열다섯 살이라는 나이에 비해 정신적으로는 훨씬 성숙해 있었고 벌써 대학에 들어갈 수 있는 실력을 갖추고 있었으므로 케어리도 가까운 시일 안에 이 아이를 미국으로 보내지 않으면 안 되겠다고 결심했다. 아들이 완전히 성숙되기 전에 미국의 참모습을 마음 속에 불어넣어 주지 않으면 안 되겠다는 간절한 소망이 이 결심을 더욱 부채질하게 되었다.

그러나 어머니의 각별한 정으로 볼 때, 이는 사별하는 것과 다름없었다. 완전히 이해했다고는 할 수 없는 종교적 사명 때문에 새로운 희생을 치러야 하는 아픔은 이루 말할 수 없었다. 그러나 케어리는 일단 선택한 자신의 삶에 대해 이러쿵저러쿵 말하지 않고 끝까지 수행해 나가리라는 각오를 단단히 다지며, 그해 여름

에드윈을 미국으로 보냈다.

케어리는 오빠 코넬리어스한테 에드윈을 맡길 테니 되도록 잘 보살펴 달라는 사연을 담은 긴 편지를 썼다. 이 오빠에게 맡긴다면, 휴일마다 드넓은 집에서 청순한 분위기에 싸여 있을 아들의 모습이 상상되면서 안심이 될 것이라고 생각했기 때문이다. 사실 에드윈이 떠난 후에도 그것은 커다란 위로가 되었다. 하지만 때로는 어쩌자고 철부지 아이를 먼 곳까지 떠나보냈을까 하는 자책감에 빠져 긴 밤을 뜬눈으로 새운 적도 한두 번이 아니었다.

옆에 서 있었을 때는 의젓한 청년으로 보이던 아들도 멀리 떼어놓고 보니 철부지 아이로밖에 여겨지지 않았다. 케어리는 아들에게서 어떤 생각을 하고 있고 어떤 생활을 하고 있는지 소상히 들어볼 생각에서 애정이 넘치는 긴 편지를 여러 통 써 보냈다. 언젠가 담배를 피우기 시작했다는 소식을 받고는 그외에도 나쁜 버릇이 생기지 않았나 하는 걱정으로 며칠 동안 속을 끓인 적도 있었다.

그러나 코넬리어스가 보낸 편지에는 이 키 큰 소년에 대하여 좋은 인상이나 평가만이 여러 가지로 나열되어 있었기 때문에 케어리는 자랑스로운 마음으로 그 편지를 읽었다. 편지 끝부분에 가서 '에드윈에게는 좀 게으른 면이 엿보인다'고 신중히 비판한 것을 보았을 때, 케어리는 아들이 동양의 천하태평하고 꿈 같은 분위기에서 벗어나 조국의 절도 있고 엄격한 생활 속으로 들어갔음을 진심으로 기뻐했다. 그 아이를 위해서는 잘 된 일이야—그렇지만 우리 집안의 반은 빈 집처럼 되었으니—

언덕 위에 있는 방갈로에서는 더 이상 살 수 없게 되었다. 그 방갈로에서 살던 선교사의 가족이 휴가를 마치고 본국으로 돌아왔으므로 다른 곳으로 이사를 해야만 했다. 이번에 앤드류가 구한 집은 시내에 있는 자그마한 집이었다. 하기야 시내라고는 하지만, 다행스럽게도 변두리에 가까웠으므로 매일 두 아이를 데리고 구릉지대의 신선한 공기를 마시러 가기에 알맞은 곳이었다. 무엇보다도 편리한 위치였다.

다만 한 가지 흠이 있다면 그곳은 거류지인 항구 시가지에 너무도 가깝다는 점이었다. 그 거류지라는 것은 아편전쟁 이후 조약을 통해 영국이 강제로 이양받은 땅으로서, 정체 불명의 인간들이 드나드는 장소가 도처에 널려 있었다.

활짝 열어젖힌 문 뒤에는 갖가지 인종의 장사치 여자들이 너저분한 반나체의 모습을 하고 있었는데, 아이들을 내몰듯 그앞을 지나가지 않으면 안 되었다. 케어리는 예리한 사춘기의 눈을 가진 에드윈이 이곳을 떠난 것이 비할 데 없이 다행스럽게 여겨졌다. 서구의 함선 승무원들은 이와 같은 매춘굴 주위를 배회하고 있었으므로 케어리에게는 몹시도 불쾌한 광경이 아닐 수 없었다. 중국인들 간의 일보다 몇 갑절 불쾌했다. 그처럼 긍지가 넘치는 아름다운 나라에는 앤드류와 같은 정의감에 불타고 있는 순진한 인물이 있음에도, 술을 퍼마시고 떠들어대는 음탕한 사내들이 있다는 것을 생각하면 케어리는 어처구니가 없는 나머지 절망감에 빠져들기조차 했다.

그러는 반면 케어리는 그 사내들을 측은하게 생각지 않을 수 없었다. 그들 가운데는 젊은 사내아이들이 많았으며, 에드윈과 같은 또래의 아이들도 보였다. 그들은 모두 고향에서 멀리 떨어져 있는 것이다. 나이가 많은 사람들도 있었으나, 그들은 너무도 오랫동안 타국을 떠돌고 있었기에, 이제 지상에는 돌아갈 만한 곳도 없는 처지였다. 그것 또한 그 나름대로 동정이 갔다. 케어리는 또다시 그 이전처럼 접대를 하기 시작했다. 외국 선박에 들어올 시기를 맞추어, 음식도 장만하고, 과자도 굽고, 작은 방이 터질 정도로 선원이나 수병들을 초대했다. 그녀는 또한 적당한 말벗에 굶주려 있는 그들이 털어놓는 개인적인 이야기에 귀를 기울여 주기도 하며, 또 그때 그때에 따라서 어머니나 누나나 친구 대신에 그들의 정신적인 욕구를 충족시켜 주었다.

그때 케어리를 각별히 기쁘게 해준 것은 클라이드였다. 자식들 가운데서 가장 어머니를 많이 닮았고, 성품 또한 어머니와 똑같았을 정도이다. 차차 나이가 들어감에 따라 그야말로 그지없이 씩씩하고 아름다운 아이로 자라났으며, 명랑하면서도 매우 침착해서 어머니처럼 자기 이해를 떠나서 남을 위하는 따뜻한 마음씨를 가지고 있었다. 꽃이 해를 향하듯, 본능적으로 어머니를 따랐으며, 이 모자는 같이 있는 것만으로도 견딜 수 없을 만큼 행복한 것처럼 보였다. 케어리는 그 용감한 성격을 클라이드에게 부여했던 것이다. 클라이드가 다섯 살이 된 어느날 앤드류는 클라이드가 뭔가 조그마한 잘못을 저지른 벌로서 깡마른 억센 손으로 사정 없이 때렸다. 클라이드는 순간 불이 붙은 듯이 울어댔으나, 단번에 울음을 억제하고는 눈에선 아직 눈물이 글썽한 채, 종아리에는 얻어맞은 자국이 남아 있음에도 〈나아가자 용사야, 자 전진이다〉 하고 용감하게 노래를 부르기 시작했다. 나는 이때만큼 감동의 빛을 역력히 보이는 케어리를 본 적이 없다. 얼마 후 클라이드가 그녀의 추억 속에서 사는 아이가 되어 버리고서는 그때의 눈물어린 어린 얼굴, 서글서글한 푸른 눈, 겁먹은 아이의 목소리를 생각할 때마다 눈물이 넘쳐흘렀다. 또한 클라이드는 케어리한테서 미를 사랑하는 마음을 이어받았다. 맨 처음으로 민들레꽃을 발견했을 때, 클라이드는 환성을 지르며 깡충깡충 뛰며 기뻐했었는데, 그 모습은 아직도 잊을 수가 없다. 민들레꽃을 너무도 사랑했던 클라이드를 위해 케어리는 그가 죽은 뒤에도 봄을 맞을 때마다 양팔에 넘치도록 민들레꽃을 따서 그의 무덤을 장식해 주곤 했다.

케어리가 그처럼 사랑하던 아들은 다섯 살이 되던 해에 이내 높은 열에 시달리더니 위험한 지경에 이르렀다. 당시 진강에는 두 사람의 의사밖에 없었다. 한 사람은 혼혈의 인도인으로서 온화하고 친절했으나, 요긴한 의술에 있어서는 믿을 만한 사람이 못 된다는 소문이 나돌고 있었다. 또 한 사람은 영국인으로서 세관의 (稅關醫)였는데, 이 사람은 1년 열두 달을 술에 취해 있어서 의술이 어느 정도인지 알 수가 없었다. 인도인 의사는 진찰을 마친 뒤, 기관지염이라고 진단했으나, 케어리는 디프테리아가 아닌가 하고 처음부터 걱정하고 있었다. 케어리는 의학 서적으로 배운 지식과 도움을 청해 오는 중국인 환자들을 다룬 경험으로 어느 정도의 의학적인 지식은 가지고 있었다.

　케어리는 쉴 새 없이 간호를 했으나, 클라이드의 병세는 더욱 악화되기만 했다. 케어리는 앤드류를 부르기 위해, 진강에서 사흘이나 걸리는 곳에 허둥지둥 심부름꾼을 보냈다. 그러는 동안 클라이드는 목이 꽉 잠기며 손을 쓸 수 없을 정도가 되더니, 앤드류가 채 도착하기도 전에 어린아이는 죽고 말았다. 케어리는 또 한 번 죽은 자기 자식을 가슴에 껴안지 않으면 안 되었다.

　앤드류는 아름다운 자식을 막 관 속에 넣으려 할 때 겨우 돌아왔다. 하룻밤이 지나고 장례날이 되자, 사나운 바람과 함께 종일 비가 내렸다. 피로에 지친 케어리는 자리에 몸져눕게 되었고, 임신한 몸이기도 했으므로 단출한 장의 행렬을 따라 백인 묘지로 향하는, 아들의 매장 의식에 참여할 수가 없었다.

　중국 각지에 산재한 이 자그마한 네모진 땅—이역에서 살고 있는 백인들이 머지 않아 자기들의 영원한 안식처가 될지 모른다고 생각하여 마련한 사각의 땅—만큼 무한한 슬픔을 자아내는 곳이 또 어디 있을까! 이 외국인 묘지에는 어김없이 높은 담이 둘러쳐져 있고, 높은 문에는 도둑을 방지하기 위한 뾰족한 철창이 쳐져 있으며, 커다란 쇠빗장으로 굳게 닫혀져 있다. 문을 열고 들어서자 이상한 정적 속에 몇 그루의 나무들과 가로세로 일률적으로 뻗어 있는 모래가 깔린 하얀 오솔길이 보이고, 그 좌우로는 무덤이 즐비하게 늘어서 있다. 대부분이 여자와 아이들의 무덤이다. 선원들의 무덤도 있다. 묘비를 읽어내려가면 흥분한 폭도들의 손에 학살당한 사람들의 무덤도 있다. 이 많은 사람들은 모두가 생전에 이 중국땅에 살았을 것인데, 그러고 보면 죽어서도 역시 이국인이다—아니 죽고 나서가 더욱 이국인이다. 그들은 죽은 뒤에도 주위에서 마구 몰려드는 사정 없는 군중들에게 땅을 탈취당하지 않으려고 자기 방어에 여념이 없는 것처럼 보인다.

나는 클라이드의 장례식 날, 케어리가 창가에 서서 눈물을 흘리며 뜰에서 막 나가려는 얼마 안 되는 장례 행렬을 바라보던 모습을 기억하고 있다. 눈물이 나의 벌거숭이 가슴 속에도 떨어졌다. 그 속사정을 잘 알 리 없는 나였지만, 케어리 옆에 서서 물끄러미 밖을 바라보았다. 문밖으로 나가려는 작은 관 위로 세찬 빗물이 쏟아졌다. 그 관이 멀리 사라졌음에도 케어리는 계속 울고 있었다. 지금 그녀는 분노의 눈물을 흘리고 있는 것도 아니며, 설움이 북받쳐서 우는 것도 아니다. 그것은 희망을 잃은 가슴 속에서 저절로 샘솟는 눈물이었다.

그날 케어리에게서 어떤 거대한 힘이 빠져나갔다. 그리고 그 힘은 영영 돌아오지 않았다. 그녀의 생명의 한 부분이 사멸한 것이다. 다른 아이 때에는 상해에 있는 백인 묘지에 묻히기를 원했지만, 이 갓난애만은 비록 죽었지만 멀리 떨어져 있게 하는 것이 못내 안쓰러웠다. 어머니가 자신의 생애를 이 머나먼 이역에서 마치려고 각오하고 있는 이상, 이 아이도 어머니와 같은 땅에 묻는 것이 당연하지 않은가.

클라이드가 매장된 다음날부터 이번에는 컴포트가 심하게 병에 걸렸다. 케어리는 컴포트가 앓는 모습이 꼭 클라이드와 같아 새로

운 공포에 사로잡혔다. 자식들을 모두 빼앗겨 버릴 운명이란 말인
가. 그 무기력하고 흐리멍덩한 눈동자를 지닌, 동작 느린 인도인
의사는 꼴조차 보기 싫었다. 케어리는 비바람도 아랑곳하지 않고
밖으로 뛰어나가 가마를 불러타고는 술주정뱅이 세관의를 찾아
헤맸다. 그러나 믿고 찾아간 사람은 매음굴에서 혼자 희희덕거리
며 상스러운 중국 여자를 무릎 위에 앉힌 채 꾸벅꾸벅 졸고 있었
다. 케어리는 다가가서 어깨를 흔들어 깨우며 말했다.

"우리 아이가 죽어가고 있어요."

그녀는 짧막하게 용건만 말했다.

"디프테리아예요. 빨리 올 수 없을까요?"

그러자, 이 백인 의사의 충혈된 눈 속에 오랫동안 잊고 있던 직
무에 대한 책임감이 떠오르는 듯했다. 그는 무릎에서 여자를 내려
놓고 비틀거리며 일어서서 말없이 케어리의 뒤를 따랐다. 밖으로
나오며 그는 중얼거렸다.

"새로운 약이 있어……디프테리아가 만연하고 있으니……상해
에서 가져온 거야……그 새로운 것을 써 보기로 할까."

나중에 안 일이지만, 이 의사는 술에 취하지만 않는다면 내과의
사로서는 훌륭한 솜씨를 발휘할 수 있었다. 더욱이 마침 그는, 전
날 상해에서 새로운 항독소(抗毒素)를 입수하고 있었다. 케어리는
정신을 잃을 정도로 취한 이 의사가 언제 또 정신을 잃을지 몰라
서 잠시도 눈을 뗄 수가 없었다. 그래서 가마에 함께 태워 그의
집으로 갔다. 의자에 앉아서 꾸벅거리는 것을 강제로 깨우고는 취
한 눈에는 좀처럼 보이지 않을 새로운 약과 약병, 주삿바늘을 찾
게 했다. 그리고 그를 몇 번이고 재촉해서 컴포트의 병상까지 데

려오는 일에 성공했다.

환자 앞에 선 의사는 갑자기 정신이 들었는지, 매우 능숙한 솜씨로 뜻밖이라 할 만큼 합리적인 처방을 했다. 물론 새로운 약도 복용시켰다. 컴포트의 증세는 하루도 안 되어 호전되었고, 계속 두 번 새로운 약을 복용한 후부터는 위험 상태에서 벗어났다. 겨우 위험에서 벗어나자, 이번에는 케어리가 긴장을 푼 탓인지 자리에 눕게 되어, 앓고 있는 아이를 돌보아 줄 사람이 없게 되었다. 앤드류는 위험 상태에서 벗어날 때까지 집에 머물러 있었는데, 어서 하루라도 빨리 전도 여행을 떠날 생각만 했다. 집에 계속 머문다고 해도 컴포트가 아버지를 따르지 않으므로 크게 도움이 될 것 같지 않았기 때문이다.

이와 같이 궁지에 몰리면, 언제나 전에 케어리에게 신세를 진 적 있는 그녀의 친구들 중 한 명이 어디선가 홀연히 나타나곤 했다. 이번에도 거칠게 자란 무식한 영국 여자가 나타났다. 어느 세관원의 집에 아이 보는 사람으로 고용되어 있었는데, 거류지의 항구 거리에서 흔해빠진 연애 소동을 일으킨 연유로 주인집에서 쫓겨나 케어리한테 와 있게 되었다. 케어리가 그녀를 맞이해서 계속 보살펴 주는 동안 그녀도 자신의 행실이 어리석었음을 깨달았고, 자신을 유혹했던 사내를 단념하고 영국으로 돌아갈 결심을 하고 있었다. 바로 그때 케어리가 병상에 눕게 되었으므로, 그녀는 귀국할 날짜를 연기하고 컴포트의 간호를 맡아 주었는데, 그것은 결코 쉬운 일이 아니었다. 회복기에 들어선 컴포트는 엄마를 찾으며 울며 보챘다. 타고난 극성스러운 성미를 한껏 발휘했기 때문이다. 케어리는 힘든 간호를 해준 데 대해 정말로 감사했다. 이 두 사람의 우정은 그 뒤 한층 깊어져서, 컴포트가 완전히 성장하여 한 사람의 숙녀가 되었을 때까지 오랫동안 친교를 맺고 있었다.

그 당시 케어리는 두 번 다시 전과 같이 건강하지도, 명랑한 마음도 가질 수 없으리라 생각하여 초겨울부터 집안에만 틀어박혀 있었다. 새봄이 돌아왔어도 눅눅한 강바람에 떨고만 있었다. 또한 아이가 하나밖에 없는 집안은 적적하기만 했다. 멀리 떠난 에드윈은 지금쯤이면 모든 것을 잊고 새로운 생활을 시작하고 있겠지. 머지않아 태어날 아기를 생각헤도 겸코 기분이 밝아지질 않았다. 낳았다가는 죽게 하고, 또 낳아서 죽게 만든다. 그러한 일을 되풀이한다는 것은 무의미하다. 끔찍하고 가슴아픈 생명의 낭비에 지나지 않는다.

케어리는 또다시 병적인 불안에 빠져들었다. 이처럼 자식을 잃게 된 것은 자신에게 죄가 많아서가 아닐까. 마음 속으로 신을 배반했기 때문이 아닐까. 그러고 보면 현재의 자신은 굶주린 자와 같이 오로지 하느님만을 희구하기를 단념하고, 인간에게 봉사하는 것에만 만족하고 있는 것은 아닐까. 하느님을 발견하려고 진지하게 노력한 적은 한 번도 없다. 진심으로 하느님에게 복종하기까지는 반드시 몇 차례나 타격을 받는 법이다. 두 번 다시 타격을 받고 싶지 않다면 아무리 괴롭더라도 하느님 앞에 스스로 무릎을 꿇지 않으면 안 된다. 아이가 하나라도 남아 있는 한 하느님은 또 징벌을 내리실지도 모를 일이다.

그러므로 우선 기도에 더 많은 시간을 들여야 하며, 기도에 응답하셨다는 하느님의 계시를 구하지 않고서는 못 배기는 이전의 간절한 기대를 억눌러야 한다. 종교 생활에서 실천을 설교한 여러 가지 책을 읽고, 기도를 하거나 성서를 읽는 데 관한 모종의 범례에도 꾸준히 따르려고 노력했다. 그러나 성미가 급하고 현실적인 그녀는 곧 기도도 시큰둥해졌고, 성서를 읽을 때조차 다른 일에 신경이 쓰여지고 있었다.

아름다움만이 하고 케어리는 절망 상태에 빠지면서도 생각했다. 아름다움만이 자기를 고쳐 줄지 모른다. 추억 속에 남아 있는 골짜기나 산봉우리에 걸려 있는 조용하고 아름다운 안개, 가는 곳마다 여러 집에서 꾸며 놓은 아름다운 정원, 시나 음악의 아름다움도 일종의 평화를 가져다 주었다. 그렇지만 케어리는 그러한 평화를 두려워했다. 왜냐하면 그것이 하느님의 평화라고는 확신할 수 없었기 때문이다. 어려서부터 배워 온 하느님은 준엄한 분이었으나 그녀에게는 준엄한 성격이 없었다. 그러므로 준엄한 금욕 생활에 의해서 고쳐지기란 어려웠다.

5월이 되자 파란 눈과 까만 머리카락을 한 귀여운 계집아이가 태어났는데, 케어리는 미소마저 지을 수 없었다. 하루하루의 세월은 흘러갔으나, 산후 후의 쇠약한 몸은 좀처럼 회복될 기미를 보이지 않았다. 그러한 가운데 고열과 함께 혈액에 뚜렷한 중독 현상이 일어나게 되었다. 젖이 나오지 않게 되자, 허기에 지친 아이의 찢어지는 듯한 울음소리만이 고요 속에 잠긴 집안에 울려 퍼졌다. 앤드류와 왕아마가 애써 우유를 먹이려 했으나, 허기진 아이는 울기만 할 뿐 좀처럼 먹으려 하지 않았다. 그런데 이때, 케어리는 갓난애가 어떻게 지내는지조차 의식할 수 없는 상태에 빠져 있었다.

왕아마는 이처럼 막바지에 달한 현실을 그저 보고 있을 수만은 없었다. 무엇보다도 불만인 것은 의사가 환자용으로 만든 멀건 수프와 물에 탄 우유였다. 케어리가 얼마 후에 들려 준 바에 의하면, 어느날 밤 왕아마가 입에 넣어 준 스프에서는 비린내가 몹시 나서 구역질이 났다고 한다. 그러나 생선 옆에 놓아 두었기 때문에 비리려니 생각하고, 해롭지는 않으리라 자위하면서 영양을 공급받아야만 하였기에 참고 마셨다.

그런데 그후 이상하게도 기운을 차리게 되었다. 또한 모처럼 깊은 잠이 들어서 푹 잤으며, 이튿날 눈을 떴을 때에는 매우 기분이 상쾌했다. 그후부터 순조롭게 회복이 되었다.

수주일 뒤 케어리가 기력을 되찾아 자리에서 일어났을 때, 왕아마는 다음과 같이 털어놓았다. 그녀는 케어리가 죽어가는 것을 차마 볼 수가 없었다. 백인 의사가 시키는 대로 하면 틀림없이 죽을 것으로 생각되어서 중국에서 옛부터 산욕열(産褥熱) 환자에게 먹이는 약초와 생선으로 수프를 만들어서 의사가 처방한 수프와 몰래 바꿨다. 케어리는 이 특제 수프를 마신 것이다.

"그 수프 때문에 살아났는지는 모르지만."
하고 곧잘 케어리는 말했다.

"때마침 열이 내릴 시기가 되어서 그랬는지는 잘 모르겠어. 그렇지만 왕아마가 만들어 준 수프가 해롭지 않았던 것만은 확실해. 왕아마는 나이 탓인지는 모르지만 경험에서 배운 자기 나름의 지혜를 많이 가지고 있었지."

어쨌든 우리는 케어리가 건강을 되찾은 것만으로 만족했다.

그해 여름, 언덕 위 방갈로에서 살고 있던 가족이 미국으로 돌아갔기 때문에 그 집은 앤드류와 케어리의 집으로 지정되었다. 휘청대는 마룻바닥에 지네와 전갈이 엉금엉금 기어다니는 자그마하고 다 무너져 가는 벽돌집이었다. 다른 사람들이라면 탐탁지 않게 여길지 모르나, 케어리는 그렇지 않았다. 무더운 계절이 오면, 매일 밤 이슥해질 때 정해진 의식이라도 되듯 앤드류가 남폿불을 높이 들고, 민첩한 케어리가 헌 가죽 실내화로 독충을 때려잡았다. 지네는 사람의 몸 근처에까지도 염치불구하고 기어들었다. 언젠가는 케어리의 베개 밑에 도사리고 있는가 하면 냉수욕을 하던 앤드류는 스펀지 속에서 커다란 놈을 한 마리 잡아내기까지 했다. 그렇지만 이 작은 집은 케어리에게는 더할 나위 없는 은혜로 충만한 집이어서, 불만 따위는 입 밖에 낼 수가 없었다. 이 집에는 오래된 정원이 있었고, 고목들이 가지를 뻗고 있었으며, 하얀 넝쿨장미가 베란다를 덮고 있었다. 식구들이 이 집으로 이사한 5월에는 단추처럼 생긴 작은 백장미가 가지가 휠 만큼 잔뜩 피어서 마치 사향 냄새 같은 달콤한 향기를 풍기고 있었다. 그리고 그 속에는 산비둘기가 집을 짓고 있었다.

그리하여 케어리는 여기서 마음을 다시 정착시키고 새로운 생활에 들어갔다. 이제는 컴포트도 꽤 컸기 때문에 미국 여성으로서 알아야 할 것을 가르쳐야만 했다. 게다가 갓 태어난 페이스도 있다. 뿐만 아니라 주위의 산들이나 작은 정원과 같은 산골짜기에서 땅을 경작하고 있는 갈색 피부의 키가 작은 남녀의 모습에서도 아름다움이 넘치고 있었으므로, 케어리는 온 정성을 기울려 살아 갈 수 있었다. 케어리에게는 아름다움이 생명과 활력을 주는 산소와도 같은 것이기 때문이다. 여기에서는 새벽과 더불어 양자강에 피어오르는 안개가 미풍에 불려 끓어오르듯 보이는 대숲을 덮고 있었고, 낮은 언덕이나 묘지에 무성하게 자라고 있는 키 큰 풀이 은빛으로 빛나고 있었다. 산골짜기를 끼고 있는 밭 속에는 몇 개의 둥근 연못이 있는데, 버드나무와 복숭아나무가 그 연못을 둘러싸고 있었다. 너구나 아름다운 봄 경치는 케어리가 이제까지 보아온 그 어느 곳보다도 멋진 것이었다.

에드윈이 보낸 편지는 케어리의 마음을 더욱 흡족하게 해주었다. 처음 얼마 동안은 견딜 수 없을 정도로 외롭고, 어머니가 조국이라고 가르쳐 준 미국이 어쩐지 이국 같은 생각이 들어서 어찌할 바를 몰라했다고 한다. 그러나 이번에 보낸 편지에는 전보다 더욱 행복감을 느끼고 있다고 했기 때문이다. 그러한 아들의 편지를 읽을 때마다 케어리는 어처구니가 없었으나 한편으로 이렇게 생각하는 것이었다.

"그때 미국으로 보내길 잘했어. 그렇지 않았더라면 자기 나라와 점점 더 친해질 수가 없었을 거야."

그러므로 자신의 조치가 아들을 위해서 정말 잘한 일이었음을 알고, 케어리는 적지 않은 위안을 느꼈다. 그리고 아들이 생활에 안정을 찾고, 미국을 자신의 조국이라는 시각으로 발견하려고 노력하고 있다는 말을 듣고는 그녀 자신의 조국에 대한 사랑도 새로워지는 듯했다.

그러나 죽은 네 아이의 일은 결코 케어리의 마음에서 떠나지 않았다. 상해에 묻혀 있는 세 아이의 무덤을 기회 있을 때마다 찾아갔고, 클라이드가 묻혀 있는 작은 무덤은 걸어서 갈 수 있는 거리에 있었으므로 이따금 슬며시 집을 빠져나와 말없이 작은 비석 곁에 한참씩 앉아서 회상에 잠기기도 했다.

케어리는 굳은 결심으로 인생의 중년기를 맞고 있었다. 그녀의 생활은 전과 다름없이 다양한 것이었다. 이때 비로소 그녀는 지속적인 안목을 가지고 가정을 건설하기 시작했다. 여섯 개의 방은 모두 크고, 활짝 열어젖힌 창문으로는 안뜰과 골짜기, 언덕을 바라볼 수 있었다. 이러한 곳에 가정을 꾸민다는 것은 케어리로서는 매우 즐거운 일이었다.

아름다운 꽃이 만발한 간소하고 청결했던 그 가정은 우리들 모두에게 기쁨의 장소였다고 나는 기억하고 있다. 마루에 깐 돗자리의 상쾌한 향기는 지금도 코 끝에 감돈다. 컴포트는 이곳에서 청춘을 맞이했고, 페이스는 여기에서 말과 걸음마를 배우며 소녀 시절을 맞게 되었다. 앤드류는 이 집에서 원기를 회복한 뒤, 새로운 용기를 갖고 전도와 계몽을 위한 긴 여행에 나섰다. 또한 케어리의 호의와 박애심이 눈부시게 발휘된 것도 이 집에서였다. 몇 쌍의 젊은 미국인 부부는 처음 겪는 동양에서의 생활에 갈피를 못 잡고 있었는데, 이 집을 방문한 후부터는 새로운 인생을 살아가게 되었다. 피로한 선교사들은 이 집에서 휴식을 취할 수 있게 되었다. 정처없이 떠도는 부랑자들도 이 집에서 잠을 잤다. 그들은 거대한 동양의 바다로 우연히 떠밀려 온, 잡초 같은 떠돌이 패거리들이었는데, 그들 자신도 어디서 왔는지 모르고 있었으므로 물론 행선지도 정해져 있지 않았다. 그러한 사람들뿐만 아니라, 돌아갈 집도 없고 슬픈 운명을 짊어진 사람들도 모두 어떻게 알았는지 케어리의 집을 찾았다. 케어리는 이러한 사람들을 친절히 맞아들여서 청결한 생활을 할 수 있도록 배려해 주었으며, 충분한 휴식과 식사를 제공해 주었는데, 정신적인 격려도 아끼지 않으며 그들의 재출발하는 모습을 지켜보았다.

이러한 사람들을 상대로 하여 엮어지는 케어리의 말은 이상적인 일에 대한 현실적이고 명랑한 대화에서 거의 벗어나지 않았다. 케어리는 설교 같은 것을 즐겨 하지 않았기 때문이다. 근래에 애송하고 있는 찬송가라든가 오라토리오의 한 구절을 노래했는데, 저녁놀이 물든 고요한 집안에 사색과 공상이 가득 찰 무렵, 케어리는 풍부하고도 선량함이 가득 깃든 다정한 마음으로 노래를 부르는 것이었다. 나중에는 노래에 아무런 노력을 기울이지 않고도 그 효과가 자연히 나타났다.

어떤 때는 한 사람의 이상한 방랑자가 찾아와서 한 주일씩 묵고 가는 일도 있었다. 정체는 아무도 알 수 없으나, 본인은 미국인이라고 자랑스럽게 말했다. 그러고 보니, 미국 북부의 장사꾼들이 쓰는 말투와 비슷한 것 같았다. 그러나 세상으로부터 천대받고 찌들었는지, 미국인은커녕 거의 인간적인 면모조차 찾아볼 수 없었다. 이 사나이는 언제나 열심히 먹고 점잖게 남의 말을 듣는 폼이 아마도 식객이 될 자질이 풍부한 것 같았다. 그는 입을 열기만 하면 상스런 말이 튀어나오는 자기 버릇이 여기에는 적당치 않다고 막연히 깨닫고 있는 듯했다. 이 사내는 충분한 휴식을 취하자 허우대가 멀쩡해졌다. 이 집을 떠나려고 앤드류의 옷 한 벌에 구두를 빌려 치장을 하고는 잠시 현관에서 머뭇거리더니 이렇게 말했다.

"미국을 두 번 다시 볼 수 없으리라 생각했었는데……. 부인, 나는 이 집에서 미국을 보았습니다."

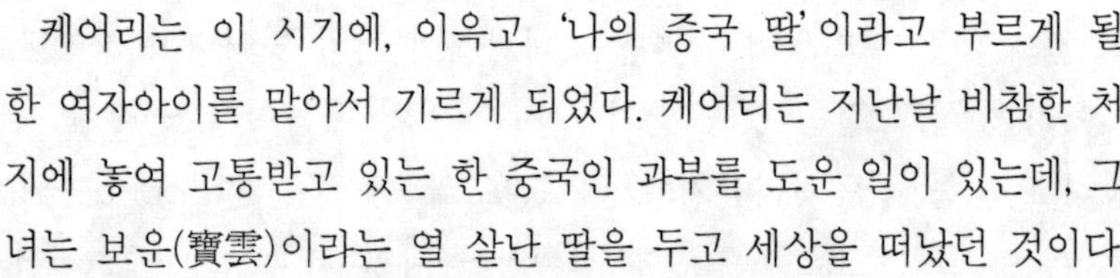

케어리는 이 시기에, 이윽고 '나의 중국 딸'이라고 부르게 될 한 여자아이를 맡아서 기르게 되었다. 케어리는 지난날 비참한 처지에 놓여 고통받고 있는 한 중국인 과부를 도운 일이 있는데, 그녀는 보운(寶雲)이라는 열 살난 딸을 두고 세상을 떠났던 것이다. 그 부인이 임종할 때에 케어리는 그 머리맡을 지키고 있었는데, 그녀는 가쁜 숨을 몰아쉬면서 이런 말을 남겼다.

"당신과 같이 나를 친어머니처럼 보살펴 준 사람은 없었어요. 우리 아버지는 그렇지 않아도 자식이 많은 처지에 또 딸이 태어났다고 해서 조금도 저를 귀여워해 주지 않으셨어요. 남편은 전처가 죽어 버리자 살림할 사람이 필요하다는 이유로 저를 후처로 맞아들였는데, 저는 처음부터 사랑 같은 것은 바라지도 않았습니다. 그러한 저에게 핏줄도 다른 당신이 어떻게 사랑을 베풀어 주셨을까요?"

케어리는 가슴이 뭉클해지는 것을 미소로 감추고는 조용히 대답했다.

"글쎄요. 당신의 가난한 마음이 내 마음을 사로잡았다고 할 수밖에 없겠군요. 그렇다고는 해도 우리는 모두 한 사람의 아버지이신 하느님의 자식이니까요."

그 여자는 또 입을 열었다.

"당신에게 드릴 수 있는 것은 하나밖에 없습니다. 저는 그 하나가 몹시 마음에 걸립니다. 내 딸을 당신의 자식으로 삼아 주십시오. 당신과 같은 여자로 키워 주세요."

케어리는 어머니를 잃은 그 아이를 맡았다. 그후 보운은 오랫동안에 걸쳐서 케어리 집안의 한 식구가 되었다. 보운은 1년 동안 중국인 기숙사 학교에서 제 나라 말을 교육받았다. 케어리는 이 아이를 동포와 떨어진 곳에서 생활하게 하려고는 털끝만치도 생각지 않았다. 그보다 더 큰 고독은 없다고 생각했기 때문이다. 이러한 생각에서 보운에게는 중국옷을 입혔으나, 전족만은 지키지 않았다. 당시에는 여자아이가 모두 전족을 했으므로 보운은 자신의 발이 너무 큰 것을 창피해했지만, 케어리는 그녀에게 정성들여 만든 예쁜 신을 신겨 주었다. 예쁘게 수놓아 만든 신을 신겨서 전족을 하지 않은 자연 그대로의 발이 전족 못지 않게 아름답게 보일 수도 있다는 것을 실제로 보여준 셈이다.

보운이 열일곱 살에 학교를 졸업했을 때, 변함없이 보운 자신의 동포들의 풍습을 존중하고 있던 케어리는, 그녀를 어떤 중국인 청년과 약혼시켰다. 케어리는 이 청년의 교양이나 인품을 확신하고 있었지만, 서양 풍습도 참작해서 우선 보운의 뜻을 확인할 생각으로 젊은 두 사람이 케어리의 집 거실에서 만나도록 주선했다. 당시의 중국 풍습으로는 있을 수 없는 일이었다. 보운은 뛰어난 미모에다 얌전한 규수였고, 상대편 청년도 품위를 갖추고 이목구비가 뛰어났다. 두 사람은 첫눈에 호감을 갖게 되었다. 케어리는 중매인이라는 새로운 역할에 흥미를 느끼면서 더욱 이 두 사람의 기질을 세심하게 살핀 후, 그 정도라면 행복하리라는 결론을 내리고 세부적인 면까지 될 수 있는 한 중국 고래의 의식에 따라 결혼식을 올리게 했다. 케어리가 상상한 대로 결혼 후 두 사람은 행복한 생활을 영위했다. 보운은 케어리를 '어머니'라고 불렀으며, 아이들은 케어리를 '할머니'라고 불렀다. 케어리는 넓고 큰 마음으로 그들을 모두 친자식처럼 받아들였다. 케어리에게 맡을 만한 능력만 있었다면 아이들을 내맡기려는 사람들이 많았으므로 그 아이들을 모두 받아서 길렀을지도 모른다. 이런 일 때문에 실제 몇 차례나 비극적인 장면이 연출되기도 했다. 어느날 케어리가 교회에서 몇 사람의 중국 사람들과 이야기를 나누려 하고 있는데, 느닷없이 한 사나이가 나타나서는 두 팔에 안고 있던 축 늘어진 키 큰 사내아이를 그녀 발 밑의 벽돌이 깔린 마루 위에 눕혔다.

"이건 내 자식이오."

케어리는 불쌍한 아이를 굽어보았다. 어쨌든 저 혼자서 키우기에는 역부족인 백치 소년이었다. 동정심이 크게 작용했지만, 맡아 기를 수는 없었다. 케어리는 슬픈 표정으로 고개를 저으며, 그런 아이일망정 아버지로서의 책임을 다해야 한다고 말했다. 그러자 사내는 일언방구도 없이 다시 그 축 늘어진 아무짝에도 쓸데없는 아이를 일으켜 안고는 뒤도 돌아보지 않고 가버렸다. 케어리는 생애를 마칠 때까지 이 일이 가끔 떠오르면 우울한 표정으로 말했던 것이다.

"역시 그 아이는 내가 맡았어야 하지 않았을까. 그랬으면 어떻게 키워 나갈 수 있었을지도 모르는데……."

케어리의 중년 생활은 너무도 바빴고 행복한 나날이었다. 그녀의 표정이나 행동에서 볼 수 있었던 젊음에 넘치던 명랑함은 조용하고 차분한 침착성으로 변모했다. 그녀는 너무나 많은 사람의 모습을 보아왔으며, 그 가운데는 이해할 수 없는 것이 너무도 많았다. 그러나 해결할 수 없는 불가항력적인 현실을 그냥 잠자코 바라볼 수밖에 없었으며, 젊었을 때부터 품고 있던 하느님에 대한 겸손치 못한 의혹 또한 버리지 않을 수 없었다. 전과 같이 떠들썩하게 즐기려는 생각도 이젠 없다. 가끔 그런 기분이 들 때도 있었는데, 그것은 바로 두 어린 딸이 기대하고 있던 기회였다. 어머니가 명랑하게 법석을 피울 때는 아이들의 생활도 밝게 빛났다. 케어리의 유머는 마치 봄바람과 같이 훈훈했다. 그러한 경우에는 그녀의 갈색 눈이 어느새 빛을 발하고, 그녀 주위가 갑자기 환해지는 것 같았다. 그러면 아이들은 고대하면서 어머니의 말을 기다린다. 그 밝은 웃음 뒤에는 틀림없이 뭔가 재미있는 일이 숨겨져 있기 때문이다. 장난스런 노래일지도 모른다. 케어리는 즉흥적인 노래를 지어부를 수 있는 재능도 지니고 있었으므로, 일단 흥이라도 나면 우스꽝스런 가사를 붙여서 연거푸 노래를 불러 주었다. 아이들은 좋아서 까르르 웃음을 터뜨리는데, 앤드류에겐 이와 같은 무의미한 장난이란 고통만 안겨줄 뿐이었다. 그는 처음에는 조용히, 나중에는 어찌할 바를 몰라하면서 손을 높이들고는 애원을 했다.

"여보! 여보! 제발 부탁이야!"

그러나 이러한 남편의 얼굴을 보면 더욱더 장난기가 발동했던 케어리는 표정이 더욱 밝아지며 전보다 더 신나게 노래를 부르는 것이었다. 그러다가 앤드류가 진짜 짜증을 내는 것 같으면, 마지막으로 지금보다 더 멋진 가사로 한 곡조 큰 소리로 부른 후에 끝을 맺는다. 가끔 선량하지만 머리가 좀 둔한 사람이 전도 강연이나 부흥회에 참석이라도 하면, 그녀는 집으로 돌아와서 점잔 빼는 그들의 말을 흉내내서 앤드류를 어처구니없게 만드는 반면, 아이들을 즐겁게 했다. 케어리는 천성적으로 남의 흉내를 잘 내어서, 그녀가 누군가의 흉내를 내는 날이면 목소리는 물론 표정까지도 그 사람과 똑같이 되어 버렸다.

그러나 케어리는 신이 나서 법석만 피우는 데 그치는 어머니는 아니었다. 아이들이 즐거워서 환성을 지르면 이따금 공연히 불안에 사로잡히며, 갑자기 자신을 억누르고 정색하며 말했다.

"존슨씨처럼 선량한 분을—그토록 선량한 신자를—우스개감으로 만들다니, 엄마도 참 나쁘지. 너희들은 엄마의 이같은 흉내를 내서는 안 돼, 알았니?"

이것은 케어리의 천성적인 명랑한 성격에, 감수성이 예민한 어린 시절부터 양심에 밴 청교도적인 정신과의 예로부터 계속되는 갈등이었다. 케어리는 스스로 선량한 사람이 되려고 노력했으며, 또한 앤드류처럼 하느님과의 신비스러운 관계에 엄숙히 몰입하려고 끊임없이 자신과 싸우고 있었다.

그러나 케어리에게는, 살아 있는 동안 오랜 기간에 걸쳐 평화를 누리도록 허락되진 않았다. 1900년 중국에서 권비의 난이라고 불리는 폭동이 일어났기 때문이다. 서태후는 이 노대국을 유지해 가려는 최후의 방책으로 외국 거류민을 모조리 살육한 후, 앞으로 일체 외국인의 입국을 허락하지 않겠다는 단순한 수단을 써서 중국내의 외국 세력을 일소하려는 계획을 꾀했던 것이다.

칙령은 비밀리에 중국의 모든 성(省)에 전달되었으며. 그해 여름에는 각지에서 백인이 집단 살육을 당했다는 끔찍한 뉴스가 전해졌다. 케어리의 가슴은 남은 두 아이를 지켜야 한다는 결의로 불타올랐다. 그녀는 사태의 추이를 극도로 우려하면서 직접 관계가 있는 강소성 성장(省長)이 어떻게 나올 것인가에 대해 주목했다.

이 성장은 식견이 있는 사람으로서 칙령의 어리석음을 즉시 알아차렸다. 서태후는 무지하고 편협하여, 세계적인 시야가 결여되어 있는 여자였다. 외국 거류민들의 기대에 어긋나지 않게, 성장은 그의 지배하에 있는 백인들을 죽이라는 칙령을 실행하지 않았다. 그리고 각국 영사와 협정을 맺어서, 만일 외국군함을 강소성 관할 수역에 들여보내지 않는다면 백인에 대해 안전을 보장하겠다고 약속했다.

이것으로 어느 정도 안심은 할 수 있었으나, 그것은 어디까지나 잠시 숨을 돌린 것에 지나지 않았다. 성장이 언제까지 약속을 지킬지 확실한 것은 아무것도 없었다. 어쩌면 함정에 빠진 것인지도 모른다. 백인들이 무방비 상태에 놓여 있을 동안, 앤드류와 케어리는 중국인 친구들과 어울려서 여러 차례 장시간에 걸친 대책을 논의했다. 앤드류는 하느님을 전적으로 믿으며 끝까지 버티겠노라고 주장했다. 그러나 케어리는 신앙이 그녀의 어린 자녀들을 살릴 수 없었다는 네 번의 쓰디쓴 경험을 되새기며 앤드류의 의견에 반대했다. 그러나 그들은 날마다 새로운 결심을 하면서 진강 언덕 위에 버티고 있었다.

그러면서도 앤드류는 돛단배를 소유하고 있는 한 기독교 신자 노인을 고용하여, 항구로 나아가는 길에서 과히 멀지 않은 양자강 기슭에 대기시켜 놓았다. 케어리는 사람들 눈을 피하여 되도록 빨리 갈 수 있는 지름길을 생각해 두었다. 다급한 일이 일어나면 아이들과 왕아마를 데리고, 집 뒤편에 있는 대숲을 빠져나가 갈대 사이를 누비고 연못을 지나서, 산골짜기를 거쳐 거류민 마을로 도망칠 작정이었다.

무더운 여름 동안 그들은 위기에 대처하기 위해 만반의 준비를 했다. 젖먹이의 음식을 넣은 작은 바구니와 각자가 한 켤레씩 마련한 여분의 신, 갈아입을 속옷 따위는 보자기에 싸서 손에 닿는 곳에 놓아 두었다. 또한 케어리는 할아버지한테 물려받은 작은 은기명과 아버지 하마나스가 둥근 은반지에 끼워 준 자수정, 어머니의 유품인 책 따위를 늘 소중히 여기고 있던 물건과 함께 상자에 넣어서 일꾼을 시켜 지하실 바닥에 파묻었다.

이런 위급함 속에서도 케어리는, 아이들이 주위를 둘러싸고 있는 공포의 검은 그림자를 느끼지 않도록 세심한 배려를 해주었다. 앞으로도 계속될 이 나라의 어두운 그림자로 인해 아이들 마음이 위축된다거나 그 어린 정신에 그늘이 지는 것을 그녀는 두려워했다. 그녀는 전부터 아이들을 미국에서 생활하는 것과 똑같이 밝고 평화롭게 기르려고 노력해 왔는데, 덕분에 그해 여름은 아이들이 아무것도 눈치채지 못한 채, 행복한 나날을 보낼 수 있었다. 매일 아침, 케어리가 집안일에 쫓겨 분주한 동안에도 아이들은 어머니가 생각해 낸 여러 가지 놀이나 일에 몰두하고 있었다. 케어리는 틈만 있으면 아이들과 함께 놀아 주었다. 그처럼 즐겁게 놀아 주던 어머니를 그들은 아직도 잊지 못하고 있다. 케어리는 전에 없이 한가해졌다. 찾아오는 사람이 없었던 것이다. 사람들은 때가 때이니만큼 무슨 일이 벌어질지 모른다는 생각을 했다. 또 서태후가 외국인을 적대시하고 있었으므로 자기네도 미국인을 상대하지 않는 편이 유리하다고 생각했기 때문이다.

그런 중에도 몇 안 되는 성실한 사람들은 변함없이 찾아왔다. 용감하고 대담한 행동을 좋아하는 케어리는, 그런 사람들을 정말로 훌륭하다고 생각했다. 핏속에 조상으로부터 물려받은 고귀한 정신이 불타오르는 걸 느끼면서 케어리는 그들을 향하여 박해의 때가 이르면 그 옛날 신앙심이 두터운 신자들이 모범을 보여준 것처럼, 한 사람도 빠짐없이 확고하게 신앙을 지켜나가야 할 것이라고 말했다. 그녀에게는 그만한 자신이 있었다. 혈관을 흐르는 개척자의 피가 그녀를 침착하고도 대담하게 만들었다. 고난에 직면해서 억압을 참아내어야 할 때에는 언제나 확고한 정신력을 발휘할 힘을 그녀는 지니고 있었다.

얼마 후 드디어 항구 도시에 살고 있는 미국 영사가 강소성 당국의 배신 행위를 간파하고, 앤드류에게 영사관 위에 꽂힌 국기를 항상 주의하도록 사람을 보내어 알려 주었다. 그 깃발은 베란다에서 늘상 볼 수 있었다. 만약 위험이 절박하면 우선 공포(空砲)를 발사한 다음 영사관의 미국 국기를 세 번 내릴 것이다. 그것이 신호이므로 눈에 띄면 즉시 집을 떠나 양자강 기슭으로 달려가서, 거기에 대기시켜 놓은 기선으로 피난하라는 통지였다. 다른 백인들은 모두 철수하고, 진강에 남아 있는 민간인은 앤드류의 가족뿐이었다.

케어리의 마음은 어쩔 수 없이 두 갈래로 갈라졌다. 여기에는 피를 나눈 아이들이 있다. 이 두 아이를 데리고 안전한 곳으로 가고 싶은 충동은 말할 수 없이 강하다. 하지만 그리스도와 인연을 맺은 성실한 중국인 친구 몇 사람이 공포에 떨고 있다. 이 사람들은 정신적으로 어느 정도 자기 나라 사람들과 격리되어 있었으므로, 이럴 경우 어떤 가혹한 처벌을 당할지도 모를 일이었다. 이 불안이 또다시 케어리를 붙드는 것이었다.

그래서 위험 신호가 떨어지면 케어리는 아이들과 왕아마를 데리고 피난하기로 하고, 앤드류는 뒤에 남아서 신자들을 격려하기로 했다. 케어리는 그런 결정에 동의하면서 자기도 모르게 고독을 느꼈던 모양이다. 남에게 친절을 베풀 때에도 가끔 초조해지거나 감정이 앞서는 자기에 비하면, 역시 남편이 더 선량하다고 새삼스레 느끼지 않을 수 없었다.

언제 살해될지 모르는 불안한 상태에서 보낸 몇 주일은 케어리에게 극히 엄숙한 반성을 촉구하는 결과가 되었다. 그러한 슬픔을 경험하면서도 개조되지 않으면 안 될 낡은 성격이 여전히 뿌리깊게 남아 있다는 사실, 또 젊었을 때부터 신의 실재에 대한 증명을 갈구하던 마음이 여전히 충족되지 않은 채 남아 있다는 사실이 새삼스럽게 자각되었다. 이 자각은 그녀를 대단히 겸허하고 과묵한 사람으로 만들었다. 최후의 순간이 닥쳤을 때—만일 그때가 되면 어차피 피할 수 없는 일이지만—사람들에게 어떠한 방법으로 신에 대해 가르쳐 줄 수 있을까? 자기 자신도 아직 충분히 찾아내지 못하고 있는 신을 어떻게 남에게 설명할 수가 있단 말인가?

8월의 어느 무더운 토요일 오후, 위험 신호를 본 케어리는 이같은 겸허한 마음으로 두 딸아이와 왕아마를 데리고, 앤드류의 보호하에 되도록 빨리 뒷길을 빠져나와 기선이 대기하고 있는 항구로 달려갔다. 케어리는 기선에 올라 앤드류가 있는 쪽을 뒤돌아 보았다. 부두에 모여 있는 살결이 검고 몸집이 작은 사람들 가운데 단 한 명의 외국인으로서, 흰 양복에 헬멧을 쓰고 서 있는 키 크고 살결이 흰 앤드류를 본 순간처럼 남편에 대해서 깊은 존경심을 느낀 적은 없다. 언제 다시 남편의 이 힘찬 모습을 볼 수 있을는지, 그것 또한 알 길이 없었다.

그후 8개월이 지났다. 앤드류는 여전히 임지를 지키고 있었으며, 케어리는 두 아이를 데리고 상해 하숙집의 조그만 방에서 살고 있었다. 매일 규칙적으로 아이들에게 공부를 가르치고, 시간이 있을 때에는 황포강 기슭에 좁은 땅과 경계를 이르는 조그만 공원으로 갔다. 아이들은 숨막힐 듯한 혼잡한 대도시를 벗어나서, 공기가 맑은 이 공원에서 뛰놀며 넓은 강물 위를 오가는 기선과 돛단배, 수평선 등을 지칠 줄 모르고 언제까지나 바라보았다. 이따금 거대한 원양어선이 당당하게 항구를 통과해 갔는데, 그것은 아이들뿐만 아니라 그들 모두에게도 장엄한 순간이었다. 케어리는 아이들을 옆으로 끌어당겨 기선을 가리키면서, 저것은 우리 조국인 미국에서 곧장 항해해 온 배라고 가르쳐 주었다. 왕아마는 경탄한 나머지 눈을 크게 떴고, 아이들은 꿈꾸는 듯한 눈초리로 선체를 쫓고 있었다. 두 아이는 실제로 미국을 보지 못했었다. 꿈결에서밖에 미국을 알지 못했다. 눈가에 떠오르는 꿈의 나라 미국은 언제나 한없이 아름다웠다. 푸른 하늘 밑에 펼쳐지는 담홍색 능금꽃, 마음껏 따다가 씻지도 않은 채 그대로 먹을 수 있는 가을 포도의 시원한 맛, 얼마든지 주워도 상관없는 땅에 떨어진 능금, 타고 놀 수 있는 말, 말들이 달리는 목장, 가을이면 붉게 물든 단풍나무에서 채취하는 사탕—그 모두가 헤아릴 수 없는 거대한 것, 풍부한 것이 어린 그들의 조국—미국이었다. 어마어마하게 큰 배가 지나가면, 아이들은 장난을 중단하고 미국에 대한 질문을 퍼부었다. 그리고 하숙집으로 돌아와서도 자기들의 나라인 넓고넓은 조국에 대하여 얘기를 주고받거나 상상을 통하여 뭔가 지금도 넓은 곳에서 살고 있는 듯한 기분에 잠기는 것이었다. 10개월이 지났다. 여러 외국에서 파견된 군대가 폭도를 진압한 덕분에 케어리와 가족들은 언덕 위 방갈로에 무사히 돌아갈 수 있게 되었다. 아버지와 딸, 남편과 아내가 몸 건강히 다시 만나게 된 그날은 매우 행복했다. 건물이나 정원도 별로 상한 데가 없었다. 그러나 케어리가 땅속에 묻어둔 작은 귀중품 상자만은 속이 비어 있었다. 구멍을 팔 때 거들던 하인의 짓이 분명한데, 한때는 케어리도 몹시 분개했다. 그러나 마음을 가다듬고 말했다.

"생각해 보면 불쌍한 사내예요. 이대로 두었다가는 반드시 누군가 훔쳐갈 텐데, 어차피 도둑맞을 바에는 차라리 내가 갖는 게 낫다고 생각한 모양이에요."

진심으로 미워해야 할 그릇된 행위에 대해서까지 이토록 너그러운 태도를 취할 수 있는 것이 케어리의 특색이었다. 그녀는 부정이 저질러지고 시간이 경과한 후에도 아니, 시간이 경과하면 할수록 더욱더 그 죄악을 미워했으며, 남에게 속았을 때에는 날카롭게 그것을 간파했다. 그러나 한편으로는 너그러운 마음을 속에 간직한 까닭에 부정이나 기만을 미워하면서도 그것을 이해하는 눈으로 바라볼 수 있게 되었다. 하나의 예로서 나는 이런 일을 기억하고 있다. 케어리가 상해에서 돌아온 해 겨울의 어느날, 앤드류의 조수로 있던 중국인이 자기의 봉급을 받으러 왔다. 앤드류가 집을 비우고 있었으므로, 케어리는 자기가 대신 지불해 주겠노라고 하면서 이층으로 올라가, 그녀의 작은 금고에서 은화를 꺼내서 그 남자에게 주었다. 마침 그때, 한 아이가 어머니를 불렀으므로 잠시 그 자리를 떴다. 다시 자리에 돌아왔을 때 그 사나이가 말했다.

"부인, 지금 주신 은화 가운데 한 개가 가짜입니다. 죄송하지만 바꿔 줄 수 없을까요?"

이렇게 말하며 사나이가 내보인 것은 분명히 납으로 만든 1달러짜리 가짜 돈이었다. 케어리는 재빨리 그 은화를 손으로 만져 보았다. 따뜻했다. 방금 금고에서 꺼낸 은화라면 추운 방에 있었으므로 얼음처럼 차가울 것이다. 이 1달러짜리 화폐가 따뜻한 것은 사나이의 체온 때문임이 틀림없었다. 케어리는 조용히 말했다.

"그렇지 않아요. 이것은 당신의 몸에 지니고 있었던 것입니다."

사나이의 눈을 직시하고 있던 케어리의 눈에는 차츰 가엾게 여기는 빛이 짙어갔다. 그녀는 측은한 듯이 그 사나이를 바라보았다.

"당신은 겨우 1달러 때문에 당신의 정직한 마음을 짓밟을 생각입니까?"

사나이는 눈길을 떨구고 말없이 그 자리를 떴다. 케어리는 이전부터 이 사나이의 성실함을 믿고 있었기에 더욱더 마음이 아팠다.

나는 겨울 이야기를 너무 서둘러 한 것 같다. 가을에도 역시 난처한 일이 있었던 것이다. 해마다 여름이 지나면 이 나라 일대에 콜레라가 크게 유행했으므로, 케어리는 그것이 수습될 때까지는 공포에 사로잡혀 음식을 조리하거나 물을 끓일 때에도 극도로 조심을 했다. 아직 치료법도 제대로 알려져 있지 않던 이 시대에는 전염 속도가 급속히 빠른 무서운 병이었으므로, 일단 콜레라에 걸리기만 하면 치료할 겨를도 없이 죽는 예가 허다했다. 그해 가을 어느날 밤 왕아마가 콜레라에 걸렸는데, 잠이 든 케어리를 깨우기가 미안해서 혼자 괴로워하고 있었다.

그러나 케어리는 왕아마가 토하고 괴로워하는 소리를 듣고 눈을 떴다. 원래 케어리는 잠이 깊이 들지 않는 편인데, 예측하지 못한 일만 발생하는 이 나라에 온 후부터 그녀는 자신이 말하듯 반은 눈을 뜨고 자는 버릇이 생겼다. 그녀는 곧 자리에서 일어나 맨발로 왕아마의 방으로 급히 달려갔다. 밤에 복도를 달려간다는 것은 급한 일이 있다는 징조이며, 이럴 때는 언제나 맨발이었다. 그러나 지네가 많은 그 집에서 그런 행동을 한다는 것은 위험한 일이었다. 케어리는 왕아마의 침실을 들여다보는 순간, 격심한 공포에 사로잡혔다. 왕아마는 그때 혼수상태에 빠져들고 있는 중이었다. 이런 경우에는 늘 그렇듯 화가 치밀어올랐다. 왕아마가 이렇게 죽어서야 될 말인가. 케어리는 급히 부엌으로 달려가서 아궁이에 불을 지피고, 커다란 쇠대야에 물을 가득 부었다. 그런 다음 왕아마의 목구멍에 열탕과 위스키를 부어 주고, 두 손을 주물러 따뜻하게 해주었다. 그러고는 비치해 두었던 몇 종류의 약을 먹였다. 쇠대야의 물이 끓자, 이번에는 왕아마를 안아 일으켜 얼굴만 내놓고 전신을 더운 물로 적셨다. 그러고 나서 왕아마의 입에 우유와 물을 부어 넣어 목을 부드럽게 쓰다듬게 한 다음, 그것이 식도를 타고 넘어가게 했다. 이렇게 억지 치료를 한 덕분에 이튿날 새벽 왕아마는 겨우 의식을 회복했다. 아직도 매우 쇠약하기는 했으나, 목숨만은 건진 것이다.

이때서야 케어리는 앤드류를 깨웠다. 그전에는 너무도 다급해서 누구를 부를 여유도 없었다. 그녀는 감염될 우려가 있으므로 남편을 저만큼 떨어진 곳에 세우고, 아이들에게 취할 조치를 지시했다. 사태가 긴박한만큼 앤드류에게는 그가 지니고 있는 능력을 최대한 발휘해 달라고 부탁했다.

"당신, 오늘 아침에는 기도에 너무 많은 시간을 들이지 말아 주세요. 그냥 내버려 두면 아이들은 아침 식사도 하기 전에 야단법석을 벌일 테니까요."

앤드류는 타이르는 듯한 시선을 아내에게 보냈으나, 아무 말도 하지 않았다. 그런 다음 케어리는 곧 마당 한구석에 있는 밭일 할 때 쓰는 도구를 넣어 두는 조그만 헛간으로 왕아마를 옮기고는, 거기서 커다란 목소리로 남편에게 여러 가지 지시를 했다. 이러한 아내의 지시에 충실하게 따르려 했던 1주일간에 걸친 노력은, 앤드류의 명예를 지켜 준 일 중 하나로 손꼽을 수 있을 것이다.

1주일이 지나자, 왕아마는 소독을 받고 자기 방으로 돌아갈 정도로 좋아졌다. 그후 케어리와 왕아마의 결합은 더욱 강해졌다. 왕아마는 케어리가 제 아이들 곁을 떠나, 전염될지도 모르는 생명의 위험을 무릅쓰고 간호해 준 사실을 결코 잊지 않았다. 그래서 이상하다는 듯 케어리에게 물었다.

"누구도 두번 다시 돌아보지 않는 저처럼 천한 인간, 피부가 누런 사람에게 생명의 위험도 무릅쓰고 간호를 해주시다니 당신은 어떤 분이십니까? 정말 당신은 어떠한 마음을 지니신 분이십니까?"

그러한 말을 들을 때면 언제나 부끄러워한 그녀였는데, 이때도 민망한 생각이 들었다. 그녀는 앤드류에게, 사실 그때 내 한 몸의 위험을 생각했다면 왕아마를 간호하는 일은 도저히 불가능했겠지만, 불결한 콜레라가 왕아마에게 침범했다는 사실에 화가 치밀어서 다른 문제들은 생각할 겨를조차 없었다고 고백했다. 케어리에게는 분노가 항상 진격 나팔과도 같은 구실을 했다.

"그렇지만 하느님을 위해서 일했다고는 말할 수 없어요."

케어리는 불안한 눈초리로 말했다. 무슨 연유인지 케어리는 언제나 하느님을 위해서 일한다는 생각을 잊고 있었다.

"무슨 일이든지 하느님의 이름으로 한다는 생각을 잊어서는 안될 텐데."

그러자 케어리의 영혼을 우려하며 앤드류는 말했다.

"하지만 시간이 없잖아요. 어떤 사람이 지금 죽어가고 있을 때, 왜 그 사람을 돕느냐 하는 이유를 따질 겨를은 없어요. 중요한 것은 당장에 도와 주는 일이니까요."

하지만 이 부부간에는 세계와 그 모든 것이 가로놓여 있어서,

두 사람은 서로를 이해하지 못한 채 얼굴만 마주볼 뿐이었다. 앤드류는 어떠한 일을 하든 간에 신을 잊은 일이 없었다. 그러나 케어리로서는 인생 그 자체가 지닌 풍부한 내용만으로도 충분한 것이었다.

케어리의 생애를 추적해 온 나는 여기에서 고령(牯嶺), 즉 여산(廬山)에 대한 이야기를 해야겠다. 아무래도 왕아마가 앓은 이야기를 한 다음에는 그 이야기를 하는 것이 순서일 것이다. 케어리는 또 이런 말을 했다.

"해마다 여름철이 되면 무슨 변이 일어나거든. 여름 동안만이라도 이 양자강의 심한 더위를 피할 수 있다면 아이들 걱정을 이토록 심각하게 하지 않아도 될 텐데."

양자강 유역에 살고 있는 백인들은 건강에 대해서 역시 똑같은 고민을 갖고 있었다. 그런데 여산의 어느 산악 지대에서 사냥을 하던 어떤 영국인이 높은 산골짜기에 있는 아름답고 완만한 경사지를 발견했다. 그것은 피서지로서는 최고의 장소였다. 그곳은 한여름에도 새벽이나 저녁이 되면 서늘할 정도였고, 낮에는 산골짜기에 흐르는 시냇물과 안개 때문에 매우 시원한 곳이었다. 그 영국인은 대단한 곳을 발견했다며 사방으로 자랑을 하며 돌아다녔다. 그 덕분에 상당수의 백인들이 협력을 해서 땅을 빌리고는, 근처에 산재해 있는 돌로 조그만 별장을 짓기 시작했다.

케어리는 앤드류를 설득시켜서 그 장소를 보고 오라고 일렀다.

그곳을 돌아보고 온 앤드류는 이렇게 말했다.

"내가 보기에는 세계 어느 곳보다도 미국의 우리 고향을 닮았어."

그것으로 충분했다. 그들은 있는 돈을 긁어 모아 약간의 토지를 사들였다. 케어리도 이때만은 아버지의 신약성서 출판자금을 무단히 꺼내 썼던 것 같다. 이듬해 여름 케어리는 아이들을 데리고 기선으로 양자강 기슭을 거슬러 올라가 여산 가까운 도시에 상륙했다. 거기에서 가마를 타고 꼭 하루에 걸쳐, 몇 마일이나 계속되는 논과 논 사이를 지나 대나무 숲이 덮여 파도처럼 굽이치는 언덕을 넘어 본격적인 산길에 이르렀다.

산기슭의 공기는 습하고 무더위는 찌는 듯 숨막혔다. 그러나 가마를 운반하는 교군(轎軍)이 산등성이로 오르기 시작하면서부터는 말할 수 없이 상쾌한 공기가 피부를 스쳤으므로 케어리는 흥분해 있었다. 그 공기는 웨스트 버지니아의 산공기와 똑같은 내음을 지니고 있었다. 케어리는 고향을 떠나온 후 이러한 산내음을 맡아 본 적이 한 번도 없었다. 두 시간 동안은 계속 가파른 오르막길이었다. 길이라고는 하나, 산허리를 돌면서 올라가는 실오라기 같은 오솔길이었다. 눈 아래는 뾰족한 바위가 솟은 협곡이 보이고, 산꼭대기에서 흘러내리는 물이 그 협곡에서 폭포를 이루며 은빛 물보라를 일으키거나, 혹은 못이 되어 조용히 감돌고 있었다.

그 위에는 아름다운 산꽃이 만발한 꽃밭—그것은 미국에서는 보지 못했던 꽃들이었다. 미국산에서 피는 꽃은 희고 향기가 없으면서 우아하나, 가마 안에서 얼핏 스쳐 보이는 이곳의 꽃은 빨간 꽃잎에 까만 점이 있는 참나리꽃이 아니면 꽃잎 뒤에 보랏빛 줄

무늬가 있는 키 큰 흰나리꽃이다. 또한 이르는 곳마다 잎이 길고 부드러운 양치식물이 널려 있었으며, 무성한 소나무 숲이나 깃털처럼 잎사귀를 서걱대는 대나무 숲 밑바닥에는 이끼가 두텁게 덮여 있었다. 넝쿨식물은 꽃의 폭포를 이루며 나무에 걸려 있었다. 향기가 좋은 꽃이었다. 갑자기 산의 고요를 깨고 들새가 맑은 소리로 아름답게 지저귀기 시작했다. 심산의 운치가 깃든 낭랑한 가락이었다.

그녀의 밀을 빌리자면, 너무나 많은 사람이 태어나서 너무나 많은 사람이 죽어가는, 인구가 지나치게 많은 이 나라에서 이처럼 아름다운 광경을 보리라고는 꿈에도 생각지 못했다는 것이다. 가마에 기대어 케어리가 눈앞에 치솟은 산봉우리로부터 흰 안개가 피어오르는 것을 황홀하게 바라보고 있는 동안, 교군들은 계속 위를 향해 올라갔다. 이대로 가다간 하늘을 뚫지나 않을까 염려하고 있는데, 전혀 생각지도 않은 곳에서 길을 꺾더니 더욱 좁은 길로 들어서는 것이었다. 차가운 기운을 품고 있는 계곡의 생명과 활력이 넘치는 시원한 바람이 그들을 맞았다.

교군들은 그곳에서 가마를 내려놓고, 웃통을 벗고는 등허리에서 흘러내리는 땀을 식혔다. 그러고는 시원한 바람에 답례라도 하듯이 갑자기 큰 소리를 질렀다. 그들의 맑은 소리는 골짜기에서 골짜기로 메아리쳐 갔다.

"라 라 라 후우 우우—"

그 소리를 듣는 순간, 케어리 자신도 그와 같이 환희의 외침을 메아리치고 싶었다. 그것은 산에 대한 기이하면서도 야성미 넘친 인사였다.

마침내 마지막 경사에 다다랐다. 짧고도 가파른 오솔길인데, 그 길만 오르면 이 근처의 산 가운데서는 가장 높은 몇 개의 봉우리로 겹겹이 둘러쳐진 커다란 술잔처럼 생긴 골짜기에 이르게 된다. 그 술잔 모양의 골짜기 한구석에 앤드류가 세운 세 개의 방이 달린 석조 별장이 있다.

이 집과 골짜기의 아름다움과 시원함이 그로부터 수년간 케어리에게 얼마나 많은 의미를 주었는지 아무도 모른다. 밤의 시원함과 함께 평안한 잠이 주는 위안, 상쾌한 산 공기를 마음껏 들이켜고, 끓이지 않고도 마실 수 있는 바위 틈에서 흘러내리는 차고 맑은 물, 전염병의 공포에서 해방되었던 두 달간의 안심할 수 있는 생활, 예년 같으면 타는 듯한 더위로 인한 수면 부족으로 온갖 땀띠와 부스럼에 시달려서 여름이 다 갈 때쯤이면 창백한 안색을 하고 있을 아이들이 이곳에서는 도리어 살이 찌고 혈색이 좋은 것을 보는 기쁨—그 기쁨은 뭐라고 표현할 수 없는 것이었다. 그녀는 감사하는 마음이 솟구쳐오를 때에는 이따금 아이들과 함께 소리 높이 기도를 올렸다. 그것은 역시 짧은 기도였고, 입에서 흘러나오는 말이라기보다는 심장의 고동과도 같은 것이었다. 그와 같은 기도를 케어리는 하느님에게 올렸다. 하느님이 그 기도를 받아들이든 않든 간에 마음 속에서 우러나오는 감사를 그대로 하늘에 띄워 보낸 것이다.

케어리는 아이들과 함께 자주 이산 저산을 거닐며, 여기저기에서 도시락을 펼쳐 놓고 즐겼다. 아이들 못지않게 집 밖에서 음식 먹기를 좋아하는 그녀는, 앤드류가 없으면 가끔 이런 제안을 했다.

"자아, 각자 그릇을 들고 나가서 밖에서 먹읍시다!"

　이러한 말이 떨어지면 식구들은 모두 집 앞 층층대에 걸터앉거나, 마음 내키면 산허리에 앉아서 식사를 했다. 또한 산 속에서 흔히 볼 수 있는 아주 짧은 찰나의 일몰도 지켜보았다. 그러한 일들은 앤드류가 없을 때에만 가능했다. 앤드류는 유난스러운 행동을 싫어했다. 그가 집에 있을 때는 모두가 식탁 앞에 단정히 앉아 기도부터 시작한 후 세 차례의 식사를 하지 않으면 안 되었다. 앤드류는 가끔 짧은 휴가를 얻어 이곳에 오긴 했으나, 아이들만큼 더위를 타지는 않는 것 같았다. 육안으로는 해마다 수척해져 감을 엿볼 수 있는데, 건강에 대해서는 점점 더 자신이 있는 모양이었다. 케어리와는 달리 남의 고통을 자신의 육체나 마음의 고통처럼 느끼지 않는 형이었다. 음악은 그에게는 아무런 의미가 없었으며, 시는 물론 자연의 아름다움조차 거의 사로잡을 힘이 없는 듯했다. 고뇌하는 인간의 외침도 그에게는 신이 내리는 정당한 처벌에 대해서 반항하는 죄인들의 외침으로밖에는 들리지 않았다.

　세월이 흐름에 따라 부부간의 이 성격 차이는 한층 확대되었으며 점점 더 명백해졌는데, 그것은 어쩔 수 없는 일이었다. 케어리는 이 부조리를 인정하지 않으려 했으나, 간혹 사소한 일로 인해서 무의식중에 그것을 드러내곤 했다. 아내의 이런 태도를 신이 내린 시련으로 생각하고는 묵묵히 받아들이고 있다는 것을 케어리 자신도 알고 있었다. 케어리는 앤드류가 불평을 조금도 드러내지 않는 태도를 고맙게 생각하기는커녕 오히려 딱하게 생각했다.

자신은 아직도 과히 선량하다고는 할 수 없으며, 남편이 자신보다 훨씬 선량한 사람이라는 불안한 생각이 들었기 때문이다.

그렇지만 설사 그것이 표면에 드러난다고 해도, 아이들이 케어리 옆에서 의지하고 있는 동안은 크게 문제가 되지 않았다. 케어리처럼 어머니다운 덕성을 풍부하게 지닌 여성은 찾아보기 힘들다. 우는 아이를 달래려고 재미있는 동요나 민요를 계속 불러 주고, 쾌활한 농담도 한다. 그렇게 해서 아이들에게 명랑한 기분을 안겨 주는 것이었다. 그리고 다급할 때에는 손을 민첩하게 움직여서 시중을 들어 주기도 하고 말없이 병간호도 한다. 그렇지만 케어리가 완전한 한 사람의 어머니가 되는 것은 매년 여산에서 생활하는 동안만이었다. 그때만은 케어리 자신의 모든 것을 자유롭게 아이들에게 안겨 줄 수가 있었다. 케어리는 아이들과 함께 이곳 저곳의 아름다운 자연을 찾아다녔으며, 하늘에 뚜렷한 윤곽을 드러낸 깎아세운 듯한 낭떠러지가 이상스러운 형태로 치솟아 있는 바위를 사랑할 수 있는 마음을 가르쳐 주었다. 케어리는 그런 아름다움을 방안에까지 옮겨서 고사리나 산에 피는 꽃으로 장식했다.

케어리가 신의 존재를 탐구하는 일에 전념한 적은 한 번도 없는데, 아마 이 산 위에서 살았을 때만큼 그것에 대해 쉽게 탐구할 수 있었던 기회는 다시 또 없을 것이다. 왜냐하면 인간의 고뇌가 드러나지 않는 곳에서는 신이 무척 가깝게 느껴지기 때문이다. 아름다움에 묻혀 사는 덕분에 인내성이 강해지고 선량해지기 쉬운 이러한 곳에서는 조만간 신을 볼 수 있으리라고 케어리는 생각했다. 이곳으로 피서를 온 기독교 교도의 수가 늘어난 관계로 여기에도 조그만 석조 교회가 세워졌는데, 그후부터 케어리는 일요일 아침이면 꼭 예배에 참석했다. 예배에 사람들을 부르는 조그만 종소리의 맑은 소리는 그녀의 기쁨 중 하나가 되었다. 케어리가 고향을 회상하지 않고 그 종소리를 들은 적은 한 번도 없었다. 그 종소리에 이끌려 교회로 간 것도 바다 건너에 있는 고향을 그리워하는 마음이 대부분을 차지하고 있었다. 그러나 예배와 찬송을 드리기 위해서 갔다는 것도 부인 못할 사실이다. 가령 이해하기 어려운 것을 이해하기 위해서 갔다고 해도 역시 그렇다. 이 미국 부인은 타고난 성격과 가정 교육에 의해서 온갖 기쁨을 맛볼 때마다 현재의 자기보다 더 높은 경지에 도달하기를 원하는 사람으로 변모되고 있었다. 그러므로 케어리의 심령은 드높은 곳에 있는 어떤 것을 탐구해 마지않았다. 인생이 값진 것이라고 생각할 때마다 찬송과 감사를 드리지 않으면 안 될 어떤 것을 희구하는 것이었다. 행복과 평화를 누릴 경우에는 최대한의 노력으로 마음 속의 미덕을 발휘하고, 고난이나 고통을 당할 경우에는 화를 내면서 도전적인 태도로 임하는 여인, 케어리는 바로 그런 사람이었다.

어언 9년의 세월이 흘러서 앤드류의 가족은 원하기만 하면 다시 1년간의 휴가를 얻어 귀국할 수 있게 되었다. 그들은 여산에 있는 별장을 원하는 친구 가족에게 빌려 주고는, 6월에 중국에서 태평양을 건너 미국으로 떠나는 선박으로 여행을 하기로 했다. 지난 몇 해 동안에 에드윈은 어엿한 청년이 되어 있었다. 아들을 염려하는 마음 때문에 편안한 잠을 이루지 못했던 날도 많았던만큼 케어리로서는 그간의 세월이 무한히 길게 느껴졌다. 에드윈은 고등학교를 졸업하고 지금은 대학에 들어갈 준비를 하고 있었으므로, 이번에 미국에 돌아가면 그 흰 칠을 한 커다란 집이 아니라 에드윈이 입학할 도시에서 1년을 보낼 작정이었다. 그 대학은 부친인 앤드류가 다니던 곳으로서, 역사적으로 유서깊은 분위기로 충만된 버지니아주의 조그만 옛 도시인 렉싱턴에 있었다. 케어리는 그 도시라면 아직 가보지 못한 조국을 그리워하는 아이들에게 미국의 좋은 점을 충분히 맛보게 해줄 수 있으리라고 생각하며 그곳에서의 생활을 즐겁게 기대하고 있었다.

하지만 그러기 위해서는 먼저 바다를 건너지 않으면 안 되었다. 케어리는 항상 그렇듯 배멀미가 심해서 고생을 했으며, 샌프란시스코가 다가왔을 때에는 육지가 그리워 초조한 마음으로 상륙을 기다리기도 했다. 그래도 막상 상륙하자, 어린 두 딸에게 이것저것 손짓을 하며 가르쳐 주었다. 어린아이들은 눈을 휘둥그렇게 뜨며 보이는 것마다 감탄해 마지않았다. 그리고 수도나 전기 같은 놀라운 기술이나 고층 건물의 의젓한 모습에도 무한한 자랑을 느꼈다. 이것이 모두 미국이다. 미국은 우리 조국이 아닌가!

이 아이들에게 충격을 준 것이 하나 있었다. 그것은 백인들이 트럭에 짐을 싣거나 손으로 들어 나르는 광경이었다.

컴포트는 놀라운 표정으로 이렇게 물었다.

"어머니, 여기서는 쿨리도 백인인가요?"

케어리는 큰 소리로 웃으며, 이렇게 대답했다.

"우리나라에는 쿨리라는 것이 없단다. 그러니까 모두 다 행복한 거야. 누구나 다 같이 일을 하는 거지. 손수 일하는 것은 조금도 부끄러운 일이 아니야."

그래서 그러한 질문을 받을 때마다 여간 조심을 하지 않으면 어린아이들이 동양의 관습에 물들겠다고 크게 걱정하지 않을 수 없었다. 고심한 끝에 케어리는 한 해 동안 컴포트에게 요리, 재봉, 접시닦기 등 여자가 해야 할 일들을 가르칠 필요성을 느꼈다. 케어리는 가정일에 몰두하는 것이 여자의 불만에 대한 최상의 약이리고 확신하고 있었다.

"여자는 어느 누구를 막론하고 살림을 잘 해야 해. 빵 굽는 일, 요리, 재봉, 모두 다 할 줄 알아야 한다. 아무리 하인을 많이 두어도 여자라면 그 정도의 일쯤은 해야 한다."

케어리는 컴포트가 이러한 일에 불만스러운 태도를 보이면 다음과 같은 말로써 타일렀다.

"한평생 살다 보면 언젠가는 그러한 일을 자기가 직접 하지 않으면 안 될 때가 올 거야. 특히 미국인들은 누구든 다 일을 해야만 해!"

이것이 최후의 결정적인 말이었다.

미국 대륙을 횡단하는 기차 여행은 케어리에게는 언제나 기쁨이고 또한 매력으로 느껴졌다. 눈앞에 전개되는 조국의 풍경을 바라보며 산과 들, 전원의 아름다움을 만끽하고, 저녁이면 집집마다 등불이 하나 둘씩 켜지면서 마을이나 도시의 생활 속으로 파고드

는 모습을 보고 있노라니, 마치 음악을 듣는 기쁨과도 같았다. 케어리는 창가에 앉아서 눈을 반짝이며 변화무쌍한 야외극을 지칠 줄 모르고 바라보았다. 보잘것없는 작은 변화도 놓치지 않았다. 번영의 기미가 보이면 날 듯이 기뻐하며 아이들에게 하나하나 가리키면서 설명해 주었다.

이번 미국 여행은 케어리에게 특별한 의미를 주는 것 같았다. 그것은 장성한 에드윈이 기다리고 있기 때문이었다.

또다시 고향 마을로 돌아왔다. 흰 문과 커다란 단풍나무, 영원한 내 집이라고 생각되는 커다란 집이 있다. 아버지도 계셨다. 수척하기는 했으나, 젊은이처럼 자세는 꼿꼿하다. 흰 머리카락과 흰 와이셔츠, 까만 양복에서 그의 취미가 여전히 까다롭다는 것을 엿보게 한다. 하마나스는 아무리 늙어도 허영심을 버리지 못했단 말인가. 또 백발에다가 등이 굽어서 퍽 늙어 보이는 사람이 하나 있었다. 이 사람이 오빠 코넬리어스란 말인가. 그렇다면 여기에 있는 젊은 여자들은 오빠의 딸들이고, 붉은 볼에 어깨가 벌어지고 몸집이 큰 저 젊은이가 아들이란 말인가. 그 아들의 아내도 침착한 것이 주부다워 보였다. 분명히 9년이란 세월이 흘렀다. 처녀 시절에 쓰던 방안에 들어가서 거울에 자신의 모습을 비쳐보니, 관자놀이 위에 두 가닥 흰 머리카락이 나부끼고 안색도 창백했다.

자매들이 모두 가정을 가지고 있어서 현관에 마중을 나오지 못한 관계로 집 전체가 어딘지 모르게 서먹서먹하게 느껴졌다. 그러나 그 집안에 믿음직한 얼굴에 늘씬하게 큰 청년이 수줍은 듯 서 있었다. 에드윈이었다. 케어리는 아들의 목을 끌어안으려 했으나, 너무도 키가 커서 허리를 구부리지 않으면 목에 팔을 감을 수도 없었다. 코안경을 걸치고 높은 칼라를 단 모습은 아무리 봐도 스물한 살난 청년으로 보이지 않았다. 케어리와 눈이 마주친 에드윈의 눈에는 부드럽고 성실하며 지성까지 갖춰져 있었다. 그 진지한 근시안 속에 무엇이 숨어 있는지 새롭게 발견하지 않으면 안 되었다. 이제는 자신이 데리고 키우던 자식이 아닌 것이다.

케어리는 두 딸과 함께 농장과 마을을 보러 다니면서 추억이 담긴 장소를 빼놓지 않고 설명해 주었으며 옛 친구들도 만나보았다. 모든 것이 즐거운 일이었다. 이 조용한 고향이야말로 전형적인 미국이라고 케어리는 생각했다. 일요일이면 빠짐없이 교회에 가는 즐거움, 잠시도 잊지 않았던 저 나직하고 맑은 종소리를 들었던 추억이 되살아났다. 하마나스는 나이가 무척 들었음에도 옛날과 다름없이 한 줄로 늘어선 가족의 선두에 서서 교회를 향해 걸어갔다. 케어리도 앤드류, 그리고 세 아이와 함께 이 사랑스러운 의식에 참가했다.

교회에서는 앤드류의 형님이 전과 다름없이 설교를 하고 있었으나, 백발이 되어 매우 노쇠해 보였다. 남북전쟁 당시에 굶주리며 지치던 몸과 마음이 완전히 회복되지 않은데다가 예전에 입은 허리 부상으로 인하여 몸이 늘 쑤시는 것이었다. 그러면서도 기력을 모아 근엄한 어조로 세속을 초월한 교리 해설과도 같은 설교를 계속하고 있었다. 그 음성을 다시 듣는다는 것이 케어리의 영혼에는 무엇보다 귀중한 양식이 되었다. 오, 아메리카, 나의 조국! 이 나라를 다시 어떻게 떠날 수 있으랴.

케어리는 여름 내내 예전과 같이 버터도 만들고, 나무 그늘에서 빨래도 하고, 버터 만드는 방에서 옷을 다리고, 과일 통조림을 만드는 일도 도왔다. 또한 결혼한 형제들의 가정을 두루 방문했다. 저 자그마하던 그리터가 벌써 까만 눈을 한 아기의 애엄마가 되었다니. 과연 어린 시절의 천진난만하던 장난기는 없어진 듯하나, 그렇다고 완전히 사라진 것 같지는 않았다. 게다가 루사, 네 아이의 아버지가 된 침착한 실업가가 루사인가, 이와 같이 즐거운 여름을 보낸 뒤, 케어리 일가는 렉싱턴 변두리에 몇 개의 가구가 갖추어져 있는 낡은 집을 얻어 살기로 했다. 미국에서 처음으로 자기 가정을 갖게 된 것이다. 남북전쟁 때 세워진 구식 가옥인데, 부엌은 안채에서 무척 떨어진 노예의 행랑방에 가까운 건물 안에 있었다. 그래서 요리를 할 때마다 황폐한 마당을 오가야만 했다. 다른 사람이라면 싫어했을 테지만, 케어리에게는 마당 저편에 보이는 언덕의 경사면이나 수풀을 바라보는 것이 큰 기쁨이었다. 그래서 그런지 케어리는 콧노래와 경쾌한 발걸음으로 무슨 일이든 수월하게 해낼 수 있었다. 중국에서의 일을 생각한다면 이런 일은 일 같지도 않았다. 여기서는 가족의 시중만 들면 되었다. 식구들을 위해서 음식을 만들고, 뒷바라지도 해주고, 즐거운 분위기를 만들어 주기만 하면 되었다. 중국에서 살 때처럼 다른 부담을 느낄 필요는 없었다. 누가 와서 병이나 슬픔 또는 빈곤을 호소하며 구원을 청하는 일도 없다. 짧은 기간이긴 했지만, 그러한 생활에서 해방되었다는 것 자체만으로 커다란 휴식이 되었다.

또한 아이들을 가르칠 필요도 없었다. 컴포트는 한 해 동안 학교에 다닐 수 있었고, 에드윈은 대학에서 우수한 성적을 거두어 모친을 기쁘게 해주었기 때문이다. 또 페이스는 모친을 좋은 장난 상대로 여기며 쫓아다녔다. 정말 한 가정이 재회한 즐거운 생활이었다. 저녁에 식구들이 모두 한자리에 모이면 앤드류가 돌로 만든 난로에 장작을 지폈다. 그리고 저녁 식사 때에는 페이스가 근엄한 표정을 하고는, 다음과 같은 말을 하며 우유를 마셨다.

"이것은 소젖이에요."

그리고 커다란 진저브레드 쿠키라든가 중국에서 결코 맛볼 수 없었던 갖가지 과일을 먹었다.

그럴 때마다 케어리는 아들을 면밀히 관찰하면서 현재 에드윈이 어떤 인간이 되어 있는가를 파악하고, 중국에서 헤어지기 전에 두 사람을 맺고 있던 강한 유대를 다시 한번 새롭게 하려고 생각했다. 케어리는 아들이 그에게 결여되어 있는 아름다운 성격을 지닌 사람으로 성장해 주기를 갈망했다. 그런데 에드윈은 유순해 있었다. 그 때문에 어딘지 파악하기 어려운 면도 있었다. 순진하고 솔직하고 친절한 것은 사실이다. 그러나 케어리로부터는 멀어진 것 같은 인상이었다. 미국에 돌아오기 전까지는 막연하게나마 옛날의 아들과 다름없으리라 생각하고 있었는데, 결국 두 사람 사이에는 커다란 거리감이 생겼음을 절실히 느끼면서 현실을 단념하고, 언젠가 자기 품으로 돌아올 날이 있겠지 하고 기다리는 수밖에 없었다. 그러나 에드윈은 지난 몇 해 동안 벌써 의젓한 성인이 되어 있었으며, 이제 두번 다시 어머니에게 의지하는 일은 생각할 수 없게 되었다.

아마 이와 같은 에드윈의 독립이 1년간의 휴가를 끝내고 돌아가는 그녀의 마음을 가볍게 했을 것이다. 중국에는 케어리를 필요로 하는 사람들이 많이 있었다. 헤아려 보면 케어리는 22년 동안이나 조국을 떠나서 살아왔다. 케어리는 지금도 미국이야말로 신의 축복을 받은 세계에서 가장 아름답고 훌륭한 나라라고 굳게 믿고 있다. 하지만 이 나라에서 그녀가 안주할 장소로 삼아온 곳도 이제는 추억 속에 문이 닫히려 하고 있다.

그동안 코넬리어스의 딸들은 묘령의 처녀가 되어 케어리가 기거하던 방에서 살고 있고, 지난날 케어리가 후프를 넣은 스커트를 걸어 두었던 곳에 드레스나 롱스커트, 염소 다리처럼 소매 끝이 가느다란 블라우스가 늘어져 있다. 또 케어리가 예전에 성모상을 걸어 놓았던 벽에는 그 딸들의 기숙학교 시절의 스냅 사진이 요즘 고기잡이 그물에 거는 형식으로 장식돼 있다. 케어리의 어머니가 쓰시던 방은 벌써 여러해 전부터 코넬리어스 부부가 쓰고 있는 탓인지, 하마나스조차 그렇게 열렬한 사랑을 바친 자기 아내와의 일은 잊어버린 것 같다. 마을에 살던 단로프 부부는 벌써 오래 전에 세상을 떠났으며, 학교 친구들도 결혼을 해서 다른 지방으로 가고 없다. 다만 닐 카터만이 아직도 독신으로 흑인 머슴들과 함께 살고 있었다. 뚱뚱하고 불그스름한 얼굴을 가진 닐 카터의 얼굴을 보자, 어쩌면 있었을지도 모를 로맨스도 영원히 사라지고 말았다. 닐 카터도 이제는 배를 채울 음식과 주오레프라는 위스키를 탄 음료수 외에는 모든 것을 잊어버리고 있었다.

그렇다. 그녀는 이미 미국을 떠나 있는 것이다. 그리고 미국은 그녀를 잊어버리고 말았다. 만일 다시 이 나라에 와서 영주할 생각이라면 다시 한번 새로이 안주할 만한 장소를 물색하는 노력이 필요하다.

하지만 그런 것은 전연 문제가 되지 않는다. 1년간의 휴가가 끝나기 훨씬 전부터 앤드류는 하루 빨리 중국으로 돌아가 전도 활동을 하고 싶어 못 견딜 지경이었다. 앤드류 자신의 집은 남에게 팔렸고, 양친도 이미 세상을 떠났으므로, 그의 마음은 오로지 저 살결이 검은 중국 민중 속에 있었던 것이다. 뿐만 아니라 앤드류는 미국이 자기를 필요로 하고 있지 않음을 알고 있었다. 미국에는 가는 곳마다 전도사가 있었고, 어디에나 교회가 있기 때문에 듣는 귀를 가진 자는 누구나 다 복음을 듣고 구제받을 수가 있다. 하지만 저 머나먼 나라에는 듣고 싶은 마음이 있어도 말해 주는 사람이 없기 때문에 듣지 못하는 사람이 많다. 앤드류의 귀에는 그들의 호소밖에 들리지 않았다. 그래서 이듬해 여름 에드윈이 대학을 우등으로 졸업하고 어떤 학교의 교장으로 취임하여 완전히 자립하는 것을 보자, 그들은 다시 중국으로 돌아갈 준비를 했다.

에드윈과 작별하게 되자, 케어리는 깊은 슬픔에 잠겼다. 미국이 내 아들을 붙잡고 놓아 주지 않는다면 미국에 맡기는 데 대해서는 이의가 없다. 그런 생각이 들면서도 웬지 아들을 잃어버린 느낌이 드는 것을 부정할 수 없었다. 에드윈이 이미 의젓한 한 남자로 성장하여 자기 길을 자신이 선택하는 것은 당연한 일이고, 태어나면서부터 조국에 대한 사랑을 가르쳐 온 것도 다름아닌 케어리 자신이 아니었던가. 그렇다면 에드윈이 조국에서 생활하는 길을 택했다 하여 새삼스럽게 그것을 비난할 수 있을까. 그것은 결국 에드윈이 독자적인 자신의 길을 택함으로써 어머니인 자기 자신과 아들이 떨어져서 다른 처지의 사람이 되는 것을 의미하는 것이었다. 이렇게 되면 에드윈을 살아 생전 한두 번밖에 보지 못할 것이다. 케어리는 여지껏 어느 누구에게도 보인 일이 없는 눈물을 흘리며 가슴에 끝없는 슬픔을 안은 채 고국을 떠났다. 그것은 단순히 육체적인 이별만은 아니다. 이미 정신적인 이별이 시작되고 있는 것이다. 케어리는 다시 돌아갈 가정을 잃은 듯한 쓸쓸함을 안고서 이역을 향해 길을 떠났다.

케어리는 다시 양자강을 거슬러서, 강기슭에 찌꺼기처럼 가로놓인 음산한 중국 시가지를 빠져서 언덕 위에 있는 방갈로로 돌아왔다. 그리고 그녀는 본래의 활달한 성격을 뒤로 한 채 상심된 마음으로 다시 정원 가꾸기와 가정 꾸미는 일에 전념하기 시작했다. 노년의 징후가 서서히 케어리에게도 나타나기 시작했다. 흰 머리도 하나 둘씩 늘어만 갔다. 그래도 물결치는 부드러운 머리카락만은 지금도 풍성하여, 보는 사람으로 하여금 아름다운 관이 씌워 있는 듯한 느낌을 주었다. 중년의 풍만한 육체의 선은 어느덧 사라지고, 몸매는 수척해 가기만 했다. 이미 젊음은 사라지고, 기억에만 남아 있음을 그녀가 절실히 느낀 것도 이 무렵이었으리라고 나는 생각한다. 미국은 그녀를 내버려 둔 채 점점 성장하더니, 이제 그녀 따위는 염두에 두지 않고 그녀가 떠난 자리를 다른 것으로 메워 버렸다. 만일 누군가가 자기 조국에 소속되기를 원한다면 결코 그 나라를 떠나서는 안 되며, 조국과 더불어 성장해야 하는 것이다. 그런 의미에서 케어리는 제 아들을 미국에 돌려 준 것을 기쁘게 생각했다. 그녀 자신으로서는 난생 처음으로 독자적인 생활을 구축하기 위해서 진지한 노력을 했다. 요컨대 그녀는 자신이 미국 자체이며, 모든 사람에게 미국을 느끼게 하고, 미국을 심어 주는 것이 자신의 본분이었음에도 그동안 이를 깨닫지 못하고 있었던 것이다.

다시금 케어리는 주위 사람들과 우정을 나누기 위한 일을 시작했다. 또한 그녀는 아이들을 위해 바람직한 환경을 만들어 주려고 노력했다. 컴포트는 이미 키 큰 처녀로 성장하여 모든 면에서 고집스럽고 격정적이어서 다루기가 매우 힘든 아이였다. 다만 케어리는 이 아이가 자기처럼 감수성이 예민하고 너무도 강한 정열을 지니고 있음을 알고 있었기에, 이대로 자라서 자기처럼 인생의 고난을 맛보게 되지나 않을까 하는 일종의 불안과 슬픔을 안고 딸의 앞날을 걱정하고 있었다. 일생 동안 자신과 싸웠으면서도 결코 자신을 극복하지 못한 케어리가 말이다. 케어리는 컴포트의 일과를 정해 놓고 음악과 그림을 가르치고, 문장의 표현력을 길러 주기 위하여 매주 긴 문장을 하나씩 짓게 했다. 여러 가지 보조 수단의 혜택을 받고 있는 현대의 어머니와는 달리, 케어리는 오직 자신의 힘만으로 두 딸을 교육해야 했다. 두 아이의 건강에도 유의하여 체육을 가르쳤고, 몸 전체를 부드럽게 항상 자세를 바르게 하여 온갖 육체적인 당당함 또한 길러지도록 지도했다.

어느 날 케어리는 컴포트에게 까치 둥우리 하나에 은화 한 닢씩을 줄 테니 가져올 수 있으면 얼마든지 가져오라고 일렀다. 그러나 까치는 모두 높은 나뭇가지에 집을 지어 놓고 있었다. 지금 중년이 된 컴포트가 아직도 잊지 못하고 있는 하나의 감각은 3월 어느 바람이 몹시 불던 날 나무 꼭대기에 착 달라붙어서는, 바람에 흔들리는 가는 나뭇가지를 타고 높이 기어올라가 둥우리에 손을 대었을 때의 그 기분이다. 나무에 오르는 것은 이른 철이 아니면 안 된다. 일단 까치가 알을 품으면 천성이 착한 케어리로서는 그것을 못쓰게 만드는 것을 차마 볼 수 없었기 때문이다. 케어리가 딸에게 가르치고 싶었던 것은 다름아니라 육체적인 위험도 두려워하지 않는 용기였다.

그러나 컴포트에게 매일 정해진 일과를 지키게 한다는 것은 여간 힘든 일이 아니었다. 마음에 내키지 않는 일은 완강히 반항했으며, 때로는 그것을 자랑스럽게 여길 때도 있었다. 그리하여 케어리도 이 아이를 가르치려면 강요해선 안 되며, 잘하면 칭찬해 주고 야심을 자극하는 방법밖에 없다는 것을 깨달았다. 상대편의 마음을 재빨리 간파하는 이 어머니는 자기 자신을 깊이 반성함으로써 어떻게 하면 딸의 마음을 붙잡을 수 있는지를 겨우 터득했던 것이다. 이렇게 해서 컴포트의 변덕스러웠던 청춘 시절도 비교적 무난하게 지나갔다.

모녀는 둘 다 정열적인 기질이 뛰어났으나, 어머니의 교묘한 조종에 의하여 딸의 생활은 조국인 미국의 우수한 교양 교육에 익숙해지기 충분했다. 컴포트의 인생의 길이 어디까지나 아름다운 것과 선한 것을 탐구하게끔 인도했다. 책과 자연의 아름다움밖에는 아무런 도움을 얻을 수 없는 이곳에서 이만한 일을 이룩했다는 것은 결코 쉬운 일이 아니었을 것이다.

아이들의 교육 문제도 그랬지만, 주변의 중국 사람들에 대한 봉사도 전에 없이 열심이었다. 민중이 흉년을 겪은 뒤에는 더했다. 1905년은 그와 같은 고난의 해였다. 비옥하고 관개수가 넉넉한 양자강 연안의 곡창 지대에서도 식량이 부족했다. 북부의 난민이 그곳으로 밀어닥쳤기 때문에 사태가 더욱 심각했다.

　겨울이 되자, 시가지에도 교외에도 보기에 딱한 난민들로 가득 찼다. 남녀노소 할 것 없이 목숨을 잇기 위해 멀리서부터 구걸을 하러 걸어온 것이다. 길에서 굶어죽은 사람도 허다했다. 추위는 날로 심해지는데, 먹을 것을 찾아오는 난민의 수효는 갈수록 늘어났다. 바싹 말라서 앙상한 뼈만 남은 사람들이 무수히 쓰러져 죽어갔다. 그런 비참한 광경을 싫증이 나도록 보아온 케어리지만, 이 광경을 접했을 때 또 다른 고통을 느꼈다. 그래서 동정심을 발휘하여 사기가 가진 것을 나눠 주고, 여기저기서 의연금을 모으기도 했다. 그해에 케어리는 식탁에 디저트를 일체 놓지 않았다. 아무리 작은 것이라도 최대한 절약하려 노력했다. 앤드류의 출판 자금조차 그해에는 난민을 구제하기 위해서 써 버렸다.

　이렇게 하여 근근이 마련한 금품을 난민들에게 나눠 주려고 했으나, 낮에는 그것이 불가능했다. 그 정도로는 수천명의 굶주린 사람들을 충족시키기에는 부족한 정도가 아니라 전무에 가까웠다. 그런데도 막상 나누어 주려고 하면 군중들이 밀어닥쳐서 밟혀 죽을 우려조차 없지 않았다. 그래서 케어리는 낮에는 아무것도 지니지 않고 난민들의 상황을 살피고 다녔으며, 가장 심한 곳을 기억해 두었다가 밤에 왕아마의 헌 옷을 몸에 걸치고는 왕아마와 함께 난민 속에 몰래 들어가서는 여기에 1달러 저기에 한 포대의 식량 하는 식으로 슬그머니 놓고 왔다.

　그해 겨울에도 앤드류는 객지에 나가 생활했다. 미국에서 보내온 구원 기금을 기근이 가장 심한 북쪽으로 가서 나눠 주며 다녔다. 앤드류는 그 돈의 일부분을 케어리에게 보냈다. 수많은 미국 동포들의 따뜻한 동정심에 의해 송금된 돈이라는 것을 생각하니 더욱 귀중하게 여겨졌다.

"미국에서 보내온 돈입니다. 당신한테 주라고 미국에서 보냈어요!"

나는 케어리가 이렇게 말하는 것을 얼마나 여러 번 들었는지 모른다. 절망에 꺾인 난민들 앞에 케어리는 미국의 상징으로서 모습을 드러냈던 것이다.

미국에서는 의연금 대신 식량을 가득 실은 배가 오는 일도 있었다. 그런데 식량은 그 종류가 항상 적당하다고 말할 수는 없었다. 한 번은 약간 상한 치즈가 몇 백 상자나 보내진 적이 있었다. 아무리 기를 써도 중국 사람들이 먹으려 하지 않는 유일한 식품이 있다면 그것이 바로 치즈일 것이다. 외국에서 맛본 사람을 제외한 일반 중국인들은 이 식품이 구역질이 날 정도로 싫은 모양이었다. 케어리는 양자강 부두에 산더미처럼 쌓인 치즈 상자를 매우 야속한 표정으로 바라보더니, 갑자기 생각을 바꾸어 치즈 행상인으로 돌변했다. 몇 가구 안 되는 백인의 집을 일일이 방문하여 재치있는 말솜씨로 정말로 엄청나게 많은 양의 치즈를 가능한 한 팔았다. 팔다 남은 것은 전부 자신이 사들여서 지하실에 저장을 했다. 그리하여 우리 식구들은 몇 해를 두고 그 치즈를 먹었지만 케어리는 대단히 기뻐했다. 케어리는 치즈를 판 돈으로 쌀과 밀가루를 구입하여 난민들에게 나누어 주었던 것이다.

그러나 날마다 끊임없이 계속해서 전개되는 눈앞의 비참한 광경은 케어리의 신경을 지칠 대로 지치게 했다. 나중에는 아무리 노력해도 이 수많은 난민들을 구제하지 못하리라는 무력감에 사로잡혀 주저앉을 것만 같았다. 그처럼 많은 비극을 직접 보고 겪

기까지 한 케어리도 이렇게 참혹한 고난이 인간에게 있을 수 있
으리라고는 미처 생각지 못했다. 굶어서 얼굴이 퍼렇게 부은 사람
들에게 무서운 기세로 다가오는 죽음의 양상, 어린애들의 거칠고
절망적인 눈초리, 때로는 모자간에 때로는 부부간에 짐승처럼 서
로 음식을 빼앗는 광경, 그런 것이 이 세상에 존재하리라고는 도
저히 믿어지지 않았던 것이다.

굶주린 난민에게 자기의 신분을 숨길 수만은 없는 시기가 마침
내 닥쳤다. 그들은 케어리의 주소를 알아내고는 굶주림에 휘몰려
서 언덕을 기어올라왔다. 그리고 방갈로에 있는 선교사 주택으로
몰려와서는 문이란 문은 다 두드리고, 추위에 떨면서 담 주위에
드러누운 채 무리를 지어 꼼짝도 하지 않았다. 그 당시 누구보다
도 고통을 당하고 있는 것은 케어리였다고 나는 생각한다. 음식을
먹기는 했지만, 재를 씹는 듯했다. 무엇보다도 굶주린 사람들을 생
각하면 식사할 생각이 나지 않았다. 그렇다고 해서 문을 열어 줄
수도 없었다. 집안에 그들을 들여놓는다면 모든 것을 모조리 먹어
치울 것이기 때문이다. 비단 집에 있는 양식을 다 먹는다 해도 그
토록 많은 사람들에게는 일시적인 요기조차 되지 않을 것이다.

그러나 아침부터 저녁까지 계속 들려오는 신음소리, 필사적으로
그녀를 부르는 비통한 소리, 날이 샐 때마다 실려가는 시체—그것
을 귀로 듣고 눈으로 보면서도 겉으로 드러내며 동정을 발휘할
수 없는 슬픔 때문에 케어리는 어찌할 바를 모르고 괴로워했다.
이러한 참상을 그대로 보고만 있는 신에 대해 맹렬한 분노가 속
으로부터 치솟았다. 그러나 케어리는 여지껏 신에 대해 의혹을 품
어서는 안 된다는 가르침을 받아왔다. 신은 최선의 길을 알고 계

신다. 그러므로 모든 뜻은 신에 달려 있다. '믿음을 가지고 나를 따르라'는 말을 무슨 일이 있더라도 참다운 자신의 신념으로 확신시키려는 케어리의 노력, 그리고 두 갈래로 갈라진 그녀의 마음, 실제로 그 괴로움은 보기에도 안타까울 정도였다. 케어리는 제 힘으로 가능한 데까지는 노력해 보리라고 비장한 결심을 했다. 식량을 찾아내기 위하여 밤낮없이 노력을 기울이고, 부잣집을 찾아가서 애원을 하기도 했다. 인간의 궁핍을 구제하기 위해서가 아니면 좀처럼 발을 들여놓지 않을 곳에까지 가서 도움을 청했다.

케어리는 이미 아이들에게 이러한 사태를 숨기려 하지 않았다. 첫째 숨길 수 없게 되었다. 민중의 비통한 울부짖음, 희망이 끊긴 사람들의 최후의 절규, 허약한 어린아이의 가녀린 숨소리를 그 어떤 벽이 차단할 수 있단 말인가. 아니 차라리 아이들에게 이러한 인생이 있다는 것을 보여주는 것이 옳은지도 모른다. 이렇게 생각한 케어리는 두 딸에게 자기가 하는 일을 거들도록 했다. 그러나 비참한 죽음의 고통만은 보여주지 않도록 조심했다.

그해의 크리스마스는 쓸쓸하게 보냈다. 예년 같으면 케어리는 아이들을 위해서 크리스마스를 1년 중에서 가장 즐겁고 명랑한 명절로 만들어 주었을 것이다. 사철나무로 온 집안을 꾸민다거나, 크림 푸딩을 휘젓는 일 따위는 그때까지 빠뜨릴 수 없는 연례 행사였다. 그 장식도 다른 경우와 마찬가지로 모두 케어리 혼자서 준비해 두어야 했던 것이다. 크리스마스에 쓰이는 물건은 고사하고, 장난감을 파는 가게조차 없었기 때문이다. 그러나 케어리는 생강을 넣어서 만든 케이크로 남자나 귀부인의 인형을 만들었고, 몇 가지 음식과 재미있는 장난감 따위를 장만했다. 크리스마스 이브에는 난로 옆에 양말을 매달아 놓고, 그날 아침에는 1년 동안 부지런히 모아두었던 종이나 리본을 가지고 크리스마스 트리를 장식하는 등, 어떻든 이날을 호화롭게 축하할 수가 있었다. 그것은 그녀가 맘껏 행동할 수 있는 1년에 단 한 번의 기회였고, 이 계절의 즐거움이나 크리스마스 이브의 아름다운 신비, 난로 앞에서 벌어지는 그리스도 탄생에 관한 이야기, 자기 전에 오르간 둘레에 식구들이 모여앉아 부르는 크리스마스 캐럴—그것은 어떠한 일이 있어도 빠뜨릴 수 없는 것이었다. 크리스마스 날이 밝을 무렵에는 케어리의 생기에 넘치는 음성이 온 집안에 울려 퍼졌다.

사람들아 모두 모여서 영접하여라
기다리고 기다리던 주님이 오시도다

이렇게 케어리는 크리스마스 노래를 시작해서 아이들을 즐겁게 해주었다. 케어리는 그렇게 하여 아이들의 마음 속에 크리스마스의 전통과 그 의미를 심어 주었다. 지금 그 아이들은 새 대륙에 흩어져 살고 있지만, 그들 어머니 또한 다른 이역의 흙 밑에 잠들어 있다. 하지만 그들은 지금도 크리스마스가 돌아올 때마다 감명 깊었던 추억들이 되살아나서 어머니 생각에 가슴이 복받치는 것이었다. 또 어머니는 해마다 이모저모로 연구해서 크리스마스는 모든 것을 서로 나누는 날이라며 아이들의 이해를 구하려고 애썼다. 그리하여 어느 아이든지 형제 자매 간이나 하인, 또는 중국인 친구들이나 가난한 사람들을 위해서 정성이 담긴 선물을 마련해야 한다는 가르침을 주었다. 케어리는 자기가 가진 것을 남에게 나누어 주는 기쁨과 그런 다음의 흐뭇한 만족감을 잘 알고 있었던 것이다.

그러나 그해 크리스마스만은 아이들을 위해서도 축하할 생각이 나지 않았다. 집 주위에는 굶주려서 죽어가는 사람이 있는데, 어떻게 집안에서 즐긴단 말인가? 어떻게 크림 푸딩이나 케이크를 만들 겨를이 있겠는가.

"금년에는 크리스마스를 호화롭게 보낼 수 없어."

케어리는 엄숙한 표정으로 아이들에게 말했다.

"크리스마스에 쓸 돈과 그밖에도 푼푼이 저축해 둔 돈으로 저 사람들에게 식량을 사 주어야겠어."

그것은 참으로 이상스러운 크리스마스였다. 커다란 통에다 밥을 짓고 그것을 한 그릇씩 퍼서는 문틈의 난민들에게 있는 대로 다 나누어 주었다. 우리는 최선의 노력을 기울였다. 긴 침묵의 하루였다. 날이 저물자, 케어리는 노래를 부를 기력조차 없었다. 하지만 그 수고의 대가로 그날 저녁에는 여느 때보다 우는 난민들이 줄어들었으므로 케어리도 조금은 편안히 잠들 수 있었다.

고맙게도 페이스는 철부지였으므로 이와 같은 비참한 사태의 의미를 잘 몰랐지만, 컴포트는 나이에 어울리지 않을 만큼 심각한 인상을 받았다. 이윽고 새봄이 돌아오자, 겨울 동안에 아사를 면한 난민들은 또다시 모두 논밭을 갈겠다는 희망을 품고 고향으로 돌아갔는데, 컴포트는 지독한 신경쇠약에 걸렸다. 케어리는 컴포트의 환경을 바꿔 줄 필요가 있다고 생각했다. 상해에는 대여섯 명의 뉴잉글랜드 출신의 부인들이 경영하는 기숙학교가 있었다. 케어리는 컴포트를 미국으로 보내서 전문교육을 받기 전까지 2년간이 학교에 보내기로 결심했다.

컴포트는 성격상 혼자 지내기를 좋아하기 때문에 몽상에 잠기기 쉬운 경향이 있었다. 이역에서 자라는 어린이 특유의 고독감이 이 아이를 무섭게 압박하고 있었다. 케어리는 그러한 것을 보고 딸을 학교에 보낼 결심을 더욱 굳혔다.

케어리는 아이들한테 아무런 위안도 얻지 못하는 것을 자신의 숙명으로 돌렸다. 이 중국—전도의 사명—이 아이들과 사별하게 만들지는 않았다 해도 석어도 이별이라는 형태로 희생할 것을 요구하고 있었다. 그러나 케어리는 이러한 슬픔을 마음 속에 간직하며 컴포트가 떠날 때에도 어머니와 작별한다기보다는 자기와 같은 또래, 또 같은 인종의 친구를 얻기 위해 출발하는 것이라고 생각하게끔 해주었다. 케어리는 정성을 들여서 간소하지만 품위 있는 옷을 한 벌 준비하여, 벌써 여러 번 대륙이나 바다를 건넌 바 있는 등이 굽은 트렁크에 차곡차곡 넣어 주었다. 컴포트는 아버지를 따라서 상해에 있는 기숙학교로 갔다. 이제 집에 남아 있는 아이는 작은 페이스뿐이었다. 페이스는 순진하고 착한 여자아이였다.

겨울 동안 계속되었던 이상한 긴장은 여산의 산장에서 다시 축복된 여름을 보냄으로써 어느 정도 풀어졌다. 이 산악 지대로 피서 오는 백인들의 수효는 점점 늘어났다. 그 덕분에 케어리는 신선한 공기와 푸른 하늘, 산들에 의해서 육체적인 건강을 회복했을 뿐만 아니라 인종과 교양이 같은 사람들과 우정을 나눌 수 있었다. 그것이 매우 즐거웠다. 중국 부인들 사이에서 일할 때에는 언제나 가슴이 찢어지는 듯한 생각에서 벗어날 수 없었는데, 이렇게 단 두세 주일만이라도 그 괴로움에서 해방된다는 것이 참으로 고마웠다.

이 산 위에서처럼 평화와 아름다움에 잠길 수 있는 곳에 이따금 은신하는 것은 케어리의 심신 휴양을 위해서 좋은 일이었다. 그해 여름, 케어리는 마당에 나가서 이곳 저곳에 양치류 식물이나 풀숲을 손질하면서 시간을 보냈다. 그것은 그녀의 영혼이 활기를 되찾는 데는 가장 좋은 방법이었다.

앤드류는 벌써 몇 해 동안을 걷거나 혹은 회색 당나귀를 타고 끈질기게 지방으로 전도하러 다녔다. 요즘은 마을 곳곳에 거의 교회가 생기고, 교도들 간에도 신자로서의 자부심이 싹트고 있었다. 그렇게 되자, 자기 교회 목사가 나귀를 타고 돌아다니는 것을 꼴불견으로 여겨 부끄럽게 여기는 사람들이 생겼다. 어느날 앤드류는 신자들이 선사한 희고 살찐 조랑말을 타고 돌아왔다. 놀라서 까닭을 묻는 케어리에게 앤드류는 겸연쩍어하면서도 만족한 표정으로 대답했다.

"받은 것이 아닌지도 모르지. 주 예수께서도 나귀를 타고 다니셨으니깐 말이야."

그러나 케어리는 그 말에 완전히 반해서 그의 까만 콧등을 가볍게 두드리면서 지체없이 이렇게 말했다.

"예수님도 누가 말을 드렸다면 받아서 타셨을 거예요."

그 무렵의 케어리는 아이가 하나밖에 없었으므로 다시금 앤드류의 협력자로서 교회 일에 열중하고, 중국 부인들을 위해서 여러 훌륭한 계획을 세웠다. 이따금 남편과 전도 여행을 떠나기도 했다. 그럴 때에는 어린 딸 페이스도 같이 데리고 다녔다. 케어리는 페이스의 공부를 봐주거나, 돛단배 안에 있는 방을 깨끗이 청소하고 정돈하면서 틈틈이 중국 부인과 처녀들을 가르쳤다.

케어리는 가끔 기독교 교리와 중국 풍습이 서로 충돌하는 것에 대해서 남편과 심한 토론을 벌이는 일도 있었다. 이를테면 임(林)이라는 중국인이 신도가 되고 싶어하는데 아내를 둘이나 거느리고 있는 경우, 앤드류에 의하면 생각할 수 있는 오직 하나의 해결 방법은 임씨가 첩을 쫓아내는 길밖에 없었다. 그런데 케어리는 그 둘째 부인의 말을 듣고서 절망적인 처지를 알게 되자 앤드류에게 항의를 제기했다.

"하지만 불쌍하게도 그 여자는 갈 곳이 없다는 거예요. 처음부터 그 여자가 잘못했던 것도 아니고요.!"

앤드류는 목사의 권한에 속하는 문제가 되면 태도가 완강했다. 절대 자기의 신조를 굽히려 하지 않았다.

"그렇다면 임씨는 교회 밖에서 머물러 있을 수밖에 없지."

이러한 말에는 타협의 여지가 없었다.

"그건 너무 냉혹해요!"

케어리는 도리에 어긋난 처사에 대해서 맹렬히 분노를 터뜨렸다.

"설사 하느님께서 그런 말을 하셨다고 하더라도 나는 역시 냉혹하다고 말하겠어요!"

일이 이렇게 되면 앤드류는 대답도 하지 않았다. 그밖에도 문제는 여러 가지가 있었다. 앤드류가 신뢰하는 어떤 전도사가 아편

상습자임을 케어리는 간파했다. 사람의 본성을 꿰뚫어보는 데에 이상하리만큼 날카로운 직관력을 가진 케어리였으므로, 상당히 오래 전부터 이 전도사를 이상하다고 여겨 앤드류에게도 주의를 주었으나, 앤드류는 그 사나이에게 불리한 얘기라도 하면 도무지 귀담아 들으려 하지 않으려는 태도를 보였다. 그러다 어느날 때마침 케어리는 눈앞에서 그 사나이의 성경책으로부터 종이조각 하나가 떨어지는 것을 목격했다. 그가 당황해서 잡으려는 순간, 이를 먼저 집어든 케어리는 그 종이가 아편대금 청구서라는 것을 알았다.

또 다른 기회에 케어리는 역시 앤드류가 신임하는 한 전도사에 대해서도 좋지 못한 소문을 들었다. 그 사나이는 신도가 되고자 하는 사람들로부터 입회금을 징수하고 있다는 증거를 잡았다. 그 무렵 중국에서는 외국인이 몹시 세도를 부리던 시대여서, 기독교 교도가 되면 외국인과 마찬가지로 조약(條約)의 보호를 받을 수 있었다. 그래서 입회금을 내고라도 신도가 되는 것이 이득이라고 생각하는 사람들이 많았다. 그것이 어떻든, 앤드류가 케어리의 그와 같은 민감함을 별로 달갑게 여기지 않았음은 분명하다. 또한 어쩔 도리 없이 이를 인정하지 않을 수도 없었다. 사람을 보는 아내의 눈이 익히 정확했기 때문이다.

그러나 케어리로서는 그럴 수밖에 없었다. 그녀는 진실을 규명하지 않고는 못 배기는 성미였다. 첩으로서의 괴로운 입장을 절실히 호소하는 여자의 얘기에 귀를 기울인 케어리는 곧 이렇게 말했다.

"물론 사정은 잘 알겠어요. 문제는 그것에 대해서 어떤 해결책이 있느냐 하는 것입니다."

그래서 여느 때처럼 대화식의 다급한 기도를 올렸다.

"하느님, 당신은 이 부인을 알고 계십니다. 얼마나 난처한 입장에 처해 있는지 알고 계십니다. 이 부인은 자기로서는 어쩔 도리가 없습니다. 도저히 다른 해결책이 없을 때에는 이대로 교회에서 받아들이는 수밖에 없다고 생각합니다."

나중에 케어리는 자신이 취한 태도가 틀린 것이 아니었을까 하는 무서운 불안감에 사로잡히기도 했으나 마음 속으로 이렇게 말하면서 양심을 달랬다.

"나로서는 이해할 수 있는 사정인걸. 하느님께서도 틀림없이 이해해 주실 거야."

하지만 케어리는 그점에 관해서 아무래도 확신을 가질 수 없었다. 실제로 앤드류 같은 사람도 있다. 하느님도 앤드류와 비슷한 성격을 지닌 분이라고 생각되었기 때문이다.

그 무렵 케어리의 집에는 온갖 고통에 시달리는 사람들이 점점 더 많이 모여들게 되었다. 케어리의 명랑하고 너그러운 손님 접대, 쾌활하고 생기 있는 목소리, 햇빛이나 화초, 행복이 흐르는 듯한 방에 쏟는 정성, 상냥하게 반짝이는 눈, 사람들을 깔보지 않는 선량한 태도—그러한 성격 속에는 남의 고민에 대해서 어떠한 해결의 실마리를 제공해 주는 요소가 깃들여 있었다. 당시 케어리의 집을 자주 방문하는 사람들 중에 키 크고, 까만 머리와 까만 눈동자, 그리고 연한 올리브색의 부드러운 살결을 지닌 아름다운 여성이 있었다. 프랑스제의 가운을 언제나 잘 어울리게 입고 있었다. 그 여자는 진강에 있는 어느 정도의 지위와 재산이 상당한 영국 실업가의 외동딸이었다.

이 실업가는 젊은 시절에 흔히 그렇듯 기생집에 드나들면서 미모의 중국 여자에게 반한 일이 있었는데, 나중에는 무식하지만 예쁜 그 여자를 색시로 맞아들여 계집애와 사내아이를 낳았다고 한다. 사내아이는 방탕한 건달로 자라나 늘 술에 취해 말썽을 피우고는 아버지로 하여금 뒤치다꺼리를 하게끔 하였는데, 케어리는 이런 얘기를 들을 때마다 이렇게 말했다.

"불쌍한 헐리 이반즈, 매우 쓸쓸했을 거야. 중국인도 백인도 누구 하나 상대해 주지 않는걸. 그 아이에게는 조국이라는 것이 없어요. 세상에 그처럼 서러운 일이 어디 있겠어요."

남자인 헐리가 쓸쓸했다면, 자존심이 강한 딸 에라의 쓸쓸함은 타인이 감히 상상도 못할 일이었을 것이다. 어머니는 나이가 들수록 그녀의 천한 본바탕이 드러나 사람들 앞에 모습을 드러내기를 꺼려했고, 에라가 어머니일을 도맡아 가정일을 대신하게 되었다. 그런데 백인인 이 아버지는 이 딸의 단정한 미모와 침착함을 자랑거리로 삼고 있었는데, 이따금 호화스런 만찬회를 열어 딸을 식탁 끝에 앉히고는 시중을 들도록 했다. 그 집에서는 하인 이외의 중국인 남성의 출입을 막고 있었으므로 에라가 중국인 신사들과 접할 기회는 전연 없었다. 만일 접촉했다 한들 그들에게 업신여김을 받는 게 고작이었겠지만, 실제로 에라는 영국 사람이었다. 가늘고 긴 손가락의 아름다움과 다소 검은색을 띤 살결을 제외하고는 중국 사람다운 점은 한 곳도 없었다. 그러나 당시는 그것만으로도 영국인의 결혼 상대로서는 외면당하는 형편이었다. 그래서 에라는 영국인이면서도 영국인이 아닌, 백인의 피를 이어받았으면서도 영원한 외국인으로서 집에서 쓸쓸하게 지내고 있었다.

에라는 이따금 견디기 어려운 절망감에 사로잡혔으나, 그런 기분이 아버지에게 눈치채이지 않도록 노력했다. 그것은 딸을 진심으로 사랑하는 늙은 아버지가 딸의 혈관 속에 이질의 피를 섞이게 한 일에 대해 스스로 깊이 뉘우치고 있었기 때문이다. 딸이 우울하게 앉아 있는 것을 보면 자기도 울적해졌다. 그리고 젊은 혈기에 여자의 용모에 홀려 육체의 유혹에 굴복함으로써 이 기품 높은 딸에게 저주받은 인생을 안겨 준 결과를 빚어냈다고, 자신의 경박한 젊은 시절을 회상하면서 격심한 죄책감에 빠졌던 것이다.

그러던 중 에라는 케어리란 존재를 알고 찾아오게 되었다. 해가 저물녘에 전용의 예쁜 가마를 타고 문 앞까지 와서는, 케어리가 모든 것을 마치고 한가하게 환담을 나눌 때까지 어두컴컴한 방안에 앉아서 기다리고 있었던 것을 나는 기억하고 있다. 둘이서 어떠한 애기를 나누었는지는 모른다. 케어리는 언제나 문을 닫았으므로 제대로 들을 수가 없었다. 다만 언젠가 미스 이반즈가 케어리와 나란히 방에서 나오는 것을 본 적이 있는데, 키가 큰 미스 이반즈는 허리를 조금 굽히고 아무 말 없이 열심히 케어리의 맑고 곧은 눈 속을 들여다보고 있었다. 그날 밤 식사 때, 케어리는 여느 때와는 달리 슬픔에 잠긴 것처럼 보였으며 말도 별로 하지 않았다.

때로는 일본옷을 단정히 입은 체격이 작은 부인이 기다리기도 했다. 그녀는 일본 사람인데, 멀리 떨어져 있는 산간 벽지에 일본

식으로 목조 가옥을 짓고 사는 좀 이상한 늙은 영국인의 부인이었다. 내가 그 영국인을 알았을 때에는 백발의 노인이었는데, 보기에는 약하지만 자세는 아직 곧고, 예의가 발랐다. 자존심이 강하고 여간해서는 남과 친해지지 않는 점으로 보아, 전형적인 영국 신사였다. 항구 도시 진강에도 이 노인에 대한 풍문이 한 가지 떠돌고 있었다. 그 풍문에 의하면 젊은 시절에 그는 세관 관리로 있었다. 영국의 발로넷의 둘째 아들로 태어나서, 비슷한 처지에 있는 청년들과 마찬가지로 자신의 힘으로 출세와 부를 쌓기 위해 동양으로 건너왔다고 한다. 영국 본토에는 그가 사랑하는 소녀가 있어 최초로 그가 승진 사령을 받음과 동시에 그 금발의 소녀를 중국으로 불러들이기로 되어 있었다. 그는 초조하게 3년 동안 부지런히 근무한 결과, 그 소녀를 맞이하기에 적합한 가정을 꾸밀 자신이 생겼다. 그래서 그 사연을 그 소녀에게 알렸던 것이다. 그러나 신부를 맞기 위해 새로 지은 집이나 상해에서 구입한 살림살이에 대해서는 어처구니없는 소문이 나돌았다. 옵손직(織)의 융단, 비단으로 장식한 가구, 자단 목재로 만들어진 피아노 등등 모두가 배를 굶주리며 저축한 돈을 털고 거기에다 빚까지 얻어 사들인 것이었다. 이렇게 해서 그는 흥분된 마음을 냉정한 태도와 행동에 숨기고는, 그 소녀를 맞이하러 마중을 나갔다. 그러나 배가 도착했을 때, 그의 영접을 기다리고 있었던 것은 한 통의 짤막한 편지에 불과했다.

미안해요, 로날드씨. 모든 것이 착각이었어요.
나는 당신을 사랑하지 않아요. 사랑할 수 없단 말이에요.

그 여자는 배를 타고 오는 동안, 그 배의 사무장과 눈이 맞아 사랑의 도피행을 한 것이다. 로날드 스톤은 그 편지를 작게 접어서 갈기갈기 찢어 황포강의 탁류 속에 내던졌다. 그날 밤, 그는 일본 사람이 경영하는 다소 고급에 속하는 요정에 가서 창녀들 중에 비교적 나이가 들고 미인이라고는 할 수 없으나, 성실하고 예의 바르며 청결한 느낌을 주는 자그마한 여자를 맞아들였다.

로날드 스톤은 매우 은근한 태도로 그녀에게 결혼을 신청한 다음, 영국 영사관으로 데리고 갔다. 일본 여자는 너무나 갑작스런 운명의 뒤바뀜으로 인해 어리둥절해하면서 나막신을 끌고 그의 뒤를 따라 영사관 복도로 들어섰다. 거기에서 영사는 비난 비슷한 충고를 했으나, 그는 전연 아랑곳하지 않으며 일본 여자와 정식으로 결혼한 뒤 진강으로 돌아왔다.

로날드 스톤은 손님이 오기에는 약간 먼 산중턱을 택해서 아내를 위해 일본식 집을 지었다. 그러나 자신의 피아노와 옵손직 융단, 그리고 비단으로 장식된 가구와 그때까지 부지런히 사모았던 장신구 따위는 모조리 경매로 처분하고 말았다. 내가 로날드 스톤을 알았을 당시에는 비상한 위엄과 자존심을 지키면서 오랜 세월을 보낸 뒤였는데, 진강에 있는 백인들의 좁은 사교 생활에는 결코 참석지 않고 백인과의 접촉은 엄밀히 실무에 관한 것 이외에는 제한하고 있었다. 자기 아버지가 작고했을 때에는 약간의 유산을 상속받았으나, 결코 영국에 돌아가지 않은 채 일본 여자와 지냈다. 아내에 대한 그의 태도는 친절하고 예의가 바른 편이었다.

두 사람 사이에는 아이가 없었다.

어떻게 해서 이 자그마한 스톤 부인이 케어리를 찾아오게 되었는지, 그것은 나도 잘 모른다. 어떠한 여자이든 격의없이 얘기가 하고 싶었기 때문이리라. 옷무늬를 수놓은 비단 옷과 빛깔이 화려한 허리띠로 치장을 하고 있었지만, 이 여자처럼 고독해 보이는 사람은 없었다. 영어를 조금밖에 모르는 점으로 보아도 영국인 남편과의 애정을 짐작할 수 있었다. 어느 면으로 보아도 그녀의 생활은 남편의 생활과 거리가 먼 듯한 느낌이었다. 로날드 스톤은 대단한 독서가로 실무가 끝나면 서재에 틀어박혀 많은 시간을 책을 읽으며 보냈다. 저녁이 되면 그는 아내를 위해서 으레 일본식 정원을 산책했으나, 그것은 공통의 화제가 거의 없었으므로 언제나 침묵의 산책이었다. 남편의 교양과 경험 세계는 그녀로서 상상할 수도 없는 것이었고, 아내의 작은 생애가 로날드로서는 초급 독본처럼 단순하고 유치한 것에 불과했다. 그러나 케어리는 그런 그녀의 생활에 있어서의 대인 관계상 부족한 점을 어느 정도 보충해 줄 수 있었다.

항구 도시의 백인들 중에도 케어리의 도움을 청하러 오는 사람이 적지 않았다. 그 가운데는 몰인정하고 냉혹한 남편에게 시달리는 격정적이고 질투심 강한 영국 부인이 있었다. 정신이 변덕스러운 이 가엾은 여자는 깊은 밤에 가마를 타고 와서는, 케어리에게 자기 생애의 비극에 대해 한껏 쏟아붓고 갔다. 이 부인이 다녀가

면 케어리는 알고 싶지도 않은 사실을 억지로 들었기 때문에 마음의 충격을 받고는 비통한 표정을 눈가에 지었다.

또한 스코틀랜드 사람으로 폐를 앓는 부인이 있었다. 전에 그 부인은 선교사였으며, 양자강을 떠다니는 증기선의 선장과 결혼했다. 선장도 스코틀랜드 사람인데, 위스키병을 손에서 놓은 적이 없었다. 부인은 그 악습을 고쳐 줄 생각으로 결혼을 했으나, 신혼 생활에서 돌아오자 다시 주정뱅이 생활로 돌아갔다고 한다. 부인은 남편을 위스키 이외의 것에서 즐거움을 얻게 하고자 그녀의 지성과 온갖 정성을 기울였다. 그러나 남자의 마음을 사로잡을 만한 미모도 아니고, 매력도 없는 그녀가 무슨 짓을 하든 그것은 모두 수포로 돌아가고 말았다. 그녀는 그처럼 공허한 노력을 간간이 기침을 섞어가며 눈물과 함께 케어리에게 고백했다.

"아기라도 있었으면 좋겠어요."

그녀는 신음하듯 다시 이렇게 말했다.

"그는 항상 귀여운 계집애가 있었으면 좋겠다고 말해요."

그러나 쇠약한 몸으로 그러한 성과를 기대할 수가 없었다. 마침내 그녀는 오스트리아 고아원에서 계집애를 데려다가 양녀로 삼고, 남편과 더불어 새로운 삶을 시작했다. 그러나 1년도 채 안 되어 그 아이는 중국인 하인에게 천연두가 옮아 죽고 말았다. 금발의 어린 계집애에게 애정을 쏟기 시작하던 아버지는 전보다 더 술에 젖었으며, 가엾은 기브스 부인은 끝내 고질병으로 세상을 떠나고 말았다.

이러한 사람들이나, 그밖의 동양의 이 항구 저 항구를 떠돌아다니는 많은 사람들이 케어리의 집안을 방문하고, 그녀의 건전한 인품에 의해서 무엇보다 유익한 도움을 받았다. 언제든지 사람들은 케어리의 손길을 기다리고 있는 듯 보였다. 케어리가 신세를 졌던 인도인 의사와 살결이 검고 몸집이 큰 부인까지도 케어리에 대해 특별한 친밀감을 갖고 찾아왔다. 그러나 케어리는 이 부부를 만날 때마다 죽은 귀여운 아들이 생각나 가슴이 아팠다.

케어리는 그 시대의 사람들을 끌어당기는 매력적인 개성을 지니고 있었다. 젊은 시절의 성급한 성격은 어느 정도 사라지고, 그와 동시에 이따금 어떻게 달랠 도리가 없을 만큼 당돌하게 울분을 터뜨리는 버릇도 없어졌다. 인간에 대한 동정심을 표현하는 데에도 원숙한 멋이 풍겼으며, 그러면서도 생기발랄하여 언제 어디서든 미국 여성의 다정스런 호감 같은 것을 느끼게 해주고 있었다. 케어리와 얘기를 하다 보면 인생에는 선량한 것과 소박한 것이 실제 존재할 수 있다는 것을 깨닫게 된다. 남녀를 불문하고 구미 각국 사람들은 너무도 자주 변하기 쉽고, 비관적이며, 미묘한 타락에 빠지기 쉬운 분위기임에도 불구하고, 케어리는 지극히 정상적인 정신을 소유하고 있었다. 또 극히 날카로운 유머 감각을 풍부하게 지니고 있었으며, 언제나 매우 온건한 태도로 일관하고 있었다. 요컨대 자신의 개성을 굳세게 유지하고 있었던 것이다.

그녀는 가정 안에서도 자기 성격과 똑같은 분위기를 조성하고 있었다. 언제나 수확이 많은 미국식 채소밭을 가꾸고 있어서 그녀의 식탁에는 콩, 토마토, 아스파라거스, 감자, 상추 등 당시의 중국에서는 어디를 가도 구하기 힘든 여러 가지 음식을 맛볼 수 있었다. 또한 케어리는 질긴 야생닭의 고기가 싫어서 언제나 소규모로 닭을 길렀으므로 늘 신선한 달걀이 있었고, 로스트 치킨을 할 만큼 살찐 암탉이 언제나 한 마리 정도는 있었다. 봄철에는 병아리로 식구들이 가장 좋아하는 미국 남부식 요리를 만들어 내놓을 수도 있었다. 케어리가 만든 비스킷은 구름처럼 가벼웠다. 그녀가 손수 만든 코코넛 케이크나 프루츠 케이크, 마마볼, 로프 케이크 같은 것은 백 마일 징도 떨어진 곳에서도 일부러 먹으러 올 정도로 맛있었다. 바쁜 시간을 쪼개어 가볍고도 눈처럼 흰 큰 식빵을 반죽하고 있던 케어리의 모습을 나는 기억하고 있다. 다 익은 뒤에 커다란 빵덩어리를 그릇에서 꺼낼 때에는 온 집안이 맛있는 냄새로 가득했다.

케어리는 이처럼 소박한 방법으로 찾아오는 사람들의 마음을 치료해 주었다. 그녀 나름의 독특한 방법으로, 다시 말하면 자연스럽게 자기를 표현하는 방법으로 멀리 떠돌아다니던 사람에게 가정과 조국을 맛보여 주었던 것이다.

케어리의 생애를 셋으로 나눈다면, 마지막 시기에 접어들기 시작한 몇 해 동안은 매우 행복한 시기였다고 생각한다. 그 무렵 가정과 조국이라는 것은 사람의 마음 속에 있는 것이고, 세계 어느 곳에서도 마음의 소망에 의해 그것을 만들어 낼 수도 있다는 것을 그녀도 겨우 터득하고 있었다. 웨스트 버지니아의 산들과 그립고도 즐거웠던 지난날의 생활에 대한 미칠 듯한 동경은 이미 사라진 지 오래이다. 그것은 기억 속에 영원히 그녀의 소유물로 간직돼 있었으므로 이제 결코 빼앗길 리는 없었다. 실제로 그것들은 기억에만 존재하고 있었다. 왜냐하면 지난날 그녀가 현실로서 알고 있던 것, 소유하고 있던 것의 대부분은 세월의 흐름과 더불어 변화하고 있었기 때문이다. 말하자면 아버지 하마나스는 마지막까지 자신의 취미를 고집스럽게 유지하다가 고령의 나이로 돌아가셨는데, 그 아버지의 죽음으로 인해 생존시보다 아버지와 더 멀리 떨어지게 되었다고는 생각되지 않았다. 아버지에 대한 추억은 다른 여러 가지 추억과 더불어 케어리의 마음 속에 있었으며, 그녀가 살아 있는 한 계속 마음 속에 살아 숨쉴 것이다. 그러므로 케어리는 아버지의 부고에 접했을 때에도 슬퍼하지 않았다.

케어리는 자신의 결심을 확고히 지켜 두번 다시 가정을 움직이진 않았다. 앤드류는 그 몇 해 동안 동서남북 사방으로 전도 여행을 계속했는데, 언제나 홀몸으로 출발하여 가끔 휴양이 필요할 때에는 케어리가 식구들을 돌보고 있는 안락한 가정으로 돌아왔다. 그것이 앤드류 자신에게도 가장 유익한 일이었다. 그 까닭은 앤드류란 사람은 원래 가정의 번거로운 잡무를 처리하기에는 부적당한 사람이었는데, 그 이유는 가족과 그에 따르는 모든 일에 일일이 끌려다니는 번거로움이나 정신적인 고통에서 벗어나는 것을 일단 기뻐했으며, 그럼으로써 그는 마음 가는 대로 개척 전도에 헌신할 수 있었기 때문이다. 앤드류에게는 그것이 곧 하느님의 말씀이었다.

케어리 쪽에서도 이렇게 가정을 정착시킨 덕분에 나무를 심을 수도 있었고, 열매가 맺는 것을 기대할 수도 있게 되었다. 장미넝쿨은 지붕 위까지 기어올라왔다. 그리고 이제는 아이들을 데리고 이집 저집 전전하지 않아도 되었다. 케어리는 그 방갈로 주위에다 아이들을 위한 환경을 갖추어 주었다. 또 언덕 지대나 대숲에 둘러싸인 사원으로 소풍을 가기도 했다. 음산한 동양의 신령들 앞에 아무런 감동도 없이 확고히 발을 딛고 서 있는 현실적인 케어리의 모습만큼 불교 사원에 어울리지 않다는 느낌을 주는 인물이 과연 있었을까! 그것은 내가 알기로는 가장 어울리지 않는 장면의 하나로서, 잊혀지지 않는 추억으로 남아 있다. 천 년이라는 세월에 걸쳐 고색 창연한 색채를 남기고 있는 사원의 뜰에서 케어리는 거침없이 샌드위치를 나눠 주고, 코코아를 끓여서 아이들이 식사할 수 있게 해주었다. 간혹 침묵하고 있는 신령들에게 눈길이 가는 적도 있었으나, 그것은 강한 근대적인 정신의 소유자가 사자(死者) 세계의 신화를 바라보는 듯한 태도였다.

아이들이 지니고 있는 재능에 대해서도 그것이 아무리 사소한 것이라 해도 조심스럽게 그 재질을 키워 주었다. 소풍이나 먼 산책에 데리고 나섰을 때에는 식물에 관한 지식이나 풀과 나무가 자라는 모습을 즐겁게 가르쳐 주었을 뿐만 아니라, 여러 가지 종류의 조그만 사교 기회를 만들어 예의범절이나 품위 있는 행위를 익히게 하였으며, 훗날 아이들이 현재의 협소한 생활에서 보다 넓은 사회로 나아갈 경우에도 당황하는 일이 없도록 필요한 교양이나 습관을 대충 가르쳐 주었다. 그러한 사교 가운데서도 특이한 것은 케어리가 해마다 철따라 개최한 작은 규모의 가족 음악회였다. 그때는 케어리 자신도 매우 아름다운 목소리로 노래 불렀으며,

뿐만 아니라 아이들도 제각기 반드시 어느 한 부분에 출연하도록 고려했다. 그녀는 아이들에게 간단한 프로그램을 작성시키고, 거기에 보기 좋게 도안도 그려 넣었다. 모든 것이 다 아이들의 자신감을 키워 주기 위한 어머니의 마음에서 우러나온 일이었다.

중국에는 전례없이 평화로운 날이 계속되고 있었다. 권비의 난에 의해서 외국인을 몰아내려고 한 이 나라에 대해 열강들이 보복을 한 결과 중국 국민은 자기들의 무력함을 깨닫고 기가 꺾여 있었는데, 그 반면 외국 세력은 불과 몇 해 동안이지만 중국 역사상 전무후무하리만큼 강력해져서 제멋대로 날뛰고 있었다. 그 당시 백인들은 중국 전토를 자유롭고도 안전하게 왕래할 수 있었다. 왜냐하면 중국인은 모든 외국인의 배후에서 군함과 무서운 총포와 신속 과감한 군대를 보았기 때문이다. 그 때문에 일시적인 평화가 유지되고 있었다.

이제 더 이상 죽음이 가정을 침입해 올 일이 없다는 사실이 케어리에게는 그 무엇보다 기쁜 일이었다. 아이들이 무럭무럭 자라나는 것을 보고 즐거워하며 안심할 수가 있었다. 에드윈은 이미 결혼을 했다. 케어리는 아직 며느리나 맏손자를 만나보진 못했지만, 자기를 대신해서 아들의 시중을 들어 주고, 아들을 위해 가정을 꾸미며 남자를 행복하고도 안락하게 해주는 데 필요한 여러 가지 일을 처리해 주는 사람이 있다는 것만으로도 매우 기뻤다. 컴포트도 이제는 꽤 컸다. 청춘기에 딸과 어머니의 관계에서 이따금 괴로운 일도 있었지만, 케어리에게는 역시 컴포트가 자랑할 만한 딸이었다. 이제는 컴포트도 미국에 보내야 할 때가 거의 가까웠다.

7남매 가운데 클라이드를 제외하면 막내딸 페이스만이 케어리에게 있어 가장 사랑스런 아이였을 것이다. 얼굴도 클라이드를 닮았고, 까만 머리를 부드럽게 치켜올린 점도 그러했으며, 보라색의 커다란 눈도 클라이드와 똑같았다. 성질 역시 언니인 컴포트 이상으로 어머니와 잘 어울렸다. 마음이 착하고 인정이 많은 유순한 아이여서, 변덕스럽지도 않고 붙임성이 좋았다. 컴포트는 어머니의 단점을 너무도 그대로 물려받고 있었다. 성급하고 고집 세며, 아름다움과 음악을 관능적으로 사랑하는 경향 등은 케어리가 어떻게든 극복하려고 열심히 노력해 온 결점인데, 그것이 이 키 크고 자존심 강한 딸의 천성 속에 고스란히 배어 있음을 보고 당황했다. 그러나 페이스는 앤드류를 닮아서 차분했고, 컴포트보다 자제심도 많아서 항상 조용하고 말수도 적었다. 케어리는 이와 같은 페이스를 아주 신뢰하여 친한 친구를 대하듯 속에 품고 있는 얘기까지 털어놓았다. 그러나 케어리는 그러한 것이 이 페이스의 진실되고 감수성이 예민한 성질에 지나친 부담을 안겨 준다는 사실을 훨씬 나중에서야 깨달았던 모양이다. 그 무렵은 케어리의 육체적인 활동력이 최대한으로 발휘된 시대였다. 아이를 낳을 연령은 지났으므로 이미 어린애를 길러야 할 걱정은 없었다. 양자강 기슭의 항구 도시가 내려다보이는 언덕의 기후는 매우 상쾌하였으므로 그녀는 대운하 상류 연변의 평지에서 지내던 어느 때보다도 건강했다. 그녀는 중국인이 압도적으로 지배하는 사회와 거기에 부분적으로 섞여 사는 백인 사회와의 교량 역할을 하면서 하루를 분주하게 보내고 있었다.

그러나 케어리는, 그와 같은 충실한 생활을 하면서도 마음 한구석으로는 아직까지도 신과 자기와의 관계가 불만스러운 상태에 머물러 있다는 것을 종종 의식했다. 차라리 일정한 기간 동안 현실 생활에서 물러나 탐구하는 일에 전념할 생각으로 성서를 정독하고, 다른 때보다도 더욱 진지하게 기도를 올리고, 좀더 선량해지고자 계획을 세운 일도 있었다. 케어리는 자기 자신의 본래의 성격을 충분히 이해하지 못했으므로, 그녀가 인간 생활에서 후퇴하고, 남자나 여자들의 세계로부터 물러나고, 또한 그들의 인간적인 욕구에서 물러설 때가 온다는 것을, 그것이 바로 자신이 죽음을 맞이할 때라는 것을 미처 자각하지 못하고 있었다. 어쨌든 현실 세계는 내세보다 강력하게 그녀에게 도전해 왔다. 케어리는 그러한 현실이 도전해 오면 절대로 피하지 못하는 성격이었다. 자신의 두뇌나 재주를 실지로 시험해 보고 싶어하는 성격이었던 것이다. 한 예를 들자면 케어리는 하고 싶은 일이 많기 때문에 승부를 가리는 일에는 과히 신경을 쓰지 않았으나 체스만은 좋아했다. 두뇌에 도전하는 게임이라는 단 한 가지 이유 때문일 것이라고 나는 생각하고 있다.

지금도 기억하고 있는 일인데, 케어리는 이따금 자기 손을 원망스러운 듯이 바라보는 일이 있었다. 아름다우면서도 거칠거칠한 기민한 손이었다. 손바닥은 단단하면서도 억셌으나, 손가락은 뜻밖일 만큼 부드럽고 섬세했다. 작지는 않지만 우아하게 쭉 뻗은 아름다운 손이었다. 언젠가는 손을 혹사하는 일을 그만두고, 마당에서 화초를 가꿀 때에도 장갑을 끼거나 콜드크림을 사용하면서 그야말로 우아한 손을 만들어 보고 싶다고 그녀는 평소 소원했었다. 피부가 보드랍고 미끈하면서, 연분홍빛 손톱 끝이 뾰족한 유복한 가정 부인들의 하얀 손을 매우 부러워했다. 그런데 드문 일이긴 하지만, 그녀는 설사 장갑을 끼고 일을 하다가도 어느새 장갑을 벗어던지고는 맨손으로 흙을 파헤치고 있는 것이다. 케어리는 부지런히 일하다 말고 얼굴을 들고는 이렇게 변명했다.

"뿌리가 성한지 어떤지 손으로 만져보기 전에는 아무래도 안심할 수 없거든. 그리고 이렇게 하지 않는다면 제대로 자라지도 않을 거야. 흙을 만지는 촉감이 말할 수 없을 정도로 흐뭇하거든!"

우리들은 케어리의 성미를 잘 알기 때문에 웃으면서, 아름다운 손을 갖고 싶어하는 그녀의 허영심을 놀려댔다. 어쨌든 케어리는 화단을 가꾸는 일에서부터 아이들의 상처를 소독하는 일에 이르기까지 모든 것에 자신의 손길이 닿아야 직성이 풀리는 성격임을 그녀 자신도 잘 알고 있었기 때문이다.

"그러나 더 늙어서 일을 하지 못하게 된다면 그때는……"

케어리는 웃음으로 얼버무리며 고집을 부리는 것이었다.

아아, 그 노년은 결코 오지 않았다. 손을 아름답게 가꾸고 위엄 있는 노부인이 된다—조금이라도 재미있는 일이 있으면 단박 웃음을 터뜨리고 마는 케어리가 위엄을 갖추다니—는 일부터 성서를 좀더 잘 읽어서 신에 대한 인식을 심화시키는 일에 이르기까지, 모든 종류의 일을 다 해보겠다고 기대하던 그녀의 노년은 끝내 오지 않았다. 또 케어리같이 언제나 젊은 활기에 넘쳐 있는 사람에게 노년이 찾아올 턱이 없지 않은가.

어떻게 하면 케어리의 생활을 사실 그대로 표현할 수 있을까. 신문지 한 장이라도 언젠가 필요할 것이라고 생각한 나머지 버리지 않고 간직해 둘 정도로 극단적인 경제 생활을 했으며, 또한 그렇게 하지 않을 수 없었던 케어리였다. 케어리니까 그같은 생활을 해 나갈 수 있었지, 마음이 조금이라도 약한 사람이었더라면 벌써 포기했을 것이다. 내 기억 속의 케어리는 언제나 신선하고 아름다웠는데, 곰곰이 생각해 보면 해마다 같은 옷을 입고 있었다. 그러나 리본을 달거나 옷깃에 장식을 다는 등 해마다 색다르게 해서 새옷처럼 입었다. 케어리는 또한 그러한 인상을 줄 만한 바탕이 있었다. 지붕 밑의 다락방에는 커다란 낡은 함석상자가 있었는데, 지금 생각하면 그 속에는 케어리가 쓰던 헌 모자나 비단으로 만든 조화, 리본 따위가 들어 있었다. 1년에 두 번씩 케어리는 명랑한 목소리로 이같이 말했다.

"자, 다 같이 파리로 가서 계절에 어울리는 모자를 구해 옵시다."

우리는 모두 지붕 밑에 있는 다락방으로 가서 함석상자를 열었다. 케어리는 그 상자 속에 있는 재료로 솜씨를 발휘해서 자신과 두 딸을 위해 모자를 만들었다. 아이들이 케어리가 만든 모자에 불만을 느꼈던 적은 한 번도 없었다. 케어리가 만든 모자는 특색이 있었는데, 그것은 다른 데서 만든 모자보다도 예쁘고 독특한 멋이 있었다는 점이다. 가령 케어리가 다른 인생을 선택했다고 해도 일류 부인모 제작자, 혹은 성악가나 화가, 그외에도 그녀가 원했다면 어떠한 방면에서도 전문가가 될 수 있었으리라. 어쨌든 그녀의 상상력과 명랑한 난센스와 민첩한 손가락의 움직임은 우리에게 새 모자를 사러 가는 것과 똑같은 환상과 흥분감을 안겨 주었다. 몇 해 지난 후 우리는 실제로 파리에 가서 새 모자를 샀지만, 이것은 지난날 지붕 밑 다락방으로 통하는 계단을 올라가, 함

석상자 속에 담겨진 파리로의 대여행 때 느꼈던 그 크나큰 흥분의 절반도 미치지 못했다.

이렇게 해서 7년이란 세월이 흘렀다. 케어리의 생애에 있어서 과거 어느 7년보다도 더 빨리 흘러갔다. 죽음이라는 것이 한 번도 엄습하지 않았다는 점에서도 평온한 세월이었다. 케어리의 단점은 결코 고쳐지지 않았지만, 인생의 시혜는 더욱 깊어지고, 동시에 그 마음 또한 더없이 풍부해지고 아름다워졌다. 딸들과 때때로 감정적인 마찰이 있을 때도 있었지만, 케어리를 어머니라기보다는 유쾌한 친구, 그리고 놀기에 가장 흥미로운 벗으로 생각하고 있었다. 그러나 그러한 흥을 돋워 유흥을 즐길 만한 시간이 전처럼 빈번하지는 않았다. 또한 그녀의 인내력과 이해심도 더 깊어갔다. 다만 의분할 만한 자극을 받았을 때, 인내력 따위를 집어던지는 점만은 전과 조금도 달라지지 않았다.

이때 다시 1년간의 휴가를 얻어 미국으로 돌아갈 수 있는 시기가 돌아왔다. 컴포트는 늘씬한 키에 열일곱 살난 처녀가 되어 대학에 입학할 연령이 되었다. 고지식하고 내성적이며 어린애처럼 천진난만한 처녀이면서도 성격은 모순투성이여서, 묘하게 어른 같은 면도 적지 않았다. 케어리는 이윽고 다가올 이별에 앞서 컴포트에게 뭔가 기념이 될 만한 선물을 주고 싶었다. 얼마를 궁리한 끝에 미국으로 갈 때 유럽을 거쳐서 가는 것이 가장 좋은 선물이라는 결론에 도달했다. 지난날의 잊혀지지 않는 유럽 여행의 추억을 딸들과 함께 나누고 싶었기 때문이다.

그 무렵 '아버지의 신약성서'는 어려운 고비를 겪고 있었던 것 같았다. 그리고 케어리가 단 한 번, 특별한 결단과 다소 흥분된 주장으로 몇 해 전부터 계획하고 있던 개역 성서의 출판을 연기시켰던 것도 이때이며, 덕분에 컴포트는 대학에 입학할 때 새옷을 입고 갈 수 있었다. 컴포트는 부모님이 침실 문을 닫고 목소리를 낮추어서 맹렬한 말다툼을 하고 있는 것을 엿들었다. 한참 후, 풀이 죽어 무슨 생각에 잠기며 나오는 아버지의 모습과 굳은 결심으로 얼굴을 붉히며 눈을 반짝이면서 말하던 어머니의 말을 지금도 기억하고 있다.

"저, 내가 네 옷을 한 벌 더 해주겠다고 했었지. 그것은 만들어 줄 거야. 그리고 우리 모두 유럽으로 돌아서 가기로 했다."

배멀미를 하는 케어리를 위해 이번에는 시베리아 철도로 가기로 했다. 우선 기선으로 양자강을 거슬러서 한구(漢口)에서 북쪽으로 가는 기차를 탔다. 케어리는 딸들과 같이 온갖 새로운 풍경에 흥미를 나타내며 좋아했다. 특히 러시아에서는 매우 강한 인상을 받았다. 케어리는 이 나라 사람들이 직면한 중대한 위기의 사태를 목격하고, 풍족하고 학식 있는 소수 사람들과 들짐승이나 다름없는 생활을 강요당하고 있는 수천만 민중 사이에 벌어져 있는 엄청난 격차에 놀라고 말았다.

"이제 이 나라 사람들은 세계가 흔들릴 정도로 큰 혁명을 일으킬 거예요. 나라꼴이 이래서는 무사하게 수습된다는 것은 불가능하니까."

하고 거듭 말했다.

　과연 10년도 채 되지 않아 케어리의 예언은 현실로 나타났다. 그때 케어리는 자신이 말한 대로 세계가 동요되는 것을 주시했으며, 진지하고 열렬한 흥미를 지니며 러시아 혁명의 추이를 뒤따랐다. 그리고 자신은 본래가 보수적이어서 극단적인 것을 좋아하지 않으면서도 늘 민중에게 동정을 기울이고 있었다.

　화제를 바꿔서, 그해 여름에 그들은 유럽의 아름다운 곳들을 마음껏 구경했다. 각자 자기 취향에 맞춰서 보았다. 앤드류는 교회나 대성당에 관심을 가졌고, 컴포트는 모든 것에 탐욕스러울 정도로 흥미를 느꼈다. 케어리는 무엇보다 가정이나 농장, 사람들의 모습을 보고 즐거워했다. 이 가족은 여름 두 달을 스위스의 어느 아름다운 호숫가에서 보냈다. 만년에 영화를 누리다 죽은 한 부호의 미망인이 저택을 관광객에게 개방하여 생활을 영위하고 있다는 소식을 듣고 거기에 머물렀던 것이다. 케어리는 그 아름다운 관심을 세 가지로 나누었다. 즉 호수와 눈에 덮인 알프스산, 그리고 몸집이 자그마한 미망인의 신세 한탄 등, 어디를 가든 케어리 앞에는 신세 타령을 털어놓고 위안을 얻으려는 여자가 나타났다. 어느 호텔에 묵을 경우에도 이틀이나 사흘째 저녁이 되면 객실을 돌보는 하녀까지 달려와서 신세 타령을 털어놓을 정도였다.

　마침내 미국으로 출발할 때가 되었지만, 케어리는 전처럼 순수한 기쁨을 느끼진 못했다. 오히려 불안을 느끼면서 조국으로 갔던 것이 아닌가 생각되었다. 미국은 케어리의 마음 속에 강한 인상을 주고 있었다. 그러나 현실의 미국이 마음 속에 있는 미국과 같았을까. 지난번에 귀국했을 때 그녀는 자신이 조국에 머물 장소가 있다는 확신을 잃어 버렸다. 그녀가 조국을 못 본 지도 벌써 7년

의 세월이 흐르고 있는 것이다. 이번에는 어떤 일을 겪게 될까. 케어리는 여러 가지 소식을 들어서 알고 있었다. 말에 의하면 자동차든지 가정 생활에 쓰이는 이상한 기계 설비 따위의 새로운 발명품이 온 나라에 범람하고 있다는 것이었다. 그러니만큼 7년 전과는 전혀 다른 나라로 변해 있을 것이 틀림없다.

그러나 미국이 어떻게 변하든 그곳에는 에드윈이 있다. 에드윈의 아내와 갓난 손자도 만나게 될 것이다. 그것만으로도 충분히 기대할 만했다. 식구들은 미쳐 날뛰는 사나운 대서양을 횡단하여 뉴욕에서 남부로 내려가는 첫 기차를 탔다.

무슨 까닭이었는지는 모르지만, 앤드류와 케어리는 1년간의 휴가가 끝날 때까지 미국에 있을 수가 없었다. 케어리는 흰 칠을 한 큰 집에 돌아왔지만 백발머리에 몸집이 작은 늙은 아버지의 의연한 모습이 보이지 않아서 말할 수 없이 쓸쓸했다. 마치 귀금속 가게와 같은 손으로 세공한 보석과 기이한 장식품, 온갖 종류의 손목시계나 탁상시계, 벽시계로 꽉 차 있던 아버지의 방은 지난날의 모습이 사라지고, 허전한 가운데 코넬리어스가 기거하고 있었다. 이미 케어리는 이 집에 속해 있지 않았다. 단순한 방문객, 그것도 멀리 떨어진 다른 곳에 살면서 어쩌다가 찾아온 손님에 지나지 않았다. 코넬리어스 아내가 의젓하게 집안일 전부를 돌보고 있었다. 지난날의 예스러운 생활은 그것으로 끝나고, 그러한 생활의 기억까지 소멸해 버린 것 같았다.

마을에서는 앤드류의 형이 세상을 떠났으며 설교단에는 낮모를 목사가 설교하고 있었다. 닐 카터도 세상을 떠나고, 그의 저택은 피서객의 별장으로 팔려지고 말았다. 옛날의 정든 얼굴은 거의 남아 있지 않았다. 거리 이름까지 바뀌어 있었다. 케어리에게는 낯설고 슬픈 장소가 되고 말았다. 그런 곳에서 오래 머물고 싶은 생각이 조금도 나지 않았다.

그러나 에드윈과 그의 식구들이 있으며 컴포트가 대학을 들어가서 안정된 생활을 하고 있는 것을 보지 않으면 안 되었다. 그래서 케어리는 기분을 전환하여 에드윈의 집에서 반년을 보내기로 했다. 케어리의 가슴은 갓난애의 안식처라, 전세계 어린아이를 포옹할 만큼 모성애가 넘치고 있었으므로 맏손자가 그녀에게는 무한한 기쁨이었다. 그러나 에드윈의 집에서 지내고 있는 동안도 역시 방문자에 지나지 않았다.

조국에는 이제 안주할 가정이 없다. 자기가 소속될 장소가 없는 것이다. 케어리는 컴포트가 대학에 들어가서 새로 사귄 친구들이나 대학 생활에 마음을 쏟고 있는 것을 보았다. 자기가 낳은 자식들조차 자기와는 아무 관련이 없는 일에 열중하게 된 지금, 이 나라 이 조국에는 누구 하나 진실로 자신을 필요로 하는 사람이 없다는 것을 생각하며 케어리는 슬픔에 잠겼다. 그렇다면 바다를 건너 다시 중국에 돌아가야 한다. 중국에는 그녀를 필요로 하는 사람들이 있다. 케어리가 없음을 진정 쓸쓸히 여기면서 돌아오기를 애타게 기다리는 사람들이 있다. 여태까지는 미국으로 귀국해 떠날 때마다 조국을 떠날 결심이 필요했으나, 이번에는 그렇지 않았다. 케어리의 마음은 멀리 이역을 향하고 있었다. 끊임없이 이역을 향하고 있었다. 이제야 미국의—그녀의 미국의—모든 것은 그녀의 마음 속 추억 안에만 있었기 때문이다.

민감한 성격을 지닌 케어리였으므로 바다를 건너는 것도 이번이 마지막이라는 예감이 희미하게나마 들었으리라고 나는 생각한다. 그 당시에 이미 케어리는 만년의 그녀의 육체를 쇠약하게 만들고 죽음을 재촉하게 한 열대병의 징후가 나타나기 시작한 때문인지, 아니면 조국이 이미 자기에겐 무관심하므로 그러한 곳에는 돌아갈 가정이 없다고 체념했기 때문인지 그 까닭은 모르겠지만, 어쨌든 조국의 온갖 아름다움에 대하여 마음 속으로 이별을 고하고 있었다.

아들네 집에서 보낸 밝고 긴 가을 한 철에, 케어리는 곧잘 혼자서 숲속을 돌아다녔다. 붉게 또는 금빛으로 물든 나무들을 흡족하게 바라보거나, 산에 걸린 보랏빛 안개의 마지막 광경을 천천히 추억 속에 주워 담았다. 또 조용하고 청결하면서도 자족하는 마음을 지닌 사람들이나 그 사람들이 사는 집, 일요일마다 모이는 많은 가족들—아버지와 어머니, 형제 자매들이 숙연하게 모여드는 조그만 교회당을 애정이 깃든 눈으로 바라보았다. 케어리가 생각하기에는 미국에서 가장 훌륭한 것은 거기에 사는 사람들, 생애를 마칠 때까지 미국에 살 수 있는 행운을 가진 사람들이었다. 이따금 케어리는 세계 어느 나라에도 비할 수 없을 만큼 아름다운 이 나라에 살 수 있는 운명을 타고난 것이 얼마나 행복한 것인지를 그들에게 자각시킬 필요가 있다고도 생각했다. 그러나 그녀는 마음 속 깊이 생각한 것을 함부로 입 밖에 내어 말할 수는 없었다. 그러므로 사람들이 때때로,

　"그처럼 이교도의 나라에 다시 돌아가고 싶다는 것이 사실입니까?"

하는 이상하다는 듯 질문을 해 왔을 때, 그녀는 다만 어렴풋이 애처로운 웃음을 띠고서 침묵할 따름이었다. 케어리는 생애를 마칠 때까지 자기가 알고 있던 미국에 대해서 절실한 향수를 느끼고 있었다고 나는 생각한다.

　케어리에게 미국에서 보낸 1년이 얼마나 큰 의의를 지니고 있었는가는 나 자신도 전혀 모르고 있었다. 그러던 어느날 아침, 교회에서 케어리 옆에 서 있었는데, 예배중임에도 불구하고, '오오, 아름답도다, 가히 없는 하늘…'로 시작되는 찬송가를 부르고 있던 케어리가 한층 기쁨에 넘쳐 목소리를 돋우더니, 별안간 뚝 그치고 말았다. 웬일인가 하고 보니 케어리의 얼굴은 온통 눈물에 젖어서 몇 번이나 거듭 중얼거리고 있었다.

　"오오, 아메리카! 아메리카!"

　이리하여 케어리는 다시 중국으로 돌아왔다. 이번에는 페이스 하나밖에 데리고 오지 않았다. 태평양을 건널 때 여전히 배멀미에 시달렸지만, 그 고통은 이번이 마지막이라는 조용한 확신이 들었기에 끝내 감내할 수 있었다. 상해에서는 여전히 착실한 왕아마가 기다리고 있었다. 얼굴은 온통 주름투성이이고, 이도 다 빠지고 흰 머리도 드문드문 보였다. 케어리의 다정한 벗이기도 한 이 노파는 벌써 오래 전부터 일다운 일을 못하게 되어 있었지만, 몇 해 동안

더 케어리와 살았다. 그러나 마침내 노령 때문에 밤낮으로 남의 시중을 받아야 할 처지가 되자, 그 이상 케어리에게 폐를 끼칠 수 없다며 양아들 집으로 갔다. 케어리는 그녀의 앙상한 손을 굳게 쥐고 악수를 나눈 뒤, 식구들과 함께 방갈로로 돌아왔다. 케어리는 자기 자신에게 이렇게 말했다—이제부터 긴 평화의 세월이 계속된다. 그리고 나는 노년일지라도 초조해하지 않고 착실히 보낼 수 있다.

그러나 케어리의 남은 일생도 평화롭게 보낼 수 있는 환경이 못 되었다. 시대의 움직임이 케어리의 예상을 뒤엎었기 때문이다. 중국에 혁명이라는 큰 동란이 일어나, 전국에 파급되더니 극도의 혼란 상태로 몰고 간 것이다. 1년 동안이나 기묘한 마비 상태 같은 고요가 중국 전체를 뒤덮고 있었다. 그것은 모든 사람들에게는 이상스런 고요였고 태평이었다.

별안간 잇달아서 사건이 발생함으로써 그때까지의 평화가 표면적인 것에 지나지 않으며, 실은 그 밑바닥에 어처구니없게도 커다란 사건이 꿈틀거리고 있다는 사실을 증명했다. 북경에 있는 만주 왕조는 붕괴되고, 대혁명가 손일선이 앞장서서 중화민국을 공화국이라고 선언하며 나섰다.

케어리가 방갈로로 돌아온 지 2, 3개월이 채 되기도 전에 미국 영사에서는 중국에 체류하고 있는 미국인 전원에게 해안 지방으로 피난할 것을 권고했다. 전국에 파급된 동란과 중앙의 권력이 무너진 기회를 틈타, 폭도들이 백인을 습격할 우려가 있다는 것이었다. 케어리와 앤드류는 서로 얼굴을 마주보았다. 또다시 전과 같은 고난을 겪어야 한단 말인가? 앤드류는 기분이 좋지 않은 투로,

"당신은 피난을 하는 것이 좋겠소."

하고 말했다. 케어리는 내키지 않은 듯 겨우 주변 물건들을 정리하기 시작했다. 그런데 막상 진강에 있는 미국인들을 모조리 철수시키는 날이 닥치자, 몸이 불편해서 출발할 수 없음을 알렸다. 아마도 기분이 내키지 않아서 그랬던 것 같다. 결국 케어리의 가족만 남게 되었는데, 이튿날 케어리는 아무렇지도 않은 듯 의기양양하게 짐을 풀고는 그대로 주저앉아 혁명의 추이를 지켜보기로 결심했다. 이제 케어리에게는 자유롭게 행동해도 방해를 받을 어린애가 없었고, 무엇보다도 위험에서 피하는 수동적 태도를 무척 싫어했다.

최대의 격전은 양자강을 거슬러 올라간 남경에서 벌어졌다. 케어리는 침대 속에서 서양식 방법을 배운 중국인들의 대포 소리를 들었다. 한 번은 가까이서 날카로운 총소리가 들렸다. 케어리는 무턱대고 용기를 발휘하여 창 가까이로 갔다.

그러자 몇 사람이 울타리 바깥에 있는 대나무숲에 웅크리고 있는 것이 보였다. 케어리는 급히 옷을 갈아입고, 아무에게도 알리지 않은 채 아래층으로 내려갔다. 밖에 피난온 사람들은 만주 여자들로, 길다란 비단 가운으로 아름답게 단장하고 머리를 높다랗게 땋아올린 모습이었다. 만주 여자이므로 그들은 전족을 하고 있지 않았다. 그중에는 중국옷으로 변장하고 있는 사람도 있었으나, 높은 광대뼈와 큰 발이 그 뜻한 바를 어기고 있었다. 케어리는 이들의 사정을 순간 이해했다. 저 여자들은 진강에 있는 만주인 관리의 아내나 딸들이며, 지금 막 무너지고 있는 왕조의 제물이 되고 말 상황에 놓여 있는 것이다. 어떤 왕조가 쓰러지면 새로 등장한 통치자가 과거 지배계급의 생존자를 몰살한다. 그것이 예로부터 내려오는 중국의 관습이며, 이 가엾은 여자들이 그러한 운명에 직면해 있는 것이다. 케어리는 손짓을 해서 그중의 한 여자에게 들어와서 몸을 숨기라고 했으나, 오히려 겁을 집어먹고 숲속 깊숙이 숨어 버렸다. 케어리는 자신의 무력함이 안타까워서 두손을 쥐어짜면서 집으로 들어왔다. 어떻게 할 도리가 없었다. 외국인인 케어리가 도와 준다면 오히려 그 여자들에게 큰 재난이 닥칠지도 모른다.

그날 진강이나 중국 전역에서 얼마나 많은 만주족의 여자와 아이들이 참혹하게 참살당했는지 아무도 모른다. 케어리는 페이스와 함께 거실에 틀어박혀서 눈을 감고 주위의 소리를 듣지 않으려고 애썼다. 비참한 광경을 자주 목격한 케어리로서도 그날의 잔인무도한 살육에는 견딜 수가 없었다. 또한 어린 시절부터 참한 규수로서 품위 있게 자란 신분 높은 부인들이, 대숲 속에서 시체로 쓰러져 있는 비참한 모습을 케어리는 평생토록 잊을 수 없었다.

그러한 공포의 날이 지나고 형식적으로나마 공화제인 중화민국이 성립되자, 케어리는 그 변혁에 대해서 비상한 흥미를 품었다. 천성적으로 반항아인 케어리는 어떠한 반항에도 흥미를 느꼈다. 그녀의 조국인 미국도 공화국이므로 공화제라는 것이 정치 형태 가운데는 가장 좋은 것으로 생각하고 있었다. 따라서 중국의 새로운 미래에 대해서도 희망을 가지고 바라볼 수 있게 되었다.

이번에 들어선 정부라면 사회를 어느 정도 정화시켜 줄 수 있을지도 모른다고 케어리는 자주 되풀이 말했으며, 단발령이 내려지자 그것에 대해서도 진심으로 찬성했다. 변발이라는 것은 이민족인 만주 왕조에 의해서 강요된 예속의 상징이므로, 모두 잘라버리라는 명령이었다.

그러한 명령이 실시됨에 따라 가끔 기묘한 일이 발생해서 케어리를 유쾌하게 했는데, 변발을 육체의 극히 중요한 부분이라고 생각하고 있는 고지식하고 보수적인 노인들에게는 동정을 금할 길이 없었다. 아무것도 모르는 농민들이 아침에 신선한 채소가 담긴 바구니를 천칭막대로 어깨에 메고 성문을 지나서 시내로 들어오면, 거기에 있는 병사들에게 붙들려서 따질 겨를도 없이 커다란 가위로 변발이 잘려져 나갔다. 머리카락뿐 아니라 목마저 잘리는 것이 아닌가 할 정도로 이에 소리를 지르는 사나이도 많았다.

그러나 새로운 정부도 처음에는 활발히 낡은 예속을 없애기 위하여 사방에 병사를 배치했으므로, 그 당시에는 아침에 자랑스럽게 변발을 늘어뜨리고 나갔다가는 저녁에 헝클어뜨린 머리로 돌아오는 사람이 많았다. 케어리는 그것은 타당한 일이라고 생각했고, 심부름하는 머슴이나 하인에게도 수시로 권해서 변발을 자르도록 했다. 케어리는 그것이 자신의 신조인 청결과 전진에 일보 접근하는 것으로 생각했다.

혁명의 소용돌이는 급히 북쪽으로 올라갔으므로 시내는 다시 평화로워졌다. 그리고 이후 변발을 자르는 것 이상의 큰 변혁이나 근본적인 변혁은 없었다. 동란이 지나간 후에, 케어리가 다시 보게 된 것은 여전히 구태의연한 민중의 생활이었다. 그러므로 케어리는 전부터 아이들이 다 자라면 시도하려고 했던 전도 활동에 전념하기 시작했다. 페이스는 벌써 상해에 있는 학교에 보낼 나이가 되었다. 이렇게 해서 집에는 아이가 하나도 없게 되었고, 케어리는 여가를 보낼 만한 일이 필요했다.

그때부터 케어리는 앤드류가 전도 여행을 떠날 때마다 돛단배나 일륜차, 또는 가마 등을 타고 동행했다. 몇 해 전부터 해안 지방으로 달리는 철도가 부설되어 있었으므로 이것을 여행의 중요한 경로로 이용해서 북쪽으로, 혹은 남쪽으로 몇 마일씩 오지로 들어가서는 장이 서는 거리나 도시 또는 촌락을 방문하며 돌아다녔다. 앤드류가 설교를 할 때, 케어리는 여자나 아이들을 모아놓고 글씨나 노래, 편물, 수예 등을 가르쳤으며, 그러한 것을 통해서 기독교도의 생활과 행동의 간단한 요점을 이해시키려고 노력했다.

다만 그러한 일도 그녀다운 독자적인 방법으로 실천했으며, 결코 앤드류의 방법은 따르지 않았다. 앤드류의 방법은 마치 본국의 국왕에게서 친서를 받아들고 외국에 파견된 자가 외국인으로서 그 사명을 전달하는 것 같은 태도였다. 모든 사람들이 들을 수 있도록 낭독하는 것이 앤드류의 의무였다. 그리고 그 의무만 다하면 그의 책임도 끝나는 것이었다.

앤드류와 30여 년간이나 부부 생활을 하면서 그 사이에 일곱 남매나 되는 아이를 낳아 기르면서도 아직도 상호간에 대단한 차이가 있음을 케어리가 절실히 느낀 것도 이 시기였다고 생각된다. 케어리는 엄격한 청교도다운 면에 감동하여 그와 결혼했지만, 거친 풍파를 겪는 동안 차츰 그녀를 성장시켰던 것은 오히려 풍부한 인간적인 측면이었다. 둘이서 돛단배를 타고, 또는 단둘이서 어깨를 나란히 하고 자갈길이나 먼지가 많이 이는 시골길을 걸어갈 때에도 이 부부 사이에는 대화가 성립되지 않았다. 명랑하고 유머에 넘치는 케어리의 유창한 대화는 많은 사람들에게 기쁨을 주었다. 그러나 뭐든지 눈에 띄는 대로 통렬한 비평을 가하는 그녀의 습관이 앤드류에겐 귀찮게 작용했음에 틀림이 없었으며, 경솔한 행동에 불과하다는 것 또한 케어리 자신도 잘 알고 있었다. 케어리는 앤드류의 강한 극기심이나, 높은 신앙생활에 존경을 느끼고 있었다. 그럼에도 불구하고 앤드류의 다소 현학적인 화술과 드문 일이지만 김빠진 유머, 전도 사업에 완전히 몰두해서 인간 생활의 실제적인 곤란에 직면했을 때 필요한 이해 능력의 결여, 아름다움과 기쁨이 스며들 여지가 없는 그 자신의 금욕적이고도 융통성 없는 생활 태도 등을 차츰 못마땅하게 여기게 되었다.

　지난날 케어리는 앤드류의 완전한 동지로서 언제나 그의 전도 활동에 협력하겠다는 꿈을 꾸었다. 아이들이 어리고 가정일에 시달리는 동안에는 그것이 불가능했지만, 둘이서 같이 독서를 하고 이야기도 나누며 또한 전도에도 힘쓰리라고 생각했다. 어떻게 하면 자신을 향상시키고 내적인 생활을 심화시킬 수 있을까, 앤드류는 그 방법을 가르쳐 주리라. 성서 속에서 이해가 되지 않는 부분을 충분히 설명해 주리라. 또한 케어리 쪽에서도 앤드류를 돕고, 부족한 면을 충분히 보충시켜 줄 방법이 있을 것이다. 가령 교회에서 음악의 효과를 이용하는 면에서 이제까지보다 더 열심히 협력할 수 있을 것이다. 사람들이 과히 좋아하지 않는 엄숙한 찬송가 대신, 남편에게 전해서 좀더 즐거운 찬송가를 택하게 할 수도 있을 것이다. 또한 케어리에게는 교묘하면서도 힘찬 표현 능력이 있었으므로, 무미건조한 남편의 설교에 어느 정도 생기를 불어넣을 수도 있으리라. 남편이 만든 설교의 초고를 미리 둘이서 검토하여, 그녀가 어떠한 설화나 실례, 흥미 있는 비유 같은 것을 제공하면 내용이 더욱 흥미진진해질 것이다.

케어리는 앤드류가 자기의 도움을 바라고 있는지 어떤지는 전혀 고려치 않은 채, 옛날처럼 명랑하게 기뻐 날뛰면서 새로운 인생에 뛰어들었다. 이러한 세월이 왔을 때만이 여태까지의 희생도 값진 것이 되리라. 케어리가 앤드류의 힘을 필요로 하는 것처럼 앤드류도 기꺼이 자기가 갖고 있는 힘을 필요로 하리라. 그리하여 상호간에 서로 보충하고, 서로 강화하는 것이 중요하다고 그녀는 굳게 믿고 있었다.

그러나 그것은 터무니없는 오해였다. 앤드류는 어떠한 형태이건 자기가 작성한 설교 초안에 남이 손대는 것을 싫어했으며, 자기가 만든 설교에 늘상 만족하고 있었다. 그리고 케어리의 조언을 받아들이면 좀더 설교 내용이 나아지리라는 견해에 대해서 매우 회의적이었다. 또한 케어리가 좋아하는 찬송가에 대해서도 기묘하다든가 무의미하다는 비판을 가했으며, 엄숙해야 할 종교적 입장에서 볼 때, 지나치게 쾌활하다고 단정했다. 바로 저 건너에서 지옥이 입을 벌리고 있는데, 이승의 기쁨이나 아름다움을 노래하는 것은 말도 안 된다는 투였다.

앤드류는 또한 성 바울의 '여자는 남자에게 절대 복종해야 한다'는 교의를 진심으로 신봉하고 있었으므로, 케어리가 집안 살림을 도맡아 다스리고, 아이들이나 낳아 그들의 시중을 들어 주면 그것으로 족하다고 생각하고 있었다. '남자는 여자의 우두머리이니 여자는 남자를 통해서만 신에 근접할 수 있다'—성서는 그렇게 가르치고 있었다. 그러나 케어리가 교회에 오는 부인들을 상대로 그들의 지적 능력이 허용하는 한도 내에서 교육을 시킨다는 것은 좋은 일임에 틀림없었으나, 모든 사람들의 신앙이나 지식을 최종적으로 검토하여, 그들을 교회 일원으로 받아들일 것인가 결정하는 일은 신의 사제인 그 자신에게만 일임되어야 한다고 앤드류는 생각하고 있었던 것이다.

이와 같은 앤드류의 사상을 알았을 때, 케어리의 반항의 피는 들끓었다. 자기에게 성자의 모습으로 비쳐지던 앤드류의 본성을 이제야 깨달은 듯한 느낌이었다. 케어리는 앤드류의 선량함에 이끌려서 결혼을 했다. 앤드류가 지금도 선량한 것은 사실이다. 그러나 그녀가 온갖 방법으로 선을 베풀고 있음에도 불구하고, 마음이 좁고 이기적이고 오만했다. 여자이기 때문에 하느님에게 직접 나가지 못한다는 것은 그 얼마나 모순된 말인가! 자신의 두뇌는 어지간한 남자의 두뇌보다도 민첩하고 날카롭고 명석하지 않은가! 하느님은 그처럼 편협하신가! 앤드류가 믿는 하느님은 그러한 하느님인가! 말하자면 케어리는 한 손에는 두뇌, 한 손에는 육체라는 풍부한 선물을 들고 와서는 가련한 어린아이처럼 그것을 기쁘게 받아들여지기를 확신하면서 아낌없이 바쳤는데, 어찌된 일인지 그런 것은 소용없다고 따돌림을 당하는 것이었다. 케어리는 여기서 앤드류의 본심을 정면으로 꿰뚫을 수 있었다.

마음의 상처를 입은 이 부인의 모습을 너무 자세하게 묘사한다는 것은 무자비한 짓이라고 비난을 받을지 모르므로 이것으로 중단하지 않을 수 없다. 그녀 자신, 의식적인 말로써 아무리 친한 사람에게도 결코 고백한 적이 없는 이 시기의 생활에 메스를 들이대기에는 너무도 나는 케어리에 대해서 잘 알고 있었고, 너무도 친밀히 그녀와 결부되어 있었다. 확실히 우리는 그 사정을 알고 있었으며, 때로는 케어리의 입에서 억제하던 나머지 비통한 말이 튀어나오는 일도 있었다. 그러나 케어리는 이내 그러한 말을 취소하고, 나중엔 반드시 자신의 행동이 경솔하였음을 후회하곤 했다.

케어리는 신앙을 택한 모든 여자들에 대해 최고로 엄격했던 시대의 교육을 받아 왔다. 그러한 케어리가 결혼의 길에서 이탈한다는 것은 전혀 생각할 수도 없는 일이었다. 부부간의 정신적인 갈등이나 결합의 공허, 마음과 마음이 멀어질 때 외면적인 지반의 끈마저 끊어버린다는 것은 허용되지 않는 시대였다. 아무리 사랑의 기초가 강하다고 해도 종교적 의무의 기초는 그보다 더 강했다.

케어리는 이러한 점을 어느 누구보다 잘 알고 있었다. 다시 한 번 인정미 있고 쾌락을 사랑하는 마음을 억제한 것이다. 그로 인해 얼마나 많은 고통을 이겨내야 했던가, 우리도 이점에 대해선 이해할 수 있다. 그녀는 다시 그녀에게 어울리지 않는 침묵과 유순한 태도로 신분이 낮은 중국인 부인들에게 봉사하는 일에 전념했다. 곳곳의 교회에 부인회를 설립하는 등의 꿈일랑 모두 사라져버렸다. 이제 다시는 앤드류의 교회에 간섭하지 말자고 굳게 다짐했다. 또한 교도나 비교도들이 도움을 청해 오면 그것에 조력하는 것으로 족했다.

극히 최근에 나는 중국인 대학교수로부터 당시의 케어리에 대해 다음과 같은 얘기를 들었다.

"그 부인을 기억하고 있는 것은 다름이 아니라, 가난한 사람들에게 자선을 베풀기 위해 손수 빨래까지 하면서 검약을 하셨기 때문입니다. 그런 부인은 그전이나 그후에도 없었습니다."

당시의 케어리는 자기 껍질 속에 틀어박혀서 지난날의 어머니로서 분주히 보내던 시절에는 결코 경험하지 못하던 정신적인 고독 속에서 세월을 보내고 있었다. 다만 앤드류가 집에 있을 때에는 스스로 마음을 위로하기 위해 노래를 불렀다. 꽃밭을 가꾸어서 구경 오는 사람들을 기쁘게 해주었으며, 많은 사람들이 꽃구경을 왔다. 조그만 초가집에 모여서 기다리고 있는 사람들이나 처녀들을 만나기 위해서 울퉁불퉁한 시골길을 몇 번이나 왕래했다. 이웃 사람들이나 집에서 부리는 새로 온 하인들과도 친밀히 지내며, 너무 늙어 양아들 집에서 시중을 받고 있는 왕아마에게는 이따금 조그만 선물을 보내곤 했다. 아이들에게는 애정어린 긴 편지를 쓰고, 경제 사정이 허락하는 대로 물건도 조금씩 보냈으며, 아이들이 돌아오길 원한다면 자기에게로 돌아올 것을 기다리고 있었다.

그러나 그런 것은 모두 일시적인 것에 지나지 않았다. 이제 케어리의 명랑한 모습은 볼 수가 없었다. 위대한 일을 성취할 만한 능력을 지닌 케어리에게는 항상 큰 일거리가 필요했다. 케어리의 타고난 사랑스러운 기질은 이제 영영 볼 수 없게 되어 버린 듯하다. 이 시기의 케어리는 아마도 이 세상에서 가장 고독한 사람이었을 것이다. 케어리는 지극히 가까운 사람에게서 애정을 구하다가 실패했다. 아이들이 어렸을 때에는 어린것들이 참다운 애정을 주었으므로, 모자 관계 이외의 어떠한 개인 관계에 있어서도 애정의 결핍을 느끼는 일은 거의 없었다. 그런데 아이들이 모두 자라서 집을 나간 지금의 그녀의 생활은 견딜 수 없을 정도로 공허했다.

케어리는 가끔 혼잣말로 중얼거렸다.

"식구 가운데 함께 산책을 나갈 사람이 있다면 얼마나 좋을까."

케어리는 그 말을 꾸불구불 언덕길을 혼자 내려가는 앤드류의 뒷모습을 보면서 중얼거렸다. 언제나 그랬듯이 앤드류는 명상에 잠기거나 예배에 열중하였으므로, 그에게 산책을 함께할 것을 권한다는 것은 어림없는 일이었다. 케어리 또한 자존심이 강한 여자여서 자기가 먼저 말을 꺼내진 못했다. 드높은 하늘에 있는 신은 명확히 인식하면서도 바로 옆에 있는 고상하고 고독한 사람의 모습은 전혀 거들떠보지도 않다니, 그처럼 기묘하고도 서먹서먹한 영혼이 어디 있단 말인가! 그에게 있어 케어리는 단순한 한 여자에 지나지 않았다. 나는 케어리가 천성적으로 지니고 있는 활달함이 상실된 이후부터 성 바울을 철저히 증오했다. 그리고 진정한 여자라면 누구나 다 성 바울을 증오하는 것이 당연하다고 생각했다. 과거의 성 바울은 케어리와 같은 자존심이 강한 자유분방한 여자들을 자유인이라는 이유에서 저주했기 때문이다. 오늘날 새로운 시대가 도래해서 성 바울의 권위가 상실된 것을 나는 케어리를 대신해서 기뻐한다.

몇 해 동안 케어리는 눈에 띌 정도로 늙었다. 자세는 전과 같이 곧고 몸을 움직이는 태도에도 별다름 없이 기품을 갖추고 있었으나, 몸집이 작아지고 수척해져서 보기에도 가엾을 정도였다. 숱이 많은 긴 머리는 검은 머리카락이라고는 한 가닥도 찾아볼 수 없었고, 눈처럼 하얀 머리가 이마 위에서 가볍게 휘날리고 있었다. 이러한 머리는 아버지 하마나스를 연상케 했다. 케어리는 아버지에게서 이어받은 투쟁적인 기질을 발휘할 수 없었으나, 때때로 담소하는 중이나 농담을 주고받을 때에 예리한 반응 속에서 그러한 일면이 드러났다.

케어리는 그 당시 약간은 생각에 잠긴 듯한 태도로 성서를 읽고 있었다. 앞으로 다가오는 노년기를 의식하면서 젊은 시절에 계획한 일을 하나도 이루지 못한 케어리가 다시 신을 탐구하려고 노력하는 것이라고 생각되었다. 그러나 몇 해 동안 신은 케어리에게 어떠한 모습도 보여주시 않았디. 즉 우발적이거나 착오를 일으키지 않을 만큼의 어떠한 명확한 모습도. 케어리는 신문이나 잡지에서 짧은 시들을 오려서 성서에 끼워두고 있었다. 대체적으로 감상적인 단시였는데, 그녀가 좋아하는 자연을 노래한 것도 있었다. 성서는 그러한 종이조각으로 인해 두터워지고 있었다. 케어리가 죽은 후에 나는 그것들을 뒤적여 읽어 보았는데, 읽는 동안에 그녀의 심정을 이해할 수 있었다. 그것은 대부분 죽은 어린아이나 고향을 멀리 떠돌아다니는 사람들에 관한 것이었으며, 이따금 신을 직접 목격한 사람은 아무도 없으므로, 그저 믿음으로써 받아들일 수밖에 없다는 것 등에 대해서 노래한 시들이었다.

예순 살이 되던 해에 케어리는 갑자기 열대병으로 쓰러졌다. 나중에야 안 일이지만, 그 병은 이미 수년 전부터 그녀의 생명을 잠식하고 있었던 것이다. 그 병은 아직도 원인이나 치료법이 발견되지 않고 있는데, 모종의 식이요법을 쓰면 나을 수도 있다고 한다.

열대의 원주민은 별로 안 걸리는 병이나 그곳에 사는 백인들은 잘 걸리는 병이었다.

본래 건강했던 케어리의 육체는 수없이 재발되는 말라리아와 이질로 쇠약해 있었다. 이 열대병은 급격한 위세를 떨쳤다. 처음 얼마 동안은 케어리도 병상에 눕는 것을 싫어했으나, 생사의 싸움이 임박한 것을 알아차렸다. 대학을 졸업하고 이제 젊은 여성다움이 풍기는 컴포트가 서둘러서 어머니 곁으로 돌아와 열심히 병간호를 시작했다.

병상에 눕자마자 케어리의 용태는 눈에 띄게 악화되었다. 그녀는 글자 그대로 한 걸음도 옮겨놓지 못할 정도로 병상이 악화된 상태였기 때문에, 며칠 동안은 초췌한 나머지 말도 못하고 잠만 자고 지냈다. 그러한 며칠이 지나자 격렬한 의지의 힘을 발휘하더니 갑자기 원기를 회복했다. 살아나려면 자기 안에 있는 온 힘을 모아서 목전의 시련과 싸워 이기지 않으면 안 된다고 결심했던 것이다. 생사를 건 그와 같은 시련만큼 강력히 케어리에게 도전하는 것은 없었다. 돌연 그녀는 생각지도 않았던 원기를 발휘했다.

"나는 죽지 않기로 작정했다."

그녀는 어느날 아침 명랑하게 말했다.

"이런 다 늙은 몸뚱이에게 지다니 그럴 수는 없지. 난 아직 젊으니까! 이제부터는 하고 싶은 일만을 생각하겠어. 아주 재미있는 일을. 이제까지는 어리석었어. 오랫동안 인생의 낙이란 것을 모르고 지내왔으니까. 이제부터는 인생을 마음껏 즐길 생각이야."

그로부터 케어리는 자신이 제 자신의 주치의나 되는 것처럼 행동했다. 진짜 의사도 케어리의 이런 급격한 변화에 넋을 잃고 있있다. 그녀는 마치 남의 병에 대해 얘기하듯 매우 객관적인 태도로 자기 병에 관해서 얘기했다. 의사와 함께 여러 각도에서 자세히 자기의 병상에 대해 검토하고, 끈질긴 노력으로써 건강 회복을 위해 노력을 기울였다. 하지만 이 병에 대해서는 의사도 잘 몰랐으므로, 케어리는 컴포트에게 분부하여 똑같은 병을 앓다가 나았다는 사람들을 수소문하여 일일이 문의 편지를 띄웠다.

"죽은 사람들의 일을 물었댔자 도움이 안 돼요."

케어리는 기분이 좋아서 말했다. 여러 가지 해답이 왔는데, 결국 식이요법에 기대하는 수밖에 없다는 것이 명백해졌다. 한 가지 곤란한 것은 사람에 따라 그에 적합한 음식물이 전부 다르다는 사실이었다. 어쨌든 이 병이 개인적인 체질의 특이성에서 오는 영양 장애임은 틀림없을 듯했다.

"마침내 나의 개인적인 특이성을 밝혀낼 필요가 생긴 것 같군."

케어리는 소리내어 웃더니 다시 말을 이었다.

"아무래도 그런 것이 아닐까 하고 전부터 신경을 써 오긴 했지만 말이야."

우유가 많은 사람들에게 효과가 있었던 것 같아 케어리도 두 달 동안 우유만 마시는 식이요법을 썼다. 두 시간만큼씩 아주 약간만 마시는 것이다. 그러나 이것은 전혀 효과가 없어서, 케어리는 살이 빠져 보기에도 무서울 만큼 수척해지고 말았다. 오직 거뭇한 눈만이 작고 여윈 얼굴에서 불굴의 의지의 빛을 뿜고 있었다.

"조금 지나면 나는 이상한 나라의 엘리스처럼 되겠군."

어느날 아침 컴포트의 부축으로 목욕실에서 몸을 씻고 있던 케어리는 가늘게 여윈 자신의 수족을 보면서 말했다.

"뭔가 다른 것을 먹고 좀더 살이 붙어야지. 완전히 뼈가 녹아서 없어져 버릴지도 모르겠어."

그래서 렌네트(凝乳酵素)의 알약을 섞어서 만든 버터밀크를 시험해 보니 조금 나아, 적어도 한 달 가량은 체중이 줄지 않았다. 그러나 이미 때는 6월을 접어들고 있어서 논에서 무겁게 올라오는 습기가 찌는 듯한 무더위와 함께 이 집에 스며들고 있었다.

우리는 케어리를 고령에 있는 작은 돌집으로 데리고 갔다. 뼈만 남은 앙상한 몸집은 정말 보기에도 안쓰러웠다. 엉덩이에 두꺼운 솜방석을 대지 않고는 앉아 있을 수도 없는 정도여서 꽤 고생스러운 여행이었다.

그러나 산정의 공기는 단박 좋은 효과를 나타냈다. 또 생각지도 않았던 새로운 요법에 대한 정보도 입수했다. 레바 수프와 시금치 생즙을 먹고서 나은 사람이 있다는 것이다. 케어리는 구역질을 일으키는 이 혼합된 액체를 대단한 각오하에 마시기 시작했다. 소파를 작은 베란다에 내놓았는데, 케어리는 거기 누워서 수프를 마시며 나뭇가지 너머 저쪽에 보이는 골짜기를 응시하고 있었다. 열심히 아름다운 경치만 생각함으로써 마시지 않으면 안 될 수프의 개운치 않은 맛을 애써 잊으려 하고 있다는 것을 옆에서 봐도 뚜렷이 알 수 있었다.

최초의 1주일 동안 우리는 얼마나 진지하게 저울눈에 신경을 썼던가. 체중이 2온스 늘어났다. 한 달이 지나자 1파운드 반이 늘어나 있었다.

"원기가 회복되면 전과는 달리 정말로 이기적이 될 셈이야. 이번에야말로 자신을 소중히 여기면서 말이야."

　　우리가 놀려대듯 웃자, 케어리의 눈에서는 장난스러운 유머의 빛이 떠올랐다.

　　"정말이야, 손도 아주 예쁘게 가꿀 거야."

　　그리고 케어리는 몸이 완쾌된 후에 얼마나 인상이 좋고 매력이 넘치는 노부인이 되고 싶은가를 말로써 그려 보여주었다. 부드럽고 위엄 있는 옷차림도 나무랄 데 없는 노부인이 되고 싶다는 것이었다. 우리는 그녀가 다리의 힘만 회복되면 그날부터 또다시 가난한 사람들 사이를 돌아다니며, 시간이 나면 곧 정원일에 달려들어서 검은 흙을 파헤치리라는 것을 잘 알고 있었으므로, 그런 꿈 같은 얘기는 일소에 부치곤 했다. 그러나 케어리 그녀로서는 무척 진지한 어조로 말하는 것이었다.

　　"아니, 이것은 진심으로 하는 얘기야. 슬프게 생각하다니, 나는 어리석었어. 이제부터는 더욱 인생을 사랑할 생각이야. 지금까지는 줄곧 남을 위해서 일해 왔지만, 이제부터는 달라진 사람처럼 이기적으로 행동할 거야. 지금도 마음 속으론 이기적인 자신만의 시간을 갖고 싶다고 생각하고 있었어. 책이나 잡지도 마음껏 읽고, 연보라색 비단옷도 새로 맞출 거야. 가끔 친구네 집도 찾아가고—. 괜찮겠지. 우리집을 찾아오는 손님은 수백명을 넘지만 내가 자진해서 남의 집을 놀러간 적은 아직 한 번도 없었어. 언제나 누군가 남을 위해서 무슨 도움을 줄까 하는 용무에 쫓겨다녔을 뿐이니까."

　　하지만 병의 회복은 결코 순조롭지만은 않았다. 케어리의 경우에도 일진일퇴하다가 여름이 지났다. 병의 진정한 회복은 병이 어떤 강도로 반격해 오느냐에 따라서 측정되었는데, 그 반격도 차츰 차츰 가벼워지기에 이르렀다. 그녀는 병마와의 싸움에서 승리를 거둬가고 있었던 것이다.

가을이 다가와서 모두 자기 일터로 돌아갈 때가 되었다. 그러나 케어리는 혼자서 산 위에 남아 병을 완전히 물리치겠다는 결심을 했다. 이런 때 왕아마가 있어 주었으면 하고 생각했으나, 이제는 너무 늙어 올 수도 없다는 것을 잘 알고 있기에 머슴 하나만을 데리고 산상의 집에 남았다. 그리고 자신의 육체를 상대로 전력을 기울이기 시작했다.

그해 가을에서 겨울에 걸친 케어리의 생활에 대해 얘기하자면, 그녀의 편지에서 그 힌트를 얻을 수밖에 없었다. 베란다의 소파에 앉아서 나뭇잎이 물들고, 이윽고 지는 모습을 바라보고 있는 동안에 건강은 천천히, 그러나 확실히 회복되어 갔다. 산은 온통 단풍으로 물들고, 가을 꽃들이 피어 향기를 드날렸다. 비록 중국이지만, 이런 풍경은 조국의 가을 풍경과 매우 흡사하여 회복되어 가는 그녀의 육체에 아름다운 평화가 골고루 스미는 것을 느꼈다.

겨우 일어서서 조금씩 걸을 수 있는 날이 왔다. 케어리는 매일 손발을 맛사지하고, 일광욕을 했으며, 아주 조금씩 음식의 양을 늘리면서 조심스럽게 식이요법을 계속했다. 이따금 실수로 적당치 않은 음식을 먹고 병을 도지게 하는 일도 있었지만, 그럴 때도 마치 의사가 환자의 병세에 대해서 알려주듯 매우 객관적인 태도로 우리들에게 자신의 용태를 알려왔다. 여러 차례 실험을 되풀이하는 동안 케어리는 차츰 자기 몸에 맞는 식이요법을 고안해 내기도 했고, 덕분에 전보다 훨씬 빨리 체력을 회복할 수 있게 되었다. 얼마 후 엉금엉금 기듯 층계를 내려와서는 양치잎이 우거진 뜰에 나올 수 있게 되었고, 또 얼마 안 되어서는 집의 바로 위로 통하는 자갈 많은 산길을 조금씩 산보할 수 있게까지 되었다.

케어리가 자기보다 허약한 다른 병자들을 문안간 것도 그 직후의 일인 듯하다. 산간에는 회복기에 접어든 병자들 몇 명이 요양 생활을 하고 있었다. 케어리의 편지에는 자신에 관한 것보다도 그 사람들에 관한 것이 더 많이 씌어지게 되었다. 케어리는 병자들을 한 사람씩 규칙적으로 문안했는데, 그러는 동안 모두가 그녀에게 자기의 신상 얘기나 병에 대한 것을 상세히 얘기하게 되었다. 물론 케어리 쪽에서도 그 답례로 실제적인 조언을 숱하게 주었을 것이 틀림없다. 그중에는 열대병으로 고생하는 중년의 미국 부인도 한 사람 있었다. 케어리는 내 일처럼 열중해서 젊은이 못지 않은 신선한 열의로 그 증세를 연구하고, 마침내 그 부인이 완쾌하는 것을 지켜보는 만족을 맛보았다.

겨울이 되자 케어리의 체력은 눈에 띄게 회복되었다. 잠시도 가만 있지 못하는 그녀는 뭔가 일을 하고 싶어했다. 타고난 낙천적 기질도 되살아났고, 주위의 온갖 것에 대한 감각도 이전같이 예민해졌다. 그러나 열대병의 징후는 아직도 뚜렷이 남아 있어서 의사는 산 위의 신선한 공기에서 떠나는 걸 허락하지 않았다. 그래서 케어리는 이 기간을 이용하여 산상의 집을 재건축하려고 생각했다.

그 집도 오랜 세월을 보내는 동안 아주 낡아서, 목조 부분은 휜

개미 때문에 썩고, 쌓아올린 돌도 여기저기 빠져나와 있었다. 게다가 컴포트도 미국에서 돌아왔고, 페이스도 머지 않아 상해에서 돌아올 예정이므로 아무리 봐도 지금 상태로는 너무 비좁았다. 비용은 최소한 절감해야겠지만, 작은 내 집의 재건축에 달려든다는 것은 케어리에게 더없는 기쁨이었다. 낡은 재료를 전부 조사해서 다시 사용할 수 있는 것들을 찾아내는 작업도 재미있는 일이었다. 뭔가 모양을 바꿔본다는 것도 재미있고, 식구를 깜짝 놀라게 하는 것도 역시 재미있었다. 그녀는 예전과 같은 정열로 재건축 계획에 몰두했으며, 병에 대한 관심 따위는 잊어버리고 말았다.

케어리는 중국인 건축업자를 불러서 함께 집 주위를 천천히 꼼꼼하게 돌아보았다. 소용이 될 만한 목재나 석재도 일일이 조사해 보았다. 그 결과 이미 무너져 가고 있는 이판암(泥板岩) 이외의 돌은 전부 다시 사용할 수 있고, 들보도 굵은 것은 모두 써먹을 수 있다는 것을 둘이서 확인했다. 케어리는 세 개의 작은 침실, 두 개의 작은 욕실, 커다란 포치, 그리고 커다란 석조 난로가 있는 거실이 갖추어진 집을 설계했다. 경사지의 아래쪽에 있는 작은 빈터에는 일꾼용 방을 둘 짓기로 했다. 소위 아버지의 신약성서의 출판 비용을 염두에 두고서 설계에도 비상한 주위를 기울였는데, 놀랄 만큼 싼 비용으로 이 모든 재건축을 청부에게 맡겼던 것이다.

케어리는 근처의 빈 집으로 옮기고, 최대한의 열의를 보이며 낡은 집이 헐리고 새 집으로 토대가 쌓아지고 있는 모습을 지켜보았다. 아침부터 밤까지 공사 현장을 둘러보고, 돌이 제대로 쌓여 있는지 살피며, 점점 높이 쌓여지고 있는 벽을 바라보며 기뻐서 어쩔 줄을 몰라했다. 그녀는 지붕에서 마루까지를 될 수 있는 한 미국식으로 설계했다. 또 폭이 넓은 난로를 만드는 데 필요한 매끄러운 돌을 캐내기 위해서 쿨리 한 사람을 데리고 이곳 저곳의 골짜기를 찾아다녔다. 침실 하나에도 작은 난로를 부착시켰다. 언젠가 노후를 지내게 될 때 이곳에 와서, 미국에서 생활하는 기분으로 지낼, 꿈 같은 생각을 하며 이 집을 만들지 않았나 생각된다. 케어리가 비록 겉으로 드러내며 그런 얘기를 하지는 않았지만, 마음 속으로는 이미 저 냉혹한 바다에 의해서 격리되어 있는 미국에 이별을 고하고 있었던 것이다. 그 미국 역시 무정한 나라여서 제가 낳은 아이가 일단 슬하를 떠나면, 나중에 조국에 대한 사랑 때문에 돌아가겠다고 해도 결코 두 팔을 벌리며 받아들이려고는 하지 않는 것이었다.

그해 겨울 케어리는 행복한 나날을 보낼 수 있었다. 행복한 것은 무엇인가 성취했기 때문이며, 그녀는 몸과 마음에 다시 건강이 깃드는 것을 느꼈다. 보다 가난하고 학대받는 사람들의 곁을 떠나서, 중국에 온 이래 가장 아름다운 자연에 둘러싸여 생활했기 때문이리라. 나는 그 겨울, 얼음으로 뒤덮인 먼산에 폭풍이 불어닥치던 날 케어리가 보낸 편지를 기억하고 있다. '나뭇가지란 나뭇가지, 대나무나 담쟁이덩굴의 잎에서 온통 고드름이 얼어붙고, 태양이 얼굴을 내밀었을 때에는 매일 매일의 양식으로서 아름다움을 전부 집어삼켜도 싫증낼 줄 몰랐던 나조차도 경탄할 만큼 아름다운 경치였다'라고 씌어 있었다.

겨울 동안 케어리는 손에 닿는 대로 즐겁게 일을 했다. 그 무렵 산 위에는 미국 아이들을 위한 작은 학교가 세워졌는데, 케어리는 그 학교 학생들과 썰매를 타며 즐겁게 놀았다. 내가 가지고 있는 한 장의 스냅 사진에는, 아이들이 주렁주렁 매달린 썰매의 선두에 갈색 눈을 빛내며 만면의 미소를 띠고 있는 케어리의 모습이 찍혀 있었다. 그녀는 소녀 시절 이래 전혀 해보지 않았던 여러 가지 놀이를 하면서 즐겼다. 이 산 위에서는 어느 누구도 그녀의 활기에 넘치는 명랑한 행동을 보고서 인상을 찌푸릴 사람은 한 사람도 없었다.

8월에 한 달간의 휴가를 얻어 고령을 찾아간 우리를 케어리는 새로 지은 산정에서 맞아들였다. 호사스런 저택에서 손님을 맞아들일 때보다도 더욱 자랑스런 얼굴을 하고 있었다. 창문에는 흰 모슬린 커튼을 치고 마루에는 새 카펫을 깔았으며, 공중에 매단 화분에는 초록빛 양치류를 심고, 이르는 곳마다 꽃을 장식하는 등 세심한 신경을 기울이며 우리를 맞을 준비를 해 놓고 있었다. 이곳은 케어리의 마음의 가정이었다. 항상 가슴에 품고 있던 미국의 모습이 이곳에 이식되어 현실의 형태를 취하고 있었던 것이다. 그녀는 그곳을 얼마나 사랑했던가!

사실 산허리에 무성한 나무들로 둘러싸여 있는 작은 잔디밭에 위치한, 작지만 청초한 이 석조건물은 사랑하기에 충분한 것이었다. 나뭇가지 사이로는 맞은편의 산이 아른아른 보이고, 더 먼산들의 사이로는 아득한 평야가 물빛으로 빛나 보였다. 집안은 헐벗은 듯 단순해 보였으나 아아, 얼마나 상쾌하고 청초했던가! 산에서 불어오는 바람이나 안개가 얼마나 기분좋게 지나갔던가! 케어리라도 이곳이라면, 두번 다시 미국을 못 보게 되리라는 생각이 들더라도 그 망향의 간절함을 참아낼 수 있었을 것으로 생각한다.

그러나 여름이 지난 어느날, 케어리는 별안간 심각한 표정을 짓
더니, 그만하면 충분히 놀았으니 이젠 가서 일을 해야지 하고 말
문을 열었다. 앤드류에게는 그 몸과 마음을 편히 쉬게 할 수 있는
가정이 필요한데, 자기가 없는 집이 얼마나 쓸쓸하리라는 것을 케
어리는 잘 알고 있었던 것이다. 그것만이 아니다. 그 여름에 컴포
트는 어느 미국 청년과 약혼을 한 상태였다. 몇 달 후에는 결혼식
을 올려야 하므로 그 일도 생각하지 않으면 안 되었다. 페이스는
상해에 가서 고등학교 과정을 마쳤으므로, 미국 대학에 입학시킬
준비도 해주어야 한다. 눈앞에 벌어진 이같은 일을 케어리는 진지
하게 처리했다.

겨울 동안 우리는 케어리의 상태를 근심하면서 지켜보고 있었
는데, 아주 건강하다고는 할 수 없으나 안정된 건강 상태를 유지
하고 있었다. 그토록 여위어서 병상에 누워 있던 사람치고는 놀랄
만큼 원기가 왕성했다. 식이요법은 지금도 계속중이고, 그리 내켜
하진 않았지만 휴식을 취하고 있었다. 그런 한편 결혼식 계획을
세우거나, 페이스의 장래 일도 생각하고 있었으며, 또다시 분주한
행복감에 젖어들었다. 행복과 분주함, 이 두 가지는 케어리에겐 똑
같은 의미를 가진 말이었다.

봄이 돌아왔다. 결혼식은 케어리가 계획한 대로 지체없이 거행
되었다. 그것은 어느 미국 가정에서 하는 것과 같은 간소한 것이
었다. 해가 서쪽에 기울 무렵, 몇몇 친구만이 모인 정원의 잔디밭
에는 흰 드레스와 신부의 베일로 차려 입은 키 크고 날씬한 컴포

트가 매우 자연스러운 걸음걸이로 나타나서는 신랑을 맞아들이는 것이었다. 케어리는 약동하는 새 의욕에 가슴을 두근거리며 처음부터 끝까지 지켜보고 있었다. 자기의 분신인 이 두 사람, 이 두 사람으로부터 장차 태어날 새로운 생명, 온갖 새로운 흥미—이미 자기에게는 할 일이 남아 있지 않다고 생각했던 것이 얼마나 얕은 소견이었던가.

풍성하게 파도치는 눈처럼 흰 머리칼을 높이 묶어 올리고, 예전과 같이 젊음이 깃든 갈색 눈을 빛내고 있는 그날의 케어리의 모습은 누가 보아도 아름다웠다. 그녀는 은회색 드레스를 입고, 연분홍빛 꽃다발을 한아름 안고 있었다. 웨딩케이크는 그녀가 만들었고, 케이크 위에 설탕으로 옷을 입힌 것도 그녀가 직접 한 것이었다. 그것을 등나무 시렁에 놓고, 젊은 신부가 나이프로 자르는 것을 지켜보고 있었다. 결혼식이 무사히 끝나자, 우리는 케어리가 만족스럽게 중얼거리는 걸 들을 수 있었다.

"정말 미국에서 한다고 해도 이 이상 멋진 결혼식은 올릴 수 없었을 거야."

앤드류가 미국으로부터 귀임한 이래 8년의 세월이 흘러, 다시 휴가를 맞아 귀국할 기회가 돌아왔다. 케어리는 아무쪼록 다시 한번 미국을 보고 싶다는 열망과, 의사로부터는 이처럼 허약해진 몸으로는 항해의 괴로움을 이겨내지 못하리라는 충고를 사이에 두고 마음이 둘로 갈라졌다. 어쨌든 그녀는 귀국을 단념하기에 이르렀는데, 언제 그런 결단을 내렸는지는 나도 모른다. 아마도 즉시 결정을 내리진 못했을 것이다. 그것에 대해 케어리는 침묵으로 일관하고 있었으므로, 우리는 최후의 그 순간까지 그녀가 귀국할 것인지 아닐 것인지 모르고 있었다. 결국 그녀는 귀국하지 않겠다고 결심하고는 앤드류에게, 페이스를 미국으로 데리고 가서 반 년이 지난 뒤 돌아오라고 부탁했다. 케어리는 진강에 있는 집에 홀로 남아서 앤드류가 돌아올 때까지 그의 전도 사업을 열심히 맡아보겠노라고 말했다.

때마침 그 결심을 굳히기라도 한 듯 코넬리어스가 사망했다는 통지가 날아왔다. 소녀 시절의 케어리에게는 단순한 오빠 이상의 존재였던 코넬리어스의 그리운 얼굴을 다시 볼 수 없게 된 이상, 마지막으로 다시 한번 고향에 돌아가고 싶다는 간절한 소망을 단념하는 것도 비교적 쉬운 일이었다. 지금에 와서는 미국을 항상 제일 활기에 넘치는 장소로서, 즉 그녀의 마음과 기억 속에 남겨두는 편이 현명하리라고 생각되었다. 너무나도 친근했던 많은 사람들의 모습이 사라지고 말았다. 너무나도 많은 새로운 생명이 태어나고 있었다. 그러므로 돌아간다고 해도 그녀가 마음붙일 만한 장소는 없을 것이다. 내 아들 에드윈조차 제 일과 아이들의 일에 열중해 있는 관계로, 어머니의 필요성 따위는 느끼지 않는 모양이었다. 그래서 더 멀리 떨어져 있는 듯한 느낌이 들었다.

그래도 케어리는 에드윈에게 매주 긴 편지를 쓰고 있었다. 마치 어린애에게 들려 주는 듯한 애정이 깃든 편지였다. 사실 케어리의 눈으로 보면 에드윈은 언제나 어린아이에 지나지 않았다. 앤드류는 어차피 에드윈의 아이들의 얼굴 같은 건 주위해서 보려고도 하지 않을 것이므로, 케어리는 페이스에게 그 아이들의 머리카락 빛깔이나 눈빛, 천진난만한 재롱이나 말씨 따위를 자세히 편지로 써서 보내도록 거듭거듭 당부했다. 케어리는 이런 손자들을 만나고 싶어 견딜 수가 없었으나, 그 아이들도 다른 사람들과 더불어 무사히 지낼 수 있는 미국에 살고 있으므로 잘 지내겠지 하며 자신을 위로했다.

이리하여 케어리는 낡고 네모진 선교사 저택에 홀로 남게 되었다. 아이들의 목소리가 귀에 익은 집, 앤드류가 기도하고 연구하고, 그곳으로부터 오랜 전도 여행을 떠나던 집, 그리고 수많은 사람들이 드나들던 이 집에 지금은 그녀 한 사람만이 남겨지게 된 것이다.

케어리에게서 '무서웠다'는 얘기는 한 번도 들은 적이 없었다. 정원일을 거들게 하기 위해 고용한 늙은 머슴 한 사람이 아래층의 자기의 방에 있을 뿐이므로, 나머지는 빈 집이나 다름없었다. 케어리는 고물상에서 낡고 녹슨 권총 한 자루를 사다가는 쏘는 방법도 모르면서, 밤중에 두세 번씩 일어나서 한 손엔 그것을 들고, 다른 한 손에는 촛불을 든 채 집안을 돌아보았다.

첫번째 혁명이 일어난 다음의 인심이 어수선한 시대였으므로 여자 혼자서 덩그러니 빈 집에 사는 것은 위험한 일이었으나, 이웃 중국인들은 케어리를 잘 알고 있었기 때문에 케어리 쪽에서도 전혀 공포감을 느끼지 않았다.

"나를 겁나게 하려는 사람이 있으면 나는 화부터 먼저 나기 때문에 겁을 집어먹을 틈 같은 건 없어."
하고 케어리는 말하고 있었다. 이것은 훨씬 전의 이야기인데, 어느 무서운 여름밤, 케어리는 활짝 열어젖힌 침실의 창문 근처에서 무슨 소리가 나는 것을 들었다. 벌떡 일어난 그녀는 침대 끝 쪽에 세워둔 칸막이를 옆으로 밀어냈다. 그러자 창문 곁에 키가 훌쩍하게 큰 중국인이 서서 험상궂은 눈초리로 케어리를 노려보고 있는 것이 아닌가.

"나가세요!"

그녀는 잠시도 주저하지 않고 고함을 쳤다.

"남의 집에 들어와서 뭘 하는 거예요?"

유행에 뒤진 흰 잠옷을 입은, 몸집이 작은 케어리는 사내를 향해 달려들었다. 상대는 기가 질려서 집 밖으로 도망을 치고, 훔친 베갯잇이나 타월을 흩뜨리면서 뜰의 나무 그늘로 자취를 감추고 말았다. 상대가 도둑일 경우 묘하게 겁을 내는 앤드류는 잠자리에 든 채 나오지 않았다. 화가 난 케어리는 몇 번이나 일어나 달라고 부탁했으나, 헛일임을 알고는 맨발로 도둑놈 뒤를 쫓기 시작했다. 달리면서 그녀는 머슴을 불러 봤지만, 중국의 도둑은 모두 칼 따위를 지니고 있다는 것을 알고 있던 터라 일부러 옷 입는 데 시간을 들이며 나오지 않았다. 그 반면 케어리는 지네나 전갈 따위 독충에 물릴 것은 생각지도 않고, 달빛에 이슬이 영롱한 잔디밭으로 뛰쳐나갔다. 그리고 막 담을 뛰어넘은 도둑이 보따리를 저켠으로 잡아당기려는 순간, 가까스로 그 보퉁이를 잡을 수 있었다. 그녀는 필사적으로 그 보퉁이에 매달리고, 빗발치듯 격렬한 중국어로 욕을 퍼부었다. 마침내 담 저편에 있던 사내는 보따리에서 손을 떼었다. 케어리는 마당에 흐트러진 도난품들을 주워 모았다. 그제야 앤드류도 일어나 나왔다. 정평이 나 있는 성자도 어색했던 모양이다. 일꾼들도 도둑놈을 물리쳤다는 얘기를 듣고는 기세가 등등했다. 케어리는 많지도 않은, 귀중한 리넨 따위 천을 대부분 되찾았기 때문에 의기양양해서 침실로 돌아왔다. 앤드류는 비난하듯 한 어조로 말했다.

"그러다가 죽이면 어쩌려고 그러오. 분별이 없어도 정도 문제지."

그제야 케어리도 살해될 수 있다는 가능성을 깨닫고, 생각에 잠기더니 이렇게 말했다.

"그럴지도 모르겠군요. 하지만 내 집에 그런 도둑이 들어왔다고 생각하면 저도 모르게 울컥 화가 치미는걸요. 만약 당신이라면 어떻게 하시겠어요? 악당이 당신의 것을 훔쳐가는 걸 가만히 지켜보고만 있겠어요?"

정말 케어리는 평생 두려움을 모르는 사람이었다고 나는 믿고 있다. 확실히 그녀는 육체적인 겁쟁이를 상당히 경멸했다. 이것은 앤드류와 케어리의 감정적 격차를 한층 심화시켜 주었다. 앤드류는 자기의 의무라고 믿고 있는 일을 추구하는 데 있어서는 어떠한 위험도 두려워하지 않았지만, 의무 이외의 일에 있어선 묘하게 겁을 내는 경향이 있었다. 본래가 내성적이고 소심한 성격인 데다가 비현실적인 생활을 하고 있었기 때문에 이렇게 되었겠지만, 케어리로서는 겁 많은 이러한 남편을 도저히 이해하기가 힘들었다.

케어리는 혼자서 집을 지키고 있는 동안, 고독에 파묻혀서 지내

지만은 않았다. 매일 여기저기의 사람들을 방문하고, 밤이 되어서
야 피로에 지친 몸을 이끌고 돌아왔는데, 그 얼굴에는 만족해하는
표정과 침착함이 담겨 있었다. 도대체 무슨 일로 나갔었냐고 내가
몇 번이나 물어봤지만, 케어리는 언제나 초점을 흐리면서 웃으며
대답할 뿐이었다.

"뭐 대수로운 일은 아니야."

이전과 마찬가지로, 역시 중국 민중들 사이를 누비고 다니면서
인간미가 넘치는 전도 활동을 하고 있었다고 생각된다. 그렇긴 하
나 설교는 별로 하지 않았을 것이다. 모든 사람들은 신을 믿도록
힘써야 하며, 신의 뜻에 합당한 일을 실천하도록 노력해야 한다고
말하는 것이 고작이었을 것도 같다. 신은, 사람들이 제 자식을 극
진히 사랑할 것과, 남자들이 제 아내를 모질게 대하지 않을 것, 그
리고 아내는 남편과 아이들을 위해 살기 좋은 가정을 이룩하고,
가능한 한 신변을 깨끗이 할 것 등을 바라고 계신다는 것을 애기
했을 것이다.

케어리가 젊은 처녀들에게 글을 가르친다는 것은 나도 알고 있
었다. 이 처녀들이 바라 마지 않는 약간의 학문조차 중국의 사회
제도는 부여해 주기를 거부하고 있었던 것이다. 케어리는 이 세계
에서 일어나는 여러 가지 일에 대해 얘기해 주고, 자기가 직접 본
다른 나라의 모습을 설명해 주었다. 나는 이처럼 케어리가 한 무
리를 이루는 부인들을 앞에 모아놓고 얘기하고 있는 것을 들은
적이 있다. 청중은 모두 아이 낳는 일과 답답한 집안에서 잡일에
쫓기고 있는 평범한 주부들이었는데, 모두 입을 멍하니 벌리고는,
꿈꾸는 듯한 눈으로 열심히 듣고 있었다. 케어리는 그때 별이나

혹성에 대해서, 바다나 그 불가사의한 생명에 관하여 애기하고 있었으며, 그 부인들에게 그들도 이 거대하고 경이에 넘친 우주의 일부분임을 가르쳐 주고 있었다.

또 단순한 여자로 태어났다는 불행 때문에 인생에 희망을 가지지 못하고 있는, 같은 여성을 대할 때만큼 케어리가 동정어린 태도를 보인 적은 없었다.

하지만 그런 케어리도, 전족을 강요당하고 울고 있는 소녀의 모친에게는 격렬한 노여움을 쏟아 놓은 적이 있었으며, 때로는 집요하게 책망하여 그 악습이 시행되지 못하도록 말린 일도 있었다. 또 아편중독자를 구하기 위해서도 헌신적인 노력을 아끼지 않았다. 자진해서 아편을 끊을 생각이 전혀 없는 가난한 노인을 몇 주일간이나 계속 감시한 끝에, 마침내 아편의 해독에서 구해 냈던 예도 직접 본 일이 있다. 마침내 케어리의 노력이 효험을 나타내어, 당사자뿐만 아니라 가족까지도 빚에 몰려 괴로워하고 있던 악습의 짐이 제거되었을 때, 노인은 진심으로 기뻐하면서 모든 것이 케어리의 기도와 케어리의 종교 덕분이라고 말하며 감사해했다. 어찌 그 생각이 틀렸다고 말할 수 있겠는가. 그 노인뿐 아니라, 다른 많은 사람들에게도 그리스도란 새로운 종교는 케어리라는 인간에 의해서, 또 남들의 건강이나 행복에 열렬한 관심을 기울이는 그녀의 선의에 의해서 대표되고 있었던 것이다.

"그렇게끔 되어 있었습니다. 왜냐하면 내가 우리 가족이 굶어 죽든 말든 아무런 노력도 하고 있지 않았을 때, 그분만이 오직 자기 몸을 돌보듯 우리를 돌봐 주셨으니까요."

이런 그녀에 대해 노인은 간단하게 결론을 내렸던 것이다.

케어리는 언제나 대단히 어렵다고 생각되는 일에 달려들 때마다 고투 그 자체를 즐기고 있는 것 같기도 했다. 이 경우에도 노인은 케어리의 덕분에 몇 번인가 견뎌내기 힘든 고통을 강요당했을 게 틀림없다. 하지만 중요한 것은 그렇게 한 결과, 노인의 악습이 고쳐져서 본래의 생업인 직조장으로 돌아가 식구들을 부양할 수 있게 되었다는 것이다.

그 무렵 케어리의 주위에는 우정에 굶주리고 신세 타령이나 한탄에 귀기울여 줄 사람을 찾는 늙은 부인들이 몰려들고 있었다. 나이가 들어서 식구들에게 소외당하고 있었거나, 단순히 귀찮은 존재로밖에 여겨지지 않고 있는 부인들뿐이었다. 모두 케어리의 착한 마음씨를 알고 있어서, 비록 어느 때는 화를 내는 적도 있지만 그것이 지나면 약간의 돈이나 바구니에 든 음식, 저고리를 짓는 옷감 따위를 슬그머니 건네 줄 줄도 알고 있었다.

그리고 소위 케어리의 '중국인 수양딸'도 있었다. 이미 여섯 아이의 어머니가 되어 있었는데, 케어리는 그 아이들 하나하나에 혈육의 정을 느끼고 있었다. 케어리는 그밖에도 많은 사람들의 방문을 받거나 이쪽에서 찾아가기도 했으며, 천천히 시간을 들여서 자기 일처럼 상담역이 되어 주었다. 가령 이 미국 부인이 소설가가 되었더라면, 내가 아는 한 어떠한 백인도 견문한 일이 없는 중국인 생활의 깊숙한 구석을 그린 작품이 틀림없이 20권 이상 나왔을 것이다.

케어리는 사람들의 결점이나 죄를 미워했지만, 그 반면 매우 관대해서 그들의 장점이나 아름다운 점도 빨리 알아차렸다. 또 농담을 좋아해서, 비록 자기를 놀려대는 말이 자신에게 돌아와도 그것을 재미있어 했다. 어느 땐가 케어리는 거리에서 작은 융단을 보았는데, 그 화려한 색채에 매혹되어 다소 무리를 해서 사가지고 와 풍금 앞에 깔아 놓았다. 그러고 나서 얼마 지나지 않은 어느날, 남편과 안면이 있는 사나이가 찾아왔다. 당장의 말을 빌리자면 새로운 종교에 관하여 얘기를 듣고 싶어 왔노라는 것이었다. 앤드류도 잠시 그 남자와 얘기를 나누었는데, 상대편이 돌아가려고 일어서자 앤드류는 그럼 자기도 저 앞까지 산책을 하려 하니 좀더 얘기를 하자고 제의했다. 그리고 겨울이어서 길이 나쁘니, 신을 갈아 신고 나올 때까지 기다리도록 일러 놓고 이층으로 올라갔다.

이때 이층에는 케어리가 있었다. 앤드류의 이야기를 듣자 그녀는, 그럼 함께 산보를 하자고 제안했고, 결국 세 사람이 밖으로 나왔다. 그런데 중국인 남자는 얼마쯤 걷더니, 잠시 약속이 있다며 옆길로 빠져나가는 것이었다. 두 사람이 집으로 돌아왔을 때. 케어리의 날카로운 눈은 금세 방에서 무엇인가가 없어졌음을 간파했다. 새로 산 작은 융단이었다. 남자는 종교에 관해 떠들면서 그것에 잔뜩 눈독을 들이다가, 앤드류가 이층으로 올라간 틈을 타 융단을 더부룩한 겨울옷 밑에 쑤셔넣은 게 틀림없었다. 케어리는 융단을 도둑맞은 것에 몹시 분개하면서도, 그 중국인이 옷 밑에 융단을 감추고도, 그토록 경건한 표정을 지으며 열심히 말을 늘어놓았던 모습을 생각하니 우스워서 눈물이 날 지경이었다. 죄는 미웠지만, 그 사나이의 교묘한 연기에 유쾌해지지 않을 수 없었던 것이다. 그래서 그녀는 앤드류를 향해 이런 말을 해서 당황케 만들었다.

"설마 그런 녀석이 당신을 찾아오는 전형적인 구도자는 아니겠

죠, 앤디. 만일 그렇다면 살림살이를 걷어치울 수밖에 없으니까
요!"

하지만 케어리는 상대편에게 악의가 없을 경우에는 무슨 일이
든지 무척 관대했다. 어느 때 한 미국인이 매우 성난 표정으로 말
했다.

"중국인들은 노상 우리를 향해서 양키, 양키 하고 부르는데, 이
건 정말 불쾌해요. 우리 역시 때로는 그들을 위해서 뭔가 일을 했
으니까 그것을 인식해 주지 않으면 곤란하죠."

케어리는 온건한 미소를 띠면서 대답했다.

"따로 부를 방법을 모를 경우도 있지 않을까요. 언젠가 병이 난
노파가 찾아온 일이 있었어요. 그녀는 내 앞에 엎드려 머리가 땅
에 닿도록 인사를 하고 나서 마치 여왕에게라도 간청하듯, 진실로
위대하신 양키님, 제발 도와 주십시오 하고 정색한 채 말한 일도
있어요. 요컨대 마음이 문제인 것이지요."

그것이 케어리의 결론이었다.

앤드류는 8개월째 되는 달 말일에 새롭게 변모된 미국에 약간
당혹한 얼굴을 하고 돌아왔다. 마침 세계대전 직후여서, 앤드류는
과거에 그가 알고 있던 미국과는 엄청나게 달라진 조국의 모습을
여실히 보고 왔던 것이다. 젊을 때부터 거의 천국과 같을 만큼 확
고부동한 것으로 믿어 왔던 그의 조국이 이제는 동요되고 혼란된
상태라는 것이었다. 더욱이 그의 조상들이 그것을 위해 싸우고 그

것을 위해서 신대륙으로 이주한 근본적인 신념에 대해서조차 냉소를 끼얹고 있는 모습을 목격했던 것이다. 앤드류는 자기 경험을 길게 늘어놓는 사람은 아니었으나, 케어리는 조금씩 흘러나오는 얘기들을 주워모아, 예리한 직관력을 동원해서 하나의 환상을 그려낼 수 있었다. 그것은 비뚤어지고 미쳐서 스스로의 올바른 모습을 잃어 버린 모습이었다. 그것이 다름아닌 그녀의 조국의 모습인 것이다.

그후부터 케어리는 늙고 무력해져서 자기의 조국을 위해 이미 아무 일도 할 수 없음을 깊이 후회하게 되었다. 언젠가 케어리는 우리들에게 말했다.

"다시 한번 젊어져서 인생을 처음부터 다시 살아보고 싶군. 그렇다면 내가 무슨 일을 할 수 있을까? 나는 뉴욕이라든가 그밖에 외국으로부터 이주자들이 몰려드는 곳에 가서, 그 사람들에게 미국이 어떤 의미를 가진 나라인지, 미국을 만들기 위해서는 무슨 일을 해야 할 것인지, 어떤 인간이 되어야 하는지를 생애를 바쳐서라도 설명해 주고 싶어. 미국인이 된다는 것이 무엇을 뜻하는지 이해하지 못하는 사람들이 너무도 많아. 틀림없이 그것 때문일 거야, 지금처럼 미국이 제 모습을 잃고 있는 것은."

몇 번이나 거듭해서 케어리는 말했다.

"다시 한번 처음부터 인생을 다시 살 수 있다면 얼마나 좋겠니. 이번만은 미국을 위해서 살 거야. 하지만 다행히 아들이 미국에 살고 있으니까 틀림없이 내 대신 미국을 위해서 뭔가 도움이 될 수 있는 일을 해줄 거야."

그로부터 2년 동안 케어리는 이 소망 때문에 끊임없이 괴로워했던 모양이다. 그녀는 그당시 미국에 관해서 쓴 글이라면 찾아낼 수 있는 한 모조리 찾아내서는 모두 읽어나갔다. 게다가 미국이 앓고 있는 병의 원인을 규명하려고 시도했다. 지난날, 그 아름답고 평화스런 땅에서 불행한 다른 나라 사람들이 울부짖는 소리를 귀담아 들었던 그녀가 지금 새삼스럽게 듣고 있는 이 소리는, 고통스런 지경에 빠진 그녀 자신의 조국의 외침인 것이다. 늙음과 환경의 장애로 아무것도 할 수 없는 지금, 케어리는 오로지 마음 깊이 슬퍼하면서 조국을 위해서 기도를 올릴 뿐이었다. 그것은 여러 해 동안 누구를 위해서도 올린 적이 없었을 만큼 열의가 깃든 기도였다.

케어리는 날이 갈수록 여위어, 극도의 빈혈 증세를 나타내고 있었음에도 자신은 전혀 깨닫지 못하고 있었다. 전에 앓았던 큰 병의 여파가 그대로 내장 기관에 미치고 있는 상태였기에, 이를 깨닫지 못하고 있는 사이 영양 실조를 초래한 것이다. 이따금 본인이 매우 수척해졌음을 알아챌 경우도 있었으나, 식욕이 감퇴된 데 원인이 있겠거니 하고 간단히 생각하고 있었다.

그런데 어느날, 케어리는 갑자기 기력을 잃고 이층에 있는 침실에조차 기어올라갈 수조차 없게 되었다. 즉시 달려온 컴포트는 예리한 애정의 눈빛으로 이것은 보통 일이 아니라는 것을 눈치챘다. 그래서 그녀는 환자의 맹렬한 반대에도 불구하고 어머니가 회복될 때까지 이 집에 머물러 있기로 작정했다. 케어리는 자기 생각과 같지 않으면 아무리 중태라 해도 능히 반대할 만한 힘을 항상 지니고 있었지만, 컴포트는 결국 우기면서 의사를 불렀다.

사태는 매우 심각했다. 수술이 필요하지만, 잠행성 심장쇠약 때문에 그것도 불가능했다. 처음부터 거의 절망적인 상태였다. 언제나 남의 안색을 재빨리 알아내는 케어리인지라 컴포트가 숨기고 있는 것을 곧 알아챘으나, 젊었을 때부터 굳세고 고집센 인물이 아니었던가. 케어리는 육체의 쇠약에 반항이라도 하듯 잘라서 말했다.

"난 죽지 않는다. 계획은 세웠으면서도 아직 시간이 없어 하지 못한 일이 너무도 많이 남아 있어요. 아직 읽고 싶은 책들도 많고, 내 도움을 필요로 하는 사람들도 많이 있어. 게다가……"

그녀는 눈에 살짝 웃음을 띠고는 덧붙여 말했다.

"아직 손도 예쁘게 못 가꾸지 않았니. 아직은 받아들이지 않겠어. 앞으로 10년은 더 살아서, 이번에야말로 본격적으로 노부인이 되는 거야. 그리하여 예쁜 연보라색 드레스를 입고, 아들과 그 아들들의 마음씨 좋은 할머니가 되어 주어야지."

그렇게 말하는 동안에도 체력의 쇠약을 절실히 느꼈던지, 아니면 신에게 울분을 터뜨리기나 하듯 큰 소리로 외쳤다.

"여하튼 페이스가 집에 들어오기까지는, 다시 한번 그 아이 얼굴을 보기 전까지는 죽지 않아."

또다시 삶을 얻기 위한 기나긴 싸움이 시작되었다.

우리는 다시 케어리를 쿨리 등에 업혀서, 여산(廬山)에 있는 돌로 지은 집으로 데려갔다. 가죽과 뼈만 남았으면서도 불굴의 성미만은 여전해서, 풍성한 백발 밑의 작은 얼굴에는 생기가 넘친 검은 눈이 힘차게 빛을 발하고 있었다.

케어리는 새삼스럽게 용기를 내며 또다시 육체를 치유하는 데 나섰다. 그것은 유전적으로도 건강하고 뛰어난 육체였지만, 이미 너무 많은 의지의 힘에 의해 멍들어 있었다. 이 이상 의지의 힘으로 버틴다 한들 다시 예전의 건강을 되찾지 못할 것은 명백했다. 케어리도 그것은 충분히 알고 있었다. 그런 후에 잠시 동안—불과 며칠간이었으나—우리는 젊고 건강한 정신이 분노와 초조함으로, 오직 죽음만을 기다릴 수밖에 없는 늙은 육체를 바라보고 있는 광경을 보았던 것이다. 그녀는 필요한 심부름을 정중하게 부탁할 뿐, 누구에게도 전혀 말을 하지 않았다. 하지만 그녀의 눈은 무서운 원망으로 불타고 있었다. 우리는 그 표정을 볼 때마다 참혹한 나머지 고개를 돌리지 않을 수 없었다.

이윽고 그것도 끝났다. 운명을 받아들인 것이다. 마치 육체 따위는 돌아볼 가치조차 없는 것인 양 내던져 버리고, 오직 케어리는 최후의 몇 달 동안을 정신의 욕망을 만족시키기 위해서만 사용하기 시작했다. 그렇다고 해서 죽음에 대해 말하기 시작한 것은 아니다. 그런 것은 전혀 무시해서 입에도 올리지 않았으며, 전보다 더욱 인생에서 무엇보다도 사랑했던 아름다움에 그녀의 생각을 집중시켰다. 그녀는 곧잘 주위의 나뭇가지' 사이에서 들려오는 새들의 감미로운 지저귐이나 잔디밭에서 떨어지는 초록빛 잎새, 높은 곳에 피는 백합꽃의 장엄한 아름다움에 대해서 말했다. 해가 질 무렵에는 꼼짝도 하지 않고 자리에 누워 눈길이 가는 대로 구름의 흐름이나 골짜기의 경관을 둘러보았다.

내세의 일을 생각했는지 안했는지에 대해 나는 잘 모른다. 케어

리는 두려움을 모르는 여인이고 이제까지 거친 인생에 의해서 단련되어 왔으므로, 장차 무엇이 닥치든지 결연히 맞아들일 각오가 되어 있었다. 이때에 이르러서도 신에게서는 아무런 계시가 내려지지 않았고, 그녀는 이같은 신에게 임종할 때가 다가왔다고 해서 매달리려는 태도 또한 결코 보이지 않았다. 오직 혼자서 이 세상을 떠나야 할 순간이 왔을 때, 그녀가 가는 길 앞에 무엇이 기다리고 있는지 아무도 알려 주는 자가 없다는 것, 정말 단 한 사람도 없다는 것을 케어리는 깨달은 모양이다.

예전부터 인생에 탐욕스러우리만큼 흥미와 애착을 느끼고 있던 케어리였지만, 생애의 마지막을 맞으려 할 즈음에 이르러서는 한층 그녀의 인생에 강렬한 애착을 보였다. 여름이 다할 무렵, 우리는 또 그녀를 양자강에 임한 언덕 위의 방갈로로 데려왔는데, 이번에야말로 회복되지 못하리라는 것은 그 누가 보아도 명백히 알 수 있었다. 그러나 케어리는 여느 때와 달리 조용한 태도로 지고 새는 나날을 맞았을 뿐, 그 이상 자기 앞에 다가온 운명을 알고 있는 듯한 인상을 보이지 않았다. 가끔 새벽녘의 어둠이 무겁게 짓누르면 정신을 잃고 호흡 곤란에 빠졌는데, 그녀는 옆에 누워 있는 컴포트에게 눈을 돌리고는 그 옛날 자신의 어머니로부터 들었던 바와 같이 질문을 했다.

"애야, 이것이—죽음—이라는 것이냐?"

그리하여 격한 감정에 휘몰린 컴포트는 다음과 같이 외쳤다.

"엄마를 돌아가시게 하다니, 그럴 순 없어요."

"너 정말 나와 똑같구나—. 나도 우리 어머니에게 똑같은 말을 한 적이 있단다."

케어리가 미소를 지으면서 말하는 것이었다.

어느날 케어리는 또한 이같은 말을 했다.

"이 세상에는 내가 보도 듣도 못한 것이 많이 있단다, 대단히 많은 인생의 낙이. 내가 얼마나 인생의 낙을 사랑하고 있는지 너희들은 짐작도 못할 것이다. 축음기가 있었으면 좋겠구나. 이제까지 들어보지 못했던 온갖 음악을 들어보고 싶어."

우리는 상해에 사람을 보내서 축음기와 레코드를 사오게 했다. 케어리는 모로 누운 채 몇 시간 동안이나 귀를 기울였다. 무슨 생각을 하고 있는지는 알 수가 없었다. 언젠가 누가 〈아아, 주님 속에서 안식을 찾고 찾으며 주님을 기다리라〉는 레코드를 틀었더니, 그녀는 조용하지만 불쾌감이 깃든 목소리로 말했다.

"그것만은 틀지 말아 줘. 나는 기다렸어, 참을성 있게. 허나 아무 일도 일어나지 않았어."

우리는 두번 다시 그 레코드를 틀지 않았다. 지금도 그 레코드를 들으면 케어리의 목소리가 생각나서 기분이 이상해진다. 그것은 슬픈 목소리는 아니었지만, 자존심과 체념과 용기에 넘친 조용한 목소리였었다. 그 무렵에 이미 케어리는, 생애의 시초부터 계속해 온 신의 탐구가 자기가 살아 있는 동안에 성취될 수 없는 성질의 것이라는 점을 사실로서 받아들이고 있었던 것이다.

병이 말기에 접어들면서 점점 쇠약해지는 속도가 빨라지자, 전문적인 훈련을 받고 환자를 돌봐 줄 간호사가 필요했다. 그러나 무슨 까닭인지 케어리는 전문직이라는 것을 근본부터 신용하지 않았으므로, 전문적인 간호사를 두는 것을 달가워하지 않았다. 그래서 그녀를 설득하는 유일한 길은 밤낮 붙어앉아 간호를 했기 때문에 우리는 지치고 말았다고 변명하는 일이었다. 그러자 즉시 케어리는 우리의 수고를 덜어 주기 위하여 간호사 두는 일에 찬성했다. 이미 병독이 온몸에 퍼져 귀도 눈도 감각이 둔화되어 거의 혼수 상태에 계속 빠져 있었는데, 이따금 의식이 매우 맑아질 때도 있었다. 또 수일간 거의 정상에 가까운 의식을 유지할 때도 있었다.

그 간호사가 왔을 때의 일을 결코 잊지 못한다. 상해의 어느 병원에 파출을 의뢰했는데, 콜레라가 유행이어서 한 사람도 손이 비지 않는다는 것이었다.

그러나 재차 전보를 띄워 간청한 끝에 겨우 발탁된 간호사가 새벽 일찍부터 달려왔다. 밤새워 병간호를 하고 있던 우리가 층계 있는 데까지 가서 마중을 했다. 첫눈에 우리는 실망하고 말았다. 젊은 여자인지 중년 부인인지 전혀 짐작이 가지 않는 영국인인데, 머리카락은 과산화수소로 탈색을 시키고, 얼굴에는 분과 연지로 화장을 하고 있었다. 하필이면 케어리가 가장 싫어하는 유형의 여자였다.

그러나 사태가 시급했으므로 할 수 없이 우리는 그 여자를 케어리에게 소개했다.

케어리는 아른거리는 시선으로 한참 동안 그 간호사를 바라보았다. 영국인 간호사임을 나타내는 엄청나게 큰 모자를 쓰고 있었다. 여느 때와 같은 솔직한 말투로 케어리는 물었다.

"머리 위에 쓴 베갯잇 같은 것은 무엇입니까?"

"마음에 안 드시면 벗을까요?"

"그렇게 하세요."

케어리는 힘주어 대답하고는, 상대가 모자를 벗는 걸 보자 이렇게 말했다.

"당신은 그렇게 아름다운 머리를 가졌으면서도 감추다니! 아름다운 피부와 조화를 이루는 정말 멋진 머리 아닙니까?"

이미 쇠약해진 시력으로는 이 불쌍한 여자의 얼굴이 실제로 얼마나 거친지 알아보지 못했던 것이다. 그런데 단순하지만 본심에서 우러나온 이 칭찬의 말에 완전히 감격해 버린 간호사는 헌신적인 정신을 불태웠으며, 정말 더할 나위 없이 훌륭한 병간호를 해주었다.

케어리의 최후를 지켜보기 위하여 상해의 진흙구렁과 같은 사회에서 뉘집 자식인지도 모르는 집 없는 여자가 왔다는 것은, 관대하고 더없이 인간적인 그녀의 생애에 있어서 기묘하기도 하고, 또 매우 그럴듯해 보였던 것이다. 케어리는 건강했을 때와 같은 흥미를 가지고 적극적으로 간호사의 신상 얘기를 들었으며, 깊은 동정심을 기울였다. 아무래도 겉보기에도 어지간히 행실이 나빴던 여자인 듯한데, 약간의 수치심마저도 세계대전을 겪는 동안 내버리지 않았나 하는 생각이 들었다. 그러므로 그 신상 얘기에는 음란한 것도 섞여 있었지만, 케어리는 나무라는 일 없이 부드럽게 다음과 같이 말할 뿐이었다.

"알고 있어요, 선량해진다는 것이 얼마나 어려운 일인가를 잘 알고 있어요. 아무런 회답도 주어지지 않은 채 어둠 속에서 끝없이 기다려야 할 때는 특히 더 힘든 법이지요."

언젠가 갑자기 명랑해진 케어리는 그 간호사를 향해 말했다.

"당신은 곧잘 댄스 이야기를 하는데, 실은 나도 전부터 폭스 토로토를 보고 싶었어요. 그런 것은 책을 봐서 알고 있는 정도인데, 한 번 춰 보지 않겠어요?"

우리는 축음기에 건 소란스런 레코드를 들으면서, 높게 포갠 베개에 몸을 기대고 있는 창백한 케어리의 모습을 보았다. 시력이 완전히 떨어져 있었음에도 눈만은 예전처럼 불타오르는 듯 빛을 발하고 있었다. 그리고 흰 옷을 입은 간호사가 빙글빙글 돌면서 춤추는 모습을 발랄한 모습으로 즐겁게 바라보고 있었다. 댄스가 끝나자, 간호사는 숨찬 모습으로 의자에 주저앉았는데, 케어리는 자못 수준 높은 감상가처럼 이렇게 말했다.

"매우 우아하고 경쾌한 정말 아름다운 춤이군요. 하느님에 대한 앤드류의 생각이 모두 틀렸다고 해도 난 놀라지 않아요. 사람들은 누구나 인생의 행복한 면과 밝은 면을 선택해야 해요. 댄스라든가 웃음이라든가, 미 따위를. 만일 내가 다시 한번 인생을 살게 된다면, 그런 것을 죄악으로 보지 않고 제 것으로 만들겠어요. 그러면 누군가 안 된다고 말하겠죠? 하느님께서도 그쪽을 더 좋아하실지도 모르잖아요."

케어리는 잠시 생각에 잠기더니 이윽고 잠이 들었다. 이리하여 젊었을 때 강한 의지의 힘으로 무척이나 억눌렀던 그녀의 성격의 일면이, 지혜가 심화될 나이인 노년에 이르러 다시 그녀를 지배하기에 이르렀던 것이다.

그 무렵 케어리는 앤드류에게서 완전히 얼굴을 돌리고, 곁에 오게도 하지 않았다. 말로써 '저리 가라'고는 하지 않았지만, 앤드류의 모습을 보기만 해도 웬지 불안하고 불쾌한 표정을 지었다. 또다시 그녀 내부에선 어떤 갈등이 일어났던 모양이다. 언젠가 한 번은 앤드류의 얼굴을 보자마자 중얼거렸다.

"당신 책은 이처럼 오랜 세월을 들이고도 완성이 안 되는군요."

그래서 우리는 앤드류를 환자방에 들여보내지 않도록 했다. 앤드류는 당혹했으나, 차라리 그것을 환영하는 것처럼 보이기도 했다. 그는 아내의 성격을 조금도 이해하지 못하고 있었다. 그것이 얼마만큼 변화할 수 있는 것인지도 모르고 있는 것이다. 하물며 생애의 마지막에 이르러서야 의식적으로 종교나 신에 대한 생각을 멀리하고, 본래부터 그녀가 사랑하고 있었고 또한 충분히 알고 있기도 한 이 세상의 생명이나 창조의 아름다움에 심취되어 있다는 것, 이 더없이 커다란 변화를 이해할 도리가 그에게는 없었다.

우리가 침대를 창문 곁으로 붙여 놓자, 케어리는 자리에 누운 채 만족스럽게 밖을 내다보고 있었다. 그리고 반쯤 꿈꾸는 듯한 어조로 이렇게 말했다.

"이러쿵저러쿵 말이 많지만, 결국 나는 인생의 좋은 면을 꽤 많이 맛보며 살아온 셈이야. 어린애도 가슴에 안아봤고, 정원이고 하늘의 골짜기도 볼 수 있었지. 또 책도 읽고 음악도 즐길 수 있었어. 게다가 나를 의지하는 사람도 있었구. 좋은 일이 많았어. 나는 좀더 살고 싶어. 하지만 이번만은 미국을 위해서 살고 싶어."

그 무렵 케어리의 마음에 스친 오직 하나의 그림자는, 페이스가 돌아오기 전에 죽지나 않을까 하는 불안이었다. 허나 벌써 페이스가 도착할 날은 눈앞에 다가오고 있었다. 케어리는 마음 속으로 이렇게 다짐했다.

"페이스가 돌아오기 전까지는 죽으면 안 되지."

마침내 그날이 왔다. 이미 몸에 힘이 빠진 케어리는 흥분하게 되면 심장에 지나친 부담을 주어 심장이 멈춰 버릴 우려도 있었으므로, 여느 때와 마찬가지로 지극히 평정된 마음을 유지하려고 애썼다.

더욱이 그녀는 대학을 졸업하고 돌아오는 페이스에게 집안 가득 죽음의 그림자가 다가오는 분위기를 느끼게 해서는 안 된다고 생각했다. 그래서 컴포트가 사 준 은빛 수가 놓인 연보라색 비단 가운을 입고, 머리도 땋아서 새로 손질해 달라고 했다. 머리맡에 놓인 꽃병에 장미꽃이 꽂혀진 것을 보고는 만반의 준비가 갖춰졌음을 확인한 케어리는 뜻밖에도 추잉껌이 있느냐고 물었다. 우리는 무역상을 하는 가게에 심부름꾼을 보내어 주문품을 사오게 해서는, 그것을 의아스러운 듯한 표정을 지으며 케어리에게 건네 주었다. 아무도 케어리가 그런 물건을 갖고 싶어할 줄은 몰랐기 때문이다. 케어리는 여러 겹으로 겹친 흰 베개에 등을 기대고는 점잖게 앉아 있더니, 페이스가 들어서자 눈에 장난스러운 웃음을 띠고 기세좋게 껌을 씹었다.

"보렴, 여기 네 늙은 엄마가 있단다!"

케어리는 명랑한 목소리로 말했다. 꼭 3년 만인데, 마치 어제 만난 적이 있기나 한 듯 가벼운 말투였다.

"어쩌냐, 불량 소녀처럼 껌 따위를 씹고 있는 것이. 요새 미국에서는 모두 이렇게 한다면서?"

우리는 모두 웃음보를 터뜨렸고, 덕분에 어색한 긴장이 풀렸다. 케어리는 식구들이 울지도 모른다는 생각에서, 어떻게 해서든 웃기려는 계획을 세웠던 것이다. 마치 쇠약해진 몸이 심장과 함께 터져 버릴 것을 두려워한 나머지, 슬픔으로부터 몸을 지키려는 듯한 느낌을 주었다. 이렇게 케어리는 페이스의 귀가를 조용히 맞아들였으며, 2, 3일 후에는 그 딸이 오랫동안 멀리 떨어져 있었다는 사실조차 까마득하게 잊고 있는 것 같았다.

계속해서 케어리는 매일 잠만 자고 있었다. 다가오는 변화에 대해, 굳센 정신력으로 용감하게 저항하던 기색은 이제 아주 가끔씩밖에 볼 수 없었다. 언젠가 그녀는, 퉁퉁 부어오른 보기에도 딱한 손을 들어올리고는 한참을 쳐다보더니, 이윽고 혼잣말처럼 중얼거렸다.

"결국 손을 예쁘게 다듬을 시간이 없구나. 하지만 지금이라도……"

꼭 한번 케어리는 자신의 죽음에 대하여 말한 적 있다. 별안간 혼수 상태에서 깨어난 그녀는 머리맡에 앉아서 간병을 하고 있는 컴포트에게 아주 또렷한 목소리로 말했다.

"얘야, 만일 내가 임종할 때 두려워하는 기색을 보이더라도, 그것은 이 늙어빠진 육체가 순간적으로 내 마음의 틈을 침범했다고 생각해 다오. 육체는 언제나 나의 적이었다. 언제나 나를 쓰러뜨리려고 노리고 있어. 잘 기억해 둬라. 내 정신은 어디까지나 곧장 앞으로 나아간다는 것을, 나는 무서워하는 것이 아니야!"

그후 케어리는 의식을 회복해서, 이번에는 묘비에 대한 지시를 내렸다.

"칭찬하는 말은 필요치 않다. 아내였다는 것, 어머니였다는 것을 기념하는 글도 필요 없다. 오직 이름만을 쓰고, 그 밑에 영어와 한자로 세 개의 성구를 새겨 주었으면 좋겠다."

그 마지막 성구는 '승리를 얻는 자에게는 생명의 면류관이 씌워지리라' 하는 승리의 선언을 새겨달라는 주문이었다.

그리고는 다시 한번 기력을 내서 말했다.

"나를 묻을 때에는 슬픈 찬송가를 부르지 말아다오. 글로리아 송(영광의 노래)을 불러다오. 난 죽고 싶지 않다. 하지만 죽지 않으면 안 된다. 기쁘게, 승리를 자랑하며 죽어가겠다. 어떻게든 앞으로 나아갈 거야."

유언도 없고 아무런 조짐도 없었다. 그녀는 자고 있는 동안 죽었다. 생명이 떠나는 순간 환한 미소가 얼굴에 빛나는가 싶더니, 이윽고 엄숙한 죽음의 빛이 얼굴에 감돌고 있었다. 그 미소의 의미를 아무도 알 수 없었다. 마치 그녀는 그 생애—발랄하고도 충실하며, 씁쓸하고 달콤한 생애—의 추억만 남기고, 우리 모두들 사이를 슬며시 빠져나가, 혼자만의 길이라도 떠난 것 같았다. 우리는 그녀가 생전에 좋아하던 연보랏빛 비단 가운을 입히고, 관 속을 은회색과 엷은 황금색 국화로 채웠다. 가을 어느날 우리는 케어리를 매장했다. 잿빛 하늘 아래 안개가 흐르고 바람이 무척 거세게 불던 날이었다. 고인이 남긴 뜻에 따라 불렀던 〈영광의 노래〉의 힘찬 노랫말은, 이승에 존재하는 한 어디서든 피할 수 없는 죽음에 대해 모든 인간이 절망적으로 외치는 도전의 메아리처럼 울려퍼졌다. 이리하여 우리가 알고 있는 케어리의 생애는 막을 내렸다.

추측긴대 만약 케어리가, 그녀가 이상적으로 생각하던 생애를 기준으로 해서 자기 평가를 내린다면, 자기 인생은 실패였다고 생각했을 것이다. 가령 그 생애의 출발점에서 그 마지막을 꿰뚫어보았다고 하더라고 역시 실패였다는 결론을 내렸을 것이다. 그녀와 같이 예민하고 실제적인 정신의 소유자에게는 본래부터 신의 탐구란 무리였다고 나는 생각한다. 케어리는 천성이 회의적이었고, 그러면서도 신비주의적이기도 했다. 아름다움을 사랑하고, 미지의 것을 꿈꾸는 사람이었다.

이 세상의 병든 자나 옥에 갇혀 있는 자를 방문하고, 과부나 고아들을 돌보아 주며, 굶주린 자에게는 음식을 나눠 주고, 슬피 우는 자와는 더불어 울고, 기쁨에 넘친 자와는 같이 웃어 주면서도 보다 자신이 좋아하는 길을 선택하지 못했던 자기 부족을 탓하는 사람처럼, 케어리도 그중의 한 사람이었다. 그녀처럼 자기의 부족함을 가책한 나머지 열렬히 신과의 만남을 희구했을 당시에도 두려움에 떨며 다음과 같이 신에게 겸허하게 묻는 것이었다.

"주여, 언제나 나는 이 모든 일을 당신을 위해서 한 것일까요?"

아마도 이 질문에 신은 이렇게 대답했을 것이다.

"그들에게 베푸는 것은 나에게 베푸는 것과 같으니라."

그러나 케어리 자신이 그 생애를 실패한 것으로 판단했다 하더라도, 그녀를 중심으로 생활했던 우리에게는 그것이 얼마나 훌륭한 일생이었던가! 그녀를 성자와 같은 여인이었다고 부를 자는 우리들 가운데 한 사람도 없다. 그렇게 부르기에는 그녀는 너무도 실제적이었고, 너무나 활발하고 정열적이었으며, 너무나 유머와 감정 변화가 풍부했던 여인이다. 우리가 알고 있는 바로는 그녀는 누구보다도 인간미가 넘치는 사람이었고, 그 빠르게 흐르는 연민의 정과 흘러넘치는 명랑함, 지극히 성급한 성질은 대단히 복잡하고도 미묘했다. 요컨대 우리에게 그녀는 둘도 없는 친구요 동지였다.

우리 스스로가 그녀가 진정으로 사랑하던 조국을 알게 된 지금에 와서는, 그녀야말로 이 나라의 꽃이었다는 것을 알았다. 생애의 마지막까지 젊음에 넘친 정신과 불굴의 용기를 지녔으며, 너그러운 행위에 있어서도 신속했다. 아름다운 생활을 열심히 추구하면서도 필요하다면 자진하여 빈곤 속에서도 살 수 있었던 사람, 현실 생활로 구체화되지 않는 단순한 이상주의에는 결코 만족하지 못했던 참다운 이상을 추구하던 진정한 이상주의자—그녀야말로 육체와 정신이 잘 조화를 이룬 미국의 숨결이었다.

수많은 형태로 접촉한 수천 명에 달하는 중국인들에게는 케어리는 곧 미국이었다. 나는 그들이 다음과 같은 말을 하며 그녀를 그리워한다는 얘기를 여러 번 들은 적이 있다.

"미국 사람들은 모두 친절해서 좋아. 그렇지, 그 사람은 미국인이었어."

조국을 멀리 떠나온 선원들에게도, 젊은 병사들에게도, 아니 온갖 백인 남녀들에게도 그녀의 밝고 진실이 깃든 격려와 격의 없는 우정은 그대로 고향을—머나먼 이역에서 그리워하는 미국을—대표하고 있었던 것이다. 그리하여 그녀는 가장 멀리 떨어져서 색다른 환경에 처해 있으면서도 자기 아이들을 위하여 애써 미국적인 환경을 만들어 주었고, 그들을 진실로 훌륭한 조국의 시민으로 길러냈으며, 나아가서는 불멸의 애국심을 심어 주었던 것이다.

이느 장소에서든 그녀를 알게 된 우리 모두에게, 이 부인은 미국 그 자체였다.

어머니, 당신은 영원한 사랑입니다

初版 印刷●1996年 6月 20日
初版 發行●1996年 6月 25日

著　者●펄 S 벅
譯　者●張 文 平
發行者●金 東 求

發行處●明 文 堂
서울特別市 鍾路區 安國洞 17～8
對替　　010041-31-0516013
電話　　（營）733-3039, 734-4798
　　　　（編）733-4748
FAX　　734-9209
登錄　　1977.11.19. 第1～148號

●落張 및 破本은 交換해 드립니다.
●不許複製·版權 本社 所有

값 6,000원
ISBN 89-7270-549-7

재미있고 알기 쉽게 배우는

만화 천자문

재미있고 알기 쉽게 배우는

● 고사성어

황인환 글·그림/신국판/값 각 5,000원

재미있는 생활·과학·상식문제의 퀴즈풀이

KBS 알쏭달쏭 퀴즈

임구암 엮음/신국판/

젊음과 지성의 만남

알콧 지음지음, 박영실 옮김/신국판/

젊음과 철학의 대화

찰스 에버렛 지음, 박영실 옮김/

완전한 無 사랑과 우정과 고독과…

L.보로스 외 공저, 김성은 편역/

사랑의 발견

프란체스코 알베로니 지음, 김성은 번역/

그대, 왜 사랑하기를 주저하는가

포웰·샤퍼 공저, 김성은 편역/

아르헨티나여, 나를 위해 울지마오!

에비타

폴 L. 몽고메리 지음, 유성인 옮김/신국판/

프랑스 '서적인상' 수상작!

아무 말도 하지 않았던 어떤 여인

미셸 셸러 지음, 지정숙 옮김/신국판

장편소설

밤의 끝까지 여행을

L.F. 셀린 지음, 민희식 옮김/신국판/

신비한 비즈니스 최면이야기

고객의 마음 최면으로 잡아라

柳漢平 著/신국판/

세일즈의 황제

켄 델머 著, 이일남 譯/신국판/

너 자신을 팔아라

조지라드 著, 이일남 譯/신국판/

경영과 帝王學

정현우 編著/신국판/

勝者와 敗者

정현우 著/신국판/